mtb

Zum Buch:

Endlich hat Vampir Russell sein Ziel direkt vor Augen. Master Han wird büßen für das, was er dem ehemaligen Marine angetan hat. Doch bevor Russell den Todespfeil auf seinen Feind richten kann, kommt ihm jemand zuvor. Die betörende Wertiger-Prinzessin Jia hat ebenfalls einen Grund, Han zu töten. Er war es, der ihre Familie ausgelöscht hat. Nur knapp verfehlt Jias scharfes Messer den Gegner, und Han kann fliehen. Von nun an sind der Vampir und die kratzbürstige Kämpferin Verbündete auf der Jagd nach dem gemeinsamen Feind. Nur eines könnte sie von ihrem Rachedurst ablenken: die glühende Leidenschaft, die zwischen ihnen auflodert …

„Kerrelyn Sparks liefert einen mitreißenden, überzeugenden Abschluss unserer Lieblingsserie!"

Romantic Times BOOKclub

Zur Autorin:

Kerrelyn Sparks ist New-York-Times-Bestsellerautorin der „Love at Stake"-Serie. Sie fühlt sich sehr geehrt, dass ihre Vampire und Gestaltwandler mittlerweile Liebe und Humor auf der ganzen Welt in vierzehn verschiedenen Sprachen verbreiten.

Lieferbare Titel:

Fluch und Vorurteil
Vampirzähmen leicht gemacht
Zum Beißen verführt

Kerrelyn Sparks

Biss und Bissigkeit

Roman

Aus dem Amerikanischen von
Justine Kapeller

mtb

MIRA® TASCHENBUCH
Band 65127

1. Auflage: November 2017

Deutsche Erstveröffentlichung

Titel der amerikanischen Originalausgabe:
Crouching Tiger, Forbidden Vampire

erschienen bei: Avon Books,
an imprint of HarperCollins *Publishers*, US

Published by arrangement with
HarperCollins *Publishers* L.L.C., New York.

Umschlaggestaltung: büropecher, Köln
Umschlagabbildung: Vincent Besnault / GettyImages, Kiuikson / iStock,
PhotoMediaGroup / shutterstock
Redaktion: Friederike Bruhn
Satz: GGP Media GmbH, Pößneck
Printed in Germany
Dieses Buch wurde auf FSC®-zertifiziertem Papier gedruckt.
ISBN 978-3-95649-779-7

www.mira-taschenbuch.de

Für die Freunde, die ein Segen für mein Leben sind, und die besten Kritik-Partner, die eine Autorin sich nur wünschen kann, M. J. Selle, Sandy Weider und Vicky Yelton.

1. Kapitel

In Dunkelheit gehüllt und halb hinter dem dicken Stamm einer Eiche verborgen, richtete Russell Ryan Hankelburg die Flugbahn seines Pfeils genau auf den ungeschützten Hals von Master Han.

Ruhig, wies Russell sich selbst an, als das Adrenalin ihm in die Adern schoss. Es gab keinen Grund, sich wie ein Mensch zu verhalten. Er war keiner. Dafür hatte Han gesorgt, und jetzt würde dieser Scheißkerl dafür sterben.

Über zwei Jahre lang hatte Russell seiner Beute durch heiße, feuchte Urwälder und über kalte, windumtoste Gebirge nachgestellt. In den nächsten paar Sekunden würde endlich alles vorbei sein. Sein Streben nach Rache. Der Höhepunkt all seiner Wut, Rechtfertigung für alles, was er verloren hatte, und der einzige Zweck seines jämmerlichen untoten Daseins.

Die Lichtung, auf der Han stand, war etwa fünfzig Meter entfernt und von einem Dutzend Wachen umstellt, vier von ihnen mit Fackeln in der Hand. Die Flammen reckten sich dem wolkenverhangenen Nachthimmel entgegen und flackerten über das polierte Gold von Master Hans Maske. Wie oft hatte Russell sich vorgestellt, dem Vampir dieses lächerliche Stück Metall vom Kopf zu reißen? Im besten Falle stellte er sich vor, ihm die Maske abzureißen, ehe er zum letzten Schlag ausholte, damit er Han ins Gesicht sehen konnte, wenn dieser Oberbastard merkte, dass der Tod nur noch Sekunden entfernt war.

Was nützte einem Rache, wenn sie nicht anerkannt wurde? Han musste wissen, dass es Russell war, der sein Leben beenden und ihn in einen Haufen Staub verwandeln würde.

Han stand am anderen Ende der Lichtung vor den hölzernen Palisaden eines Stützpunkts im nördlichen Myanmar. Er trug eine schwarze Kevlar-Weste über seiner roten Seidenrobe, um sein Herz zu schützen. Wenn es Russells Pfeil nicht gelang, die Weste weit genug zu durchdringen, um Han zu töten, würde das Schwein sich einfach davonteleportieren.

Zum Glück gab es mehr als eine Möglichkeit, einen Vampir zu töten. Also zielte Russell auf den Hals statt auf das Herz und hoffte, eine geplatzte Halsschlagader würde ausreichen, um Han so bewegungsunfähig zu machen, dass er nicht mehr fliehen konnte. Dann könnte Russell sich direkt zu ihm teleportieren, ihm die Maske abreißen und ihm mit einem allerletzten Schwerthieb den Kopf abschlagen.

Das Dutzend bewaffneter Wachen bestand wahrscheinlich aus Super-Soldaten, die von Hans Dämonen-Kumpan, Darafer, mutiert worden waren, und sie würden ein Problem darstellen. Trotzdem konnte Russell sie nicht zuerst ausschalten. Sie umzubringen, würde Han alarmieren, und dieser schwachsinnige Feigling würde sich dann davonteleportieren, so wie die letzten Male, in denen es Russell fast gelungen wäre, ihn zu töten.

Russell knirschte ungeduldig mit den Zähnen. So nah, und doch konnte er nicht schießen. Han stand neben dem entführten Drachenwandler und schien ihn fast zu umarmen, während er seinem jungen Gefangenen beibrachte, wie man sich richtig hinstellte, um einen Bogen zu spannen. Lautlos in sich hinein fluchend nahm Russell den Finger vom Abzug seiner Armbrust.

Er hatte den Jungen schon einmal gesehen, erkannte ihn also. Da Drachenwandler doppelt so schnell alterten wie Sterbliche, sah Xiao Fang aus, als wäre er ungefähr zwölf Jahre alt. Dabei war er eigentlich erst sechs. Russell war sich nicht sicher, wie es um die mentale Entwicklung des Jungen stand, aber er war mit Sicherheit jung genug, um von den neuesten Ereignissen traumatisiert worden zu sein. Darafer hatte den Drachenjungen vor über zwei Monaten gefangen genommen und ihn Han übergeben. Seitdem hatte Russell alle dreißig von Hans Stützpunkten ausspioniert, in der Hoffnung, einen Blick auf sie zu erhaschen.

Es kam sehr selten vor, dass man Han außerhalb seiner Lager sah, aber anscheinend hatte er für den Jungen eine Ausnahme gemacht. Er hielt für Xiao Fang eine Stunde im Bogenschießen ab und spielte die Vaterfigur, zweifellos, um den jungen Drachenwandler auf seine Seite zu bringen.

Die traurige Wahrheit war, dass diese Strategie funktionieren könnte. Seit über zwei Monaten fern von daheim, könnte der Junge am Stockholm-Syndrom leiden, sodass er sich jetzt mit einem seiner Kidnapper identifizierte. Master Han kam ihm wahrscheinlich wie die ungefährlichere Wahl vor. Ungefährlicher als der Dämon Darafer auf jeden Fall. Han klopfte dem Jungen gerade auf den Rücken und sprach ihm aufmunternd zu.

Russell drehte sich vor Ekel der Magen um. Eine Sekunde überlegte er, sich einfach direkt zu dem Jungen zu teleportieren, ihn sich zu schnappen und nach Tiger Town zu bringen, wo er in Sicherheit war. Die guten Vampire hatten sich dort mit ihren Verbündeten, den Wertigern, versammelt und warteten sorgenvoll auf eine Gelegenheit, den Drachenjungen zu retten und Master Han zu besiegen. Ein Anruf, und Russell könnte ein Dutzend Vampire und Wandler an seiner Seite haben.

Aber Moment. Han trat zurück, damit Xiao Fang schießen konnte. Es könnte zwei Jahre dauern, bis Russell wieder so eine Chance bekam. Seine erste Priorität musste es sein, Han umzubringen. Im Chaos, das folgte, würde sich der Junge leicht retten lassen. Und diese Situation war ideal, da Han und seine Super-Soldaten alle perfekt stillstanden, um die Konzentration des Jungen nicht zu stören.

Russell legte seinen Finger wieder auf den Abzug. *Stirb, du Schwein.*

Einer der Wachen zuckte plötzlich zusammen. Als er vornüberfiel, erstarrte auch der Soldat neben ihm mit einem Aufschrei und ging dann in die Knie.

Was zur Hölle? Russell erhaschte nur einen kurzen Blick auf die Messer, die den gefallenen Soldaten aus dem Rücken ragten, bevor Han sich schon auf den Jungen stürzte und ihn zu Boden warf. Ein drittes Messer schwirrte dort vorbei, wo Han eben noch gestanden hatte, und vergrub sich mit einem dumpfen Aufprall in einem Baumstamm.

Die verbliebenen Soldaten brüllten und zogen augenblicklich ihre Schwerter. Han verschwand und nahm den Drachenjungen mit sich.

Zur Hölle damit! Russell kochte innerlich. Wer waren diese Armleuchter, die seine Pläne verdorben hatten? Aus der Schnelligkeit und Genauigkeit des Angriffs schloss Russell auf zwei Messerwerfer. Vielleicht drei. Wer auch immer sie waren, es könnte ihnen schwerfallen, den superschnellen Soldaten zu entkommen, die sich auf die Jagd nach ihnen machten.

Nicht mein Problem, sagte er zu sich selbst. Die Angreifer hatten die beste Chance zunichtegemacht, die er seit Langem gehabt hatte. Wenn sie alle in den nächsten paar Minuten ermordet wurden, dann konnten sie ihm wenigstens nie wieder in die Quere kommen.

Aufstöhnend lehnte er die Stirn an den Baumstamm. Wann war er zu so einem gefühllosen Ekel geworden? Auch wenn man ihm seine Menschlichkeit genommen hatte, bedeutete das denn, dass er sich wie ein herzloses Monster verhalten musste? Die Angreifer waren eindeutig auf der gleichen Seite wie er selbst. Das machte sie zu Verbündeten im Krieg gegen Master Han.

Verdammt, er hasste es aber, Verbündete zu haben. Solange er alleine war, hatte er auch nichts zu verlieren.

Vielleicht waren die Angreifer Männer, die er kannte, wie J. L. Wang und Rajiv. In dem Fall hätte der Vampir J.L. seinen Wertiger-Kumpel längst in Sicherheit teleportiert. Aber Messerwerfen gehörte nicht zu J. L.s Stil. Er hätte ein Gewehr oder eine Pistole benutzt. Und er hätte die Soldaten verwundet, statt sie zu töten.

Wenn die Angreifer Sterbliche waren, hatten sie gegen die Super-Soldaten keine Chance. Ein letzter Rest seiner Marineehre rührte sich in Russells untotem Herzen. *Man lässt niemanden zurück.*

„Verflucht noch mal", murmelte er und schob sich den Lederriemen seiner Armbrust über die Schulter.

Er erklomm einen Baumwipfel. Die Soldaten waren leicht zu entdecken, da vier von ihnen immer noch Fackeln trugen. Die vier leuchtenden Flammen schlängelten sich schneller durch den Wald, als es einem Sterblichen je möglich gewesen wäre.

Er konzentrierte sich auf die Baumlinie vor den Flammen und teleportierte sich dann dorthin. Hoch oben auf einem Baum hockend, suchte er auf dem Boden darunter nach Bewegungen. Auch wenn der Himmel dunkel und bewölkt war, konnte er dank seiner übermenschlichen Nachtsicht einen Läufer erkennen, schlank und leichtfüßig, der ein hohes Tempo beibehielt, aber dennoch nicht schnell genug war, um die Soldaten abzuhängen.

Nur einer? Er sah sich weitläufig um, falls die Angreifer sich aufgeteilt hatten. Nein, es gab nur den einen Läufer. Hatten die anderen sich versteckt und es diesem einen überlassen, den Feind abzulenken? Ein rascher Blick bestätigte ihm, dass die Soldaten schnell aufholten. Zehn gegen einen. Das würde ein Gemetzel werden.

Er teleportierte sich noch einmal, um den Läufer genauer ins Auge zu nehmen, und fiel fast vom Ast des Baumes. Es war eine Frau. Ihr tunikaähnliches Oberteil hatte sie eng um ihre schlanke Taille gebunden. Ihr dicker Zopf aus langem schwarzem Haar schwang beim Laufen hin und her.

War sie eine der Kriegerinnen von Beyul-La? Sie alle hatten schwarze lange Haare und waren ebenso schlank und durchtrainiert wie diese Frau. Die Kriegerinnen von Beyul-La waren die Hüterinnen der Drachenwandler und hatten sie jahrhundertelang in einem geheimen Tal im Himalaya verborgen. Nach einer Schlacht mit Master Han war ihr Tal zerstört worden. Zum Glück hatte man die verbliebenen Drachenkinder und die Eier vor der Schlacht in Sicherheit bringen können. Zweifellos wollten die Frauen den gefangen genommenen Jungen, Xiao Fang, dringend retten. Russell hatte schon an der Seite dieser Frauen gekämpft, er wusste also, wie wild sie sein konnten. Diese hier hatte eindeutig Mut, denn es sah aus, als hätte sie Han ganz alleine angegriffen.

Er sah sich um. Die zehn Super-Soldaten kamen immer näher. Zeit, ihr Tempo zu drosseln. Er schoss einen Pfeil auf einen der Fackelträger, der daraufhin ächzend zu Boden stürzte und seine Fackel fallen ließ.

Die Flammen breiteten sich rasch aus und weckten dadurch die Aufmerksamkeit der anderen Wachen. Einer von ihnen trat den gefallenen Soldaten in die Flammen hinein, um sie zu ersticken.

Was für ein Drecksack. Russell legte einen weiteren Pfeil in seine Armbrust und befreite den brennenden Soldaten, der vor Schmerzen schrie und sich hin und her wand, von seinem Elend. Drei Sekunden später hatte ein weiterer Pfeil den Drecksack unschädlich gemacht.

„Das ist ein Hinterhalt!“, brüllte einer der Soldaten und verschanzte sich hinter einem Baum.

Auch die anderen Soldaten gingen schnell in Deckung und löschten ihre Fackeln. Eine dunkle, angespannte Stille legte sich über den Wald.

Russell legte einen weiteren Pfeil an und wartete darauf, dass einer der verbliebenen acht Soldaten sich herauswagte. Ein schneller Blick auf die Frau ließ ihn innerlich aufstöhnen. Statt wegzurennen, hatte sie sich hinter einem Gebüsch versteckt. Sein plötzliches Auftauchen musste sie verwirrt haben. Sie atmete schwer und drehte sich verzweifelt in alle Richtungen, um herauszufinden, wo er sich befand.

Lauf einfach weg, flehte er sie stumm an. *Ich kümmere mich um das hier.*

Sie zog ein Messer aus dem Gürtel. Anscheinend fürchtete sie sich davor, ihm zu vertrauen. Er konnte ihr das nicht vorwerfen. Wenn man niemandem vertraute, lebte man für gewöhnlich länger.

Er richtete seine Aufmerksamkeit wieder auf die acht Soldaten. Ganz links hechtete einer von ihnen hinter einen weiteren Baum, um dort Schutz zu suchen, zu schnell, als dass Russell ihn hätte ausschalten können. Er richtete einen Pfeil auf ihn und wartete darauf, dass er sich wieder regte. In der Zwischenzeit rannte auf der rechten Seite ein weiterer Soldat hinter einen Baum. Die Männer versuchten offensichtlich, die Frau einzukreisen, und es würde ihnen auch irgendwann gelingen, wenn sie nicht bald davonrannte.

Der Mann ganz links wagte sich weiter vor. Dieses Mal gelang es Russell, ihn an der Schulter zu verwunden. Er war noch am Leben, aber sein Schwert-Arm war nicht mehr zu gebrauchen.

Ein Rascheln kam aus den Büschen und Bäumen, als die verbliebenen sieben Soldaten versuchten, ihre Beute zu umzingeln. Die Frau steckte ihr Messer zurück in seine Hülle und sprang dann aus der Hocke in einen vollen Sprint. Russell hielt eine Sekunde inne und bestaunte ihre Schnelligkeit und ihre Anmut, aber er kam schnell wieder zu sich, als ihm klar wurde, dass die Soldaten ihr auf den Fersen waren. Er schoss einen mit einem Pfeil ab und bemerkte dann, dass ein anderer mit seiner Pistole in seine Richtung zielte. Gerade als der Schuss durch den Wald hallte, teleportierte er sich davon und landete ein Stück vor der Frau in einem Baum.

Die sechs verbliebenen Soldaten holten rasch auf. *Genug mit dem Quatsch. Schaff sie einfach hier raus.*

Er sprang hinab zu den Baumwurzeln. Hinter dem Stamm verborgen konnte er hören, wie sie sich näherte. Ihre Schritte waren leicht, als würde sie den Boden kaum berühren, aber ihr Atem war lauter und durchzogen von Panik. Er trat vor, ihr direkt in den Weg.

Sie konnte in der Dunkelheit ausgezeichnet sehen, denn sie entdeckte ihn sofort und blieb so abrupt stehen, dass sie ausrutschte und auf dem Hintern landete.

Russell hob seine leeren Hände, um ihr zu zeigen, dass er ihr nichts zuleide tun wollte, aber innerhalb einer Sekunde stand sie wieder auf den Füßen, hatte ihr Messer gezogen und auf ihn gerichtet. Wieder einmal war er erstaunt von ihrer Schnelligkeit und ihrer Anmut.

„Freund“, flüsterte er auf Chinesisch. Ihr Gesicht war teilweise durch ihr gehobenes Messer verdeckt, und er legte den Kopf schräg, um sie besser ansehen zu können.

Sie wirbelte herum, um nach den Soldaten hinter sich zu sehen. Als Russell näher kam, drehte sie sich blitzschnell wieder zu ihm um.

Er blinzelte. Sie war umwerfend schön. Und keine der Kriegerinnen von Beyul-La. Wäre er dieser Frau schon einmal begegnet, er hätte sich an sie erinnert.

Sie riss ihre goldenen Augen weit auf, als sie ihn betrachtete.

Wer zur Hölle war sie? „Freund“, wiederholte er und zeigte auf die Armbrust über seiner Schulter. „Ich habe dir geholfen.“

Sie steckte ihr Messer weg, ließ den Griff aber nicht los. Anscheinend war sie noch nicht bereit, ihm ganz zu vertrauen. Kluges Mädchen. Er war immer noch versucht, ihr den Hals umzudrehen.

Das Aufblitzen von Metall hinter einem Busch fiel ihm ins Auge, und er packte sie und zog sie in Vampirgeschwindigkeit hinter einen Baum, gerade als ein Messer auf sie zugesaust kam. Seinen Rücken an den Stamm gepresst spürte er das Beben, als das Messer sich in den Baum bohrte.

„Lass mich los“, flüsterte die Frau und zerrte an seinem Griff.

Er überlegte, ihr zu gehorchen. Immerhin war sie nicht sein Problem. Und sie hatte die beste Chance ruiniert, die er seit über zwei Jahren gehabt hatte, Master Han zu töten.

Ich bin nicht für sie verantwortlich, dachte er, machte dann aber den Fehler, sie anzusehen. Große goldene Augen, in denen ihre Emotionen flackerten. Ein schönes Gesicht, ausdrucksvoll und lebendig. Feinzügig, aber entschlossen. Er hatte das Gefühl, sie würde kurz vor einer Panik stehen, sich aber mit Hilfe reiner Willenskraft und Mut zusammenreißen. Etwas regte sich in seinem untoten Herzen.

Das werde ich noch bereuen. Er hielt sie fester umschlossen und teleportierte sich dann mit ihr gemeinsam fort.

Sobald Jia wieder festen Boden unter den Füßen spürte, befreite sie sich aus dem Griff des Mannes. Es war dunkel, zu dunkel, um etwas sehen zu können, selbst mit ihrer ausgezeichneten Nachtsicht.

„Vorsicht“, sagte der Mann auf Chinesisch. Sein Akzent klang merkwürdig und seine Stimme rau, so als würde er nicht oft sprechen.

Sie zog ihr Messer aus der Scheide, bereit zuzustechen, falls er sie angriff. An seinem Duft und der Tatsache, dass er sich teleportiert hatte, erkannte sie, dass er ein Vampir war, aber er könnte einer von den Guten sein, wie ihre Freunde Jin Long und Dou Gal. Dieser Mann schien auf ihrer Seite zu sein, aber bei Vampiren konnte der erste Eindruck täuschen. Bis sie die guten Vampire kennengelernt hatte, dachte sie, sie wären alle böse.

„Beweg dich nicht“, knurrte der Mann. „Ich mache Licht, damit du etwas sehen kannst.“

Dass seine Stimme immer leiser wurde, musste bedeuten, dass er sich von ihr entfernte. Jia atmete tief durch und versuchte, die Panik einzudämmen, die sie ergriffen hatte, als die zwei Soldaten durch ihre Messer gefallen waren. *Sie waren der Feind*, rief sie sich in Erinnerung. Jeder, der ihrer Mission im Weg stand, musste beseitigt werden. Nichts konnte sie davon abhalten, Han zu töten.

Seit sie acht Jahre alt gewesen war, hatte sie sich in Kampfkunst geübt, zuerst mit den Jungen in Tiger Town und dann allein. Sie hatte zahllose Messer auf Strohpuppen geworfen, bis ihre Geschwindigkeit und Genauigkeit sich mit denen jedes Mannes hatte messen können. Aber Strohhaufen schrien nicht auf vor Schmerz und verbluteten nicht. Dreizehn Jahre des Trainings hatten sie nicht auf den bitteren Ernst des Krieges vorbereitet.

Sie hatte geglaubt, für den Tod bereit zu sein, auch für ihren eigenen. Als Wertiger hatte sie neun Leben, und in ihr zweites Leben aufzusteigen würde ihr einen dringend benötigten strategischen Vorteil verschaffen. Es würde ihr erlauben, sich zu jeder Zeit und an jedem Ort zu verwandeln. Wenn sie an diesem Abend in der Lage gewesen wäre, sich zu verwandeln, hätte sie den Feind mit Leichtigkeit besiegt.

Aber sobald die Soldaten sich auf die Jagd nach ihr gemacht hatten, hatte sie die Vorstellung gelähmt, durch deren Hände getötet zu werden. Was, wenn sie ihren Leichnam in Stücke hackten, sodass sie nicht zurückkommen konnte? Das war es, was Han ihren Eltern und ihrem Bruder angetan hatte.

Eine Vision von ihrer verstümmelten Familie trat ihr vor Augen, gefolgt von der Erinnerung an die beiden Soldaten, die sie kurz zuvor getötet hatte. Schaudernd schob sie die Bilder von sich. Sie musste sich zusammenreißen und sich auf die gegenwärtige Situation konzentrieren.

Aufenthaltsort unbekannt. Ihr Vampirentführer unbekannt.

Sie schloss ihre Hand fester um den Messergriff. „Wer bist du?"

Er antwortete nicht.

Da sie nichts sehen konnte, benutzte sie ihre anderen geschärften Sinne, um herauszufinden, wo sie sich befand. Ein starker Geruch nach Erde umgab sie. Die Luft war warm und mild, ähnlich wie in der Provinz Yunnan, wo sich Tiger Town befand. In der Nähe floss Wasser, sie empfand das Plätschern als angenehm. Sie hörte auch das Trillern eines Vogels, gedämpft und weit entfernt. Draußen, aber ohne Himmel. Eine Höhle?

Warum hatte der Vampir sie hierhergebracht?

Vor zwei Monaten, als die guten Vampire in die Schlacht gezogen waren, um das Tal Beyul-La zu verteidigen, hatten sie alle in Tiger Town Station gemacht und waren jeden Tag dorthin zurückgekehrt, um in ihren Todesschlaf zu fallen. Ihr Cousin Rajiv, der Grand Tiger, war ebenfalls in die Schlacht gezogen, und auch ihre Onkel Rinzen und Tenzen. Ihr war es zugefallen, an Stelle ihres Cousins zu regieren. Während sie also Prinzessin von Tiger Town gespielt hatte, hatte sie Dutzende der guten Vampire kennengelernt.

Dieser Vampir war nicht unter ihnen gewesen.

„Wer bist du?", fragte Jia noch einmal und wich dabei einen weiteren Schritt zurück.

„Beweg dich nicht", wiederholte er. Eine Flamme erschien am Ende eines Geräts, das wie eine Pistole aussah, und dann glomm der Docht einer Camping-Öllampe auf.

Ein goldener Lichtkreis erschien um die Lampe und erhellte das Profil des Mannes, der sich darüberbeugte. Wer auch immer dieser Vampir war, er sah auf jeden Fall gut aus. Das war ihr schon im Wald aufgefallen. Markante Gesichtszüge, kräftiger Körper. Alle guten Vampire, denen sie begegnet war, waren stark und gut aussehend gewesen, aber dieser Mann war anders. Die guten Vampire waren normalerweise elegant gekleidet, sehr gepflegt und hatten gute Manieren. Sie waren höflich, freundlich und respektvoll. Sie bezweifelte, dass einer von ihnen eine junge Frau entführen und in eine dunkle Höhle verschleppen würde.

Dieser Vampir hatte etwas Grobes, Ursprüngliches an sich. Seine Khaki-Hosen waren an ein paar Stellen zerrissen. Sein knielanger brauner Mantel war alt und abgetragen. Dunkle Stoppeln beschatteten seinen kantigen Kiefer. Ein paar Haare hatten sich aus seinem kurzen Pferdeschwanz gelöst, und er hatte sich die Strähnen hinter die Ohren gestrichen. Zuerst war sein Haar ihr braun vorgekommen, aber je länger sie ihn anstarrte, desto mehr helle Kupfersträhnen entdeckte sie, die im goldenen Lampenlicht aufleuchteten. Vielleicht ein Amerikaner? Oder Brite?

Warum war er in China? Was wollte er von ihr? Hatte er Hunger und erwartete, von ihr zu trinken? Sie hob das Messer und wich noch einen Schritt zurück.

„Nicht ..."

Platsch. Ihr Fuß steckte bis zum Schienbein in kaltem Wasser. Schnell gewann sie das Gleichgewicht wieder und zog den Fuß zurück auf trockenen Boden. Leider war etwas Wasser in ihren knöchelhohen Wanderstiefel geschwappt. Mist, sie hasste nasse Socken.

„Ich sagte doch, beweg dich nicht", murmelte er.

Sie funkelte ihn wütend an. „Du hättest mich warnen können, dass da ein Teich ist."

„Das ist kein Teich. Und ich erkläre mich nicht." Er warf ihr einen so verärgerten Blick zu, dass dessen Intensität sie zum Blinzeln brachte.

Er war wütend auf sie? Mehr als wütend. Seine braunen Augen brannten vor im Zaum gehaltener Wut. Toll. Sie war von einem wütenden Vampir gekidnappt worden.

Er trat aus dem Licht und hatte schon bald zwei weitere Lampen angezündet.

Sie drehte sich, damit sie sich umsehen konnte, und ihr durchweichter Lederstiefel machte bei jeder Bewegung ein schmatzendes Geräusch. Sie waren eindeutig unter der Erde. Die Wände bestanden aus Felsen, und ein Teil der Decke über ihnen war aus Stein. Der Rest der Decke war ein Gewirr aus Baumwurzeln und Erde. An einigen Stellen hingen lange Efeuzweige in die Höhle hinab.

Soweit sie es sagen konnte, befanden sie sich dicht unter der Oberfläche. Kleine Risse überall ließen feuchte, frische Luft hinein, und leuchtend grünes Moos hing an den Baumwurzeln und an der Felsdecke.

Sie stand am sandigen Ufer eines unterirdischen Flusses. Am anderen Ufer entdeckte sie ebenfalls einen schmalen Sandstreifen und dann eine glatte Wand aus Fels. Kein Ausgang. Die Höhle war schmal und lang und folgte dem Flussbett. Es war ein schöner Ort, mit dem grünen Moos und den Efeuzweigen über ihnen, und dazu das beruhigende Rauschen des Wassers.

Rechts, wo die Höhlendecke nur aus Fels bestand, entdeckte sie eine dunkle Nische. Darin befanden sich einige hölzerne Paletten, zu einem Rechteck angeordnet. Darauf lagen einige offene Schlafsäcke und eine Decke. Sein Bett.

Er war hier zu Hause. Sie sah sich nach ihm um. Er schwebte gerade hinauf zu einer Baumwurzel, deren Fortsätze sich wie Finger ausstreckten. Dort hängte er seine Armbrust an ihrem Lederriemen auf und daneben den Köcher mit Pfeilen. Er ließ sich wieder auf den Boden hinab und ging dann ein paar Schritte zu einem zusammenklappbaren Campingtisch hinüber.

Er leerte die Taschen seines Mantels und legte vier Messer, ein Telefon, zwei Pistolen und zusätzliche Munition auf den Tisch. Dann löste er seinen Schwertgürtel und legte sein Schwert daneben. Anscheinend machte er sich keine Sorgen darum, dass sie ihn angreifen könnte, denn er entledigte sich all seiner Waffen.

Sie drehte sich noch einmal, um sein Zuhause zu betrachten. Er hatte eine ganze Sammlung an Campingzubehör: Ölleuchten, zwei Kühlboxen, zwei Klapptische. Er hatte sich ein improvisiertes Bücherregal aus Betonklötzen und Holzplanken gebaut. Auf den unteren zwei Regalen lag ordentlich gefaltete Kleidung. Auf dem obersten befanden sich eine Auswahl an Büchern und ein paar elektronische Geräte. Wie bekam er Strom dafür? Ein dicker Draht führte die Felswand hinauf und verschwand zwischen den Baumwurzeln. Interessant. Seine Höhle war vielleicht doch nicht so primitiv, wie sie zuerst gedacht hatte.

Auf der rechten Seite, noch hinter seinem Schlafzimmer, verschwand der unterirdische Fluss in einem Steintunnel. Er hatte eine altmodische Zinnwanne am sandigen Ufer aufgestellt, deren Abfluss ins Wasser ragte. Von einem Haken, der in die Felswand gerammt war, hing ein großer Eimer mit einer langen Kette. Seine Version einer Dusche, vermutete sie. Dicht daneben stand ein faltbares Holzgestell, auf dem er seine Wäsche zum Trocknen ausgebreitet hatte. Für einen Mann, der in einer Höhle lebte, kam er ihr ziemlich sauber und ordentlich vor.

„Wer bist du?" Das tiefe Grollen seiner Stimme hinter ihr brachte die Haut in ihrem Nacken zum Kribbeln.

Sie drehte sich um, und ihr fiel die Kinnlade herunter. Er hatte seinen weiten Mantel ausgezogen und auf den Tisch geworfen. Diese einfache Bewegung hatte ihn von einem namenlosen Landstreicher in einen wahren Superhelden verwandelt. Sein dunkelgrünes T-Shirt spannte sich über unglaublich breite Schultern. Der abgetragene, ausgeblichene Stoff umschloss jede Kontur seiner muskulösen Brust und seines Bauches, ehe es über schmalen Hüften endete. Er verschränkte die Arme vor der Brust, und sie glaubte, die Ärmel könnten seinen großen Bizepsen möglicherweise nicht standhalten.

Das Kribbeln in ihrem Nacken lief ihr den Rücken hinab. Es waren nicht nur seine Muskeln, die eine Wirkung auf sie hatten. Da war noch mehr. Seine Präsenz. Sie schien die ganze Höhle auszufüllen und, schlimmer noch, all ihre Sinne, bis sie keinen Zweifel mehr daran hatte, dass dieser Mann mächtig war, intelligent und vielleicht sogar gefährlich.

Sie musste hart schlucken. „Wer bist du?"

„Du weißt, was ich bin."

„Ein Vampir, ja. Aber ich habe noch nicht herausgefunden, ob du einer von den Guten bist."

„Ich auch noch nicht", sagte er zynisch. „Ich nehme an, du bist den Guten schon begegnet?"

Sie nickte. „Jin Long, Dougal, Angus und ein paar von den anderen. Kennst du sie?"

„Ja. Woher kennst du sie?"

Sie ignorierte die Frage. „Dann bist du auf ihrer Seite?"

„Nur, wenn es mir passt." Er nahm eine Flasche Blut aus einer der Kühlboxen und öffnete sie. „Ich werde nicht von dir trinken, falls du dir deshalb Sorgen machst." Er nahm einen tiefen Schluck.

Das waren gute Nachrichten. Sie steckte ihr Messer weg.

Er stellte die Flasche hin und starrte sie unverwandt an. „Ich bin sauer auf dich."

Ihre Hand schoss sofort wieder zum Griff ihres Messers.

Er schnaubte. „Ich werde dir nichts tun. Nicht nachdem ich mir die Mühe gemacht habe, dir deinen hübschen Hintern zu retten."

Sie kniff die Augen zusammen. „Ich ziele ausgezeichnet, daher würde ich an deiner Stelle deine Wortwahl überdenken."

Er trank die Flasche leer und wischte sich dann den Mund mit dem Handrücken ab. „Du hast recht. Hübsch war eine Beleidigung. Ich würde sagen, dein Hintern ist sogar verdammt schön ..." Als sie das Messer aus der Scheide zog, verzog er spöttisch den Mund. „Ich habe dich gerettet, und du willst mich umbringen? Du solltest mir dankbar sein."

Sie richtete ihre Waffe auf ihn. „Du hast mich gegen meinen Willen hergebracht."

„Wäre es dir lieber, wenn ich dich wieder zurückbrächte? Ich könnte dich bei Hans Lager absetzen, damit sie dich dort gefangen nehmen." Er trat einen Schritt auf sie zu und sah sie noch finsterer an. „Was zum Teufel hast du dir dabei gedacht, dich ganz allein einem Dutzend Super-Soldaten zu stellen? Hast du nicht irgendwo Familie, die sich um dich Sorgen macht?"

Wieder stand ihr die Vision ihrer verstümmelten Familie vor Augen. Sie ließ den Arm sinken. „Sag mir einfach, wo der Ausgang ist, und ich mache mich auf den Weg."

„Es gibt keinen Ausgang. Ich teleportiere dich rein oder raus."

Und er konnte kontrollieren, wohin sie gingen? Sie deutete auf den Fluss. „Wenn ich dem Wasser folge, wird es irgendwo an die Oberfläche kommen."

„Ja, nachdem es etwa eine Meile durch den Felstunnel führt. Dein Körper taucht dann irgendwo wieder auf. Tot."

Jia biss sich auf die Lippe und ließ ihren Blick zum Fluss wandern, dorthin, wo er im Tunnel verschwand. Wenn sie ertrank, musste sie sich keine Sorgen darüber machen, dass man sie in Stücke hackte. Sie bekam eine Gänsehaut, als sie sich diese letzten schrecklichen Momente ausmalte, in denen ihr die Luft wegbleiben würde …

„Was zum Teufel?", flüsterte er, und sie drehte sich zu ihm um. „Du ziehst es wirklich in Betracht, oder? Du bist selbstmordgefährdet." Er ging schnell auf sie zu.

Sie hob ihr Messer. „Bleib zurück!"

Er verschwand. Ehe sie auch nur reagieren konnte, hatte er sie von hinten gepackt. Mit dem linken Arm umfasste er ihre Rippen und zog sie hart an seine Brust. Mit der rechten entriss er ihr das Messer und warf es fort.

So unglaublich schnell. Und stark. Wieder kamen ihr Selbstzweifel, die sie daran erinnerten, wie schwierig es werden würde, Master Han ganz alleine umzubringen. Als Vampir war Han genauso stark und schnell wie dieser hier, der sie gegen seine steinerne Brust drückte.

„Lass mich gehen." Ihr stockte der Atem, als er mit der Hand am Gürtel um ihre Taille entlangtastete.

„Noch mehr Messer? Muss ich dich abtasten?"

„Lass mich los!"

„Werde ich. Irgendwann." Sein Kinn strich ihr über den Kopf. „Ich habe noch nicht entschieden, was ich mit dir anstellen soll."

Sie musste schlucken. Überwältigen konnte sie diesen Mann auf keinen Fall. Und selbst wenn es ihr gelänge, wo sollte sie hin? Der einzige Weg aus der Höhle führte durch den Fluss. Und den Tod.

Seine Wange strich ihr über die Haare, bis sie seinen Atem heiß an ihrem Ohr spüren konnte. Heiß? Sollten Vampire nicht kalt sein? Sein stoppeliger Kiefer kratzte ihr über die Wange. Sie neigte den Kopf von ihm weg, aber dadurch hatte er nur einen besseren Zugang zu ihrem Hals. Er vergrub die Nase an ihrer Halsbeuge, und sie schauderte.

„Du hast den Duft einer Gestaltwandlerin." Mit der rechten Hand umfasste er ihren Kiefer und drehte ihr Gesicht zu sich. „Und die goldenen Augen eines Tigers."

Sie sah ihm in die Augen und vergaß ein paar Sekunden lang das Atmen. Sein Blick war kühn und wild, als versuchte er, ihr bis in die Seele zu blicken. Seine Augen waren nicht einfach braun, wie sie gedacht hatte, stattdessen schimmerten goldene und grüne Flecken in der braunen Iris.

Es war etwas so ... Ehrliches an seinem Blick und seiner Miene. Instinktiv spürte sie, dass er bodenständig und ehrlich war. Ein Mann, der sagte und tat, was er für richtig hielt, und sich niemals dafür entschuldigte.

Sein Blick senkte sich auf ihren Mund, ehe er ihr wieder in die Augen sah. „Soll ich dich zurück nach Tiger Town bringen?"

„Nein!" Sie riss sich los, eine Sekunde lang überrascht, dass er sie gehen ließ. „Ich kann nicht zurück dorthin. Überallhin, nur nicht nach Tiger Town."

Er grinste. „Dann gibst du zu, dass dort dein Zuhause ist."

„Ja, aber ich kann nicht zurück, ehe meine Mission erfüllt ist."

„Deine Familie muss schon krank sein vor Sorge ..."

„Meine Familie ist *tot*! Meine Eltern und mein Bruder, in Stücke gehackt von Master Han. Ich werde nicht aufhören, ehe ich ihn umgebracht habe."

Der Vampir erstarrte. „Du wirst Han nicht umbringen."

„Werde ich doch! Ich habe geschworen, meine Familie zu rächen …"

„Du wirst Han nicht umbringen!", brüllte er. *„Ich werde das tun."*

Jia hielt einen Augenblick inne, erstaunt von seinen Worten und dem wilden Ausdruck auf seinem Gesicht. „Warum willst du …"

„Ich erkläre mich nicht", knurrte er und trat einen Schritt auf sie zu. „Ich war heute Nacht so nahe daran, Han umzubringen. Ich hatte freien Schuss auf seinen Hals, und du hast es verdorben."

Sie wich zurück. „Du …"

„Zwei Jahre bin ich diesem Schwein auf der Spur, und du hast es vermasselt!"

Sie zuckte zusammen. Kein Wunder, dass er sauer war. „Das wusste ich nicht."

„Du weißt nichts von Kriegsführung! Du kannst nicht die Wachen zuerst angreifen. Er teleportiert sich dann einfach weg."

„Das ist mir jetzt auch klar. Nächstes Mal werde ich besser …"

„Für dich gibt es kein nächstes Mal. Han umzubringen ist *mein* Job, und *du* hältst dich da raus!"

Jia stockte der Atem, als ihr klar wurde, wer dieser Vampir sein musste. Wie oft hatte sie gehört, wie sich Jin Long und ihr Cousin über ihn beklagt hatten? Angus schickte sie immer wieder auf die Mission, ihn zu finden, und irgendwie gelang es ihm stets aufs Neue, ihnen zu entwischen.

Wie war noch sein Name? Er kam ihr wie eine Legende vor,

so wie die Leute über ihn redeten. Manche sagten, er wäre gefährlich; andere nannten ihn einen Helden. Laut ihrem Cousin hatte er sich den Peilsender aus dem Arm geschnitten und war vor zwei Jahren verschwunden, nachdem er geschworen hatte, Master Han umzubringen. Ein paarmal, als Rajiv und Jin Long von Hans Soldaten umzingelt worden waren, war dieser Vampir wie durch ein Wunder aufgetaucht und hatte sie gerettet.

Genau wie er sie eben gerettet hatte. „Ich weiß, wer du bist. Du bist der … der …"

„Der Deserteur?", knurrte er. „Erzählen sie, dass ich verrückt bin?"

„Nein! Natürlich nicht." Innerlich zuckte sie zusammen. Es war nicht der richtige Zeitpunkt, um zuzugeben, dass Rajiv ihn als „Den Verrückten" bezeichnete. Und Jin Long ihn eine tickende Zeitbombe genannt hatte. Sie versuchte, sich daran zu erinnern, ob sie auch etwas Gutes über ihn erzählt hatten. „Sie sagen, du bist der beste Spurenleser der Welt."

Er starrte sie einen Moment lang an und wendete sich dann ab, von einem Fuß auf den anderen tretend, als wüsste er nicht, was er darauf antworten sollte.

Er ist nicht an Komplimente gewöhnt, dachte sie, und ihr Herz erweichte. Was für ein einsamer Mann er sein musste. Aber auch so wunderbar seiner Sache ergeben. Sie atmete scharf ein, als ihr auf einmal eine Idee kam. „Ich weiß, was wir machen. Wir arbeiten zusammen!"

Er blinzelte. „Nein."

„Ja!" Es war eine brillante Lösung, so brillant, dass sie in sich die Überzeugung verspürte, ihn ganz leicht dazu überreden zu können. „Es ist perfekt! Wir haben das gleiche Ziel, müssen uns also nur zusammenschließen, um unseren gemeinsamen Feind zu vernichten."

„Verdammt, nein."

„Ich glaube sogar, das Schicksal hat uns aus diesem Grund zusammengeführt."

Er zögerte und sah sie erstaunt an.

Ja! Sie war dabei, ihn zu überzeugen. Je mehr sie über diese neue Idee nachdachte, desto aufgeregter wurde sie. Sie hatte immer gewusst, dass es schwierig werden würde, Han umzubringen, aber als sie ihre Onkel Rinzen und Tenzen um Hilfe gebeten hatte, hatten diese sich geweigert. Und um es noch schlimmer zu machen, hatten sie dann ihren Plan ihrem Cousin verraten, und Rajiv hatte es ihr verboten. Rache sollte man männlichen Wertigern überlassen, hatte Rajiv zu ihr gesagt. Als die Prinzessin von Tiger Town war es ihre Aufgabe, die Gastgeberin zu spielen und für Besucher die Teezeremonie zu veranstalten. Sie war schwer versucht gewesen, Rajiv zu sagen, wohin er sich die zeremonielle Teekanne stecken könne.

„Als Vampir kannst du das ganze Schweben und Teleportieren übernehmen", fuhr sie fort. „Und ich kann mich um alles kümmern, was tagsüber erledigt werden muss. Ich kann dich sogar bewachen, während du in deinem Todesschlaf liegst."

Er schüttelte den Kopf. „Ich brauche keinen Wächter. Niemand weiß von diesem Ort."

„Ich weiß davon."

Er schnaubte. „Du hast keine Ahnung, wo wir sind."

„Das ist sogar noch besser! Niemand sollte wissen, wo unser Geheimversteck sich befindet."

„*Unser* Geheimversteck?"

„Ja!" Sie strahlte, begeistert von seiner Zustimmung. „Und du musst dir keine Sorgen machen, dass ich meinen Teil nicht erledige. Ich bin in Kampfkunst unterwiesen, und du hast gesehen, wie gut ich Messer werfen kann."

„Ich arbeite allein."

Sie winkte nachlässig ab. „Mir ist klar, dass du diesbezüglich wahrscheinlich etwas eingefahren bist, aber es ist an der Zeit, dass du etwas Neues wagst. Man muss mutig sein, um Erfolg zu haben."

Er sah sie fassungslos an. „Nennst du mich einen Feigling?"

„Natürlich nicht. Ich sage nur, dass wir als Team effizienter wären. Wie heute Abend zum Beispiel. Wenn ich deine Pläne vorher gekannt hätte, hätte ich mich nicht eingemischt." Sie lächelte ihn aufmunternd an. „Wir sollten gleich damit anfangen, Master Han aufzuspüren. Du weißt, wo seine Stützpunkte sind, richtig? Dann los!"

„Ich glaube, wir sollten gehen." Der Vampir fasste sie an den Armen.

Ja! Sie waren ein Team! „Solltest du dich nicht bewaffnen …" Sie verstummte, als alles um sie herum schwarz wurde.

Als sie wieder festen Boden unter den Füßen hatte, löste sie sich von ihm und sah sich um. *Oh Gott, nein.*

Sie standen auf dem Vorplatz von Tiger Town. Fackeln beleuchteten die Umgebung, und ein Dutzend bewaffneter männlicher Wertiger stand in ihrer Nähe. Alle starrten sie entsetzt an. Ihr wurde vor Verzweiflung ganz schlecht.

„Jia!" Rajiv kam auf sie zugerannt. „Wo bist du gewesen?"

„Was hast du getan?", zischte sie den Vampir an. „Ich habe dir gesagt, du sollst mich nicht hierherbringen."

Rajiv blieb vor ihr stehen. „Jia, was ist passiert? Du bist vor sieben Tagen aufgebrochen, um meinen Bruder in Thailand zu besuchen, und heute bekomme ich einen Anruf von ihm, dass du nie dort angekommen bist! Ich wollte gerade Suchtrupps nach dir aussenden."

Der Vampir lächelte spöttisch. „Ich hatte vermutet, dass ihr euch Sorgen um sie macht."

„Russell!" Rajiv schüttelte ihm die Hand. „Danke, dass du meine Cousine zurückgebracht hast."

Russell? So hieß der Vampir also. Jia starrte ihn wütend an. Es könnte Wochen dauern, bis sie Han noch einmal fand. Und jetzt, wo Rajiv wusste, was sie vorhatte, würde es ihr schwerfallen, Tiger Town zu entkommen.

„Cousine?" Russell sah sie misstrauisch an. „Du gehörst zur königlichen Familie?"

Sie war auf jeden Fall in entsprechendem Maße wütend. „Wir haben das gleiche Ziel. Ich dachte, du verstehst mich. Ich dachte, ich kann dir vertrauen."

Er presste die Lippen zusammen. „Falsch gedacht."

Sie holte weit aus und schlug ihn so fest sie konnte ins Gesicht.

2. Kapitel

Russell ließ seinen Kiefer kreisen, um sicherzugehen, dass er noch funktionierte.

Sie war verdammt stark für eine Prinzessin. Und verdammt wütend.

Er wendete sich von ihrem anklagenden Blick ab. Egal, was sie dachte, er hatte das Richtige getan. Die Frau hatte Familie, *königliche* Familie, und die war erleichtert, dass sie sicher zu Hause war. Ihr Plan, Han nachzustellen, war eindeutig suizidal. Dieses Schwein hatte Hunderte von Super-Soldaten. Es würde ihr nie gelingen, ihn ganz alleine umzubringen.

Deswegen wollte sie ja mit dir zusammenarbeiten. Verächtlich schnaubend ignorierte er seine innere Stimme. Zweifellos hatte es ihr höllisches Leid bereitet, als sie ihre Eltern und ihren Bruder verloren hatte, aber ihr Rachedurst durfte niemals wichtiger sein als sein eigener. Rache war alles, was ihm noch blieb. Sie hatte noch ihre Familie. Und Freunde. Hatte noch ein Zuhause und eine Zukunft. Es gab keinen Grund für sie, weiter zu leiden.

Und das war der große Unterschied zwischen ihnen. Ihm war es herzlich egal, ob er leiden oder sterben musste. Er hatte genug Leid ertragen, um sein kaltes, untotes Herz dagegen immun werden zu lassen.

Als Angus und seine Männer ihn vor drei Jahren in Master Hans Höhle in Thailand gefunden hatten, hatten sie ihn aus einem Vampir-Koma erweckt. Es war verstörend gewesen, herauszufinden, dass er sich den Reihen der Untoten angeschlossen hatte, aber daran hatte er sich schnell gewöhnt. Immerhin war er als Vampir gleichauf mit dem Schurken, der ihn angegriffen hatte. Das machte es ihm möglich, Rache zu nehmen. Und das gab ihm einen Grund weiterzuleben.

Russell erinnerte sich nicht daran, wie er im Vampir-Koma gelandet war, aber man hatte ihn in Hans Höhle gefunden. Mit einer Tätowierung auf dem rechten Handgelenk, die ihn als Hans Eigentum auswies. Das konnte nur bedeuten, dass Han ihn angegriffen, ihn ausgesaugt und dann für neununddreißig verdammte Jahre versteckt gehalten hatte.

Russells Theorie hatte sich bestätigt, nachdem er Han getroffen und dieses Schwein verkündete hatte, Russell würde ihm gehören. Russell hatte in genau dem Augenblick gewusst, dass Han sterben musste. Wenn es allerdings möglich war, wollte er Master Han noch eine Frage stellen, ehe er ihn umbrachte: *Warum? Warum hast du mich neununddreißig Jahre lang dort liegen lassen?*

Während dieser Zeit hatte Russell alles verloren. Anders als Jia hatte er nichts mehr zu verlieren. Es gab keine Familie, kein Zuhause, keine Zukunft. Nichts und niemanden.

Und so musste es auch bleiben. Er musste alleine arbeiten. Ein Partner würde ihn nur aufhalten. In ihm Verantwortung wecken. Und … Gefühle. Gefühle würden ihn schwächen. Und Schwäche führte zu Versagen.

„Tenzen!“, rief Rajiv einen seiner Onkel zu sich. „Bringst du Jia in ihr Zimmer?“

Die Augen der Prinzessin flackerten zornig auf, und sie bedachte Russell mit einem letzten vorwurfsvollen Blick aus ihren golden schimmernden Augen. „Siehst du, was du getan hast? Ich werde hier eine Gefangene sein!“

Tenzen nahm sie am Arm, und sie schüttelte ihn ab. „Ich kenne den Weg.“ Das Kinn gereckt, machte sie sich auf den Weg über den Vorplatz.

Ihr würdevoller Abgang wurde etwas getrübt durch das Schmatzen ihres nassen Stiefels, aber dennoch war Russell beeindruckt von ihrer Weigerung, sich geschlagen zu geben. War sie wirklich eine Gefangene? Der Anblick ihres Onkels und der zwei Wachen, die ihr dicht auf den Fersen folgten, schienen ihre Worte zu bestätigen.

„Jia, Gott sei Dank bist du wieder da!" J. L. Wang strahlte, als er auf sie zukam. „Alles in Ordnung?"

Russell kniff die Augen zusammen. J. L. war der Vampir, den sie als Freund bezeichnet hatte. Nur hatte sie dabei seinen vollständigen Namen, Jin Long, benutzt. Als ehemaliger Spezial-Agent für das FBI war J. L. sofort bei MacKay Security and Investigation untergekommen. Offiziell war er der Leiter der Sicherheit für den Westküsten-Zirkel, dessen Hauptquartier sich in seiner Heimatstadt San Francisco befand. Aber in letzter Zeit war er viel öfter in China gewesen, wo seine Chinesisch-Kenntnisse den guten Vampiren im Kampf gegen Master Han eine große Hilfe waren.

Jia hob eine Hand zum Gruß und marschierte dann ohne ein weiteres Wort an ihm vorbei. Als J. L.s Lächeln verblasste, breitete sich in Russells Brust ein befriedigtes Gefühl aus.

J. L. joggte hinüber zu Rajiv und Russell. „Was ist passiert?"

„Russell hat sie gefunden und zurückgebracht", antwortete Rajiv.

„Danke." J. L. lächelte Russell rasch zu. „Wir haben uns Sorgen um sie gemacht."

Russell ballte die Hände zu Fäusten. „Warum ist dann niemand bei ihr gewesen? Du nennst dich ihr Freund, lässt sie aber allein, wenn sie sich der Gefahr stellt?"

J. L. erstarrte. „Was ist denn auf einmal mit dir los?"

„Sie war nicht allein", erklärte Rajiv. „Wenigstens nicht am Anfang. Die Frau meines Bruders hat vor Kurzem Zwillinge geboren. Jia hat sich angeboten, als unsere Abgesandte Geschenke zu bringen und mit den Babys zu helfen. Sie ist vor einer Woche mit einer kleinen Karawane aufgebrochen. Fünf Wachen. Kurz hinter der Grenze zu Thailand ist es ihr gelungen, sich mitten in der Nacht fortzuschleichen. Die Wachen haben nach ihr gesucht, konnten sie aber nicht finden. Also sind sie ins Dorf meines Bruders geeilt und haben mich heute Nacht angerufen, um mir mitzuteilen, dass sie vermisst wird."

„Wir wollten uns gerade auf die Suche nach ihr machen", fügte J. L. hinzu. „Wo hast du sie gefunden?"

Russell trat von einem Fuß auf den anderen. Er war sich nicht sicher, ob die beiden wussten, dass Jia plante, Master Han umzubringen. Auch wenn er sie warnen sollte, merkte er, dass er seltsamerweise zögerte, Jia zu verraten. „Ich bin mir nicht sicher. Irgendwo im nördlichen Myanmar."

J. L. kniff misstrauisch die Augen zusammen. „Master Han hat dort einen Stützpunkt."

Russell zuckte mit den Schultern. „Die hat er doch überall."

„War Han dort?", verlangte Rajiv zu wissen. „Hat sie versucht, ihn umzubringen?"

Dann wussten sie es also. Russell seufzte. „Ja, sie hat es versucht, und sie war verdammt nah daran, Erfolg zu haben."

J. L. keuchte entsetzt auf.

Rajiv verzog das Gesicht. „Ich habe ihr strikt verboten, auch nur in die Nähe von Han oder seinen Stützpunkten zu gehen."

J. L. schüttelte den Kopf. „Sie ist zu impulsiv. Das bringt sie eines Tages um."

In Russell kochte plötzlich die Wut hoch. „Wenigstens tut sie etwas! Sie hatte den Mut, ihm nachzustellen, was man von euch beiden nicht behaupten kann!"

„Wenn du weißt, wo Han ist, dann sag es mir, und ich bringe ihn gerne um. Ich habe Jia versprochen, ihre Familie zu rächen. Und da du sie gefunden hast, musst du auch in Hans Nähe gewesen sein. Warum hast *du* ihn nicht umgebracht?", brachte Rajiv verärgert hervor.

Russells biss die Zähne zusammen und schwieg.

„Meinst du, wir machen hier überhaupt nichts?" J.L. sah ihn wütend an. „In den letzten zwei Monaten haben wir sechs von Hans Stützpunkten angegriffen und seine Super-Soldaten gefangen genommen. Sie sind jetzt in der Klinik und werden zurückverwandelt."

„Wir haben Hans Armee auf dreihundertzwanzig Mann verringert", ergänzte Rajiv.

„Statt die Soldaten zu retten, müssen wir Han umbringen. Wenn der Kopf tot ist, verrottet auch der Körper."

„Dann ruf uns an, wenn du Han das nächste Mal siehst", knurrte J. L. „Wir sind auf der gleichen Seite, verdammt noch mal."

Russell trat einen Schritt zurück, um sich fortzuteleportieren. „Bis dann."

„Warte!" J.L. hob eine Hand „Wir müssen noch mehr wissen. Ist Han noch in Myanmar?"

„Er ist weg. Keine Ahnung, wo er jetzt ist. Und er hatte den Drachenjungen dabei."

„Xiao Fang?", fragte Rajiv. „Geht es ihm gut?"

„Sah so aus."

„Lass mich dir ein Satellitentelefon mitgeben", sagte J. L. „Wenn du Han das nächste Mal siehst ..."

„Ich habe ein Telefon."

„Aber der Akku ..."

„Der ist kein Problem." Russell stellte sich seinen unterirdischen Unterschlupf vor und machte sich bereit zum Teleportieren. *Unser Geheimversteck*, hatte die Prinzessin ihn genannt. Stimmte es, was sie gesagt hatte? „Ist sie wirklich eine Gefangene?"

Rajiv sah zu den Häusern, die an den Platz grenzten. Jia war eine der schmalen Gassen hinab verschwunden. „Sie übertreibt. In Tiger Town kann sie gehen, wohin sie will."

Tiger Town war klein. Russell schluckte die Wut hinunter, die immer noch in ihm brodelte. Wie konnten sie es wagen, eine kämpferische Seele wie die ihre einzusperren?

„Wenn sie immer noch die Wertiger in Thailand besuchen will, kann ich sie teleportieren", bot J. L. an.

Russell schnaubte. Dachten diese Idioten wirklich, sie wollte babysitten? Sie schärfte wahrscheinlich gerade ihre Messer und plante ihre Flucht. Sie hatte nur eine einzige Sache im Sinn – Han umzubringen.

Und er musste ihr dabei zuvorkommen. Russell teleportierte sich davon.

Jia legte den Riegel vor die Tür. Das Letzte, was sie jetzt brauchte, war jemand, der hereinplatzte, während sie ihren geheimen Waffenvorrat überprüfte.

Sie eilte durch das dunkle Zimmer und öffnete die Läden am hinteren Fenster. In Myanmar war es bewölkt gewesen, aber hier, in der Yunnan-Provinz von China, war der Himmel klar. Zahllose Sterne und eine schmale Mondsichel schienen durch das Fenster. Mit ihrer ausgezeichneten Nachtsicht reichte das Licht aus, um sehen zu können.

Als Enkelin des verstorbenen Grand Tiger lebte sie in Tiger Town, seit sie acht Jahre alt gewesen war und nach dem Tod ihrer Eltern und ihres Bruders hatte herziehen müssen. Sie war in allen Feinheiten des Lebens bei Hofe und in den aufwändigen Zeremonien gut ausgebildet, aber hier, in ihrem eigenen Zimmer, hatte sie immer eine spartanische Existenz beibehalten. Solange ihre Familie nach Rache rief, konnte sie es sich nicht erlauben, weich zu werden.

Ihr Raum nahm die Hälfte eines Gebäudes ein, das sich

an der Klippe befand, die zum Strand und zum Mekong hinunterführte. Unten am Fluss sah sie Lichter in den Fenstern der Häuser und Läden, die dort auf Pfählen gebaut waren. Die meisten Dorfbewohner von Tiger Town lebten am Fluss und arbeiteten als Fischer oder Kaufleute. Hier oben auf der Klippe lagen die königlichen Residenzen und Gasthäuser neben dem großen Vorplatz und dem Palast.

Ihr empfindliches Gehör nahm einen Stiefel wahr, der auf dem steinernen Gang vor ihrer Tür über den Boden kratzte. Die Wachen waren noch da. Verdammt. Wie konnte dieser Vampir es wagen, sie zurück nach Tiger Town zu bringen? Sie hatte ihm deutlich gesagt, dass sie überallhin wollte, nur nicht hierher.

Sie trat an ihre hölzerne Truhe und tastete unter dem Stickzeug nach ihren versteckten Messern. Sie waren noch da, Gott sei Dank. Anscheinend hatte Rajiv nicht befohlen, ihr Zimmer durchsuchen zu lassen, als er erfahren hatte, dass sie vermisst wurde.

Nachdem sie das lederne Päckchen herausgezogen hatte, löste sie das Band darum und rollte es auf dem Boden aus. Zehn perfekt ausgewogene Messer lagen in einer Reihe, die Griffe in schmalen Taschen, die Klingen im Mondlicht glänzend. Sie zog ein Messer aus jedem Stiefel und ein drittes, das sie an ihrer Wade unter der Hose trug. Sie schob ihre weite Hose noch höher, um den kleinen Notfall-Dolch freizulegen, den sie an ihren Schenkel gebunden hatte.

Grinsend legte sie die vier Messer zu ihrer Sammlung. Der Vampir hatte einen Fehler begangen, als er sie nicht nach weiteren Waffen durchsucht hatte, auch wenn der Gedanke, wie er mit den Händen ihre Beine hinauffuhr, sie zum Stutzen brachte. So starke Hände. Sie musste nur die Augen schließen, um sich an seine steinharte Brust in ihrem Rücken zu erinnern, an das Kratzen seiner Barthaare an ihrer Wange und die verwegene Art, wie er ihr in die Augen gesehen hatte. Was für ein eindringlicher, aufregender …

„Mistkerl." Es war egal, wie stark oder gut aussehend er war. Er hatte sie hintergangen. Und dann hatte er sich von ihr abgewendet, als wäre es ihm egal. Dieser kalte, herzlose Wurm. Er war definitiv keiner von den guten Vampiren.

Sie eilte an einen eleganten Paravent, der den Teil des Zimmers abtrennte, den sie als Schlafstätte benutzte. Der Schirm war ein Geschenk von ihrem Großvater und bestand aus mehreren Quadraten, auf denen verschiedene Landschaftsmalereien abgebildet waren. Sie faltete ihn zusammen, sodass die hintere Wand sichtbar wurde. Ein Stück weiße Seide hing aufgerollt wie ein Vorhang an der Decke. Sie löste die Kordel, und die Seide entfaltete sich rauschend die Wand hinab. In Schwarz war der Umriss eines Mannes auf die weiße Seide gemalt. Sie legte ein paar Bücher auf den Saum, damit das seidene Banner straff über die hölzerne Wand gespannt war.

Nachdem sie schnell zu ihren Messern zurückgeeilt war, nahm sie sich eines, drehte sich zu dem Seidenbanner um und ließ das Messer fliegen. *Bong.* Direkt ins Herz des Mannes.

„Versuch du noch mal, mich aufzuhalten, Vampir, und das nächste ist für dich." Sie schleuderte noch ein Messer und vergrub es im Kopf des Mannes.

Sie zuckte zusammen. *Nicht sein schönes Gesicht.* Aufstöhnend wendete sie sich von dem Banner ab. Sein Name war Russell. Der beste Spurenleser der Welt. *Denk nicht an ihn.* Aber was, wenn er gerade jetzt auf der Suche nach Han war? Was, wenn er Han fand und ihn tötete, wenn er ihr damit die Rache raubte, die sie ihrer Familie versprochen hatte? Wie sollte sie je mit sich selbst leben, wenn sie in der Mission versagte, auf die sie sich seit dreizehn Jahren vorbereitete?

Verdammt, er musste sie einfach mit ihm arbeiten lassen. Es war egal, dass er ein kalter, herzloser Wurm von einem Vampir war, solange er ihre beste Chance darstellte, ihre Mission tatsächlich zu erfüllen. Und sie zu überleben.

Sie schauderte, als die Erinnerung an das Fiasko der heutigen Nacht auf sie einströmte. Nicht nur war es ihr nicht gelungen, Han zu töten, sie hatte auch Panik bekommen, als die Soldaten Jagd auf sie gemacht hatten. Noch nie hatte sie erlebt, dass so viele Männer versessen darauf waren, sie zu töten. Und wie konnte sie ihnen das vorwerfen? Sie hatte zwei von ihnen umgebracht.

Ihre Knie gaben nach, und sie brach auf dem Boden neben der Holztruhe zusammen. Mehr als die Hälfte ihres Lebens träumte sie schon davon, Rache für ihre Familie zu nehmen. Sie hatte es sich immer als erhabene, edle Aufgabe vorgestellt und sich selbst als edle Kriegerin gesehen.

Aber ihretwegen waren zwei Männer gestorben. Sie hatten Familie.

Tränen brannten ihr in den Augen. *Ich hatte auch eine Familie!* Sie griff nach der roten Seidentasche in ihrer Truhe, in der sich ihr wertvollster Besitz befand. Vorsichtig nahm sie die zwei reich verzierten Armspangen aus gehämmertem Gold, die mit Intarsien aus Jade verziert waren, aus der Tasche. Ihr Vater hatte sie ihrer Mutter zur Hochzeit geschenkt. Sie waren alles, was ihr von ihren Eltern geblieben war.

Tief durchatmend legte sie sich die Armbänder an die Handgelenke. „Ich werde euch rächen, das verspreche ich." Sie würde Han töten. Und wenn ihn hundert Soldaten bewachten, sie würde einfach mitten durch sie hindurchpreschen. Nichts konnte sie aufhalten.

Nicht einmal Russell.

Als es plötzlich an der Tür klopfte, sprang sie auf.

„Jia!", rief Rajiv. „Können wir uns kurz unterhalten?"

„Nur eine Sekunde!" Sie schnappte sich die Messer und

warf sie in die Truhe, dann schob sie schnell ein halb fertiges Stickprojekt darüber und schloss den Deckel. Sie rannte zum Paravent und zog ihn wieder auf, um das Seidenbanner zu verstecken, an dem sie Zielen geübt hatte.

Sie löste den Riegel an der Tür und schob sie einen Spalt weit auf. „Ja?"

Rajiv stieß die Tür auf und trat ein. „Wir hatten vorhin keine Gelegenheit, miteinander zu reden. Und ich dachte, du hast vielleicht Hunger."

Sie war wirklich am Verhungern. In den letzten Tagen hatten ihre Mahlzeiten aus einem Beutel voll getrocknetem Rindfleisch, Nüssen und Beeren bestanden. Ihr lief das Wasser im Mund zusammen, als sie sah, wie eine Dienerin eintrat, ein Tablett mit Reis, Suppe und frisch gedämpften Teigtaschen in den Händen. Eine weitere Dienerin brachte ein Tablett mit einer Teekanne und zwei kleinen Porzellantassen.

Die Dienerinnen stellten die Tabletts auf einen niedrigen Tisch und verbeugten sich.

„Danke", sagte Rajiv zu den Frauen. „Könntet ihr noch die Kerzen anzünden? Und bringt die Geschenke, die heute gekommen sind."

„Ja, Euer Eminenz", murmelten die Frauen und gingen.

„Geschenke?", fragte Jia.

„Das erkläre ich dir später." Rajiv betrachtete sie von oben bis unten. „Geht es dir gut? Ist dir etwas zugestoßen?"

„Alles in Ordnung."

Er sah sie stirnrunzelnd an. „Muss ich dir sagen, wie viel Angst du uns bereitet hast? Und wie wütend ich bin, dass du nicht gehorcht hast ..." Er hielt inne, als eine der Dienerinnen mit einer Laterne und einem langen Stab zurückkam.

Jia war dankbar, dass ihr Cousin sie nicht vor einer Angestellten rügen wollte, aber trotzdem störte es sie, überhaupt Ärger zu bekommen. Wenn ein männlicher Wertiger so wie sie aufgebrochen wäre, um eine gefährliche Mission zu erfüllen, hätte man ihn für seinen Mut gelobt.

„Lass uns Tee trinken." Sie setzte sich mit verschränkten Beinen auf eine Seite des niedrigen Tisches und schenkte Tee in die zwei kleinen Tassen. Eine hielt sie ihrem Cousin hin. „Bitte sehr."

Rajiv setzte sich und nahm einen Schluck. Er schwieg, während die Dienerin im Zimmer herumging und den langen Stab benutzte, um alle vier Kerzen zu entzünden. „Danke." Er nickte, als die Dienerin sich verbeugte und ging.

Die Wächter schlossen die Tür von außen.

„Wie lange werde ich noch bewacht?", fragte Jia.

„Das liegt ganz bei dir." Rajiv warf ihr einen verärgerten Blick zu. „Wie lange wirst du noch auf dieser dummen Vorstellung bestehen, dass du eigenhändig deine Familie rächen kannst?"

Jia tauchte ihren Löffel in die Reisschüssel. „Meine Eltern und mein Bruder haben es verdient, gerächt zu werden."

„Dem widerspreche ich nicht." Rajiv schenkte sich Tee nach. „Sie sind auch meine Familie. Und ich verstehe, wie du dich fühlst. Lord Qing hat meine Eltern umgebracht ..."

„Und du hast Rache genommen. Ich habe dir dabei geholfen, weißt du noch?" Jia schob sich etwas Reis in den Mund. „Wenn du nicht willst, dass ich es allein erledige, dann hilf mir!"

Rajiv seufzte. „Ich habe Großvater versprochen, dich zu beschützen."

„Ich habe neun Leben. Ich bin bereit, ein paar davon für die Gerechtigkeit zu verlieren."

„Bist du das?" Rajiv warf ihr einen schiefen Blick zu. „Nur weil wir achtmal sterben und wiedererwachen können, macht das jeden einzelnen Tod nicht weniger schmerzhaft. Das weiß ich aus Erfahrung."

Jia war zerknirscht. Sie bezweifelte nicht, dass Rajiv die Wahrheit sagte. Er lebte sein zweites Leben, nachdem er als Teenager an einem giftigen Schlangenbiss gestorben war. Sie erinnerte sich an die Panik, die sie empfunden hatte, als die Soldaten Jagd auf sie gemacht hatten. Die Vorstellung von mehreren Stich- und Schusswunden hatte ihr schreckliche Angst gemacht.

Sie zupfte eine gedämpfte Teigtasche auseinander und reichte ihrem Cousin die eine Hälfte. „Es tut mir leid, dass ich dir Sorgen bereitet habe."

Rajiv nickte und nahm einen Bissen. „Du trägst die Armbänder deiner Mutter. Die haben mir immer gefallen."

„Sie helfen mir, motiviert zu bleiben."

Er stöhnte. „Wie kann ich dich davon überzeugen, die Sache aufzugeben? Ich habe dir versprochen, dass ich deine Familie rächen werde. Tenzen und Rinzen haben es ebenfalls versprochen. Dein Vater war ihr Bruder."

„Worauf warten wir dann noch?" Sie stopfte sich die andere Hälfte in den Mund. „Gehen wir!"

„Wenn wir gehen, wirst du nicht mit uns kommen. Ich werde dein Leben nicht aufs Spiel setzen."

Sie schluckte heftig. „Das sollte meine eigene Entscheidung sein. Ich bin auf alles vorbereitet, Rajiv. Ich habe jahrelang trainiert. Leih mir ein paar Soldaten, damit ich anfangen kann."

Er seufzte. „Das habe ich dir doch schon erklärt. Han hat dreißig Stützpunkte und teleportiert sich von einem zum anderen. Er kann in einer Sekunde den Ort wechseln. Du würdest dagegen eine Woche brauchen, um zum nächsten Stützpunkt zu kommen, ohne Garantie, dass er auch wirklich dort ist …"

„Heute Nacht habe ich ihn gefunden."

„Ein glücklicher Zufall. Er war eben gerade in dem Lager, das du entdeckt hast." Rajiv sah sie neugierig an. „Wie hast du seinen Stützpunkt gefunden?"

„Ehe wir zum Dorf deines Bruders in Thailand aufgebrochen sind, hast du mir den Weg auf der großen Karte in deinem Arbeitszimmer gezeigt. Und du hast dort alle Stützpunkte von Han markiert. Als ich gesehen habe, wie dicht ich an seinem Stützpunkt in Myanmar vorbeikommen würde, wusste ich, ich muss es versuchen. Als ich nahe genug war, habe ich seinen Vampirduft aufgespürt, und der hat mich direkt zu seinem Aufenthaltsort geführt."

Rajiv schüttelte den Kopf. „Ich hasse die Vorstellung, was dir hätte passieren können, wenn Russell nicht gewesen wäre."

Jia reagierte empört. „Ich brauche seine Hilfe nicht."

„Wir brauchen seine Hilfe sehr wohl. Er kann Han schneller finden als jeder andere von uns."

Jia zuckte mit den Schultern und aß von ihrer Suppe. Ihr Geruchssinn war ausgezeichnet. Sie würde Han schon alleine finden.

Rajiv sah ihr stirnrunzelnd zu. „Wie soll ich dich bloß von Ärger fernhalten?"

Es klopfte an der Tür, und dann schlüpfte eine Dienerin herein. „Ich habe die Geschenke gebracht, Euer Eminenz."

„Stell sie bitte neben Lady Jia ab." Rajiv deutete auf den Boden.

Jia strich mit der Hand über die zwei Ballen wunderschön bestickter Seide, einer rot und einer goldfarben. „Wer hat die geschickt?" Sie betastete die fein geschnitzte hölzerne Schachtel, die auf den Stoffballen lag. Als sie den Deckel hob und hineinspähte, keuchte sie auf beim Anblick des antiken Haarschmucks aus Gold und Jade. Er musste ein kleines Vermögen wert sein. „Warum wurde das hierhergeschickt?"

Die Dienerin lächelte. „Das sind schöne Verlobungsgeschenke, findet Ihr nicht?"

„W...was?"

„Euer Verlobter muss sehr reich sein", fügte sie hinzu.

„Mein *was?*“ Jia schlug die Schachtel zu.

„Du kannst jetzt gehen“, sagte Rajiv zu der Dienerin. Als sie aus der Tür geeilt war, sah er Jia zerknirscht an. „Ich kann das erklä…“

„So willst du mich also vor Ärger bewahren?“, verlangte Jia mit immer lauter werdender Stimme zu wissen. „Bin ich ein Problem, das du lösen kannst, indem du mich einfach verheiratest?“

Rajiv zuckte zusammen. „Ich würde dich nie zwingen, etwas zu tun, was du nicht tun willst …“

„Oh, wie großzügig von dir!“ Sie sprang auf. „Wie kannst du es wagen!“

„Setz dich hin und lass mich erklären.“ Als sie stehen blieb, funkelte er sie böse an. „Setzen!“

Sie setzte sich wutschnaubend hin und starrte zurück.

„Ich war ebenso schockiert wie du, als die Pakete gekommen sind“, fing Rajiv an. „Ich hatte keine Ahnung, dass Großvater deine Verlobung arrangiert hatte. Er ist so plötzlich gestorben, dass er es mir nicht mehr erzählen …“

„Er hat es *mir* nicht erzählt!“ Jia ballte die Hände zu Fäusten. „Warum sollte er so etwas tun, ohne es mir zu sagen?“

„Er hat vielleicht damals gedacht, du wärst noch zu jung.“ Rajiv seufzte. „Ich habe mir heute Nachmittag seine Korrespondenz angesehen, und es sieht so aus, als hätte Großvater das alles schon vor elf Jahren arrangiert.“

„Da war ich erst zehn!“

„Ganz genau. Aber da du beide Eltern verloren hattest, hielt er es sicherlich für seine Pflicht, dafür zu sorgen, dass du eine gute Zukunft hast. Du bist hier im Palast aufgewachsen, er wollte also zweifellos sichergehen, dass du weiter das Leben führen kannst, an das du gewöhnt bist. Jetzt, wo du einundzwanzig bist, sieht es so aus, als wolle dein Verlobter die Sache vorantreiben …“

„Wer ist er?“ Sie deutete auf die Geschenke. „Wer hat die geschickt?“

„Der Grand Tiger von Südkorea. Du bist mit seinem ältesten Sohn und Erben verlobt.“

Jia keuchte auf. Südkorea war so weit weg. Eine ganz andere Kultur, eine andere Sprache. Sie kannte dort niemanden. „Wie konnte Großvater mir das antun?“

„Das ist nicht ungewöhnlich“, versicherte Rajiv ihr. „Wenn du dich erinnerst, hat Großvater zwei seiner Töchter mit entfernt lebenden Wertiger-Prinzen verheiratet. Eine unserer Tanten ist jetzt die Königin von Sri Lanka, die andere Königin von Kambodscha. Das ist gut für die Beziehungen zwischen ...“

„Ich bin kein politisches Werkzeug!“ Jia stand auf und ging im Raum auf und ab.

„Das erwarte ich auch nicht von dir.“ Rajiv drehte sich zu ihr um. „Aber sieh es einmal so. Eines Tages willst du heiraten, oder?“

„Ich könnte mehrere hundert Jahre leben. Warum die Eile?“ Sie blieb vor dem Fenster stehen und sah hinauf zu den Sternen.

„Du könntest einen Dorfbewohner heiraten und mit ihm in einer Hütte leben. Oder einen Prinzen heiraten und in einem Palast wohnen. Was klingt besser?“

Die Vision einer Höhle mit einem unterirdischen Fluss trat ihr vor Augen. Konnte ein Wertiger-Prinz auch nur annähernd so gut aussehen wie Russell? Was dachte sie da? Dieser herzlose Wurm war ein Vampir. Kopfschüttelnd entfernte sie sich wieder vom Fenster.

„Was kann es schaden, sich mit dem Prinzen zu treffen?“, fuhr Rajiv fort. „Vielleicht magst du ihn.“

„Vielleicht hasse ich ihn.“

„Vielleicht hasst er dich.“

Sie setzte eine verletzte Miene auf. „Wie könnte mich irgendjemand hassen?"

Rajivs Mundwinkel zuckten. „Wo soll ich anfangen?" Er nahm die Finger zu Hilfe. „Du bist ungehorsam."

„Ich gehorche, wenn der Befehl sinnvoll ist."

„Streitsüchtig."

„Bin ich nicht!"

„Kindisch …"

Sie stampfte mit dem Fuß auf.

Er grinste.

Sie wurde rot und wendete sich ab. „Wenn ich so eine schlechte Partie bin, solltest du den Prinzen vor mir warnen."

„Er kann selbst entscheiden, ob er an dir interessiert ist."

Jia drehte sich zu ihrem Cousin um. „Was soll das heißen?"

Rajiv stand auf. „Er kommt in zwei Wochen her."

Sie erstarrte keuchend.

Rajiv deutete auf ihr Essen. „Du solltest essen, ehe es kalt wird. Wir reden morgen weiter."

Jia blieb reglos stehen, während ihr Cousin den Raum verließ und die Tür hinter sich schloss. Sie hörte leises Flüstern, als er sich mit den Wachen unterhielt. Zweifellos sorgte er dafür, dass sie über Nacht bleiben musste, wo sie war.

Ihr Blick wanderte zu den Geschenken auf dem Boden. Zwei Wochen? Ein Wertiger-Prinz kam in vierzehn Tagen, um sie zu holen. Wenn sie ihn heiratete, verbrachte sie den Rest ihres Lebens weit weg. Fort von ihrer Familie und ihren Freunden. Fort von der Aufgabe, an der sie die letzten dreizehn Jahre lang gearbeitet hatte.

Sie atmete tief durch. Sobald der Prinz ankam, würde sie unter endlosen zeremoniellen Pflichten begraben werden. Es gab keine Zeit zu verlieren. Sie hatte weniger als zwei Wochen, um Tiger Town zu entkommen und Master Han zu töten.

3. Kapitel

Am folgenden Abend hockte Russell hoch in einer Baumkrone und hatte sein Fernglas ins Innere von einem von Hans Feldlagern gerichtet.

Er hatte bisher nur etwa ein Dutzend Soldaten gezählt. Die Hälfte war mit einem Würfelspiel beschäftigt, bei dem sie das wenige Geld verspielten, das sie besaßen. Die anderen dösten oder tranken. Nur einer spähte manchmal über die Wallanlage in einem halbherzigen Versuch, seinen Wachdienst zu verrichten. Han war eindeutig nicht dort. Und auch keiner seiner hochrangigeren Offiziere.

Seufzend ließ Russell sein Fernglas sinken. Sosehr ihm der Gedanke gefiel, dass der Mordversuch vom vorigen Abend Master Han einen riesigen Schreck eingejagt hatte, nervte ihn doch das Resultat daraus. Der Feigling versteckte sich jetzt so gut, dass Russell ihn nirgends finden konnte.

Nachdem er in der Nacht zuvor die Prinzessin in Tiger Town abgeliefert hatte, war er zu allen dreißig von Hans Stützpunkten teleportiert, um nach dem Dreckskerl zu suchen. Glück hatte er keines gehabt. Nachdem er zwei von Hans Offizieren entdeckt hatte, versteckte Russell sich auf dem Dach, um ihr Gespräch zu belauschen, in der Hoffnung, dass sie Han erwähnten oder sogar den Standpunkt eines neuen Stützpunktes.

Nichts. Er hatte sich überlegt, einen der Offiziere zu entführen und es mit vampirischer Gedankenkontrolle zu versuchen, um mehr Informationen zu bekommen, aber das würde wahrscheinlich nicht funktionieren. Russell konnte Erinnerungen löschen, aber all seine Versuche, die Super-Soldaten zu kontrollieren, waren erfolglos geblieben. Soweit er es sagen konnte, hatte der Dämon Darafer sie so programmiert, dass sie nur ihm und Master Han gehorchten.

Der nahende Sonnenaufgang hatte Russel dazu gezwungen, aufzugeben und in sein Versteck zurückzukehren. Während er auf seinem Bett lag und der Todesschlaf sich langsam über ihn legte, stellte er sich die gleiche Szene vor, von der seit zwei Jahren seine Tagträume bestimmt wurden. Die letzte Schlacht, in der er Master Han verdreschen, ihm die Maske abreißen und ihn dann töten würde. Wenn er es sich nur oft genug vorstellte, würde es irgendwann so kommen. Das musste es einfach.

Aber dann geschah etwas Merkwürdiges. Zum ersten Mal überhaupt endete sein Traum nicht mit seinem Sieg. Nach der Schlacht sah er sich nach Tiger Town teleportieren, sich auf ein Knie niedergehen und Hans Maske der Prinzessin präsentieren. Sie trug ein goldenes Kleid und ein funkelndes Diadem auf dem Kopf. Die Luft um sie herum flimmerte vor Kerzenlicht, sodass sie von einem goldenen Heiligenschein umgeben war, und er fand, dass sie eher wie ein Engel als wie eine Tigerin aussah.

„Mylady, ich habe Eure Familie für Euch gerächt."

Sie presste sich die Maske an die Brust, und Tränen glänzten in ihren goldenen Augen. „Wahrhaftig, Ihr seid der mutigste, edelste Mann auf Erden! Nein, im ganzen Universum!"

Auch mit geschlossenen Augen und benommen gelang Russell noch ein verächtliches Schnauben. Na gut, wenn er schon träumte, konnte er auch aufs Ganze gehen.

„Wie soll ich Euch nur jemals entlohnen?", fuhr sie fort, und dabei lief ihr eine Träne die zarte Wange hinab.

„Mir fällt schon etwas ein." Er trat näher und wischte ihr die Träne mit dem Daumen ab.

„Wie kannst du es wagen, eine Prinzessin anzufassen!“ Sie holte weit aus und gab ihm eine schallende Ohrfeige.

„Mist“, murmelte Russell. Sogar seine Träume waren gegen ihn. Und mit diesem letzten Gedanken war er tief in den schwarzen Abgrund seines Todesschlafs gestürzt.

Jetzt lehnte er sich an den Baumstamm und unterdrückte ein Aufstöhnen. Es sah aus, als würde sich das Versagen von letzter Nacht wiederholen, nur noch schlimmer, weil er auch noch von der Erinnerung an diesen blöden Traum geplagt wurde.

Warum musste er immer an sie denken? Dann fand er eben eine schöne Frau attraktiv. Na und? Damit war nur bewiesen, dass er nicht vollkommen tot war. Nur zu fünfzig Prozent.

Also wirklich. Wie konnte eine Wertiger-Prinzessin sich je für einen Vampir-Vagabunden interessieren, der in einer Höhle am Fluss lebte?

Das Merkwürdigste an dem Traum war vielleicht, dass er nicht wie üblich mit Hans Tod geendet hatte. In den letzten Jahren war Russell so versessen auf das Erreichen seines Ziels gewesen, dass er nie darüber hinaus gedacht hatte. Was konnte er tun, wenn der Bösewicht einmal tot war?

Ihm zog sich die Brust zusammen, als eine heimtückische schwarze Wolke über ihm aufzog und drohte, ihn mit Verzweiflung zu überwältigen. Es gab nichts mehr für ihn zu tun. Keine Familie, kein Zuhause, zu dem er zurückkehren konnte. Nichts.

Hatte er deshalb die Mission so lange hinausgezögert? Weil sie der einzige Grund war, weshalb er noch lebte?

Einen Augenblick lang erinnerte er sich daran, wie Jia mit ihm in der Höhle geredet hatte. So lebendig und lebhaft bei dem Versuch, ihn davon zu überzeugen, sich mit ihr zusammenzuschließen. Selbst jetzt sorgte die Erinnerung an ihre Aufregung dafür, dass ihm leichter ums Herz wurde. Was machte sie wohl gerade? Plante sie ihre Flucht? Hatte sie immer noch ihre Messer um Wade und Schenkel gebunden? Er war versucht gewesen, sie ihr abzunehmen, nur um eine Ausrede zu haben, ihre zarte Haut zu berühren.

Schnell schob er den Gedanken beiseite und teleportierte sich zum letzten Stützpunkt. Hoch auf einer Klippe beobachtete er die Soldaten. Sie sahen gelangweilt aus. Desinteressiert. Wenn Han dort wäre, wären sie wachsam, denn er hatte die schlechte Angewohnheit, jeden Soldaten umzubringen, mit dem er nicht zufrieden war.

Kein Han zu sehen. Noch eine Nacht, die man vergessen konnte.

Russell teleportierte sich zurück in sein unterirdisches Versteck. Die Bat-Höhle, wie er es nannte. Nachdem er ein paar Lampen angezündet hatte, fiel sein Blick auf die Stelle am Fluss, wo Jia am Abend zuvor gestanden hatte. Sie war die Einzige, die sein Geheimversteck je zu Gesicht bekommen hatte. *Unser Geheimversteck.*

Er schüttelte die Erinnerung an ihre Stimme ab, während er die Taschen seines Mantels leerte. Nachdem er seine Uhr abgenommen hatte, betrachtete er stirnrunzelnd die Tätowierung an der Innenseite seines Handgelenks. „Sklave" stand dort. Immer wenn er eine Erinnerung daran brauchte, wie sehr er Han hasste, musste er sich nur diese verdammte Kennzeichnung ansehen.

„Warum, du Dreckskerl?", murmelte Russell. Warum hatte Han ihn ausgesucht? Und warum hatte er ihn neununddreißig Jahre lang im Koma liegen lassen?

Seufzend trat Russell an das Bücherregal, um sein Satellitentelefon aufzuladen. Das Leben hatte sich verbessert, seit er den neuen solarbetriebenen Stromgenerator besaß. Die Drähte des Generators führten durch die dünne Decke und einen hohen Baum hinauf bis zu den Solarzellen, die er hoch oben in den stabilen Ästen der Eiche installiert hatte. Er stellte eine Flasche synthetisches Blut in seine neue Mikrowelle und schwebte dann an die Decke, um seine Armbrust und seinen Köcher aufzuhängen.

Sein Blick wanderte wieder an diese eine Stelle. *Denk nicht an sie.* Er ließ sich auf den Boden sinken, nahm die warme Flasche Blut aus der Mikrowelle und ging in der Höhle auf und ab, während er sie leertrank.

Er würde Wäsche waschen. Das dürfte ihn ablenken. Er stellte die Flasche auf den Tisch, nahm sich dann einen Eimer und ging an den Fluss, um ihn aufzufüllen. Dort entdeckte er im Sand ihre Fußabdrücke, wo sie in den Fluss getreten war und ihren nassen Schuh anschließend wieder aufs Trockene bugsiert hatte. Eine Cat-Woman hatte ihn in seiner Bat-Höhle besucht. Der Gedanke brachte ihn zum Lächeln.

Was zum Teufel sollte das, dass er wie ein Idiot vor sich hin grinste? Er warf den Eimer hin und stapfte davon. „Sie ist nicht mein Problem."

Er zog sich einen Hocker an den Tisch und fing an, seine Pistolen zu reinigen. Das Ritual war immer gleich, und es entspannte ihn und half ihm dabei, sich zu konzentrieren. *Nicht mein Problem*, wiederholte er vor sich hin, während er die üblichen Schritte vollzog.

Er hatte nur ein Problem. Han umbringen. Und was dann? Sein Blick wanderte wieder dorthin, wo Jia am Abend zuvor gestanden hatte. *Nicht mein Problem.* Aber hatte sie nicht das gleiche Problem wie er? Wäre es so schlimm, sie auf dem Laufenden zu halten? Was, wenn er nach Tiger Town ginge, um mit ihr zu reden?

Er stand so abrupt auf, dass er seinen Hocker umwarf. Er ging in der Höhle auf und ab, aber es fühlte sich an, als würden die Wände näher kommen und ihn erdrücken. Er trank seine Flasche Blut aus und sah dann nach seinem Vorrat an synthetischem Blut. Eine Kühlbox war leer, in der anderen waren noch sechs Flaschen. Das Eis war geschmolzen und hatte eine Wasserlache hinterlassen.

Gut. Noch etwas zu tun. Er zog sich Mantel und Lederhandschuhe an, nahm sich ein Messer und zwei Eimer und teleportierte sich dann an den Rand eines Gletschers im Himalaya. Als Vampir konnte er Kälte besser vertragen als die meisten Sterblichen, aber trotzdem fühlte sich der plötzliche Wechsel zu Minusgraden an, als würde er gegen eine Steinmauer prallen. Er machte sich in Vampirgeschwindigkeit an die Arbeit und hatte innerhalb von Sekunden genug Eis abgeschlagen, um seine Eimer zu füllen.

Zurück in seiner Höhle, leerte er das Eis in die zweite Kühlbox und zog dann den Stöpsel der ersten Box, damit das geschmolzene Eis in den Eimer abfließen konnte. Dieses Wasser benutzte er, um sich die Zähne zu putzen. Und manchmal erwärmte er es auch, um damit zu duschen.

Als er sich die Handschuhe auszog, sah er auf die Uhr. Fünf Stunden waren seit dem Aufwachen vergangen. Fünf Stunden, in denen er mit keiner Menschenseele geredet hatte. *Und seit wann stört dich das auf einmal?* Wieder richtete er den Blick auf Jias Stelle. Er verfluchte sie, weil seine Einsamkeit ihm auf einmal so … einsam vorkam.

Über Zoltan Czakvars Schloss in Transsilvanien sollte die Sonne bereits untergegangen sein. Auch wenn Russell noch genug Blut hatte, um ein paar Tage zu überstehen, würde es nicht schaden, mehr zu haben. Er lud die leeren Flaschen in seine erste Kühlbox, steckte sich das aufgeladene Satellitentelefon in die Manteltasche und nahm dann die Kühlbox und seinen Köcher, um sich zu Zoltans Schloss zu teleportieren.

Sobald er in der Waffenkammer landete, ging ein Alarmton los, so hoch, dass nur Vampire und Gestaltwandler ihn hören konnten. Dank Zoltans Sicherheitsbeauftragtem Howard Barr war das Schloss jetzt mit dem Besten ausgestattet, was es an Hightech-Security gab. Schon merkwürdig, fand Russell, da er sich nicht sicher war, ob Zoltan überhaupt noch Schutz brauchte.

Nachdem er achthundert Jahre lang Vampir gewesen war, hatte Zoltan sich vor zwei Monaten aus Versehen in einen Sterblichen zurückverwandelt, indem er zu viel vom Wasser des Lebens aus dem verborgenen Tal Beyul-La getrunken hatte. Soweit Russell es sagen konnte, kam Zoltan mit der Veränderung jedoch sehr gut zurecht. Er war so verdammt glücklich mit seiner neuen Ehefrau, seinem neuen Adoptivsohn und dem Kind, das sie erwarteten, dass er ständig wie blöd vor sich hin grinste.

Russell unterdrückte ein Stöhnen. Er würde Zoltan sein neu gefundenes Glück nicht missgönnen. Nach achthundert Jahren hatte der Mann es wirklich verdient. Und er war ihm immer ein guter Freund gewesen. Er war es gewesen, der Russell dabei geholfen hatte, sich an das Dasein als Untoter zu gewöhnen. Er hatte ihm beigebracht, wie er seine neuen Fähigkeiten benutzte, und nachdem Russell sich unerlaubterweise von der Truppe entfernt hatte, hatte Zoltan ihm großzügig erlaubt, alle Vorräte, die er brauchte, aus dem Schloss zu nehmen, ohne dabei Russells altem Boss, Angus MacKay, darüber Bericht zu erstatten.

Es war anders, jetzt wo Howard Barr im Schloss war. Der Gestaltwandler, der sich in einen Kodiakbären verwandeln konnte, arbeitete für Angus, also wurde alles, was Russell im Schloss tat oder sagte, an ihn weitergetragen.

Russell stellte die Kühlbox und den Köcher auf den Tisch. Als der Alarm abrupt verstummte, sah er zu der neu installierten Kamera hinauf. Zweifellos wusste Howard genau, wo er war. Jede Sekunde würde der neugierige Werbär die Wendeltreppe heruntergerannt kommen, um sich in sein Leben einzumischen und ihm eine Million Fragen zu stellen.

In Vampirgeschwindigkeit füllte Russell sich die Manteltaschen mit Munition. Dann stellte er die Schachtel mit Pfeilen auf den Tisch und öffnete den Deckel.

Schritte polterten die Wendeltreppe herab. „Russell." Howard duckte sich, um sich den Kopf nicht an dem niedrigen steinernen Torbogen zu stoßen.

„Howard." Russell nahm sich eine Handvoll Pfeile und stopfte sie in den Köcher.

„Ich hatte dich nicht erwartet", sagte Howard, als er näher kam. „Normalerweise wartest du volle zwei Wochen, ehe du wiederkommst."

Russell zuckte mit den Schultern und steckte mehr Pfeile in seinen Köcher.

Howard stützte sich mit den Händen auf den Tisch und beugte sich zu ihm. „Ich habe gehört, du hast gestern Nacht den Drachenwandler Xiao Fang gesehen."

Russell hielt inne und legte dann den Deckel zurück auf den Karton mit den Pfeilen. Zweifellos hatte J.L. sofort seinem Boss Bericht erstattet, und Angus hatte nicht lange gebraucht, die Nachricht zu verbreiten.

„Wie ging es ihm?", fragte Howard.

„Sah ganz gut aus." Russell stellte den Karton zurück ins Regal. „Han hat ihm Unterricht im Bogenschießen erteilt. Ihm auf den Rücken geklopft wie ein stolzer Papa."

„Krankes Ekel", murmelte Howard.

„Genau."

„Hör zu, wenn du Xiao Fang das nächste Mal siehst, ruf J.L. oder Mikhail an. Sie kommen sofort und bringen auch ein paar Wandler mit. Wir helfen dir, den Jungen zu befreien."

„Ich arbeite allein."

Howard sah ihn verärgert an. „Ich weiß, dass du Han ganz alleine umbringen willst, und das kannst du auch gerne machen, aber wir reden hier über einen kleinen Jungen. Wie ich hörte, kann er sich jederzeit zum ersten Mal verwandeln. Wir müssen ihn so schnell es geht von Han wegschaffen."

Russell ließ den Köcher über seine Schulter gleiten und griff nach der Kühlbox.

„Warte." Howard schlenderte an das Regal, wo er die Satellitentelefone aufbewahrte. „Nimm ein neues Telefon mit, damit du anrufen kannst."

„Ich habe ein Telefon."

„Das habe ich dir vor zwei Monaten gegeben." Howard wählte ein neues Telefon aus. „Nimm dieses. Das ist voll aufgeladen."

„Meins auch."

„Was?" Howard blinzelte. „Wie ..."

„Ich gehe jetzt in die Küche ..."

„Warte!" Howard trat näher und kniff die Augen zusammen. „Mir ist etwas Merkwürdiges aufgefallen, als Mikhail und ich noch einmal nach Beyul-La zurückgekehrt sind, um die Vorräte einzusammeln. Einer der solarbetriebenen Strom-Generatoren fehlte. Und eine Mikrowelle." Er verschränkte die Arme vor der Brust, legte den Kopf zur Seite und sah ihn schief an. „Hast du eine Ahnung, was mit den Sachen passiert sein könnte?"

Russell erwiderte seinen schiefen Blick. „Nicht die geringste." Er teleportierte sich in die Küche des Schlosses.

Dort nahm er die leeren Flaschen aus seiner Kühlbox und warf sie in den Recyclingeimer. Dann bediente er sich am Blier im Kühlschrank. Er hatte die Mischung aus Bier und synthetischem Blut halb ausgetrunken, ehe Howard in die Küche gerannt kam und abrupt vor ihm zum Stehen kam.

Russell sah auf die Uhr. „Das hat länger gedauert als sonst. Hast du zu viele Donuts gegessen?"

Howard sah ihn wütend an. „Ich nehme deinen schnellen Aufbruch als Schuldgeständnis. Ich hatte immer den Verdacht, dass du es gewesen bist, deswegen habe ich die fehlenden Sachen nie bei Angus gemeldet."

Überrascht stellte Russell seine Blier-Flasche auf die Anrichte. „Das weiß ich zu schätzen."

„Wir hätten ohne deine Hilfe weder Lord Liao geschlagen noch die letzte Schlacht gewonnen." Howard sah ihn frustriert an. „Ob es dir gefällt oder nicht, wir sind auf der gleichen Seite."

„Ich arbeite allein." Russell drehte sich um und öffnete die Kühlschranktür.

Seufzend schlenderte Howard zum Küchentisch. „Ich war jahrelang allein, und es war ätzend."

Eine Vision von Jia trat Russell vor Augen, aber er schob sie zur Seite und fing an, seine Kühlbox mit Flaschen voll synthetischem Blut zu beladen. „Ist Zoltan hier?"

„Mikhail hat ihn in sein Stadthaus in Budapest teleportiert." Howard setzte sich an den Küchentisch und griff nach seiner Schachtel Donuts. „Die monatliche Zirkel-Versammlung hat vor ungefähr zwanzig Minuten angefangen. Es könnte eine Weile dauern, bis sie wiederkommen."

Russell hielt über seiner halb vollen Box inne. „Warum sollte Zoltan zur Versammlung eines Vampirzirkels gehen?"

Howard biss in einen Donut. „Er ist noch immer der Zirkelmeister von Osteuropa."

„Aber er ist kein Vampir mehr."

Howard zuckte mit den Schultern. „Soweit ich es sagen kann, will das niemand glauben. Die Dorfbewohner sind durchgedreht, als er ihnen die Nachricht mitgeteilt hat. Deswegen bin ich immer noch hier und sorge für die Sicherheit. Zoltan ist jetzt in der merkwürdigen Position, dass ihn jemand umbringen könnte, weil er *kein* Vampir mehr ist."

Russell runzelte die Stirn, während er die Kühlbox fertig belud. „Warum können die Leute sich nicht für ihn freuen?

Der Mann hat achthundert Jahre gebraucht, bis er etwas Glück und Zufriedenheit in seinem Leben gefunden hat."

„Ich weiß." Howard nahm noch einen Bissen von seinem Donut. „Aber die Dorfbewohner sind abhängig von den Touristenbussen, die zweimal die Woche kommen. Ladungen von Menschen, die herkommen, um ein echtes Vampirschloss zu sehen, und die im Dorf Geld ausgeben. Wenn sich das Gerücht verbreitet, Zoltan könnte kein echter Vampir sein ..."

„Könnte es ihnen den Geldhahn zudrehen", schlussfolgerte Russell.

Howard schnaubte. „So könnte man es ausdrücken." Er stopfte sich den Rest von seinem Donut in den Mund. „Bei der Zirkel-Versammlung letzten Monat hat Zoltan den Vampiren die Nachricht überbracht und ihnen gesagt, dass sie diesen Monat einen neuen Zirkelmeister wählen müssen."

„Verstehe." Russel schaufelte Eis über die Flaschen in seiner Box und schloss den Deckel. „Ich mache mich dann wieder auf den Weg."

Howard setzte sich unvermittelt auf. „Sie sind wieder da. Das ging schnell."

Zoltan tauchte dicht neben der Anrichte mit Mikhail auf, einem alten Vampir-Freund aus Russland. Zoltans finsterer Bick erhellte sich, als er Russell entdeckte. „Ich wusste nicht, dass du heute kommst. Wie geht es dir?"

„Gut." Russell schüttelte dem einzigen Vampir die Hand, den er als Freund bezeichnen würde. „Danke, dass du immer noch synthetisches Blut im Kühlschrank hast. Ich weiß ja, dass du es nicht mehr brauchst." Er reichte Mikhail ein Blier und Zoltan ein normales Bier.

„Danke." Zoltans finsterer Blick kehrte zurück, als er den Verschluss von seiner Flasche drehte. „Ich brauche wirklich was zu trinken."

„Die Versammlung des Zirkels war schnell vorbei", bemerkte Howard. „Was ist passiert?"

„Frag nicht." Zoltan ließ sich auf einen Stuhl am Küchentisch fallen und trank ein paar große Schlucke Bier.

„Was ist los?" Howard schob Zoltan seine Donut-Schachtel hin. „Haben sie nicht für einen neuen Zirkelmeister gestimmt?"

Zoltan warf Mikhail einen verärgerten Blick zu. „Das Ergebnis war einstimmig."

Mikhail erwiderte seinen Blick. „Gib mir nicht die Schuld. Ich kann nicht der Zirkelmeister für Osteuropa werden. Ich lebe in Russland."

„Nah genug", murmelte Zoltan. „Du hättest dich freiwillig melden können."

Mikhail schnaubte. „Ich habe keine Geduld für das Gejammer vor dem Zirkelgericht. Ich würde alle einfach schuldig sprechen und sie eine Million Euro Strafe zahlen lassen, weil sie meine Zeit verschwenden."

Zoltan seufzte und griff nach einem Donut.

„Und wer ist der neue Zirkelmeister?", fragte Howard.

Zoltan biss ein Stück ab und murmelte: „Sie haben wieder für mich gestimmt."

Russell war überrascht. „Aber du bist kein Vampir."

„Ist denen egal!" Zoltan fuchtelte mit dem Donut in der Luft herum. „Sie wissen, dass ich immer noch ewig leben könnte, also hänge ich wahrscheinlich für alle Ewigkeit in dem Job fest!"

Howard verzog das Gesicht. „Sie wollen am Zirkelgericht jemanden Recht sprechen lassen, der gar kein Vampir ist?"

Zoltan stöhnte. „Faule Bande. Ich hätte es so machen sollen, wie Mikhail gesagt hat, und sie alle zu einer Million Euro Strafe verdonnern sollen." Er sah den Russen schief an. „Du bist noch nicht aus dem Schneider. Ich brauche jemanden, der mich zu allen Versammlungen teleportiert."

Mikhail wirkte wenig begeistert und trank dann von seinem Blier. „Warum lässt du dich nicht einfach von mir zurück in einen Vampir verwandeln? Vermisst du es nicht, dich teleportieren zu können?"

„Das vermisse ich schon." Zoltan nickte. „Aber nicht genug, um die Tage aufzugeben, die ich mit meiner Frau und meiner Familie verbringen kann. Und solche Dinge ..." Er betrachtete den Donut in seiner Hand. „Das schmeckt schon verdammt gut." Er steckte sich den Rest in den Mund.

Howard lehnte sich grinsend zurück. „Jetzt sprichst du meine Sprache."

Mikhail schüttelte den Kopf. „Wenn wir für heute fertig sind, sollte ich nach Moskau zurück. Pam arbeitet ..."

„Du musst mich noch nach Tiger Town bringen", unterbrach Zoltan ihn.

Mikhail sah ihn genervt an. „Was bin ich, dein Taxi?"

„Du müsstest mich nicht durch die Welt tragen, wenn du dich als Zirkelmeister gemeldet hättest."

Mikhail stöhnte auf und trank noch mehr von seinem Blier.

„Ich kann dich bringen." Sobald die Worte Russells Mund verlassen hatten, zuckte er zusammen. Was zur Hölle machte er da?

Selbst Zoltan sah überrascht aus. „Oh. Danke, Russell."

„Dann bin ich weg." Mikhail verschwand, nahm seine Flasche Blier aber noch mit.

Russell musste schlucken. Jetzt gab es kein Zurück mehr. Er würde nach Tiger Town gehen. Der Gedanke, Jia wiederzusehen, ließ sein Herz schneller schlagen als gewöhnlich. *Verdammt.* Was war nur los mit ihm? Es war nicht so, als würde die Prinzessin sich freuen, ihn zu sehen. Wahrscheinlich würde sie ihn wieder ohrfeigen.

Zoltan stand auf. „Kannst du ein paar Minuten warten? Ich muss meine Tasche von oben holen."

„Schon gut." Russell hob die voll beladene Kühlbox an. „Ich muss meine Vorräte eh noch nach Hause bringen."

„Nach Hause?" Howard sah ihn neugierig an. „Du hast noch nie ein Zuhause erwähnt. Wo ist das?"

Mist. Jetzt redete er auch noch zu viel. Ohne ein weiteres Wort teleportierte Russell sich zurück in die Bat-Höhle. In Vampirgeschwindigkeit verstaute er seine neuen Vorräte. Je schneller er sich bewegte, desto schneller schlug sein Herz. Da es eine warme Augustnacht war, entschloss er sich, seinen Mantel zu Hause zu lassen. Er zog sich ein frisches T-Shirt an, wusch sich dann schnell das Gesicht, putzte sich die Zähne und kämmte sich die Haare.

Was zur Hölle machst du da? Das war doch keine Verabredung. Er wollte nur sehen, wie es Jia ging. Das war alles. Es war weit nach Mitternacht in Tiger Town, wahrscheinlich schlief sie also. Oder sie war nicht einmal mehr dort. Sie könnte bereits entkommen sein.

Der Gedanke daran, dass sie mitten in der Nacht durch den Wald marschierte, behagte ihm ganz und gar nicht. Er teleportierte sich schnell zurück zu Zoltan und brachte ihn nach Tiger Town. Zoltan hatte in der Zwischenzeit seine Frau angerufen, um ihr mitzuteilen, dass er auf dem Weg war, also wartete sie schon auf dem Vorplatz.

Zoltan ließ seine Reisetasche auf die Pflastersteine fallen und rannte auf Neona zu. Sie lachte, als er sie im Kreis herumwirbelte.

Russell wendete sich ab, verärgert, dass die beiden sich nach zwei Monaten Ehe noch wie frisch verheiratet benahmen. Überrascht entdeckte er Rajiv auf der Treppe, die zum Flussufer hinabführte. Der Wertiger war auf etwas in der Ferne konzentriert.

„Ich dachte, du würdest schlafen." Russel trat zu ihm.

Rajiv drehte sich zu ihm um und begrüßte ihn. „Hattest du heute Glück bei der Suche nach Han?"

„Nein." Er deutete auf Zoltan. „Ich habe ihn hergebracht."

„Das ist gut." Rajiv richtete seine Aufmerksamkeit wieder auf die Straße, die gen Süden führte. „Dort kommt jemand."

Russell kniff die Augen zusammen. „Sieht wie ein Truck aus. Ist es nicht etwas spät für Besucher?"

„Wertiger sind oft nachtaktiv." Rajiv sah sich lächelnd nach ihm um. „Und wir sind hier mitten im Nirgendwo. Für diejenigen unter uns, die sich nicht teleportieren können, kann es lange dauern herzukommen."

Russell nickte und trat von einem Fuß auf den anderen.

Rajiv sah ihn neugierig an. „Brauchst du irgendetwas? Wolltest du mit Jin Long reden?"

„Nein, nein. Mir geht es gut." Russell sah nach Norden, wo sich die königliche Residenz befand. „Ich habe mich nur gefragt ..." Er trat noch einmal von einem Fuß auf den anderen. „Geht es deiner Cousine gut?"

„Jia?" Rajiv sah überrascht aus. „Sicher. Beim Abendessen schien es ihr gut zu gehen."

Also war sie noch da. Russells Puls beschleunigte sich.

Rajiv betrachtete den Truck, der sich von Süden her näherte. „Ich sehe nach, was da los ist." Er stieg die Stufen zum Fluss hinab. „Bis dann."

„Bis später." Russell sah noch einmal zu den Häusern, die am Nordrand des Vorplatzes auf Pfählen standen. Zoltan und Neona waren bereits eine Gasse hinab zu ihrem Haus verschwunden.

Er teleportierte sich an den Rand des Platzes und bewegte sich dann schnell und leise durch das Labyrinth aus Häusern. Jias Haus dürfte leicht zu finden sein. Er vermutete, dass es das einzige war, vor dem Wachen standen.

Jia ging in ihrem Zimmer auf und ab und wurde immer unruhiger.

Es sah aus, als bliebe ihr keine andere Chance als Plan C, aber allein der Gedanke daran erfüllte sie schon mit purer Angst. Es musste doch noch einen anderen Weg geben. Aber sie hatte sich den ganzen Tag das Hirn zermartert, und etwas Besseres war ihr trotzdem nicht eingefallen.

Ihr Rucksack war fertig gepackt. Sie hatte sich eine Garnitur Kleidung zum Wechseln eingepackt und ihre Messer. Eine gerollte Baumwolldecke hatte sie unten an den Rucksack gebunden, um sie für kurze Nickerchen benutzen zu können. Ihre vier Lieblingsmesser saßen an Ort und Stelle, entweder in ihren Stiefeln oder an ihre Beine gebunden.

Nur ihre Angst ließ sie noch zögern. Frustriert knurrend zog sie das Messer aus ihrem rechten Stiefel und schleuderte es auf das Seidenbanner an der Wand. Volltreffer, genau zwischen die Beine des Mannes.

Mist. Selbst zielen konnte sie nicht mehr. *Reiß dich zusammen.*

Den ganzen Tag hatte sie sich Strategien überlegt und letztlich drei Pläne ausgeheckt. Es wäre am einfachsten, spät in der Nacht zu entkommen, wenn die meisten Wertiger schliefen, also hatte sie bis ein paar Stunden nach Sonnenuntergang gewartet, um ihre Pläne in die Tat umzusetzen.

Plan A: Den Wachen erzählen, sie wolle noch eine Kleinigkeit in der Palastküche essen. Sie würde ihren Rucksack unter einem weiten Cape verbergen, und während die Wachen dachten, sie wäre auf dem Weg in die Küche, wollte sie wegrennen.

Hundert Meter nördlich gab es einen Pfad, der sich den Berg hinab bis ans Flussufer schlängelte. Ihre Onkel, Rinzen und Tenzen, hatten dort ein Kanu in den Büschen verstaut, weil sie gerne angeln fuhren. Sie würde das Kanu benutzen, um den Fluss zu überqueren, und dann zum nächstgelegenen von Hans Stützpunkten weiterziehen. Nach dem Frühstück hatte sie sich in Rajivs Arbeitszimmer geschlichen, um seine Karte zu studieren und sich zu notieren, wo sich Hans Stützpunkte befanden.

Plan A war fehlgeschlagen. Auch wenn sie den Wachen versichert hatte, sie würde gleich zurück sein, hatten sie darauf bestanden, sie zu begleiten. Ihr war keine Wahl geblieben, als in die Palastküche zu gehen und so zu tun, als würde sie sich ein paar Mandelkekse schmecken lassen. Sie hatte sogar noch versucht, ihre Wachen zu etwas von dem starken, hausgemachten Tiger Juice zu überreden, weil es einfacher sein würde, mit ihnen umzugehen, wenn sie betrunken waren, aber sie hatten abgelehnt.

Eine Stunde später hatte sie es mit Plan B versucht. Nur ein kurzer Gang zum stillen Örtchen, hatte sie den Wachen versichert. Dabei brauchte sie wirklich keine Begleitung. Aber sie hatten darauf bestanden.

Jetzt blieb ihr nur noch Plan C. Eigentlich war es der beste Plan, aber sie hatte ihn sich bis zuletzt aufgehoben, weil sie gehofft hatte, ihn vermeiden zu können. Ihre Hände zitterten, als sie die Ballen goldener und roter Seide entrollte. Wenn sie die Enden zusammenband, bildeten die zwei Stoffstreifen ein etwa dreißig Meter langes Seil. Da der Stoff sehr glatt und rutschig war, machte sie ungefähr jeden Meter einen Knoten, um sich mit Händen und Füßen daran halten zu können.

Plan C war einfach. Ein Ende des Seils an den schweren Balken binden, der die Decke ihres Zimmers stützte. Dann das andere Ende aus dem Fenster werfen, sodass es die Klippe hinabfiel. Sie würde einfach das Seil hinabklettern und dann nach Norden zum Kanu ihrer Onkel gehen.

Du schaffst das. Sie band ein Messer ans Ende des Seidenstrangs und warf ihn dann über den schweren Holzbalken, der an der Decke entlangführte. Anschließend stellte sie sich auf ihre Truhe, band den Strang fest und steckte das Messer zurück in ihren linken Stiefel.

Ihre Knie zitterten, als sie von der Kiste stieg. So ein Mist. Kein ganzer Meter über dem Boden, und sie war schon am Zittern. Wie in aller Welt sollte sie ein dreißig Meter langes Seil hinabsteigen?

Sie schüttelte den Kopf und versuchte, die Erinnerung nicht zurückkommen zu lassen, aber sie drang in ihre Gedanken, begierig darauf, sie zu foltern und vor Angst zu lähmen. Vor dreizehn Jahren hatte ihr Vater sie aus der Hintertür ihres Zuhauses gescheucht und sie auf den niedrigen Ast eines Baumes gesetzt. Seine tiefe Stimme hatte angespannt geklungen, als er sie anwies, so hoch zu klettern, wie sie konnte. Das hatte sie getan. Wie die meisten Wertiger war sie geschickt im Klettern. Aber sie hatte sich nie ausgemalt, dass sie hoch oben im Baum Zeuge werden musste, wie ihre Eltern und ihr älterer Bruder von Master Han gefangen genommen und niedergemetzelt wurden.

Sie ballte die Hände zu Fäusten und jagte die Erinnerung davon. *Du schaffst das.* Sie hängte sich ihren Rucksack um. Die Eingangstür und das vordere Fenster waren verschlossen und verriegelt. Sie hatte eine zweite Truhe vor das hintere Fenster gestellt, damit sie hinausklettern konnte. Mit zitternden Händen nahm sie den Seidenstrang und warf ihn aus dem Fenster.

Ihre Hände fingen an zu schwitzen, als sie auf die Truhe kletterte und sich auf das Fensterbrett setzte. Sie wischte sich die Hände an ihrer Hose ab und packte dann das improvisierte Seil. Sie atmete zitternd, stieg dann aus dem Fenster und landete auf der Klippe.

So weit, so gut. Es gab noch einen schmalen Absatz Land zwischen ihrem Haus und der Klippe. *Sieh nicht nach unten.* Das Herz hämmerte ihr laut in den Ohren.

Den Seidenstrang fest umklammert, ging sie langsam rückwärts auf den Abhang zu. Panik ergriff sie, und sie musste einen Aufschrei unterdrücken. Sie durfte nicht zulassen, dass die Wachen sie hörten.

Als ihre Füße über den Rand rutschten, streckte sie die Arme, die nun ihr Gewicht tragen mussten. Leider fingen ihre Hände an zu rutschen. Sie atmete zischend ein und verspürte reine Angst, bis ihre Hände am ersten Knoten Halt fanden. Ihre Schultern verspannten sich, und sie bemühte sich verzweifelt, das Seil mit den Füßen zu fassen, um einen weiteren Knoten finden zu können. Sie fand einen und presste ihre Stiefel dagegen, um ein wenig Last von ihren Armen zu nehmen. Ihr Atem ging in schweren Stößen, und ihr stand Schweiß auf der Stirn. *Du schaffst das.*

Sie glitt mit der rechten Hand hinab zum nächsten Knoten und packte ihn dann schnell mit der linken. Sie löste die Füße und hing wieder in der Luft, bis sie den nächsten Knoten mit den Füßen gefunden hatte. *Sieh nicht nach unten.* Sie kniff die Augen zu und atmete tief und langsam durch.

„Hast du noch was vor?“, ertönte eine männliche Stimme in der Nähe.

Quietschend zuckte Jia zusammen und rutschte mit den Händen ab.

„Vorsicht.“ Der Mann legte die Arme um sie und zog sie an sich.

Sobald sie seine steinharte Brust berührte, fühlte sie sich sofort erleichtert. Russell war wieder da! Er musste es sich anders überlegt und sich entschieden haben, doch mit ihr zusammenzuarbeiten. Und er rettete sie. Schon wieder!

Er schwebte in der Luft, ohne sich an etwas festhalten zu können, aber er schien sich dabei wohlzufühlen. Wirkte stark und selbstbewusst. Als er sie anlächelte, machte ihr Herz vor Freude einen Sprung.

„Russell“, hauchte sie.

„Ja?“

„Du bist gekommen, um mir bei der Flucht zu helfen?“ Sie schlang ihm die Arme um den Hals. „Danke! Ich weiß genau, dass wir ein großartiges Team abgeben werden!“

4. Kapitel

Was zur Hölle? Russell erstarrte.

Warum verstand diese Frau immer alles falsch, was er tat? War sie geblendet davon, unbedingt Erfolg haben zu wollen? Zweifellos wollte sie dringend jemanden, der auf ihrer Seite stand, aber warum begriff sie nicht, dass er das nicht war?

Er schloss die Arme fester um sie. *Nur ein paar Sekunden*, dachte er, *ich will sie nur noch ein paar Sekunden festhalten.* Ihr Gesicht war in seine Halsbeuge geschmiegt, ihr Atem warm an seiner Haut. Er hätte jubilieren können bei diesem Beweis, dass sie sich freute, ihn zu sehen. Aber sie freute sich nur, weil sie dachte, er wäre gekommen, um ihr zu helfen.

Mist. Er würde sie wieder enttäuschen. Und sie würde ihn wahrscheinlich wieder ohrfeigen. Nach einem schnellen Blick auf das offene Fenster über ihnen teleportierte er sich und Jia in das Zimmer hinein.

Sie stolperte zurück, als sie wieder auftauchten, und sah sich dann verwirrt um. „Warum sind wir hier?"

„Wohnst du nicht hier?" Ihm war aufgefallen, dass vor der Tür zwei Wachen standen, ehe er sich hinter das Haus geschlichen und dort das Seidentau entdeckt hatte, das straff gespannt aus dem hinteren Fenster hing.

Er drehte sich auf der Stelle und inspizierte das Zimmer. Es war erstaunlich schlicht für das Zuhause einer Prinzessin. Es gab zwei Truhen, einen niedrigen Tisch und zwei quadratische Kissen zum Sitzen. Der einzige Schmuck war ein Paravent am anderen Ende des Zimmers, und die einzige Farbe war das leuchtend rote Seil, das sie um den Deckenbalken gebunden hatte.

„Wir können nicht hierbleiben“, flüsterte sie und warf einen nervösen Blick zur Tür. Die Wände waren dünn, sie fürchtete also wahrscheinlich, dass die Wachen sie hören konnten. Aufgeregt grinsend griff sie nach seinem Arm. „Gehen wir zu deinem Geheimversteck!“

Er zögerte, sich dessen bewusst, dass seine Antwort ihren hoffnungsvollen Blick trüben würde. „Nein.“

Ihr Lächeln begann zu bröckeln, kam dann aber mit voller Kraft zurück. „Dann gehen wir direkt an die Arbeit und spionieren Master Hans Stützpunkte aus?“

„Nein. Ich bringe dich nirgendwohin. Ich bin nur gekommen, um zu sehen, wie es dir geht.“

Sie ließ die Hände von seinem Arm gleiten und schlaff zur Seite fallen, während sie ein paar Schritte rückwärts stolperte. Ihr Gesicht wurde blass, und aller Ausdruck wich daraus. Selbst das Funkeln in ihren Augen wurde dumpf und leblos.

Russell zog sich die Brust zusammen. Genauso gut hätte er ihr ein Messer ins Herz treiben können. Nein, so war es sogar noch schlimmer. Als Werkatze hatte sie neun Leben. Sie würde einen Messerangriff überleben. Er hingegen hatte ihre Seele verletzt.

Er wich zurück. „Ich hätte nicht kommen dürfen. Ich gehe jetzt.“

„Warte.“

Als Wut in ihren Augen aufblitzte, spürte er Erleichterung in sich aufwallen. Ihren Kampfgeist hatte sie nicht verloren.

Sie trat auf ihn zu, die Zähne zusammengebissen. „Wir müssen reden.“ Sie hob die Hand, und er fasste sie am Handgelenk.

„Was …?“ Sie versuchte, sich zu befreien, aber er hielt sie fest. „Warum …“

„Du wolltest mich ohrfeigen."

Sie schnaubte. „Ich sagte *reden*. Aber ich glaube, dein Vorschlag gefällt mir noch besser." Sie holte mit der anderen Hand aus, aber er packte auch das Handgelenk. „Was ..."

Er hob ihre Hände über den Kopf und drehte sie, als wären sie beim Line-Dancing. Dann zog er sie mit verschränkten Armen an sich, ihr Rücken an seiner Brust.

„Lass mich los." Sie wehrte sich gegen ihn, aber er hielt sie nur fester.

„Schhh", flüsterte er ihr ins Ohr. „Du willst doch nicht, dass die Wachen etwas hören."

„Vielleicht sollte ich sie rufen, damit sie dich grün und blau schlagen."

„Ich würde mich einfach wegteleportieren."

„Feigling."

Er sog zischend die Luft ein. „Prinzessin."

„Nenn mich nicht Prinzessin."

„Nenn mich nicht Feigling."

„Wenn du dich angesprochen fühlst ..." Sie trat ihm auf den Fuß, aber er zuckte nur zusammen und zog sie noch fester an sich.

Sie wurde ganz ruhig. Er schloss kurz die Augen, um ihre Position zu genießen. Auch in der Nacht zuvor hatte es ihm gefallen. Selbst mit dem Rucksack, den sie immer noch trug, schien ihr Körper genau gegen seinen zu passen, kleiner, aber geborgen und geschützt, als wäre sie die Klinge und er die Scheide. Er neigte den Kopf, bis er ihr mit der Nase über das Haar streichen konnte und der blumige Duft ihres Shampoos seine Sinne erfüllte.

Ein Schauer lief ihr durch den Körper.

Fand sie es abstoßend, so von ihm gehalten zu werden? Er wusste, dass er sie loslassen sollte, aber es fühlte sich einfach so verdammt gut an. *Nur noch ein paar Sekunden.* „Entschuldige, dass ich dich gepackt habe. Ich dachte, du willst mich ohrfeigen."

Sie schüttelte nur kurz den Kopf. „Ich wollte nur auf das Seil zeigen, um dir zu beweisen, wie verzweifelt ich entkommen will."

„Verstehe", murmelte er gegen ihre weichen Haare.

„Warum nimmst du mich nicht mit?", flüsterte sie.

„Ich arbeite allein." *Und ich will nicht, dass dir etwas passiert.*

„Aber ich kann dir helfen." Sie versuchte, sich zu ihm umzudrehen, und dabei strich er aus Versehen mit dem Mund über ihre Stirn.

Er hob den Kopf, und sie wendete sich ab. Er spürte, wie ihr Brustkorb sich weitete, als sie tief durchatmete. Wäre es so schlimm, sie zu ein paar von Master Hans Stützpunkten mitzunehmen? Sie wäre ein zusätzliches Paar Augen.

Aber sie wäre ihm im Weg, widersprach er sich selbst. Er wäre abgelenkt, und dann wären sie beide in Gefahr.

Er betrachtete das Seidentau, das sie für ihre Flucht geknüpft hatte. Sie war klug, einfallsreich und mutig. Konnte ausgezeichnet mit Messern umgehen. Wie konnte er es ihr vorwerfen, dass sie Erfolg haben wollte? Besonders, wo ihr Ziel das gleiche wie seines war?

„Wir wollen das Gleiche", flüsterte sie und sprach damit seine eigenen Gedanken aus. „Bitte nimm mich mit."

Er musste schlucken. Es wurde immer schwerer, sie zurückzuweisen. „Dir könnte etwas zustoßen."

„Dir aber auch. Ich bin bereit, das Risiko einzugehen. Ich wäre keine Last für dich, versprochen."

Er kniff die Augen fest zusammen. *Du könntest ihr Held sein.*

Es klopfte an der Tür, und er wich erschrocken zurück und ließ sie los.

„Jia?", rief Rajiv von der Veranda vor dem Haus. „Schläfst du schon?"

Sie riss die Augen entsetzt auf, stürzte vor und packte Russell am T-Shirt. „Sie dürfen dich hier nicht finden!"

„Ich gehe einfach."

„Nein! Ich muss immer noch mit dir reden."

Was bedeutete, dass sie ihn immer noch davon überzeugen wollte, sie mitzunehmen. „Ich kann …"

„Versteck dich!" Sie rannte zu ihrem Paravent, schob ihn zurück und winkte Russell zu sich.

Als er sich ihr näherte, fiel sein Blick auf das weiße Banner, auf das der Umriss eines Mannes gemalt war, in dessen Schritt ein Messer steckte. „Was zum …"

Sie keuchte auf „Mein Lieblingsmesser! Fast wäre ich ohne es gegangen. Wie konnte ich so vergesslich sein?"

Er sah sie fassungslos an. „Ich mache mir mehr Sorgen um dein Zielvermögen."

„Ich war … abgelenkt."

„Erinnere mich daran, dich niemals abzulenken."

„Jia?" Rajiv klopfte wieder an der Tür.

„Nur eine Minute", rief sie zurück. „I…ich habe schon geschlafen." Sie lief durch ihr Zimmer und zog so schnell sie konnte das Tau durch das Fenster. Schlaufen aus roter und goldener Seide sammelten sich auf dem Boden.

Schnaufend zog Russell ihr Lieblingsmesser aus der Wand, schwebte dann hinauf zum Dachbalken und schnitt den Stoff los.

„Danke", flüsterte sie und sammelte den Stoff in ihren Armen auf.

Er ließ sich schnell wieder zu Boden sinken, half ihr, das Seil einzusammeln, und trug es in den kleinen Bereich hinter dem Paravent.

„Nicht gehen!", warnte sie ihn. Sie ließ ihren Rucksack neben seinen Füßen auf den Boden fallen, zog sich die Stiefel aus und zog dann den Paravent vor.

Er setzte sich auf den Boden, umgeben von Bergen aus goldener und roter Seide. Es war hier dunkler, da der Paravent das Mondlicht blockierte, das durch das offene Fenster fiel. Trotzdem entdeckte er eine dicke gesteppte Matratze, die zusammengefaltet in der Ecke verstaut war. War das ihr Bett? Dann musste dieser kleine Bereich hier ihr Schlafzimmer sein. Er zuckte zusammen, als er sich vorstellte, wie Rajiv reagieren würde, wenn er einen Vampir im Schlafzimmer der Prinzessin erwischte.

Jias leise Schritte durchquerten den Raum bis zur Tür, und dann hörte Russell das Scharren des Riegels. „Stimmt etwas nicht, Rajiv?"

Schwerere Schritte betraten den Raum, und die Tür schloss sich. „Alles in Ordnung", antwortete Rajiv. „Ich wollte dir nur das hier geben."

„Was ist das?", fragte Jia, und Russell schlich sich dichter an die Lücke im Paravent. Leider konnte er nur Rajivs Rücken sehen.

„Noch ein Geschenk des Grand Tiger von Südkorea", erklärte Rajiv. „Es muss sehr wertvoll sein, er hat es per Kurier geschickt."

„Oh." Jia klang nicht sehr begeistert.

„Der Kurier hat mir gesagt, dass es schwierig war, es durch den Zoll zu bekommen, deswegen kam er so spät", fuhr Rajiv fort. „Der Grand Tiger hat darauf bestanden, dass du das Geschenk noch heute erhältst, deswegen hat der Kurier mich angefleht, es direkt zu dir zu bringen. Anscheinend sollst du jeden Tag ein Geschenk bekommen, bis dein Verlobter hier eintrifft."

Verlobter? Russell lehnte sich zurück. Jia war verlobt? Mit einem Grand Tiger? Er schloss die Augen, wollte nicht länger zusehen und wünschte sich, auch nichts mehr hören zu müssen.

„Sie sollten sich wirklich nicht solche Umstände machen“, murmelte Jia.

„Es ist etwas übertrieben“, stimmte Rajiv zu, „aber sieh es einmal so. Sie meinen es wirklich ernst mit der Hochzeit. Und sie tun ihr Äußerstes, um dich zu beeindrucken.“

„Kann schon sein“, murmelte Jia.

Ein elendes Gefühl fing an, an Russells Eingeweiden zu nagen, und er ballte die Faust um ein Stück der roten Seide. Was zur Hölle hatte er erwartet? Immerhin war sie eine Prinzessin. Unfassbar, dass er sie fast mit sich in die Gefahr genommen hätte.

„Mach es auf“, drängte Rajiv.

Ein Quietschen ertönte, als ein Deckel geöffnet wurde, gefolgt von Jias Aufkeuchen.

Rajiv pfiff anerkennend. „Die muss ein Vermögen wert sein. Und weißt du, was? Sie würde perfekt aussehen mit den Armspangen deiner Mutter. Probier es aus.“ Eine Truhe ging auf.

„Es ist schon spät“, protestierte Jia.

„Komm schon, ich will dich als Prinzessin sehen.“ Es folgten eine Pause und Geraschel, dann sagte Rajiv: „Ich wünschte, Großvater könnte dich gerade sehen. Ich wünschte, er könnte die Hochzeit sehen.“

„Ich weiß.“ Jia seufzte. „Ich vermisse ihn auch.“

„Du solltest dein Hochzeitskleid aus der roten und goldenen Seide machen, die sie dir gestern geschickt haben“, sagte Rajiv. „Ich habe das Gefühl, dazu ist sie gedacht.“

Russell schnaufte leise und warf den Stoff von sich. Sie hatte ein Verlobungsgeschenk für ihre Flucht benutzt?

„Ich lasse dich jetzt weiterschlafen“, sagte Rajiv, und seine Schritte gingen zur Tür. „Bis morgen.“

Die Tür schloss sich, Jias Schritte eilten hin und sie schloss den Riegel.

Russell stand auf und öffnete den Paravent ein Stück. Als Jia sich zu ihm umdrehte, blieb ihm einen Augenblick lang das Herz stehen. Auch in ihrer schlichten Kleidung sah sie vollkommen wie eine Prinzessin aus. Das Licht des Mondes schien um sie herum und spiegelte sich an ihren vollen rabenschwarzen Haaren, ihrer zarten, makellosen Haut und in ihren großen goldenen Katzenaugen. Eine lange Kette aus Gold und Jade hing ihr um den Hals, und ein Jade-Anhänger in Form eines Tigers schmiegte sich zwischen ihre Brüste. Mehr Gold und Jade schmückte die Armreife um ihre Handgelenke.

Er lehnte sich gegen die Wand, ein komisches Gefühl in der Magengegend.

Sie trat auf ihn zu. „Tut mir leid, dass du das mit anhören musstest, aber das ändert nichts."

„Meinst du wirklich?" Er verschränkte die Arme vor der Brust. „Du bist verlobt. Mit einem Grand Tiger. Einem reichen."

„Nein. Es ändert überhaupt nichts." Sie nahm die Kette ab und ließ sie zurück in die Schachtel fallen. „Mit seinem Sohn. Dem Prinzen."

Natürlich. Kein tattriger alter Greis für Jia. Jia bekam den umwerfenden jungen Prinzen. Wut breitete sich in seinem Körper aus.

„Ich habe nicht eingewilligt." Sie schloss die Schachtel.

„Du nimmst die Geschenke an."

Sie warf ihm einen ärgerlichen Blick zu. „Er kommt in zwei Wochen her, um mich kennenzulernen. Wenn ich ihn nicht mag, gebe ich ihm die Geschenke wieder und sage ihm, er soll sich verziehen."

„Du hast ihn noch nie gesehen?"

„Nein. Ich wusste bis gestern nichts von dieser Verlobung. Großvater hat sie arrangiert, als ich zehn Jahre alt war. Im Augenblick spiele ich nur aus Respekt vor meinem Großvater mit."

Russell trat von einem Fuß auf den anderen. „Und wenn der Typ dir gefällt, dann ... ziehst du es durch?"

Sie zuckte mit den Schultern. „Ich weiß nicht. Ich weiß nur, dass ich Han finden und ihn umbringen muss, ehe der Prinz ankommt. Mir bleiben noch dreizehn Tage."

Sie erwartete also, dass er ihr half und sie dann rechtzeitig zu ihrer Hochzeit hier wieder absetzte. „Du hast draußen im Dschungel im Kampf gegen Hans Soldaten nichts zu suchen!", sagte Russell bestimmt.

In ihren Augen flackerte Wut, als sie sich die Armbänder von den Handgelenken riss. „Siehst du die? Das ist alles, was ich von meinen Eltern noch habe. Ich werde dafür sorgen, dass meine Familie gerächt wird. Ob du mir hilfst oder nicht."

„Nicht."

„Warte." Sie ließ die Armbänder in eine offene Truhe fallen und rannte dann zu ihm. „Achte nicht auf meine Wut. Sie lässt mich dumme Dinge sagen. Ich weiß genau, dass ich mit dir die beste Chance auf Erfolg habe. Bitte." Sie packte sein T-Shirt mit den Fäusten. „Nimm mich mit."

Er löste vorsichtig ihre Finger. „Du bist eine Prinzessin. Eine verlobte Prinzessin. Ich darf dich nicht in Gefahr bringen."

„Wenn du mir nicht hilfst, muss ich es alleine schaffen, und das wäre noch gefährlicher."

Er zuckte innerlich zusammen. Das stimmte natürlich. Er drückte ihr sanft die Hände. „Bleib hier. Du hast eine Familie und eine Zukunft. Genieß dein Leben. Ich kümmere mich um Han und wenn ich das erledigt habe, bringe ich dir seine goldene Maske und lege sie dir zu Füßen."

Sie sah mit tränenfeuchten Augen zu ihm auf. „Ich weiß, das würdest du tun. Ich glaube dir, aber ... ich brauche mehr."

„Es tut mir leid." Er ließ sie los und teleportierte sich davon.

5. Kapitel

Ich bin Xiao Fang, einer der Letzten meiner Art.

Vor Jahrhunderten gab es viele von uns. Wir wanderten über die Erde. Wir regierten die Lüfte. Die Menschen hatten Angst vor uns.

Jetzt habe ich Angst vor den Menschen.

Vor drei Monaten habe ich zum ersten Mal Feuer gespien. Bald werde ich mich zum ersten Mal verwandeln. Ich wünschte, ich hätte schon jetzt meine Flügel, dann könnte ich entkommen. Und nach Hause fliegen.

Mit einem schwarzen Stift male ich langsam ein chinesisches Wort auf ein Blatt weißes Papier. Der Mann in der goldenen Maske hat mir mehrere schwarze Filzstifte und jede Menge weißes Papier gegeben. Er hat mir Kinderbücher gegeben, in denen Bilder und Worte sind. Jeden Tag soll ich lernen, wie man ein neues Wort schreibt, sagt er, damit wir miteinander kommunizieren können.

Als Drachenwandler kann ich nicht sprechen. Meine Kehle ist für Feuer gemacht, nicht für Worte. Die Frauen, die mich in Beyul-La großgezogen haben, sprachen Tibetisch und Chinesisch, deswegen verstehe ich diese Sprachen. Sie haben mir beigebracht, ein paar Worte zu schreiben. Zwei von ihnen hatten die Gabe, mit geflügelten Kreaturen kommunizieren zu können, deswegen konnten sie meine Gedanken lesen und ich ihre. Königin Nima und Winifred. Sie waren mir wie Mutter und Schwester. Und dann gab es noch Norjee, den sterblichen Jungen, der mit mir in Gedanken reden konnte. Ich habe ihn als meinen Bruder betrachtet.

Ich schreibe das Wort fertig und lege es dann neben die anderen Papiere, die ich beschrieben habe. Auf allen steht das Gleiche.

Zuhause.

Ich gehe in dem kleinen Zimmer auf und ab. Wir sind jetzt an einem neuen Ort, unter der Erde. Vor zwei Nächten hat jemand versucht, den Mann mit der goldenen Maske umzubringen – Master Han nennt er sich. Er hat mich hierherteleportiert, er sagt, hier seien wir sicher. Dass er mich vor den bösen Vampiren und Gestaltwandlern beschützen werde. Ich solle ihm vertrauen, sagt er. Er werde nicht zulassen, dass mir etwas geschieht, denn ich sei etwas Besonderes.

Ich bin jedoch ein Gefangener. Ich habe genug zu essen. Ich habe Kleidung und ein warmes Bett. Aber die Tür ist immer verschlossen. Wenn man mir erlaubt, im Lager herumzugehen, werde ich streng bewacht.

Manche Wachen haben Mitleid mit mir. Tagsüber, wenn Han nicht wach ist und sie beobachten kann, bringen sie mir frisch gebackenes Brot. Einer der Offiziere mit Namen Wu Shen hat mir eine Rolle Klebeband geschenkt, damit habe ich angefangen, meine beschriebenen Seiten an die Wand in meinem kleinen Zimmer zu kleben. Ich habe schon vier Reihen, die die ganze Wand entlanggehen. Da ich sonst nichts zu tun habe, fange ich mit einer fünften Reihe an. Bald wird die ganze Wand mit dem gleichen Wort bedeckt sein.

Zuhause.

In den letzten zwei Monaten bin ich in vielen verschiedenen Lagern gewesen. Die Wachen sind immer die gleichen. Sie fragen sich, warum Master Han eine Maske trägt. Tagsüber, wenn Han sich für seinen Todesschlaf einschließt, können sie gefahrlos darüber spekulieren. Manche sagen, er trage die Maske, um ein schrecklich entstelltes Gesicht zu verbergen. Krankheit oder Feuer, meinen sie, und es müsse passiert sein, ehe er zum Vampir geworden ist. Manche sagen, seine Hässlichkeit sei einfach ein Spiegelbild seiner bösen Seele. Andere finden, dass das nicht sein könne, da niemand böser ist als der Dämon Darafer, und der hat ein schönes Gesicht.

Ich glaube, Master Han trägt die Maske, um seine vielen Gesichter zu verbergen. Es gibt das Gesicht, das er für mich aufsetzt. Freundlich, mitfühlend, voll sanfter Worte. Er wünscht, mich zu beschützen. Er wird sich um mich kümmern. Seine Worte sind immer warm, aber sein Blick ist kalt. Ich weiß nicht, ob ich ihm trauen kann.

Es gibt das Gesicht, das er benutzt, wenn er sich an seine Armee wendet. Er ist furchtlos, gebieterisch, hat die Kontrolle. Wenn ich es sehe, glaube ich, dass er stark ist. Ich bin versucht, ihm zu vertrauen.

Dann gibt es das Gesicht, mit dem er auf Schwierigkeiten mit den bösen Vampiren und Gestaltwandlern reagiert. Er behauptet, sie seien ohne Grund auf der Jagd nach ihm. Sie würden ihn töten wollen. Er verdoppelt seine Leibwache und versteckt sich. Wenn ich es sehe, glaube ich, dass er schwach ist. Ich weiß, dass ich ihm nicht trauen kann.

Wenn seine Soldaten besiegt werden, schreit er vor Wut, und seine Männer kauern sich zusammen, denn er wird einen von ihnen packen und in seine Gemächer schleifen, um von ihm zu trinken. Wir können den Mann schreien hören, ehe er ruhig wird. Dann kommt Han mit seiner Leiche zurück, in Stücke gerissen und ausgesaugt. Wenn ich dieses Gesicht sehe, fürchte ich ihn.

Ich vervollständige die fünfte Reihe Papier, die ich an die Wand klebe, im gleichen Augenblick, als ich höre, wie sich der Schlüssel im Schloss dreht. Ich habe keine Fenster in diesem unterirdischen Versteck, aber ich spüre, dass es Nacht ist. Han besucht mich jede Nacht, also trete ich von der Wand zurück und nehme all meinen Mut zusammen.

Die Tür öffnet sich. Er steht im Türrahmen, das Kerzenlicht in meinem Zimmer bringt seine goldene Maske zum Leuchten. Er tritt ein, und die Wachen schließen die Tür.

Seine kalten Augen mustern mich, während er leise spricht, die Stimme getränkt von Freundlichkeit. „Wie geht es dir heute, mein Sohn? Hast du gut geschlafen? Hast du genug zu essen?"

Ich neige den Kopf zum Gruß und wünsche mir, er würde mich nicht als Sohn bezeichnen.

„Hast du schon neue Worte zu schreiben gelernt?" Er blickt auf die Wand und erstarrt.

Ich spüre, wie die Wut in ihm wächst, und weiche zurück.

„Warum bestehst du auf diesen Unsinn?" Er ballt die Hände zu Fäusten, als er sich wieder zu mir umdreht. „Warum kannst du nicht tun, worum ich dich bitte? Ich kümmere mich gut um dich. Ich habe dir gesagt, du sollst mir vertrauen!"

Er hebt die Hand wie zum Schlag, und ich zucke zusammen. Das ist das wütende Gesicht, vor dem ich mich fürchte. Ich habe gesehen, wie Männer gestorben sind, wenn Han so ist.

Seine Fäuste zittern, während er versucht, sich unter Kontrolle zu bringen. Dann greift er knurrend die Wand an und reißt die Blätter ab. „Wie oft muss ich es dir noch sagen? Dein Zuhause ist weg! Ich bin alles, was dir jetzt noch bleibt." Er dreht sich zu mir um, die Augen lodernd vor Wut. „Wenn du leben willst, wirst du mir vertrauen müssen."

Tränen stechen in meinen Augen. Ich habe es satt, allein zu sein, satt, Angst zu haben. Ich bin versucht, ihm nachzugeben. Aufzugeben. Er wird nett zu mir sein, wenn ich aufgebe.

Ich lasse den Kopf beschämt hängen, und mein Blick fällt auf die abgerissenen Seiten, die auf dem Boden verstreut liegen. *Zuhause.*

Wie kann ich mein Zuhause aufgeben, mein Erbe? Wut brennt in meiner Brust und lodert durch meine Adern. Ich bin ein Drache. Ich gehöre zu meiner eigenen Art. Mein Drachenbruder und meine Drachenschwester Huo und Chu sind noch in Beyul-La. Noch mehr Eier warten darauf zu schlüpfen. Ich bin der Älteste. Ich werde ihr Anführer sein.

Ich hebe ein Blatt Papier vom Boden auf und zeige es Han. *Zuhause.*

Er reißt es mir aus der Hand. „Dein Zuhause gibt es nicht mehr!"

Eine Träne rollt mir das Gesicht hinab, als ich noch ein Blatt Papier hochnehme und es mir an die Brust presse. *Zuhause.*

„Du sturer ...", knurrt Han und entfernt sich dann ein paar Schritte. Er ballt die Fäuste und öffnet sie wieder, dann dreht er sich abrupt zu mir um. „Schön. Dann bringe ich dich eben hin. Du kannst es dir selbst ansehen."

Mein Herz macht vor Hoffnung einen Sprung. Er bringt mich nach Hause?

Er packt mich an den Armen, und alles um mich herum wird schwarz.

Als wir landen, füllen sich meine Nasenlöcher mit dem vertrauten Duft meiner Heimat – frische Bergluft, Pinien. Der Himmel ist klar, wird von einer Trillion Sternen erleuchtet und einem Mond, der fast halb voll ist.

Aber es ist niemand gekommen, mich zu begrüßen. Wir sind neben der Feuerstelle in der Dorfmitte gelandet, und sie ist kalt. Ich drehe mich auf der Stelle und sehe mich im Tal um. Die Häuser sind alle zerstört. Mir stockt der Atem. Wo sind die Kriegerinnen von Beyul-La? Das hier ist seit Tausenden von Jahren ihr Tal. Sie würden es niemals aufgeben. Sie haben einen heiligen Pakt mit den Drachen geschlossen.

„Die Frauen sind fort", sagt Han. „Falls sie noch am Leben sind, haben sie dich verlassen."

Ich schüttele den Kopf und renne zu unserem heiligen Berg. Die Frauen werden dort sein. Norjee wird dort sein und bei ihm Huo, Chu und die Eier. Ich sehe hinauf und erwarte, die schneebedeckte Spitze des heiligen Berges zu sehen.

Sie ist fort. Ich komme stolpernd zum Stehen. Wie? Wie kann ein Berg verschwinden?

„Es ist passiert, nachdem wir schon weg waren“, sagt Han, als er sich mir nähert. „Ich habe dich hergebracht, damit wir deine Drachengeschwister retten können. Aber die bösen Vampire und Gestaltwandler haben uns im Berg gefangen gehalten. Ich wusste, dass es nicht sicher war, und habe dich hinausteleportiert. Ich war verletzt. Hatte ein Messer im Rücken von einem der Bösen. Aber es ist mir dennoch gelungen, dich rechtzeitig in Sicherheit zu bringen.“

Ich schnappe nach Luft. Ich kann mich vage daran erinnern, irgendwo mit schreienden Soldaten gefangen gewesen zu sein. Aber was ist mit den Frauen passiert? Und mit Huo und Chu und den Eiern?

„Die Bösen haben ihn in die Luft gejagt.“ Han stellt sich neben mich und deutet dorthin, wo einst unser heiliger Berg gewesen ist. „Sieh es dir an. Nur noch ein Berg von Schutt. Das könnte niemand überleben. Diese Bastarde haben meine Soldaten umgebracht. Jeder, der in der Höhle war, ist gestorben. Die Frauen von Beyul-La. Die Drachen.“

Ich stolpere zurück, als hätte er mir ins Gesicht geschlagen.

„Du wärest auch tot, wenn ich dich nicht gerettet hätte.“ Han dreht sich zu mir um. „Dein Zuhause ist fort. Die Drachen sind tot. Du bist der Letzte deiner Art.“

Mein Körper zittert so heftig, dass ich in die Knie gehe. *Der Letzte meiner Art.* Wie kann das sein? Wie soll ich das ertragen? Mein Bruder und meine Schwester sind fort. Die Eier fort. Norjee fort. Meine sterbliche Mutter und all die Frauen, die mich aufgezogen haben – fort.

Ich bin allein. *Allein*, hallt es in meinen Gedanken, und ich greife mir vor Schmerzen an den Kopf. Ich öffne den Mund, um zu schreien, aber es kommt kein Geräusch heraus.

Allein. Allein. Meine Haut wird heiß. Hitze sammelt sich in meiner Brust und brennt mir die Kehle hinauf. Rauch dringt aus meinen Nasenlöchern. Ich will Feuer hinausschreien.

„Es tut mir leid." Han streckt die Hand aus, um meine Schulter zu berühren, zieht sie aber schnell wieder zurück.

Die Hitze meiner Haut hat ihn verbrannt.

„Du hättest mir vertrauen sollen", sagt er verärgert. „Das hätte dir den Schmerz dieses Anblicks erspart."

Ich kauere mich zusammen, ziehe die Knie an meine Brust und lege den Kopf darauf ab. Letzter meiner Art. Ich kann fünfhundert Jahre alt werden. Ich werde sehr lange alleine sein.

„Du bist jetzt bei mir zu Hause", versichert Han. „Ich werde mich um dich kümmern."

Hat es noch einen Sinn, sich zu wehren? Meine Verzweiflung ist tief. Ich kann ebenso gut aufgeben.

Er lügt, schleicht sich eine Stimme in meine Gedanken. Sie ist leise, aber beharrlich. *Er lügt.*

Ich hebe den Kopf. Spricht jemand mit mir? *Wer bist du? Wo bist du?*

Mir fällt eine Bewegung am Himmel auf, und ich sehe, wie ein großer Vogel auf einem Zweig des nächsten Baumes landet. Es ist eine Eule. Königin Nimas Eule!

Wo ist meine Mutter? frage ich die Eule. *Wo sind mein Bruder und meine Schwester? Sind sie wirklich tot?*

Die Königin ist geflohen, ehe der Berg zerstört wurde, antwortet die Eule. *Sie hat Huo und Chu mitgenommen. Und die Eier.*

Ich rappele mich auf, mein Herz pocht schneller. *Wo sind sie?*

Weit weg, wo sie in Sicherheit sind, erzählt die Eule mir. *Nachdem du entführt wurdest, sind zwei der Eier geschlüpft. Die Vampir-Frau Emma hat sich auf die Babys geprägt und sie weit weggebracht, damit sie dort sicher sind.*

Ich bin nicht allein. Tränen laufen mir über das Gesicht und kühlen meine heiße Haut.

„Ich weiß, das muss schlimm für dich sein. Lass uns jetzt zurückkehren. Zu deinem wahren Zuhause." Han streckt die Hand nach mir aus, aber ich weiche zurück.

Ist Norjee in der Nähe? Oder eine der Frauen? frage ich die Eule. *Kannst du sie für mich finden?*

Ich glaube, sie sind mit den Tigerwandlern gegangen. Die Eule neigt den Kopf. *Wenn ich die Adler frage, wissen sie vielleicht, wo die Tiger wohnen.*

Finde sie, dränge ich die Eule. *Finde Norjee. Er kann mit dir sprechen. Ich werde in einem unterirdischen Lager gefangen gehalten. Ich weiß nicht, wo es ist. Ich werde die Vögel rufen, die dort in der Nähe sind, damit sie dir sagen können, wo ich bin.*

Die Eule raschelt mit ihren Flügeln. *Es ist langweilig, seit alle verschwunden sind. Ich bin stolz, wieder zu Diensten sein zu dürfen.*

Danke, sage ich dem Vogel noch, ehe er wegfliegt.

„Lass uns nach Hause gehen." Han greift nach meinem Arm. „Ich hoffe, du hast deine Lektion gelernt. Du kannst mir vertrauen."

Ich nicke und lasse die Schultern sinken, als würde ich mich ergeben. Aber im Inneren bin ich voller Hoffnung. Ich werde fliehen. Ich bin ein Drache.

Und ich bin nicht allein.

6. Kapitel

Am folgenden Tag setzte Jia Plan D in die Tat um.

Da es ihr zu schwerfiel, den Wachen zu entkommen, würde sie ihren Cousin davon überzeugen, sie abzuziehen. Sie verbrachte den Tag im Palast und spielte die begeisterte zukünftige Braut. Stundenlang arbeitete sie in der Küche und half den Köchen, löcherte sie mit Fragen und übte sich an komplizierten Speisen, mit denen sie den Prinzen beeindrucken konnte. Dann brachte sie die rote und goldene Seide sorgfältig gefaltet zu den Hof-Schneiderinnen und bat sie um Hilfe dabei, das schönste Hochzeitskleid aller Zeiten zu nähen.

Die Frauen schnatterten aufgeregt, während sie die verschiedenen Schnittmuster und den Kopfschmuck besprachen. Jia tat so, als wäre sie von allem in seinen Bann gezogen, und bald schon tratschte ganz Tiger Town über den anstehenden Besuch ihres Verlobten. Als das nächste Geschenk per Kurier ankam, versammelten sich alle um sie, um sich anzusehen, was der Prinz ihr geschickt hatte. Eine herrliche Perlenkette. Jia musste sie anlegen, damit alle sie bewundern konnten. Alle Dorfbewohner waren sich einig, dass der Prinz sich Hals über Kopf in ihre Prinzessin verlieben würde, wenn er sie erst einmal zu Gesicht bekam.

Jia ertrug das Gerede mit einem aufgesetzten Lächeln. Sie konnte den ganzen Tag kaum einen Bissen essen, aber die Hofdamen hielten es für Aufregung vor der Hochzeit. In Wahrheit drehte die Vorstellung, einen vollkommen Fremden zu heiraten, ihr den Magen um. Und welche Folgen es haben würde, wenn sie ihn abwies, bereitete ihr Kopfschmerzen.

Zurück in ihrem Zimmer, nahm sie die Halskette ab. Ihre Mission blieb unverändert. Entkommen, Han finden und ihn vernichten. Han zu finden und zu vernichten, würde eine Herausforderung werden, aber die Flucht war einfach, sobald Rajiv die Wachen abgezogen hatte.

Leider waren die Wachen am Abend immer noch da. Nach dem Essen hatten Tenzen und Rinzen eine Kampfkunst-Klasse auf dem Vorplatz unterrichtet, also hatte Jia beschlossen, sich ihnen anzuschließen. Mittlerweile war die Klasse gemischtgeschlechtlich, aber als Jia im Alter von acht Jahren angefangen hatte, war sie das einzige Mädchen gewesen. Ihr Großvater hatte es erlaubt, weil er geglaubt hatte, die körperliche Betätigung und die Konzentration würden ihr helfen, sich von ihrer Trauer zu erholen. Ihm war nicht klar gewesen, dass sie begonnen hatte, Rachepläne zu schmieden.

Ihre Onkel behandelten sie jetzt eher als Assistentin denn als Schülerin, also half sie ihnen. Alles, um Rajiv davon zu überzeugen, dass sie sich mit ihrem Leben, so wie es war, zufriedengab und nicht länger ihre Flucht plante.

Es gab einen neuen Schüler, den sie gerne unterrichtete, einen sieben Jahre alten Sterblichen namens Norjee. Sie verstand den Jungen, weil er genau wie sie schon in jungen Jahren Zeuge von Tod und Zerstörung geworden war. Seine Tante Neona, eine der Kriegerinnen von Beyul-La, hatte ihn gemeinsam mit ihrem neuen Ehemann Zoltan adoptiert. Die Familie lebte in Tiger Town, da Beyul-La zerstört worden war.

Laut Neona fühlte Norjee sich verantwortlich für die Entführung seines Drachenfreundes, Xiao Fang. Da Norjee die Gabe geerbt hatte, mit geflügelten Kreaturen zu kommunizieren, waren er und Xiao Fang sich nahegekommen, hatten sich als Brüder betrachtet. Norjees Schuld lastete schwer auf seinen jungen Schultern und machte ihn wild entschlossen, die Kampfkunst zu meistern, damit er helfen konnte, seinen

Freund zu retten. Jia versicherte ihm, dass Xiao Fang gesund wirkte, als sie ihn vor zwei Nächten gesehen hatte. Auch wenn sie Norjee aufmunternd zulächelte, spürte sie innerlich Schuldgefühle. Denn weil sie darin versagt hatte, Han umzubringen, war der Drachenjunge noch immer ein Gefangener.

Noch ein Grund, weshalb sie Erfolg haben musste. Sie sah über die Schulter, um zu prüfen, ob die Wachen noch immer am Rand des Vorplatzes standen. Das taten sie. Da es jetzt dunkel war, hatte man Fackeln um den Platz herum aufgestellt. Eltern standen in kleinen Gruppen zusammen, unterhielten sich und sahen ihren Kindern beim Üben zu. Gerade als sie Norjees Eltern entdeckt hatte, traf er sie mit einem Roundhouse-Kick an der Hüfte.

„Uff!“ Sie sprang zurück, und Norjee grinste sie an.

Sie lächelte zurück. „Angeber. Das habe ich davon, wenn ich nicht aufpasse.“

Er erstarrte plötzlich, und sein Lächeln verblasste, während er seinen Blick gen Himmel richtete.

„Norjee? Wir haben gerade von Aufmerksamkeit geredet.“

Er schien sie nicht zu hören. Er drehte sich auf der Stelle und sah sich wild um.

„Norjee, was ist los?“

„Die Eule! Ich höre die Eule!“ Er rannte gerade über den Vorplatz, als eine Eule hinabgestürzt kam und auf einer der Tiger-Statuen landete, die die Treppe zum Palast hinauf bewachten.

Jia folgte ihm, und auch seine Eltern schlossen sich an.

Neona streckte die Hand aus, um dem Vogel behutsam den Flügel zu streicheln. „Das ist die Eule meiner Mutter. Sie hat uns gefunden.“

„Sie hat einen langen Weg hinter sich“, sagte Zoltan.

Die Eule neigte den Kopf zur Seite und konzentrierte sich auf Norjee.

Nach einem Augenblick sah Norjee seine Eltern an. „Die Eule sagt, Master Han hätte Xiao Fang gestern Abend nach Beyul-La gebracht."

„Was ist dann passiert?", fragte Neona, und ihr Sohn wendete sich wieder an die Eule.

Jia rannte zu ihren Onkeln, um sie zu bitten, den Unterricht zu unterbrechen und ihr Rajiv und Jin Long zu bringen. Bald schon hatten sich alle um die Tiger-Statue versammelt und erwarteten die Neuigkeiten.

„Die Eule ist von ihrer langen Reise müde", sagte Norjee. „Sie hat sein gestern Abend nichts gegessen."

„Ich bringe ihr etwas", bot Jia an und rannte die Treppe hinauf zum Palast. In der Küche warf sie etwas Reis und gekochte Hühnerbeine in eine Holzschüssel. Sie hoffte, es machte der Eule nichts aus, dass das Fleisch gegart war. Als sie zurückrannte, fiel ihr auf, dass man ihr nicht gefolgt war. Ihre Wachen waren in der Menge um Norjee geblieben.

„Ich hoffe, das ist in Ordnung." Sie stellte die Schüssel auf eine Stufe, und die Eule flatterte hinab, um darin zu picken.

Anscheinend hatte Norjee die Geschichte der Eule bereits vorgetragen, denn einige der Männer stellten ihm Fragen.

„Du sagst, Xiao Fang wisse nicht, wo er gefangen gehalten wird?", fragte Jin Long.

Norjee schüttelte den Kopf. „Er hat der Eule erzählt, dass es unterirdisch ist, aber er wusste nicht, wo."

„Keiner der dreißig Stützpunkte, die wir kennen, befindet sich unter der Erde", sagte Rajiv. „Es muss ein neuer sein."

„Ich versuche, Russell zu erreichen." Jin Long zog sein Satellitentelefon aus der Tasche. „Falls er noch die gleiche Nummer hat."

„Xiao Fang wird die Vögel in seiner Nähe bitten, Nachricht von ihm zu verbreiten", berichtete Norjee weiter, seine Augen aufgeregt leuchtend. „Wenn diese Nachricht hier ankommt, kann ich euch sagen, wo er ist!"

„Das ist wundervoll!" Neona umarmte ihren Sohn. „Dann können wir gehen und ihn retten."

„Und ich kann mitkommen, ja?", fragte Norjee.

Neona wechselte einen besorgten Blick mit ihrem Mann, und Zoltan schüttelte den Kopf.

„Das wäre eine Schlacht gegen Master Han …", fing Zoltan an.

„Aber ich muss mit!", rief Norjee.

Während Norjees Eltern versuchten, es ihm auszureden, und Rajiv ihm immer weitere Fragen stellte, wurde die Szene immer lauter und chaotischer. Die Dorfbewohner waren aufgeregt über diese neue Möglichkeit, den Drachenwandler aufzuspüren, aber auch besorgt darüber, in die Schlacht gegen Master Han zu ziehen. Ihre Wachen waren mittendrin, stritten mit ihren Nachbarn und vergaßen, ein Auge auf sie zu haben.

Sie wich langsam zurück und überlegte, ob sie die Flucht wagen sollte. Wenn sie hierblieb und die Nachricht über Hans neuen Aufenthaltsort kam, würden die Männer der Wertiger und Vampire in die Schlacht ziehen. An der letzten Schlacht gegen Master Han hatte sie nicht teilnehmen dürfen. Die Chancen standen gut, dass man sie wieder nicht kämpfen ließ. Nein, wenn sie Han umbringen wollte, dann musste sie es selbst in die Hand nehmen. Sofort.

Sie rannte zu ihrem Haus und zog sich dort Jagdkleidung und Stiefel an. Ihr raste das Herz, während sie sich die Messer anlegte und den Rucksack aufsetzte. Sie spähte aus der Vordertür und erwartete halb, dort wieder die Wachen zu sehen.

Sie waren nicht da! Nach Norden gewandt sprintete sie über das Steilufer, bis sie den Pfad gefunden hatte, der ans

Flussufer hinabführte. Jetzt musste sie nur noch den Fluss im Kanu ihrer Onkel überqueren, dann konnte sie sich endlich auf den Weg machen, ihre Mission zu erfüllen.

Russell war auf einer hohen Klippe verborgen und beobachtete Stützpunkt Nummer zwölf, als er in seiner Tasche ein Vibrieren spürte.

Das Satellitentelefon? Es war zwei Monate her, seit er den letzten Anruf bekommen hatte. Er zog es heraus und flüsterte: „Was?"

„Russell? J.L. hier. In Tiger Town hat sich etwas ergeben. Ich dachte ..."

Seine Worte wurden leiser, als Russell vor Schreck erstarrte. War Jia etwas passiert? War sie entkommen? Wanderte sie allein durch den Wald? Oder hatte sie wieder versucht, sich die Klippe hinabzulassen, und war gestürzt? Eine Vision trat ihm vor Augen – Jia auf dem Boden, alle Knochen gebrochen, und Blut tropfte aus einer Wunde an ihrem Kopf.

Nicht mein Problem, sagte er zu sich, aber die Vision spielte sich wieder und wieder ab. „Ich bin gleich da."

Zwei Sekunden später tauchte er auf dem Vorplatz von Tiger Town wieder auf. Sofort sah er sich in der lauten Menge nach Jia um. Er entdeckte ihre Wachen, Rajiv, J. L., Zoltan und Neona. Die Stadtbewohner schnatterten etwas über Vögel und den Drachenwandler. Kein Wort von Jia. Zu sehen war sie auch nicht.

J.L. winkte ihn zu sich, also ging er zu den Tiger-Statuen, die die Stufen zum Palast bewachten.

„Wir haben Neuigkeiten", fing J.L. an und deutete auf eine Eule, die auf den Stufen aus einer Schüssel fraß. „Das ist die Eule von Königin Nima aus Beyul-La. Sie hat Master Han und Xiao Fang gestern Abend gesehen. Han hat dem Jungen gezeigt, dass das Tal zerstört ist, und versucht, ihn davon zu überzeugen, dass die Kriegerinnen und die Drachen alle nicht mehr am Leben sind."

Also hatten die Neuigkeiten nichts mit Jia zu tun. Russell wollte sich nicht eingestehen, wie erleichtert er sich deswegen fühlte. Stattdessen konzentrierte er sich auf das, was J. L. gerade gesagt hatte. „Han versucht verbissen, das Vertrauen des Jungen zu gewinnen. Das ist ein gutes Zeichen. Es bedeutet, der Junge leistet Widerstand."

Neona verzog das Gesicht. „Es war grausam von Han, Xiao Fang zu erzählen, dass die anderen Drachen alle tot sind. Gott sei Dank war die Eule da, um ihm die Wahrheit zu sagen."

„Dann kann der Drachenwandler also mit Vögeln kommunizieren?", fragte Russell.

„Ja", antwortete Zoltan und zeigte auf einen kleinen Jungen. „Norjee kann das auch. Er ist es, der uns die Informationen von der Eule überbracht hat."

„Xiao Fang sagt, dass er und Han sich in einem neuen Lager aufhalten würden, das sich ganz unter der Erde befindet", fügte J. L. hinzu. „Er wird die Vögel in der Umgebung bitten, seinen Aufenthaltsort in der Welt zu verbreiten, und hoffentlich erreicht diese Nachricht dann irgendwann auch uns."

Stille Post per Vogel? Russell war sich nicht sicher, ob das funktionieren würde. Es war nicht so, als könnten die Vögel ihnen Längen- und Breitengrad mitteilen. Ihre Wegbeschreibung könnte in der Übersetzung etwas vage ausfallen. Trotzdem war es einen Versuch wert. „Hast du gesagt, Han hat sich unter die Erde zurückgezogen?"

„Ja", antwortete J. L. „Keine Ahnung, wo."

„Wenn wir bloß ungefähr die Gegend finden", sagte Rajiv, „dann könnten meine Onkel ihn aufspüren. Sie riechen einen Vampir auf drei Meilen Entfernung."

„Ich kann mich umhören", bot Russell an. „Vielleicht kann ich so herausfinden, wo das neue Lager ist. Bis später." Nachdem die anderen sich bei ihm bedankt hatten, durchquerte er wieder die Menge.

Er musste sich anstrengen. Wenn die Vampire und Wertiger Hans Aufenthaltsort zuerst entdeckten, würden sie angreifen, und er könnte seine Chance verpassen, Han selbst umzubringen. Es gab noch andere, die ebenso versessen wie er darauf waren, Han umzubringen. So wie Jia.

Er ließ seinen Blick noch einmal über die Menge wandern. Wo zur Hölle war sie? Er erklomm die Treppe, die hinab zum Flussufer führte. Von dort aus konnte er ihr Haus am Abhang sehen. Es hing kein Seil aus dem Fenster. Am Ufer und zwischen den Häusern am Fluss regte sich nichts. Alle waren hinter ihm auf dem Vorplatz.

Plötzlich entdeckte er eine Bewegung. Im Norden und kaum zu erkennen überquerte ein Kanu den Fluss. Ein Ruderer. Das musste sie sein. Ein merkwürdiges Gefühl von Stolz überkam ihn, und er lächelte. Jia hatte es geschafft. Ihr war die Flucht gelungen. Kluges, mutiges Mädchen.

Leichtsinniges Mädchen. Sein Lächeln verblasste. Was glaubte sie, wie sie Han auf eigene Faust finden sollte? Wie konnte sie sich so in Gefahr bringen, obwohl sie eine Familie hatte und eine ganze Stadt, die sie liebte? Warum konnte sie nicht damit glücklich sein, die Prinzessin zu spielen? Eine *verlobte* Prinzessin.

Er sah sich nach Rajiv um. Ein Wort, und er könnte Jias großer Flucht ein Ende bereiten. Seine Brust zog sich zusammen bei dem Gedanken, sie schon wieder zu enttäuschen.

Aber er konnte es nicht zulassen. Er würde mit ihr reden und sie davon überzeugen, von sich aus zurückzukehren. Dann musste sie nicht die Demütigung ertragen, erwischt und nach Hause zurückgeschleppt worden zu sein. Er konzentrierte sich auf das andere Ufer des Flusses und wählte eine Stelle, an die er sich teleportierte. Zweifellos würde sie wütend werden, wenn er dort auftauchte. Vielleicht ohrfeigte sie ihn sogar.

Das bisschen Schmerz war es wert, wenn er sie dafür beschützen konnte.

Der Gedanke versetzte ihm einen kurzen Schock. Warum interessierte es ihn, was mit ihr geschah? Was tat diese Frau ihm an, dass sich seine Gedanken so sehr um sie drehten?

Er schüttelte den Kopf. *Sie ist nicht mein Problem.*

Ihr Kanu erreichte das Ufer.

„Verdammt noch mal", murmelte er und teleportierte sich zu ihr.

Jia war ein paar Fußlängen entfernt und hatte ihm den Rücken zugekehrt, während sie das Kanu an Land zog. Ihre Stiefel waren beim Aussteigen nass geworden, und jetzt schmatzten sie bei jedem ihrer Schritte. Auf dem Rücken trug sie einen Rucksack, unter den sie zusammengerolltes Bettzeug geschnallt hatte. Ihr langes Haar war geflochten und schwang jedes Mal, wenn sie am Kanu zog, hin und her.

„Machst du einen Ausflug?"

Sie schrie auf und wirbelte zu ihm herum. „Russell!" Sie presste sich die Hand auf die Brust. „Lieber Gott, hast du mir einen Schreck eingejagt." Sie atmete tief durch, riss dann die Augen auf und wich ein paar Schritte zurück. „Wage es ja nicht ..."

Er bewegte sich auf sie zu. „Was?"

Sie hob eine Hand, um ihn aufzuhalten. „Komm nicht näher. Ich weiß jetzt, dass ich dir nicht trauen kann. Ich lasse mich nicht von dir nach Hause teleportieren."

„Dann steig zurück in das Kanu und paddle selbst zurück."

„Auf keinen Fall! Ich gehe nach Westen, und du kannst mich nicht aufhalten."

„Doch, ich kann ..."

„Nein!" Ihre Augen loderten vor Zorn. „Ich bin schon zu weit gekommen. Also, Gott steh mir bei, wenn du mich jetzt aufhältst, verwandle ich mich und reiße dich in Stücke."

„Du kannst dich jetzt verwandeln?" Russell sah zum Mond hinauf, der ein bisschen weniger als halb voll war.

Sie funkelte ihn wütend an. „Ich verwandle mich in zweieinhalb Wochen. Und dann mache ich Jagd auf dich. Du kannst dich nicht vor mir verstecken. Ich spüre dich auf und …"

„Moment." Russell hob eine Hand. „Kannst du wirklich jeden Vampir anhand seines Geruchs aufspüren?"

„Ja." Sie reckte das Kinn. „Ich bin genauso gut darin wie meine Onkel. Ich kann alles, was die Männer können, aber sie lassen mich nicht."

Russell zuckte zusammen. „Ich bin mir sicher, das muss frustrierend sein …"

„Du hast ja keine Ahnung. Niemand sagt dir, was du tun darfst. Du bist …" In ihren Augen fingen Tränen an zu glänzen. „Du bist frei."

Frei? War ihr nicht klar, dass seine Besessenheit wie ein Gefängnis war? Er konnte erst frei sein, wenn er Han getötet hatte. „Jia." Er trat auf sie zu. „Sie werden krank vor Sorge um dich sein. Du darfst dich selbst nicht in Gefahr bringen. Du bist eine Prinzessin."

Ihre Miene verzog sich angewidert. „Nenn mich nicht so!"

„Du lieber Gott, Jia, du hast eine Familie, die dich liebt. Weißt du nicht, was für ein Glück du hast? Ich würde alles geb…" Er hielt mitten im Wort inne, um nicht weiter an all jene Menschen zu denken, die er verloren hatte.

Sie sah ihn flehend an. „Wenn du begreifst, wie wichtig Familie ist, dann lass mich gehen."

Er schluckte krampfhaft. „Und die Hochzeit? Hast du vergessen, dass du verlobt bist?"

„Ich entscheide später, ob ich das machen will. Im Augenblick tue ich, was ich tun muss. Genau wie du."

Er entfernte sich ein paar Schritte und überlegte, was er tun sollte. Wenn er sie zurückbrachte, würde er sich selbst fast ebenso hassen, wie sie ihn hassen würde. Aber er konnte sie auch nicht alleine losziehen lassen. Wenn ihr etwas geschah, wie sollte er dann damit leben? Es lastete bereits die Schuld an so vielen Toden auf seinen Schultern. Wie konnte er einen weiteren Tod ertragen, besonders wenn sie es war – eine unschuldige, mutige und schöne junge Frau, deren einziges Verbrechen es war, dass sie ihre Familie zu sehr liebte, als dass sie ihren Tod ungerächt lassen konnte?

Nimm sie mit, drängte eine innere Stimme ihn. *Nein.* Er schüttelte den Kopf. Das wäre ein Desaster. Sie würde ihn dazu bringen, sich zu ... sorgen. *Das tust du bereits.*

Nein! Das wies er sofort von sich. Keine Gedanken mehr an Gefühle. Er hatte keine Gefühle. Sein Herz war tot. Er lebte nur, um Han zu töten. Er musste dieses Schwein aufspüren, in welchem Loch er sich auch immer verkrochen hatte ...

Er erstarrte, als ihm plötzlich eine Idee kam, und wirbelte zu ihr herum. „Du kannst einen Vampir wittern?"

„Ja." Sie zuckte mit den Schultern. „Aber nur, wenn ich im Umkreis von ein paar Meilen bin."

„Was, wenn er unter der Erde ist?"

„Wenn er nicht gerade unter Tonnen von Fels liegt, sollte ich es können." Sie neigte den Kopf und sah ihn misstrauisch an. „Was denkst du gerade?"

„Du könntest ... nützlich sein."

Sie riss die Augen auf. „Dann tust du dich mit mir zusammen? Wir können Partner sein?"

„Vielleicht." Er hob eine Hand, damit sie nicht zu aufgeregt wurde. „Ich bin mir nicht sicher, ob das eine so gute Idee ist. Dein Cousin wird mich umbringen wollen."

„Das lasse ich nicht zu." Jia kam auf ihn zu und lächelte von einem Ohr zum anderen. „Können wir gleich heute Nacht anfangen?"

„Ich muss deine Fähigkeiten zuerst testen."

Sie nickte. „Ich schaffe das."

„Das werden wir noch sehen. Ich teleportiere dich an einen Ort, drei Meilen von meinem Geheimversteck entfernt. Dann gehe ich dorthin und warte eine Stunde. Wenn du mich nicht findest, war es das mit unserem Deal. Ich finde dich und teleportiere dich nach Hause."

„Und wenn ich dich finde?"

„Dann sind wir ein Team."

Jetzt strahlte sie wieder über das ganze Gesicht. „Ich finde dich. Du wirst schon sehen."

Er musste den verdammten Verstand verloren haben. Russell griff nach ihr, um sie zu teleportieren, aber sie überraschte ihn, als sie ihm die Arme um den Nacken warf und das Gesicht an seiner Brust vergrub.

„Was machst du da?" Er packte sie an den Oberarmen und versuchte, sie von sich zu schieben, aber sie hielt sich fester an seinem Hals fest.

„Ich muss deinen Duft kennen." Sie rieb die Nase an seinem Shirt. „Beug dich bitte nach vorn."

Er lehnte sich ein Stück vor, und sie vergrub die Nase in seiner Halsbeuge. Ihre Finger gruben sich in seine Haare und lösten die Strähnen aus seinem Pferdeschwanz, um besser daran riechen zu können.

„Ich kann nicht jeden dahergelaufenen Vampir aufspüren, den ich zufällig entdecke", flüsterte sie an seinem Hals. „Du musst es selber sein."

Er schloss die Hände fester um ihre Arme. Seine Männlichkeit reagierte bereits auf sie. Wie in aller Welt sollte er mit dieser Frau zusammenarbeiten, mit einer verlobten

Prinzessin, wenn er sich danach sehnte, sie in seinen Armen zu halten?

Ihr Atem fühlte sich an seinem Hals warm und süß an. Alles, was er tun müsste, wäre, den Kopf zu drehen, und er könnte sie küssen. Würde sie ihn lassen? Würde sie sich wie ein Tigerkätzchen an ihn schmiegen und schnurren?

Er schob den Gedanken beiseite. Das hier war geschäftlich. Rein geschäftlich.

„Ich bin bereit." Sie sah lächelnd zu ihm hoch.

Ich bin am Ende. Ihm zog sich das tote Herz in der Brust zusammen. Was zur Hölle hatte er getan? Ihr Lächeln war das Schönste, was er seit Jahren gesehen hatte. Er zog sie eng an sich, um sich teleportieren zu können, und versuchte, nicht daran zu denken, wie gut es sich anfühlte, wenn ihr Körper sich an seinen presste. Sobald er in seiner Bat-Höhle angekommen war, würde er eine kalte Dusche nehmen müssen Und dann hieß es abwarten. Würde sie ihn finden?

Nein, sie würde den Test nicht bestehen. Das durfte sie nicht. Dann konnte er sie nach Hause teleportieren und sein normales Leben wieder aufnehmen. Er würde seinen Verstand zurückerlangen. Das musste er.

Denn er hatte das seltsame Bedürfnis, vollkommen verrückt zu werden.

7. Kapitel

Jia atmete tief durch, um sich zu beruhigen.

Sie war jetzt allein, nur von dichtem Wald umgeben, und die Uhr tickte. Ehe er sie verlassen hatte, hatte Russell ihr noch seine Uhr gegeben, deren Timer darauf eingestellt war, in einer Stunde loszugehen. Er hatte behauptet, dass er den Alarm hören könnte, auch wenn sie zehn Meilen entfernt wäre. Wenn ihre Zeit abgelaufen war, würde er sie finden und sie zurück nach Hause teleportieren.

Arrogantes Ekel. Er tat so, als würde sie auf jeden Fall versagen. Er hatte ihr sogar gezeigt, wie man den Alarm einschaltete, falls sie es mit der Angst zu tun bekam und früher aufgeben wollte. Seine Abschiedsworte – „Nimm dich vor Schlangen in Acht" – hatten eindeutig nur dazu gedient, sie zu erschrecken.

Leider war es auch ein guter Ratschlag. Rajiv war nach einem Kobra-Biss in sein zweites Leben übergetreten.

Sie atmete noch einmal tief durch. Sie würde nicht aufgeben. Sie hatte schon manchen Wald in der Dunkelheit durchstreift, ohne Angst zu bekommen. Natürlich war sie dabei normalerweise in Tiger-Gestalt. Und sie war selten allein gewesen, da alle Wertiger aus Tiger Town sich gemeinsam verwandelten und auf die Jagd gingen.

Trotzdem war es ihr in Myanmar gelungen, Hans Stützpunkt alleine auszuschnüffeln. Also konnte sie auch diese Aufgabe bewältigen. Sie hatte ihre Messer, ihre Entschlossenheit, ihre ausgezeichnete Nachtsicht und ihre Nase.

Aber sie hatte ein Problem. Die Luft war so schwül und

drückend, dass sie Russells Duft kaum wahrnehmen konnte. Wenn nur ein Windhauch aus der richtigen Richtung käme …

Sie sah auf die Uhr, deren Zifferblatt im Dunkeln leuchtete. Vier Minuten waren bereits verstrichen. Panik stieg in ihr auf.

Schnell nahm sie ihren Rucksack ab und zog den roten Seidenbeutel heraus, in dem sich die Armspangen ihrer Mutter befanden. Sie hatte sie zuvor nicht angelegt, aus Angst, sie könnten im Mondlicht glänzen und ihre Flucht verraten. „Mom, Dad, ich brauche Hilfe. Steht mir bei, bitte."

Sie legte die Spangen um ihre Handgelenke, die rechte kurz über Russells Uhr, und wie immer spendeten sie ihr Trost. Ihre Familie liebte sie. Sie verließ sich auf sie. Ihr Wertigerblut floss durch ihre Adern. Sie hatte ihre Gaben, ihre Kraft. Sie musste nur darauf vertrauen.

Nachdem sie sich den Rucksack wieder aufgesetzt hatte, schloss sie die Augen und konzentrierte sich vollkommen auf die Gerüche, die sie umgaben. Den neuen Wuchs und die Verwitterung des Waldes. Den Duft der Tiere, manche schlafend in ihrem Bau, andere unterwegs. Langsam drehte sie sich auf der Stelle. *Vertrau auf deine Instinkte. Der Tiger wird es wissen.*

Der Duft war so schwach, dass sie sich nicht sicher war, ob sie ihn sich nur einbildete, aber er war alles, nach dem sie sich richten konnte. Sie machte sich auf nach Nordwesten. Zweifellos prüfte Russell mehr, als sie leisten konnte. Er musste mehr als drei Meilen entfernt sein. Dieser untote Mistkerl wollte wahrscheinlich, dass sie versagte.

Alle fünf Minuten blieb sie stehen, drehte sich auf der Stelle und schnüffelte eingehend. Ihr Bauchgefühl blieb. Nordwesten.

Nach fünfundzwanzig Minuten wusste sie, dass ihre Instinkte sie richtig gelenkt hatten. Sein Duft war jetzt deutlich wahrnehmbar. Grinsend beschleunigte sie ihre Schritte.

Zehn Minuten später kam sie an einen Bach. *Ja!* Das musste der gleiche sein, der auch durch Russells Höhle floss.

„Nimm das, Vampir. Jetzt musst du mit mir zusammenarbeiten." Sie eilte den Bach hinauf, und sein Geruch wurde immer stärker.

Es war ein erstaunlich angenehmer Duft für einen Vampir. Die Bösen, wie Han, rochen normalerweise nach Menschenblut. Immerhin, dachte sie angeekelt, man ist, was man isst. Schaudernd erinnerte sie sich an den Gestank von Qing, einer von Hans verstorbenen Vampirlords. Er hatte nach ranzigem Blut, fettigen Haaren und seit Jahrhunderten nicht mehr gewaschener Haut gestunken.

Jin Long und die anderen guten Vampire, die sie kannte, hatten einen sauberen, sterileren Geruch. Das hatte mit dem synthetischen Blut zu tun, das sie tranken, vermutete sie. Das, und sie hielten allgemeine Hygieneregeln ein.

Russells Duft war ähnlich, aber irgendwie erdiger. Vielleicht lag es daran, dass er in einer Höhle tief im Wald lebte. Der kupferne Duft des Blutes wurde überdeckt von den frischen Düften von Pinie, Eiche und Moos. In seinen Haaren hing der Duft eines geschmolzenen Gebirgsgletschers. Und seine Haut duftete nach … Mann. Nach einem starken, lebensstrotzenden Mann auf dem Höhepunkt seines Seins, mächtig und …

Sie musste über sich selbst lachen. Es hatte keinen Sinn, über sein schönes Gesicht oder seine herrlichen Muskeln nachzudenken. Oder darüber, wie ihr Herz angefangen hatte zu rasen, als sie sich an ihn geschmiegt hatte. Sie durfte sich nicht für einen Vampir interessieren. Wie sollte sie vergessen, dass es ein Vampir gewesen war, der ihren Bruder und ihre Eltern umgebracht hatte?

Außerdem interessierte Russell sich nur für ihre Nase. Wenn sie nicht bewies, dass sie ausgesprochen gut darin war,

Blutsauger aufzuspüren, würde er sie, ohne einen weiteren Gedanken zu verschwenden, wieder in Tiger Town absetzen. Dieses herzlose Ekel. Sie hatte in der Vergangenheit zweimal versucht, ihm zu vertrauen, und beide Male hatte er sie enttäuscht.

Er schien nicht zu wissen, wie sehr er sie verletzt hatte. Höchstwahrscheinlich war es ihm einfach egal. Es war ihre Schuld gewesen, an ihn glauben zu wollen, ihn sich als eine Art Helden vorzustellen, der sie verstand und der ebenso auf Rache aus war wie sie. Nachdem sie jahrelang allein ihrer Mission gefolgt war, sehnte sie sich nach jemandem, mit dem sie sich die Last teilen konnte. Nach jemandem, der den Schmerz verstand, der sie immer noch quälte. Jemandem, der ihre Stärke und ihre Fähigkeiten zu schätzen wusste und nicht versuchte, sie im Palast einzusperren, wo sie Prinzessin spielen sollte.

Seufzend wurde ihr klar, was sie wollte: dass Russell dieser Jemand war. Er war der einzige Mensch, dem sie je begegnet war, der genauso versessen wie sie darauf war, Han umzubringen. Und er war so wunderbar stark und begabt, dass sie nicht anders konnte, als von ihm beeindruckt zu sein. Tief in ihrem Herzen wünschte sie, er wäre ebenso beeindruckt von ihr. Sie brauchten einander, um Erfolg zu haben. Sie hatte so sehr daran glauben wollen, dass sie seine ständigen Warnungen ignoriert hatte. *Ich arbeite allein.*

„Jetzt nicht mehr. Wir werden ein Team, ob es dir gefällt oder nicht." Sie zuckte zusammen, weil sie wusste, seine Antwort wäre *Nein*.

Nach einiger Zeit verschwand der Bach in einem Felshaufen. Was hatte Russell gesagt? Der Bach verlief ungefähr eine Meile durch einen Felstunnel. Sie musste in seiner Nähe sein.

Sie sah auf die Uhr. Noch fünfzehn Minuten Zeit. Das Gelände wurde jetzt hügeliger, und sie atmete schwer, als sie einen steilen Abhang erklomm. Oben angekommen blieb sie stehen und schnüffelte. Sein Duft war stark. Sie hatte es fast geschafft.

Ihr Herz schlug heftiger, als sie sich vorstellte, wie überrascht er sein würde, wenn sie an seinem Geheimversteck ankam. Aber was, wenn er enttäuscht war? Er war vielleicht auf der Suche nach einem Grund, aus dem er ihre Partnerschaft beenden konnte. In dem Fall musste sie dafür sorgen, dass sie ihm bewies, was sie wert war. Egal, was passierte, sie durfte nicht zulassen, dass sie ihm zur Last fiel.

Russell ging in der Bat-Höhle auf und ab, sich abwechselnd dazu gratulierend und dafür verfluchend, dass er Jia etwas mehr als drei Meilen weit entfernt zurückgelassen hatte.

Zuerst hatte er sich eingeredet, es wäre eine gute Strategie, um sie bis aufs Äußerste zu testen, aber jetzt gab er zu, dass er sich nur etwas vormachte. Die hässliche Wahrheit war, er hatte gewollt, dass sie verlor.

Was hätte er sonst tun sollen? Jedes Mal, wenn er sie in die Arme nahm, um sie beide zu teleportieren, war er versucht, sie länger als nötig festzuhalten. Jedes Mal, wenn er ihr in die Augen sah oder ihr Lächeln erblickte, spürte er längst tot geglaubte Gefühle in sich aufwallen. Er durfte nicht zulassen, dass es so weiterging. Gefühle würden ihn ablenken und ihn schwächen. Schwäche würde ihn dazu bringen zu versagen.

Was aber, wenn er ihre Fertigkeit im Aufspüren brauchte? Wenn er es tat, dann würde ihr Versagen letztendlich auch sein eigenes bedingen. Und wenn ihr im Wald irgendetwas geschah, wusste er nicht, ob er sich das je verzeihen könnte. Schon jetzt lasteten die Tode von zu vielen Menschen auf seinen Schultern.

So ein verdammter Mist. Brachte er Jia in Gefahr, nur um einem ernsthaften Fall von Begehren aus dem Weg zu gehen?

Nachdem er sich in seine Höhle teleportiert hatte, hatte er kalt geduscht, aber das hatte nicht geholfen. Er reagierte jedes Mal wieder, wenn er sich daran erinnerte, wie sie sich an ihn gekuschelt und die Nase an seinem Hals vergraben hatte. Sie war so verdammt süß und zart. Und so allein da draußen im dunklen Wald.

„Au." Er zuckte zusammen, als er mit dem Fuß gegen ein Tischbein stieß. Normalerweise konnte er in der Dunkelheit gut sehen, aber er passte einfach nicht auf. Schon jetzt war sie eine Ablenkung.

Er schaltete sein Satellitentelefon an, um zu sehen, wie viel Zeit verstrichen war. Fünfzig Minuten. Sie hatte noch zehn Minuten Zeit. Er spitzte die Ohren, konnte den Alarm aber nicht hören. Sie hatte nicht früher aufgegeben.

Sein Respekt für sie nahm immer mehr zu. Seine Jia war mutig. Klug und einfallsreich.

Seine Jia? Was zur Hölle …

Ein Geräusch unterbrach seine Gedanken. Er erstarrte und lauschte angespannt. Jemand oder etwas bewegte sich durch den Wald und war nicht gerade leise dabei. War das Jia, die absichtlich Lärm machte, um Raubtiere abzuhalten?

Er schaltete schnell das Telefon aus. Die Decke über seiner Küche und dem Tisch war sehr dünn und durchlässig, nicht mehr als eine dünne Schicht aus verworrenen Wurzeln. Jedes Licht in der Bat-Höhle könnte durchscheinen, also hatte er darauf geachtet, im Dunkeln zu bleiben. Sie durfte ihn nur durch ihren Geruchssinn aufspüren.

Er ging weiter auf und ab. Sah auf sein Telefon. Noch acht Minuten. Seine Nerven spannten sich an. Was, wenn sie ihn fand? Was, wenn er jede Nacht ihr schönes Lächeln sehen durfte? Und sie halten und mit ihr reden. Vielleicht sogar …

Er schüttelte den Kopf. Sie war mit einem anderen verlobt. *Du kannst sie nicht haben.* Diese Warnung blitzte in seinem Gehirn auf, war aber verloschen, ehe sie sein Herz erreichen konnte. Zur Hölle mit alledem. Er wollte, dass sie ihn fand.

Das Rascheln im Freien kam immer näher. *Bitte sei Jia.*

Er teleportierte sich über die Erde und schwebte dann hoch hinauf in einen Baum, damit er sehen konnte, wer oder was sich ihm näherte.

Sein Telefon fing an zu summen. Auch wenn es so leise wie möglich gestellt war, griff er schnell danach, damit das Geräusch nicht hörbar wurde. „Was?“, flüsterte er.

„Wird auch Zeit“, grollte J. L., „ich versuche seit zwanzig Minuten, dich zu erreichen.“

Russell sah hinab zu seinem Geheimversteck „Ich hatte kein Netz.“

„Ja, dachte ich mir. Also Folgendes. Wir suchen seit über vierzig Minuten nach Jia. Sieht aus, als wäre sie weggelaufen. Hast du sie gesehen?“

„Warum sollte sie hier draußen sein?“ Er ließ den Blick über den Boden schweifen, als das Geräusch immer lauter wurde.

Da! Sein Herz machte einen Sprung.

Sie trat aus einem Hain schlanker junger Bäume direkt auf die massive Eiche zu, die nahe seinem Höhlendach wuchs. Oh nein! Die Decke war zu schwach, um sie zu …

Ihr Fuß brach durch die verworrenen Wurzeln, begleitet von ihrem Aufschrei. Ihr Bein rutschte bis zur Mitte der Wade in seine Höhle.

„Was war das?“, verlangte J. L. zu wissen. „Habe ich einen Schrei gehört?“

„Das war nichts. Der Brunftschrei eines … Wasserbüffels. Bis dann.“ Russell legte auf und stopfte sich das Telefon in die Hosentasche. Dann teleportierte er sich dicht neben Jia auf festen Boden.

Sie hatte ihm den Rücken zugekehrt und hockte auf ihrem linken Fuß, die Hände auf dem Boden, um die Balance zu halten, während sie sich bemühte, ihren rechten Fuß zu befreien.

Er nahm den Duft nach frischem Blut wahr. „Du bist verletzt."

„Russell?" Sie drehte sich zu ihm um, und ein breites Lächeln erhellte ihr Gesicht. „Ich habe es geschafft! Ich habe dich gefunden!"

„Ist dein Bein verletzt?"

„Nicht schlimm. Ich kann trotzdem damit arbeiten."

„Der Boden ist hier zu dünn. Halt still."

„Ich weiß." Ihre Stimme senkte sich zu einem beschämten Murmeln. „Ich stecke fest und kann nicht aufstehen."

Seine Mundwinkel zuckten. „Bleib, wo du bist. Ich hole dich."

„Als würde ich irgendwohin gehen."

Er fing an zu schweben und streckte sich horizontal, um sie zu erreichen. „Halt dich an mir fest."

„Ich habe dich überrascht, oder?" Grinsend schlang sie ihm die Arme um den Hals. „Du hast nicht gedacht, dass ich es schaffen kann."

Er schwebte höher, bis ihr Bein befreit war. Sein Körper schwang zurück in die Vertikale und stieß dabei sanft gegen ihren. Wieder war sie in seinen Armen, und es fühlte sich so gut an. Diese Partnerschaft würde ihn umbringen.

Sie schlang die Arme fester um ihn. „Ich habe es geschafft! Jetzt sind wir ein Team."

„Ja." Er fluchte innerlich, als Erregung durch seine Adern zu jagen begann.

Als sie sich zurücklehnte und ihn ansah, verblasste ihr Lächeln. „Das hatte ich befürchtet. Du bist enttäuscht."

„Ich komme zurecht." *Nicht hart werden. Nicht hart*

werden. Doch je mehr er seine verdammte Männlichkeit ermahnte, desto mehr lehnte sie sich gegen ihn auf.

„Ich kann sehen, dass du wütend bist. Du starrst mich so düster an. Um ehrlich zu sein, ich bin auch etwas wütend auf dich."

„Warum?" Konnte sie die Beule spüren?

Sie sah ihn schief an. „Das ist doch wohl offensichtlich."

Mist. Er sah an sich hinab.

„Du hast mich mehr als drei Meilen entfernt abgesetzt. Du wolltest, dass ich versage."

„Ach das." Er atmete erleichtert auf. „Ja. Habe ich."

Sie schnaubte. „Na wenigstens bist du ehrlich. Du hast es mir wirklich hart gemacht."

Hart. Für sie. Er knirschte mit den Zähnen. „Du kannst mich gerne ohrfeigen, wenn du möchtest." Vielleicht würde er dann wieder zu Sinnen kommen.

„Es fällt dir vielleicht schwer zu glauben, aber ich ohrfeige nicht die ganze Zeit irgendwelche Leute."

Er hob zweifelnd eine Augenbraue.

„Du bist die Ausnahme." Ihre Augen funkelten amüsiert. „Ich versuche, mich in Zukunft zurückzuhalten."

„Danke. Ich werde versuchen, mich unauffällig zu verhalten."

Sie grinste. „Ich glaube, wir werden ein großartiges Team."

Er war ein wenig überrascht. Sie schien wirklich glücklich darüber, bei ihm zu sein. Ihr Lächeln ließ ihr ganzes Gesicht aufleuchten, brachte ihre Augen zum Funkeln und ließ ihre Lippen weich und sinnlich wirken. Sekunden verstrichen, in denen er ihren Mund anstarrte.

Langsam verblasste ihr Lächeln. „Russell?"

„Ja." Er richtete den Blick auf ihre Augen. Ihre schönen goldenen Augen.

Die Zeit dehnte sich aus, als sie einander ansahen. Die Luft zwischen ihnen wurde dicht und schwer, fast elektrisch. Er konnte überall dort, wo ihr Körper sich an seinen presste, ein Kribbeln spüren.

Ihr Blick senkte sich auf seinen Mund, und er beugte sich vor.

Piep, piep, piep.

Er riss den Kopf hoch. Der Alarm an seiner Uhr war losgegangen. *Mist.* Er war laut genug, um die Toten zu wecken. Oder die Untoten. Er hatte den Alarm so laut wie möglich gestellt in dem Glauben, dass sie noch meilenweit entfernt sein würde, wenn die vereinbarte Stunde vorbei war.

Sie fummelte mit den Händen hinter seinem Hals herum. „Wie stellt man das aus?“

„Lass mal sehen.“ Er drehte den Kopf gerade in dem Augenblick, als sie sich vorbeugte, um ihm über die Schulter zu sehen. Seine Lippen streiften ihre Wange.

Sofort schreckte sie zurück.

„Das war ein Versehen.“

„Ich weiß.“ Ihr Gesicht lief rosa an.

Er knirschte mit den Zähnen. Was war mit dem sexy Augenblick passiert, in dem er dachte, sie wollte von ihm geküsst werden? Hatte er sich das nur eingebildet?

Sie vermied es, ihn anzusehen. „Vielleicht solltest du mich runterlassen.“

„Dann bricht der Boden unter uns ein. Warte.“ Er teleportierte sie hinab in seine Bat-Höhle. Die verdammte Uhr piepte immer weiter und erfüllte die Höhle mit lauten Echos.

Als sie wieder festen Boden unter den Füßen hatte, ließ sie seinen Hals los. In der Dunkelheit ließ er seine Hand ihren Arm hinabgleiten, bis er auf Metall traf. „Was ist das?“, fragte er laut, um den Alarm zu übertönen.

„Eine der Armspangen meiner Mutter. Ich habe sie angelegt, um mir Mut zu machen.“

Schuldgefühle nagten an ihm. „Es tut mir leid, dass ich dich so weit weg abgesetzt habe." Er tastete an ihrer Armspange vorbei und fand die Uhr. „Ich habe mir Sorgen gemacht, dass dir etwas passiert."

„Du hast dir Sorgen um mich gemacht?", fragte sie, während er den Knopf drückte, um den Alarm abzuschalten.

In der Höhle wurde es plötzlich ganz still, und ihre Frage hing unbeantwortet in der Luft. Er warf sich selbst vor, zu viel verraten zu haben, während er ihr die Uhr abnahm und sie sich in die Tasche steckte.

„Bleib da stehen, bis ich Licht gemacht habe." Er zündete zwei Öllampen im Küchenbereich an.

Sie sah sich in der Höhle um, die Mundwinkel zu einem kleinen Lächeln nach oben gebogen. „Schön hast du es dir hier gemacht."

Er lächelte zurück, aber eine Sekunde später verfinsterte sich seine Miene, als er spürte, dass sich wieder Gefühle in ihm regten. *Verlieb dich nicht in sie*, warnte er sich selbst. *Du kannst sie beschützen und sie bewundern, aber fang nicht an, Gefühle für sie zu haben.*

Er trat an den Tisch, um seine Waffen einzusammeln, und als sie sich neben ihn stellte, bemerkte er, wie sie etwas humpelte. „Bist du sicher, dass du mitwillst? Du bist verletzt."

„Das ist nur ein Kratzer." Sie zog das Messer aus ihrem rechten Stiefel und legte es auf den Tisch. „Ich mache meinen Knöchel nur kurz im Bach sauber, und dann können wir los."

Er zog einen Hocker zu ihr hin. „Setzen."

„Du machst eine zu große Sache daraus."

„Setzen." Sobald sie saß, beugte er sich vor und zog ihr den Stiefel aus.

„Das kann ich alleine."

„Deine Socke ist noch feucht." Er zog auch die aus. „Ich gebe dir trockene, damit du dir die Füße nicht wundscheuerst."

„Das ist nicht nötig."

„Warum nicht?" Er sah zu ihr hoch. „Willst du wunde Füße?"

Sie seufzte tief. „Ich weiß, dass du diese Partnerschaft nicht wolltest, also werde ich dir auch nicht zur Last fallen."

Glaubte sie, er suchte nach einer Ausrede, um sie wieder loszuwerden? Ihr musste entgangen sein, wie sehr er sich zu ihr hingezogen fühlte. Oder wie sehr er in den letzten Augenblicken gewollt hatte, dass sie den Test bestand.

Er krempelte ihr das Hosenbein hoch und versuchte, nicht daran zu denken, wie zart ihr Knöchel wirkte oder wie glatt ihre Haut war. „Du bist keine Last. Du bist ein Partner. Das bedeutet, damit unsere Mission Erfolg hat, müssen wir auf die Gesundheit und Sicherheit des anderen achten. Wenn du verletzt bist oder aus einem anderen Grund nicht mehr kannst, musst du es mich wissen lassen."

„In Ordnung."

Er untersuchte den blutigen Kratzer, der an ihrem Knöchel anfing und ein paar Zentimeter ihre Wade hinaufführte. Wieder spürte er einen Anflug von Schuldgefühlen.

Sie erstarrte plötzlich. „Was ist das? Du hast Hans Zeichen auf deinem Arm?"

Leise fluchend betrachtete er die Tätowierung an der Innenseite seines rechten Handgelenks. „Das ist nichts."

„Hans Männer tragen alle dieses Zeichen. Ich habe es an den Soldaten gesehen, die in der Klinik in Tiger Town lagen. Es bedeutet ‚Sklave' …"

„Es bedeutet gar nichts. Jetzt halt still, damit kein Sand in die Wunde kommt." Er füllte einen Eimer im Bach und goss ihr das Wasser dann über Knöchel und Fuß.

„Wie hast du das bekommen?", fragte sie leise. „Hat er dich

gefangen genommen? Dich gezwungen, für ihn zu arbeiten? Hast du unter seiner Kontrolle gestanden?“

„Nein!“ Russell warf ihr einen finsteren Blick zu. „Er hat mich nie kontrolliert.“

„Warum trägst du dann sein Zeichen? Warum willst du ihn umbringen?“

„Ich erkläre mich nicht.“ Ihren frustrierten Blick ignorierend, griff er sich ein Handtuch und seinen Erste-Hilfe-Kasten aus dem Regal. Innerhalb weniger Minuten hatte er die Wunde behandelt und verbunden.

„Danke“, murmelte sie.

Wieder kamen ihm Schuldgefühle, als er seine Ausrüstung an den richtigen Platz zurückstellte. Er reichte ihr ein Paar saubere Socken.

„Danke“, wiederholte sie.

„Lass ...“ Er biss frustriert die Zähne zusammen. „Du musst dich nicht bedanken. Du hättest dich nicht verletzt, wenn ich dich nicht diesem blöden Test unterzogen hätte.“

„Es macht mir nichts aus, mich zu beweisen.“

„Du hättest verletzt werden können oder angegriffen.“ Er steckte sich ein Messer in jeden Stiefel und schnallte seinen Schwertgürtel um. „Ich habe dir immer wieder gesagt, dass du nicht nachts allein im Wald umherwandern sollst, und dann bringe ich dich absichtlich in genau die Gefahr, vor der ich dich gewarnt habe. Du hättest mich ohrfeigen sollen, als du die Gelegenheit dazu hattest.“

Sie sah ihn neugierig an, während sie sich die Socken anzog „Bist du immer so streng mit dir selbst?“

Er hielt mitten darin inne, sich die Uhr um das rechte Handgelenk zu binden. Normalerweise gelang es ihm gut, das verdammte Tattoo zu verstecken. Sie durchschaute ihn schon jetzt und stellte Fragen. Wenn er nicht aufpasste, ging sie ihm vollkommen unter die Haut.

Er zog seinen Mantel an. „Machen wir uns an die Arbeit."

„Das soll wohl heißen, ja", murmelte sie, während sie sich die Stiefel anzog.

Er stöhnte innerlich auf. Wenn er streng mit sich war, dann nur, weil seine Mission schwierig war. Körperlich war er in guter Verfassung, sie zu beschützen, aber auf sozialer Ebene war er wirklich aus der Übung. Er füllte sich die Taschen mit Munition und Waffen und fragte sich, ob es ihm gelingen könnte, charmant zu sein. Wahrscheinlich nicht. Seufzend schwebte er zur Decke hinauf, um sich seine Armbrust und den Köcher zu nehmen.

Sie sah zu ihm hoch. „Tut mir leid wegen des Lochs."

Er sank wieder auf den Boden hinab und versuchte sich an einem schiefen Lächeln. „Du meinst das neue Oberlicht? Vielleicht steigert das den Wert der Immobilie."

Sie lehnte sich zurück. „Du meine Güte. Versuchst du es mit Humor?" Als er ertappt dreinblickte, grinste sie. „Du kannst das hier eh nicht verkaufen."

„Ich weiß. Die Höhle gehört mir nicht einmal." Er schüttelte den Kopf. Das war ein Totalversagen, was Charme betraf. „Außerdem würde sie auch niemand wollen."

„Ich schon. Ich finde es hier wunderschön."

Er schnaubte. „Es gibt keine sanitären Anlagen."

„Es gibt fließendes Wasser." Sie deutete auf den unterirdischen Bach. „Du hast mein Haus gesehen. Keine Elektrizität, keine Wasserleitungen. Hier ist es nichts anderes. Ich werde es sehr bequem haben."

Er starrte sie ungläubig an. Glaubte sie, sie würde hier bei ihm wohnen? Ihr musste wirklich nicht klar sein, dass er unter akutem Verlangen litt. Aber sie musste doch wissen, dass verlobte Frauen nicht bei anderen Männern einzogen. Es würde ihren Ruf ruinieren und ihn in den Wahnsinn treiben. Wie sollte er mit ihr leben, ohne sie anzufassen?

Offensichtlich musste er irgendwie vergessen, dass er sich zu ihr hingezogen fühlte. *Willenskraft*, erinnerte er sich selbst. Keine unnötigen Berührungen. Keine traurigen Versuche, charmant zu sein. Er würde jede Nacht mit ihr zusammenarbeiten und sie dann kurz vor Sonnenaufgang zurück in ihr Haus in Tiger Town teleportieren. Aber das wollte er ihr lieber nicht sofort sagen, sonst verbrachten sie den Rest der Nacht damit zu streiten, statt zu arbeiten.

Er setzte sich auf einen Hocker neben sie. „Ehe wir anfangen, sollten wir am besten ein paar Grundregeln festlegen." Als sie nickte, fuhr er fort. „Regel Nummer eins: Unsere Partnerschaft ist rein geschäftlich. Unsere Mission lautet, Han zu finden und ihn zu töten."

„Einverstanden." Sie steckte sich das Messer zurück in den Stiefel.

„Regel Nummer zwei: Unsere Vorgehensweise. Wir arbeiten unter der Annahme, dass Hans unterirdischer Bunker sich irgendwo in der Nähe seiner bereits bestehenden Stützpunkte befindet. Ich teleportiere dich zu jedem seiner Stützpunkte, und du benutzt deine Supernase, um ihn aufzuspüren."

„Einverstanden."

„Regel Nummer drei: Rangordnung. Ich habe das Sagen. Du folgst meinen Befehlen, ohne sie infrage zu stellen."

„Wie bitte?"

„Du folgst meinen Befehlen ..."

„Warum?"

Er runzelte die Stirn. „Ich bin es nicht gewohnt, mich zu erklären."

Sie sah ihn schief an. „Versuch es einfach."

„Ich bin der befehlshabende Offizier ..."

„Nein. Wir sind Partner. Das bedeutet, wir sind gleichberechtigt."

Er knirschte mit den Zähnen. „Wir sind nicht gleichberechtigt, was Kampferfahrung angeht. Wenn wir angegriffen werden, kann die Situation innerhalb einer Sekunde tödlich werden. Da bleibt keine Zeit für Diskussionen. Deine beste Chance zu überleben besteht darin, exakt das zu tun, was ich dir sage. Erklärt es das?"

„Ich … denke schon."

„Dann bist du einverstanden."

Sie verzog das Gesicht. „Okay, du gemeiner Tyrann."

Er erwiderte ihre Miene. „Regel Nummer vier: Ich bin kein Tyrann. Ich werde alles in meiner Macht Stehende tun, um dich am Leben zu halten, selbst wenn es der Mission schadet."

Sie riss die Augen auf. „Du meinst, du würdest die Chance, Han umzubringen, verlieren, um mich zu retten?"

„Das habe ich bereits einmal." Als ihr Blick weich wurde, stand er abrupt auf und schwang sich Armbrust und Köcher über eine Schulter. „Das ist einfach eine Frage der Logik. Du hast es verdient zu leben. Han nicht. Ihn kann ich immer noch an einem anderen Tag umbringen."

„Sicher." Sie neigte den Kopf und betrachtete ihn eingehend. „Man könnte das Gefühl bekommen, du würdest dich um mich sorgen."

„Nur um deine Sicherheit. Bist du so weit?"

„Nicht ganz." Sie glitt von ihrem Hocker. „Regel Nummer fünf …"

„Ich habe das Sagen. Ich mache die Regeln."

„Nummer fünf", wiederholte sie und sah ihn ernst an. „Wenn mir etwas zustößt, wenn ich tödlich verwundet werde, musst du dafür sorgen, dass mein Körper unversehrt bleibt. Lass nicht zu, dass sie mich in Stücke hacken."

„Ich werde nicht zulassen, dass sie dir wehtun."

„Ich weiß, dass du vorhast, mich zu beschützen, aber wenn etwas schiefgeht und ich im Sterben liege, versprich mir, mich nicht nach Tiger Town zurückzuteleportieren."

Er erstarrte. „Natürlich bringe ich dich dorthin. Neona ist eine Heilerin."

„Nein!" Sie packte ihn an den Aufschlägen seines Mantels. „Versprich mir, dass du mich hierherbringst."

„Hier würdest du sterben."

In ihren Augen glänzte wilde Entschlossenheit. „Ich weiß."

Sein Herzschlag geriet ins Stolpern. „Verdammt noch mal, Mädchen, du *bist* selbstmordgefährdet. Ich sollte dich sofort nach Hause bringen."

„Nein!" Sie packte seinen Mantel fester. „Ich habe ebenso viel Angst vor dem Tod wie jeder andere auch. Ich werde nicht versuchen, ihn herbeizuführen. Aber wenn es so weit kommt, versprich mir, dass du mich herbringst und über mich wachst, bis ich in meinem zweiten Leben aufgewacht bin."

„Dazu wird es nicht kommen. Ich werde es nicht zulassen."

„Versprich es mir." Sie sah zu ihm auf, die Augen voller Emotionen. „Ich will dir vertrauen."

Er musste heftig schlucken. „Du kannst mir vertrauen."

„Danke."

Wie konnte er ihr das nicht versichern, wenn sie ihn so verzweifelt ansah? Er legte ihr die Hand in den Nacken und küsste sie auf die Stirn. „Machen wir uns an die Arbeit."

8. Kapitel

Jia überprüfte ihren Rucksack und hoffte, damit verbergen zu können, wie aufgewühlt ihre Nerven waren.

In den letzten zehn Minuten hatte sie sich gefühlt, als würde sie durch jede mögliche Emotion geschleudert. Angst, dass sie Russell nicht rechtzeitig fand und er sie deswegen zurück in ihr gefängnisgleiches Zimmer in Tiger Town teleportierte. Schmerz, als ihr Fuß durch die Decke brach. Panik, als sie merkte, dass sie feststeckte, Freude, den Test bestanden zu haben und Russells Partnerin geworden zu sein. Neugierde über die Tätowierung an seinem Handgelenk. Und zuletzt Nervosität, als sie ihn darum gebeten hatte, über sie zu wachen, falls sie tödlich verwundet werden sollte.

Doch von allen Emotionen, die sie empfunden hatte, hing ihr eine immer noch nach. Ein merkwürdiges, kribbelndes Gefühl, das sie noch nie zuvor empfunden hatte. Als er sie in seinen Armen gehalten und sie einander in die Augen gesehen hatten, schien es, als wäre die Zeit plötzlich zum Stillstand gekommen, und die Welt hatte sich auf einen einzigen winzigen Punkt zusammengezogen, an dem es nur noch sie und Russell gab. Sie hatte sich atemlos und benommen gefühlt, aber irgendwie auch schmerzhaft seiner bewusst. Jeden Atemzugs, jeder Bewegung. Seiner Augen, seiner Hände, seines Mundes.

Sie hatte gewollt, dass er sie küsste.

Ein Vampir. Sie warf ihm einen Seitenblick zu, als er noch schnell eine Flasche synthetisches Blut hinunterstürzte, bevor sie aufbrachen. Gott steh ihr bei, sie fühlte sich zu einem Vampir hingezogen. Sie hatte schon von der ersten Nacht an gewusst, dass sie ihn attraktiv fand. Sie hatte seine Gestalt und seine Entschlossenheit bewundert. Sie respektierte seine Erfahrung. Sich mit ihm zusammenzuschließen war eine logische Entscheidung, weil sie so die beste Chance dazu hatte, die Mission erfolgreich abzuschließen, an der sie seit dreizehn Jahren arbeitete. Und jetzt wollte sie ihn auf einmal küssen? Daran war nichts logisch. Sie musste den Verstand verlieren.

Sicher, es gab einige gute Vampire, aber sie konnte niemals vergessen, dass es ein Vampir war, der ihre Eltern und ihren Bruder getötet hatte. Rajiv hatte seine Eltern ebenfalls durch einen Vampir verloren. Seit Generationen waren die Vampire die eingeschworenen Feinde der Wertiger. Vampire hassten Gestaltwandler, weil sie immun gegen ihre Gedankenkontrolle waren. Und im Gegensatz zu naiven Menschen, die normalerweise keine Ahnung hatten, dass es Vampire überhaupt gab, bis es zu spät war, konnte ein Wertiger einen Blutsauger sofort am Geruch erkennen. Meistens war es so, dass bei einer Begegnung einer von beiden sterben musste, und weil Vampire wussten, dass Katzenwandler neun Leben hatten, hatten sie die schreckliche Angewohnheit, Wertiger in Stücke zu reißen, damit sie nicht zurückkommen konnten.

Und jetzt fühlte sie sich hoffnungslos zu einem Blutsauger hingezogen. *Nein, nicht hoffnungslos*, berichtigte sie sich selbst, während sie die Armspangen ihrer Mutter ablegte. Sie würde ihrer Familie niemals Schande bringen, indem sie sich in den falschen Mann verliebte. Irgendwie würde sie diese Anziehung verdrängen. Die Rache für ihre Familie musste an erster Stelle stehen.

Bleib bei mir, Mutter. Gib mir Kraft. Sie steckte die Armspangen zurück in ihren roten Seidenbeutel und stopfte sie unter ihre Messer in den Rucksack.

Russell hatte seine Flasche leergetrunken und wischte sich den Mund mit dem Handrücken ab. „Nachdem wir die Bat-

Höhle verlassen haben, könnte es sein, dass J. L. wieder anruft. In Tiger Town wissen sie, dass du verschwunden bist, und sie sind auf der Suche nach dir."

Jia hängte ihren Rucksack mit einem Schwung über. „Ich sage ihnen, dass ich bei dir bin, wenn es dir nichts ausmacht. Dann wissen sie, dass ich in Sicherheit bin."

Russell schnaubte. „Ich glaube nicht, dass ich bei denen als sicher durchgehe."

Sie zuckte zusammen. Rajiv könnte einen tigerstarken Wutanfall bekommen, wenn er wüsste, dass sie sich bei einem Vampir herumtrieb, den sie insgeheim küssen wollte.

Die meisten Wertiger ihres Alters hatten bereits Erfahrung im Küssen. Zwischen vierzehn und sechzehn Jahren verwandelten sie sich alle zum ersten Mal. Es war ein wichtiger Wendepunkt im Leben eines Wertigers und verlangte nach einer Feier, die drei Nächte um Vollmond herum andauerte. Während dieser Party wurden die Heranwachsenden normalerweise zum ersten Mal geküsst.

Leider war in Jias Fall keiner der Dorfjungen bereit gewesen, das Risiko einzugehen. Sie waren von ihren Eltern gewarnt worden, dass sie eine Prinzessin war und einen Kuss von ihr zu rauben den Zorn ihres Großvaters, des Grand Tiger, auf ihren Haushalt ziehen würde.

In all ihren einundzwanzig Lebensjahren hatte Jia also nur ab und zu ein Küsschen auf die Wange von Mitgliedern ihrer Familie bekommen. Wie oft hatte sie nachts wach gelegen und sich ihren ersten richtigen Kuss vorgestellt? Sie war überzeugt davon, dass er heiß und leidenschaftlich sein würde, denn das Begehren des Mannes für sie wäre so überwältigend, dass er bereit war, den Zorn des Grand Tiger zu riskieren, nur um sie zu küssen.

Nie hatte sie sich vorgestellt, dass ihr erster nicht familiärer Kuss von einem Vampir kommen würde. Und wie peinlich, dass es beide Male ein Unfall gewesen war! Letzte Nacht hatte Russell mit dem Mund aus Versehen ihre Stirn berührt und heute ihre Wange. Offensichtlich hatte es ihm nichts bedeutet, denn er hatte schnell zugegeben, dass es nur ein Unfall gewesen war. Bei dem Gedanken daran wäre sie am liebsten vor Scham im Boden versunken.

Das war ganz falsch. Der Mann, den sie sich vorgestellt hatte, war immer wildromantisch gewesen und voll brennender, unkontrollierter Leidenschaft für sie. Und er war mit Sicherheit niemals ein Vampir gewesen.

Aber jetzt hatte Russell sie überraschend auf die Stirn geküsst. Absichtlich. Warum in aller Welt hatte er das getan?

Sie sah wieder zu ihm, als er die Lampen löschte. War der Kuss nichts weiter gewesen als eine Reaktion auf ihren Gefühlsausbruch? Oder empfand er mehr als Mitleid? Es hatte ein paar Augenblicke gegeben, in denen ihr der Verdacht gekommen war, dass sie ihm etwas bedeutete. Zum Beispiel, als er ihr den Fuß verarztet hatte. Aber dann waren da andere Augenblicke, in denen er brüsk und abweisend wirkte.

Es wäre besser, wenn sie ihm nichts bedeutete. Wenn sie hoffte, ihm widerstehen zu können, dann musste er auf Abstand bleiben.

Als er die letzte Lampe löschte, wurde die Höhle in Dunkelheit getaucht. Es war Zeit zum Aufbruch, was bedeutete, dass er sie teleportieren würde. Jede Sekunde würde er die Hand nach ihr ausstrecken und sie in seine Arme ziehen. Sofort fing ihr Herz an, heftig zu klopfen. Ihre Haut kribbelte erwartungsvoll.

Lieber Gott, war sie doch schon hoffnungslos verloren?

„Bereit?“, fragte er leise, und sie bekam eine Gänsehaut.

Seine Nachtsicht musste besser sein als ihre, denn sie konnte ihn nicht wirklich erkennen, spürte nur seine Gegenwart in ihrer Nähe. Sie streckte die Hände aus, bis sie mit den

Fingerspitzen seine Brust streifte. Als sie die Handflächen darauf legte, weitete ein tiefer Atemzug seine Brust.

Er trat näher, schob einen seiner Stiefel zwischen ihre Füße und ließ die Hände hinter ihren Rucksack gleiten. „Ich muss dich gut festhalten, damit ich dich nicht verliere. Du musst mich auch gut festhalten."

„Verstehe." Sie fragte sich, warum er ihr etwas erklärte, was sie bereits wusste.

Als sie mit den Händen zu seinen Schultern hinauffuhr, zog er sie an sich, bis sie gegen seine Brust prallte. Selbst durch seinen dicken Mantel spürte sie, wie ihre weichen Brüste sich gegen seine steinharte Brust pressten.

„Regel Nummer eins", murmelte er und hielt sie noch fester.

Sie schluckte fest. „Was ist damit?"

„Rein geschäftlich", presste er hervor.

„Oh." Dieses merkwürde, kribblige Überbewusstsein kehrte zurück, und sie konnte den Druck seiner Hände spüren, die Kraft seiner Arme, die Härte seiner Brust und die Weichheit seines Atems an ihrer Stirn und den Duft, der nur zu ihm gehörte. Wie sollte sie diesem Mann je widerstehen? Er war ganz falsch, aber fühlte sich so richtig an.

Alles um sie herum wurde schwarz. Sobald sie gelandet waren, ließ er sie abrupt los und entfernte sich mit großen Schritten. Sie erlangte ihr Gleichgewicht wieder und sah sich um. Sie standen auf dem Gipfel eines Hügels, über ihnen der sternenklare Himmel. Buschige Bäume, nur etwa schulterhoch, wuchsen schräg aus dem Boden, weil sie ständig dem starken Wind ausgesetzt waren. Der Mond, fast halb voll, schien auf sie hinab, verlieh den Büschen einen silbernen Glanz und umrahmte Russells Gestalt, dort, wo er am Rand einer Klippe stand, die auf ein Tal hinabblickte.

Als sie sich ihm anschloss, deutete er auf die gegenüberliegende Seite des Tals, wo Lichter auf einer hohen Klippe flackerten. „Das ist einer von Hans bevorzugten Stützpunkten. Er kontrolliert das Land und die Dörfer in einem Umkreis von einhundert Meilen. Ich teleportiere mich näher, damit ich hineinsehen kann. Ich habe hier auf dieser Klippe noch nie Wachen gesehen. Hier solltest du gefahrlos deiner feinen Nase nachgehen können."

„Okay."

„Ich bin so bald wie möglich wieder da. Wir haben …" Das Telefon in seiner Tasche fing an zu vibrieren, und er machte ein ungeduldiges Geräusch, als er es herauszog. „Bringen wir es hinter uns." Er drückte auf einen Knopf. „Was?"

Jin Longs Stimme war laut genug, dass Jia sie hören konnte. „Warum gehst du nicht an dein verdammtes Telefon?", wollte er wissen. „Und erzähl mir nicht wieder den Quatsch von einem Wasserbüffel. Die quietschen nicht wie Mädchen. Ist Jia bei dir?"

Russell sah sie an, und sie formte mit den Lippen das Wort „Wasserbüffel?" Einer seiner Mundwinkel bog sich nach oben. „Ja, sie ist bei mir."

„Was …" Jin Long geriet ins Stottern. „Warum hast du sie mitgenommen?"

Russell zuckte mit den Schultern. „Warum nicht?"

„Das kannst du nicht einfach so machen", knurrte Jin Long. „Bring sie wieder her!"

„Nein."

„Du hast gesagt, ich wäre ein Wasserbüffel?", fragte Jia, vergaß aber, empört zu sein, als er sie anlächelte. Gott, der Mann hatte Grübchen. Er sollte öfter lächeln.

„Russell …" Jin Long sprach auf Englisch weiter. Jia konnte ihn nicht verstehen, aber sein Tonfall klang eindeutig wütend.

Sie musste grinsen, als Russell das Telefon sinken ließ und gelangweilt auf seine Uhr sah.

Dann mischte Rajivs Stimme sich ein. Er sprach wieder Chinesisch: „Was machst du da, Russell? Du kannst keine Prinzessin entführen!"

„Ich habe sie nicht entführt."

„Warum ist sie dann bei dir?", verlangte Rajiv zu wissen. „Hast du sie bedroht …"

„Genug!" Jia riss Russell das Telefon aus der Hand. „Rajiv, hör auf, ihn anzubrüllen. Ich bin aus freiem Willen hier."

„Du musst sofort nach Hause kommen", befahl Rajiv. „Wenn Russell dich nicht teleportiert, schicke ich Jin Long …"

„Nein, ich komme erst nach Hause, wenn meine Mission erfüllt ist."

„Jia, ich will nicht, dass du das machst", beharrte Rajiv. „Es ist zu gefährlich …"

„Russell wird mich beschützen. Er will Han auch umbringen, es ist also nur logisch, dass wir uns zusammentun."

„Was ist mit deiner Verlobung?", fragte Rajiv.

Sie sah zu Russell, der sie nicht ansah, aber doch nahe genug stand, dass er jedes Wort hören konnte. „Han umzubringen ist seit dreizehn Jahren meine Mission. Nichts kann mich davon abhalten."

Rajiv seufzte. „In Ordnung. Machen wir einen Deal. Komm nach Hause, und ich lasse dich mit Rinzen und Tenzen auf die Suche nach Han gehen."

Auf einmal nahm Rajiv sie doch ernst? Aber selbst mit diesem neuen Angebot wusste sie, sie hatte die richtige Entscheidung getroffen. „Ich weiß das zu schätzen, aber ich bleibe bei Russell. Er hat Fähigkeiten, die unsere Onkel nicht haben. Und ich glaube fest daran, dass er meine beste Chance auf Erfolg ist."

„Aber du magst ihn nicht einmal", protestierte Rajiv. „Das letzte Mal, als ich euch zusammen gesehen habe, hast du ihm eine saftige Ohrfeige verpasst."

Jia stöhnte innerlich auf. Nur ein einziges Mal im Leben hatte sie jemanden geohrfeigt, und alle schienen sich daran festzubeißen. Selbst Russell betrachtete sie jetzt verschmitzt. Sie kehrte ihm den Rücken zu und senkte die Stimme. „Ich verstehe mich jetzt gut mit ihm."

„Ich will nicht, dass du mit ihm arbeitest", grollte Rajiv. „Ich bin mir nicht sicher, ob man ihm vertrauen kann."

In ihr stieg Wut hoch. „Wie kannst du so etwas sagen? Er hat dir mehr als einmal das Leben gerettet. Und meines neulich Nacht ebenfalls."

„Ich weiß", presste Rajiv heraus. „Aber er ist nicht ... beständig."

„Er ist beständig wie ein Fels in der Brandung!", wendete sie ein. „Ich vertraue ihm mit meinem Leben, und das solltest du auch tun. Ich habe jetzt zu arbeiten, ich rufe später wieder an. Bis dann." Sie drückte auf den Knopf und drehte sich um, damit sie Russell das Telefon zurückgeben konnte.

Er nahm es nicht, sondern starrte sie nur an, als wäre ihr ein zweiter Kopf gewachsen.

„Stimmt etwas nicht?"

„Nein." Er nahm das Telefon und verschwand.

Sie hatte ihn verteidigt.

Sie hatte mit dem Grand Tiger geschimpft, dem Oberhaupt ihrer Familie, und das seinetwegen. Trotz seines Erstaunens hatte Russell sich in Erinnerung gerufen, die Situation nicht falsch zu interpretieren. Ihre Verteidigung war wahrscheinlich nicht mehr als ein Zeichen dafür, wie verzweifelt sie erfolgreich sein wollte. Er war das Mittel zum Zweck. Er bedeutete das erfolgreiche Töten von Han. Was aber, wenn er ihr mehr bedeutete als das? Sie hatte gesagt, dass sie ihm ihr Leben anvertraute. *Beständig wie ein Fels in der Brandung.* Sie glaubte an ihn.

Wie konnte er ihr jetzt noch widerstehen?

Regel Nummer eins, rief er sich in Erinnerung. Konzentrier dich auf das Geschäftliche. Nachdem er sich auf ein Dach in Hans Lager teleportiert hatte, belauschte er einige Gespräche. Es gab nichts Neues, also teleportierte er sich zurück auf die Klippe, wo Jia zurückgeblieben war. Ihre Nase hatte in der Gegend keine Vampire außer ihm aufspüren können. Ohne zu zögern, griff er nach ihr und teleportierte sie beide zum nächsten Stützpunkt.

Eine Stunde später hatten sie acht weitere Stützpunkte untersucht, ohne zu einem Ergebnis gekommen zu sein. Wegen ihrer Nähe zu einigen der Stützpunkte hatte er Gesten benutzt, um mit ihr zu kommunizieren. Manchmal lehnte er sich auch dicht an sie heran und flüsterte ihr ins Ohr. Sie wurde jedes Mal angespannter, wenn er sie an einen neuen Ort teleportierte, aber er nahm an, dass es an der Enttäuschung über ihren Mangel an Fortschritten lag.

„Es gibt insgesamt dreißig Stützpunkte", flüsterte er ihr erneut ins Ohr, als er noch einmal die Arme um sie legte. „Und keine Garantie, dass Han sich irgendwo in ihrer Nähe versteckt. Ihn zu finden könnte uns mehrere Nächte kosten."

Sie nickte. „Ich verstehe."

Warum klang sie so atemlos? „Bist du müde? Brauchst du eine Pause?"

Sie schüttelte den Kopf. „Es geht mir gut. Lass uns weitermachen."

„In Ordnung. Der beste Ort, um das nächste Lager auszuspionieren, ist hoch in einem Baum."

Sie klammerte sich fest an seine Schultern. „Was?"

„Keine Sorge. Wenn wir gemeinsam zu viel wiegen, schwebe ich einfach." Er teleportierte sie auf einen dicken Ast und positionierte Jia nahe dem Baumstamm.

Sie keuchte auf, als der Ast sich neigte.

Er fing an zu schweben, während er ihr half, sich am Baumstamm festzuhalten. Dann griff er nach einem anderen Ast, um sich vorwärtszuziehen, sodass er das Innere des Lagers beobachten konnte. Es sah so ähnlich aus wie bei den vorherigen neun Stützpunkten – ein paar Soldaten, die so wenig taten, wie sie verantworten konnten.

„Witterst du etwas?“ Er drehte sich zu Jia um.

Sie hatte die Augen fest zusammengekniffen und klammerte sich fest an den Baumstamm, so fest, dass ihre Knöchel weiß hervortraten. Schweißperlen bildeten sich auf ihrer Stirn, und ihr Atem ging schnell und flach.

„Jia? Geht es dir gut?“

Ihr Gesicht war leichenblass, ihre Wange fest an die Borke gepresst. „Achte nicht auf mich. Mach einfach weiter wie immer.“

Er erinnerte sich daran, wie er sie vom Seidentau hängend hinter ihrem Haus in Tiger Town gefunden hatte. Auch da waren ihre Augen geschlossen gewesen und ihr Gesicht blass. „Du hast Höhenangst.“

Ihre Lider flatterten, als sie ihre Augen öffnete. „Ist das so offensichtlich?“

Er nickte. „Schon.“

„Tu du, was du tun musst. Ich komme zurecht.“

Er griff nach ihrem Oberarm. „Ich teleportiere dich hier weg.“

Sie riss die Augen auf. „Bring mich nicht zurück nach Tiger Town.“

„Warum sollte ich?“

„Weil …“ Sie verzog das Gesicht. „Weil ich so ein Angsthase bin.“

Seine Mundwinkel zuckten amüsiert. „Wir haben alle unsere Probleme.“

„Ich kann mir nicht vorstellen, dass du vor irgendetwas Angst hast."

Die Erinnerung an eine Nacht, kurz nachdem er als Vampir erwacht war, blitzte in seinen Gedanken auf. Er hatte erfahren, dass alle seine Männer ohne ihn in Vietnam gefallen waren, und alle seine Angehörigen in den Staaten ebenfalls nicht mehr lebten. Er verstand Angst sehr gut. Selbst wenn er eine Ewigkeit lebte, wollte er nie wieder so eine Nacht erleben müssen.

„Ich teleportiere dich nur auf den Erdboden." Er trat vorsichtig hinter sie, um sie besser fassen zu können.

Sie zitterte und klammerte sich weiter an den Stamm. „Ich hasse es, dass du mich so siehst."

„Ist schon gut." Er grub seine Hand zwischen den Baumstamm und ihre Taille und schürfte sich dabei die Knöchel auf. „Du hättest mich warnen müssen. Ich dachte, Werkatzen wären gute Kletterer."

„War ich auch. Und dann … nicht mehr."

„Was ist passiert?"

Sie schüttelte nur kurz den Kopf, die Wange immer noch am Baum klebend.

„Ich habe dich." Mit der rechten Hand drückte er ihr den Oberarm. Mit dem linken Arm griff er fester um ihre Taille und presste ihren Rücken an sich. „Lass den Baum jetzt los. Ich habe dich."

Langsam legte sie den Kopf zurück, bis ihr Kopf an seiner Schulter lag. „Es ist vor dreizehn Jahren passiert."

Genau so lange wollte sie Han schon umbringen. „Wie alt bist du gewesen?"

„Acht. Mein Vater war der Anführer unseres Dorfes, und er hat sich geweigert, sich Master Han zu beugen."

„Dann hat Han angegriffen?"

Sie nickte. „Dad hat mir gesagt, ich solle mich so hoch in

einem Baum verstecken, wie ich klettern könne. Ich habe gesehen, wie er, meine Mutter und mein Bruder umgebracht wurden. Und in Stücke geh…" Ihre Stimme brach.

Russell drückte sie enger an sich und neigte den Kopf, sodass er mit der Wange an ihrer Stirn rieb. Acht Jahre alt? Viel zu jung, um etwas so Schreckliches mit ansehen zu müssen. „Das tut mir leid."

„Unter mir herrschte reiner Terror. Ich bin bis zur nächsten Nacht in dem Baum geblieben, als mein Großvater mit einer Gruppe Soldaten gekommen ist. Sie mussten mich heruntertragen. Seitdem habe ich wahnsinnige Höhenangst."

„Verstehe." Sie musste schreckliche Angst gehabt haben, als sie das Seidentau hinabgeklettert war. Seine arme, mutige Jia.

„Ich wollte es dir nicht erzählen. Ich weiß, dass du nach einem Grund suchst, mich loszuwerden. Wer würde mit einem Feigling …"

„Du bist kein Feigling. Du bist die mutigste Frau, der ich je begegnet bin."

Sie drehte sich ihm zu, in den Augen ein schockierter Ausdruck. „Dann … willst du mich nicht loswerden?"

„Nein. Du bist meine … Partnerin." Er küsste sie auf die Stirn.

Seufzend ließ sie den Baum los, und er teleportierte sie zurück auf den Boden.

Warum zur Hölle küsste er sie schon wieder? Er ließ sie los und entfernte sich rasch einen Schritt. „Vielleicht kannst du Han hier riechen."

„Okay." Sie atmete tief ein, eindeutig, um ihre Nerven zu beruhigen. Dann schloss sie die Augen, drehte sich langsam auf der Stelle und fing an zu schnuppern.

Da sie die Augen geschlossen hatte, war es ihm möglich, sie eingehend zu betrachten. Sie war eine natürliche Schönheit, ihr Gesicht süß und oval, ihre Haut klar und strahlend, ihr Haar voll und glänzend, ihr Körper schlank und grazil. Es war so verlockend, sie in die Arme zu nehmen und zu küssen. Ein echter Kuss. Auf den Mund. Aber wie konnte er, wo sie doch verlobt war?

Er ballte die Hände fest zu Fäusten und ließ sie dann wieder locker. *Regel Nummer eins. Rein geschäftlich.* Gut, dass sie verlobt war. Es diente ihm als ständige Erinnerung, dass er sich nicht mit ihr einlassen durfte. Er konnte es sich nicht leisten, Gefühle zu entwickeln.

Sie öffnete die Augen und schüttelte den Kopf. „Ich kann nichts wittern. Aber ..." Sie biss sich auf die Unterlippe.

„Was?"

Sie wurde rot. „Es könnte sein, dass ich ... deinen Duft zu stark wahrnehme und nichts anderes riechen kann."

„Oh. Ich nehme an, wir Vampire riechen alle irgendwie gleich."

„Eigentlich ... nicht."

„Ich stinke nicht ganz so schlimm wie die anderen?" Als sie den Kopf schüttelte, schnaufte er. „Na, da fühle ich mich ja ganz besonders."

Ihre Mundwinkel zuckten. „Du stinkst nicht. Aber es wird schwer, dich zu ignorieren."

Was zur Hölle sollte das heißen? Er sah auf seine Uhr. „Wenn ich für drei Minuten verschwinde, wäre das genug?"

Sie nickte. „Ich denke schon."

„Ich hasse es, dich hier allein zu lassen. Wie wäre es mit einer Minute?"

„Zwei."

„Abgemacht." Er sah auf die Uhr und teleportierte sich zurück in die Bat-Höhle. Nachdem er eine halbe Flasche Blut getrunken hatte, stutzte er plötzlich. Was, wenn Jia hungrig war? Oder durstig?

Er schnappte sich eine Tasche und teleportierte sich in Zoltans Küche. Nachdem er ein paar Flaschen Wasser aus dem Kühlschrank genommen hatte, stahl er einige Müsliriegel aus der Speisekammer. Eine Dose gemischte Nüsse. Eine Tüte Chips. Und eine Packung Instantnudeln.

„Russell?“ Howard kam in die Küche gestürmt. „Was …“ Er kniff die Augen zusammen, als Russell aus der Speisekammer kam. „Was machst du mit Menschenessen?“

„Später.“ Russell hörte Howard noch brüllen, ehe er sich zurück in die Bat-Höhle teleportierte. Er sah auf die Uhr. Noch fünf Sekunden. Er nahm einen Müsliriegel und eine Flasche Wasser und kehrte dann an Jias Seite zurück.

„Oh, danke.“ Als sie ihn anlächelte, zog sich ihm das Herz zusammen. Sie steckte sich den Riegel in die Tasche und öffnete das Wasser, um einen tiefen Schluck zu nehmen.

„Hast du etwas gewittert?“

„Nein.“ Sie drehte den Deckel zu. „Lass uns weiterarbeiten.“

Russell brachte sie zu zehn weiteren Stützpunkten und ließ sie an jedem einen Augenblick allein, damit sie versuchen konnte, Hans Witterung aufzuspüren, ohne von ihm gestört zu werden. Trotzdem hatten sie kein Glück. Die Sonne würde in einer Stunde aufgehen, und sie gähnte und hatte offensichtlich Schwierigkeiten, sich wachzuhalten.

„Ich glaube, wir sollten für heute Nacht Schluss machen“, sagte Russell zu ihr. „Ich bringe dich nach Hause und hole dich morgen Nacht nach Sonnenuntergang wieder ab.“

„Was? Du kannst mich nicht zurück nach Tiger Town bringen.“

„Da bist du zu Hause. Dort wirst du es bequemer haben.“

„Nein!“ Sie schüttelte den Kopf. „Ich kann nicht zurück. Sie … sie sperren mich vielleicht ein. Oder verstecken mich so, dass du mich nicht finden kannst.“

„Ich kann dich immer finden."

„Und was, wenn Rajiv meinen Wachen befiehlt, gegen dich zu kämpfen? Ich will nicht, dass du gegen andere Wertiger kämpfen musst."

Er erstarrte. „Ich würde niemandem deiner Art schaden."

Sie berührte seinen Arm. „Ich weiß das, aber ich bin mir nicht sicher, ob Rajiv es auch weiß. Er … er vertraut dir gerade nicht. Vielleicht lässt er mich von Jin Long um die halbe Welt teleportieren."

Verdammt. Möglich wäre es. Er würde mehrere Nächte verlieren, wenn er sie aufspüren musste, statt nach Han zu suchen.

„Außerdem", fuhr Jia fort, „hast du mir versprochen, mich nicht zurückzubringen."

„Nein, habe ich …"

„Du hast es angedeutet. Als ich den Baum umarmt habe."

„Jia, hör mir zu. Wenn ich dich nicht nach Hause bringe, hat Rajiv jedes Recht, stinkwütend zu werden. Eine Prinzessin wie du sollte sich nicht allein mit einem Vampir verschanzen."

„Nenn mich nicht Prinzessin. Und es ist egal, ob ich mit dir allein bin. Ich weiß, dass du mich nicht beißen wirst."

„Dein Ruf wäre dennoch ruiniert." Als sie die Augen verdrehte, stöhnte er frustriert auf. „Du wirst den ganzen Tag in der Bat-Höhle festsitzen, ohne eine Beschäftigung. Ich kann dich nirgendwohin teleportieren. Ich liege in meinem Todesschlaf."

„Das macht nichts. Ich bin genauso müde wie du, nachdem wir die ganze Nacht gearbeitet haben. Ich werde auch schlafen."

„Es gibt nur ein Bett."

„Ich habe einen Schlafsack dabei. Ich komme zurecht."

Er sah sie entnervt an. „Du kannst nicht mit mir in einer Höhle schlafen. Deine Familie wird mich umbringen wollen."

„Nein, wird sie nicht. Es ist nicht so, als würden wir uns etwas zu Schulden kommen lassen. Erinnerst du dich an Regel Nummer eins? Unsere Beziehung ist rein geschäftlich."

„Meinst du, dein Verlobter wird das glauben?"

Sie winkte ab. „Niemand wird glauben, dass wir irgendetwas getan haben. Du wirst den ganzen Tag im Todesschlaf liegen."

Aus irgendeinem Grund ging ihm die Vorstellung gegen den Strich, dass er so vollkommen harmlos auf sie wirkte. „Du kannst nicht mit einem Mann zusammenziehen, wenn du verlobt bist!"

Sie reckte das Kinn. „Mit einem toten Mann schon."

Er trat näher. „Du machst einen riesigen Denkfehler."

„Glaube ich nicht."

„Glaube ich doch. Die Sonne geht erst in fünfzig Minuten auf." Er zog sie an sich und flüsterte ihr ins Ohr: „Noch bin ich nicht tot."

9. Kapitel

Ein Schauer lief Jia den Rücken hinab, und sie schob Russell von sich, ehe er bemerken konnte, welche Wirkung er auf sie hatte.

„Du hast gesagt, du bringst mich nicht zurück. Du bist ein Ehrenmann, also weiß ich, du wirst Wort halten."

„Noch ein Denkfehler deinerseits." Er ließ seinen Blick kühn über ihren Körper wandern. „Bist du sicher, dass du mit mir allein sein willst?"

Sie musste heftig schlucken. Er versuchte absichtlich, sie aus dem Konzept zu bringen. Dachte dieser Schelm, er konnte ihr so viel Angst einjagen, dass sie ihn anflehte, sie nach Hause zu bringen?

Niemals. Auch wenn er ein Blutsauger war, der sie in weniger als einer Sekunde überwältigen konnte, würde sie nicht ihrer Angst nachgeben. Ihr Gesicht wurde warm, als sie sich daran erinnerte, wie er sie noch einmal auf die Stirn geküsst hatte. Ob es einfach aus Mitleid wegen ihrer tragischen Vergangenheit gewesen war oder weil sie ihm wirklich etwas bedeutete, war sie sich nicht sicher, aber sie war zuversichtlich, dass er ihr nie etwas tun würde. „Ich vertraue dir. Jetzt bring mich zu … unserem Versteck."

Er sah sie eindringlich an, ein seltsames Glänzen in den Augen. „Schön. Gehen wir." Er zog sie wieder in seine Arme und teleportierte sie.

Als sie ankamen, ließ er sie abrupt los und zündete einige Öllampen an. Dann schwebte er nach oben, um seine Armbrust und seinen Köcher an eine klauenartige Wurzel an der

Decke zu hängen. „Du bereust deine Entscheidung vielleicht noch. Hier gibt es keine Privatsphäre für dich."

Sie sah ans hintere Ende der Höhle, wo sich die Badewanne befand. Nirgends war ein Nachttopf zu sehen. Gott sei Dank hatte sie sich vor zehn Minuten im Wald erleichtert, während er ein Lager ausspioniert hatte. Sie konnte warten, bis er in seinem Todesschlaf lag, ehe sie wieder musste. „Ich nehme an, du wäschst dir Gesicht und Hände im Fluss?"

„Eigentlich benutze ich das hier." Er zeigte ihr einen Eimer Wasser, der unter dem Ablassventil einer Kühlbox stand. „Ich fülle die Truhe mit Gletschereis aus dem Himalaya, um meinen Nahrungsvorrat kalt zu stellen. Das geschmolzene Eis benutze ich, um mir das Gesicht zu waschen und zum Zähneputzen."

„Oh." Kein Wunder, dass sie diesen Duft vorher bei ihm wahrgenommen hatte. Sie bemerkte die Plastikschale, die auf einer Holzkiste stand. Kleine Behälter mit Seife und Shampoo standen ordentlich aufgereiht in der Schale und daneben ein Blechbecher mit seiner Zahnbürste. Er war ziemlich sauber und ordentlich für einen Mann, der in einer Höhle hauste.

Als er seine Taschen auf den Tisch entleerte, bemerkte sie, dass an den Knöcheln seiner linken Hand getrocknetes Blut klebte. Das musste passiert sein, als er versucht hatte, sie vom Baumstamm zu lösen. „Du bist verletzt."

Er sah auf seine Hand. „Keine große Sache. Das verheilt in meinem Todesschlaf."

„Das war meine Schuld ..."

„Mach dir keinen Sorgen." Er zeigte ihr das Satellitentelefon. „Weißt du, wie man das benutzt? Du solltest deinen Cousin anrufen und ihm sagen, dass es dir gut geht."

„Werde ich."

Er sah hinauf zu dem Loch in der Decke. „Der Empfang ist hier unten wahrscheinlich schlecht, aber darum kümmere ich mich morgen Nacht. Du solltest tagsüber anrufen. Wenn du anrufst, während J. L. noch wach ist, könnte er deine Stimme als Leitsignal benutzen und herkommen, um dich wegzuholen."

„Verstehe." Sie nahm die Messer aus ihren Stiefeln. „Da du mich warnst, musst du damit einverstanden sein, dass ich hierbleibe."

Er schnaubte. „Das bedeutet nur, dass ich die Bat-Höhle weiterhin geheim halten will." Er trug das Satellitentelefon zum Bücherregal und schloss es ans Ladegerät an. „Du bist diejenige, die darauf bestanden hat, herzukommen. Und wer bin ich, dass ich einer Prinzessin vorenthalte, was sie will?"

Sie knirschte mit den Zähnen. „Nenn mich nicht Prinzessin."

„Du bist eben eine." Er öffnete seinen Schwertgürtel und ließ ihn laut auf den Tisch fallen. „*Prinzessin.*"

Suchte er Streit? Sie zerrte die Messer aus ihrem Gürtel und warf sie auf den Tisch. „Wenn ich immer bekäme, was ich will, wäre Han schon vor Jahren gestorben. Und meine Familie wäre noch am Leben."

Russell schloss kurz die Augen und öffnete sie dann wieder. „Du hast recht." Er ging zur Kühlbox und nahm eine Flasche Blut und eine Flasche Wasser heraus. „Entschuldige meinen Mangel an Sozialkompetenz. Ich bin es gewohnt, allein zu sein." Er schraubte die Wasserflasche auf und reichte sie ihr.

Als sie die Flasche annahm, wurde ihr klar, dass er mit seinen Worten versucht hatte, Distanz zwischen ihnen zu schaffen. Wahrscheinlich war es ihm unangenehm, dass sie in seinen privaten Raum eindrang. „Ich weiß zu schätzen, dass du mich hierbleiben lässt. Ich werde versuchen, dir nicht im Weg zu sein."

Er stellte seine Flasche in die Mikrowelle. „Keine Sorge. In fünfundvierzig Minuten merke ich nicht mehr, was du tust."

Das stimmte, aber sie würde sich seiner Anwesenheit den ganzen Tag bewusst sein. Sie nippte an ihrem Wasser. „Du hast hier Strom?“

Er nickte und deutete auf die Kabel, die durch die Wurzeldecke hinaufführten. „Einen solarbetriebenen Generator.“

Sie lächelte. „Deine Höhle ist moderner ausgestattet als mein Zimmer zu Hause.“

Er antwortete nicht, sondern konzentrierte sich darauf, sein Uhrenarmband zu öffnen. Als es sich von seinem rechten Handgelenk löste, bemerkte sie die Tätowierung. Kein Wunder, dass es ein paar Tage gedauert hatte, bis sie sie entdeckt hatte. Seine Uhr leistete ausgezeichnete Arbeit dabei, sie zu verstecken.

Neugierde stieg in ihr hoch. Keiner der anderen guten Vampire trug Hans Zeichen. Wie hatte Russell es bekommen? Wie war er zum Vampir geworden?

Sie fummelte an ihrem Wasser, schraubte den Deckel auf und wieder zu. „Und gefällt es dir … ein Vampir zu sein?“

Er nahm dann seine Flasche aus der Mikrowelle. „Ich bin, was ich bin. Kein Sinn, lange darüber nachzudenken.“

„Warum willst du Han umbringen? Was hat er dir angetan?“

Er hielt inne, die Flasche auf halbem Weg zu seinem Mund. „Han hat es verdient zu sterben.“ Er nahm einen langen Schluck, mit dem er fast die ganze Flasche leerte.

„Ich habe dir meine Gründe genannt. Warum erzählst du mir nicht von deinen?“

Er stellte die Flasche laut auf dem Tisch ab und sah sie verärgert an. „Ich erkläre mich nicht.“

„Ich bin deine Partnerin. Mit mir kannst du reden.“

„Ich brauche keine Therapie.“ Er zog seinen dicken Mantel aus und warf ihn auf den zweiten Tisch. „Und ich brauche keine Partnerin, außer fürs Geschäftliche.“

Sie biss sich auf die Lippe. Warum versuchte er immer wieder, sie wegzustoßen? „Wir sind Partner. Du warst einverstanden. Ist es so schwer für dich, ein wenig freundlich zu sein?"

„Ja."

Sie schnaubte und beugte sich dann vor, um die Messer, die sie sich an die Waden geschnallt hatte, zu lösen. „Du bist der Mittelpunkt jeder Party, oder?"

Er sah auf die Uhr an der Mikrowelle. „Du musst meine Gesellschaft noch sechsunddreißig Minuten ertragen." Er deutete auf die Wanne. „Ehe ich wegtrete, soll ich dir noch ein Laken davor spannen?"

„Nein, das ist in Ordnung."

Er hob eine Augenbraue. „Es macht dir nichts aus, vor mir zu baden?"

Wollte er schon wieder Streit? „Du machst mir keine Angst. Und ich muss nur warten, bis du tot bist, dann habe ich alle Privatsphäre, die ich mir nur wünschen kann. Ich könnte nackt durch die Höhle stolzieren, und du würdest es nie erfahren."

Seine Kiefermuskeln traten vor. „Schön. Und was ist mit meiner Privatsphäre? Du bist noch wach, während ich dusche."

Sie sah zu der Wanne hinüber. „Du ... willst jetzt duschen?"

„Es funktioniert normalerweise am besten, wenn ich mich wasche, während ich noch wach bin." Er lächelte spöttisch. „Ich habe dich gewarnt, dass es keine Privatsphäre gibt. Soll ich dich wieder nach Hause bringen?"

„Nein." Dieser Schelm versuchte, sie aus dem Konzept zu bringen, aber sie würde es ihm schon zeigen. Sie reckte ihr Kinn. „Warum sollte mich das bisschen Nacktheit stören? Ich verwandele mich seit ich vierzehn bin bei jedem Vollmond. Jeder im Dorf tut das, wenn er alt genug ist. Und wir alle ziehen uns vorher aus." Sie seufzte dramatisch. „Ich habe mehr nackte Männer gesehen, als ich noch zählen kann."

Er kniff die Augen zusammen. „Ist das so?" Er beugte sich zu ihr vor. „Hast du vor zuzusehen?"

„Natürlich nicht! Warum sollte mich das interessieren?" Sie versuchte vergeblich zu verhindern, dass ihr das Blut ins Gesicht schießt. „Ich weiß nicht, was daran so schlimm ist. Ich meine, Männerkörper sehen doch alle ziemlich gleich aus, egal um wen es geht."

„Na gut. Wenn es nicht so schlimm ist ..." Er griff in seinem Nacken nach dem Saum seines T-Shirts und zog es sich aus.

Sie schluckte. Während es stimmte, dass sie schon viele Wertiger nackt gesehen hatte, waren diese Männer normalerweise eher schmal gebaut. Ihre Muskeln bildeten am Bauch nicht solche Hügel und Täler. Ihre Brust war nicht so breit, und ihre Schultern sahen nicht aus, als wären sie aus Marmor gehauen.

Er warf sein T-Shirt auf den Tisch und öffnete dann den Gürtel seiner Hose.

Sie wendete sich ab und tat so, als würde sie den Bach betrachten. „Gibt es etwas zu essen?" Ihre Stimme klang irgendwie quietschig.

„Hast du Hunger?"

War das der Klang eines Reißverschlusses? *Sieh ihn nicht an.* „Gibt es Fische im Bach?"

„Ich habe etwas zu essen hier. Magst du Chips?"

Sie hörte, wie eine Tüte aufgerissen wurde.

„Dreh dich um, wenn du dich traust."

Dieser Schelm. „Ich liebe Chips." Sie drehte sich wieder zum Tisch um. *Sieh nur die Chips an.* Sie drehte die Tüte auf dem Tisch, bis die offene Seite zu ihr zeigte. *Sieh nicht dorthin, wo seine offene Hose tief auf seinen Hüften hängt.*

„In der Kühlbox ist noch mehr Wasser." Er zog seinen Gürtel aus den Schlaufen und ließ ihn auf den Tisch fallen.

„Danke." Lieber Gott, sie konnte ein Stück von seiner Unterwäsche sehen. Sie stopfte sich ein paar Chips in den Mund. „Warum hast du Nahrung für Menschen hier?"

Er zog sich die Schuhe aus. „Die habe ich aus Zoltans Schloss in Transsilvanien gestohlen."

„Oh." Sie nahm sich noch einen Chip. Rote Unterwäsche. Dunkelrot. „Dann hast du oft Gäste hier?"

Er warf ihr einen verärgerten Blick zu und machte sich dann an seine Socken. „Du bist die einzige Person, die diesen Ort je zu Gesicht bekommen hat."

„Ah." Baumwollunterwäsche. Eng anliegend. Eng genug, dass sie die Umrisse eines ziemlich großen ...

„Nudeln?"

Sie zuckte zusammen. „Was?"

„Magst du Nudeln?" Er stellte einen Behälter vor sie auf den Tisch. „Die könntest du dir zum Abendessen machen." Er deutete auf das Regal. „Benutz die Schüssel dort, um Wasser heiß zu machen. Weißt du, wie man eine Mikrowelle benutzt?"

„Ja." Ihr Gesicht wurde warm. Hatte er bemerkt, dass sie seine Unterwäsche angestarrt hatte? Bestimmt nicht. Sie hatte sich nichts anmerken lassen. „Im Palast in Tiger Town gibt es Strom, und die Küche ist ziemlich modern."

„Gut. Du kannst dir auch Flusswasser darin erhitzen, wenn du ein heißes Bad nehmen möchtest. Ich bevorzuge normalerweise eine warme Dusche, aber ..."

Sie riss die Augen auf, als er ihr immer näher kam. *Nicht hinabsehen.* „Was?"

„Welche Farbe hat meine Unterwäsche?"

„Ro... ist mir nicht aufgefallen."

„In dem Fall", er hob einen seiner Mundwinkel, „werde ich eine kalte Dusche nehmen."

Ihr klappte der Unterkiefer herunter. Oh Gott, es war ihm aufgefallen.

Er nahm einen leeren Eimer und ging zum unterirdischen Bach.

Ihre Wangen loderten vor Hitze, als sie nervös die Dinge auf dem vollen Tisch sortierte. Eine *kalte* Dusche? Meinte er damit, er *begehrte* sie? Allein die Vorstellung brachte ihr Herz zum Rasen.

Das war schlecht. Wirklich schlecht. Sie hätte nie darauf bestanden, bei ihm zu leben, wenn sie das geahnt hätte. Vampire und Wertiger ließen sich nicht miteinander ein. Sie waren Feinde, keine … Liebhaber. Sie war schockiert genug gewesen, als sie ihr eigenes Begehren festgestellt hatte, aber jetzt hatte sich das Problem verdoppelt.

Oder vielleicht nicht. Sie warf einen schnellen Blick zu ihm hinüber. Er schwebte, um den Eimer zu füllen, der über der Wanne mit dem Wasser hing. Kaltes Wasser bedeutete, er wollte gegen das Begehren ankämpfen. Es erklärte auch, warum er sie so oft von sich stieß. Auch wenn er manchmal einen kleinen Fehltritt beging und sie küsste.

Sie schüttelte den Kopf. Es brachte nichts, deswegen in Panik zu geraten. Sie könnte die Situation falsch interpretieren. Vielleicht begehrte er sie überhaupt nicht, sondern wollte ihr einfach Angst machen, damit sie nach Tiger Town zurückkehrte. Sie sah ihn noch einmal an und schluckte. Seine Hose war zu seinen Knöcheln gefallen, und er trat sie gerade zur Seite.

Geschäftig stapelte sie sein abgelegtes T-Shirt, den Gürtel, die Uhr und den Schwertgürtel auf seinen Mantel auf dem zweiten Tisch. Dann legte sie die Waffen und die Munition ordentlich neben seinen Mantel. Ans andere Ende des Tisches legte sie ihre Messer und ihren Rucksack. Die ganze Zeit konnte sie am anderen Ende der Höhle Wasser plätschern hören.

Nicht hinsehen. Sie füllte eine Plastikschüssel mit etwas von ihrem Wasser aus der Flasche und stellte es dann in die Mikrowelle. Während es heiß wurde, studierte sie die Anleitung auf dem Becher mit den Instantnudeln. Es sah wie Japanisch und Englisch aus, und sie konnte beides nicht lesen.

„Wie viel ..." Sie sah in seine Richtung und keuchte auf. Er stand nackt in der Badewanne, ihr den Rücken zugekehrt, und seifte sich den Körper ein. Rinnsale aus seifigem Wasser liefen seinen breiten Rücken hinab, tauchten in die Kuhle seiner Wirbelsäule und glitten über einen herrlichen Rumpf. Er streckte den Arm aus, um die Kette an dem Eimer über sich zu ziehen, und die Muskeln an seinem Rücken bewegten sich dabei.

Verdammt. Sogar sein Rumpf war muskulös. Wasser ergoss sich aus dem Eimer auf seinen Kopf und rann seinen Körper hinab.

Die Mikrowelle piepte, und sie fuhr ertappt zusammen. Sie durfte sich nicht dabei erwischen lassen, wie sie ihn anstarrte. Schnell nahm sie die Schale mit heißem Wasser heraus. Nachdem sie den Deckel halb von den Nudeln gezogen hatte, entdeckte sie eine Linie, die wahrscheinlich anzeigte, wie viel Wasser man hineingießen sollte. Nachdem sie damit fertig war, drückte sie den Deckel wieder fest. Wie lange würde es dauern?

Sie zog einen Hocker an den Tisch und brach die Holzstäbchen auseinander, die im Nudelbecher gelegen hatten. Sie konnte immer noch Geräusche vom anderen Ende der Höhle hören, wagte es aber nicht, hinzusehen.

War es ein Fehler, darauf zu bestehen, bei Russell zu leben? Aber was sollte sie sonst tun? Wenn sie nach Hause zurückkehrte, würde Rajiv ihr verbieten, mit Russell zusammenzuarbeiten, und es wäre schrecklich, wenn sie sich ihrem Cousin öffentlich widersetzte. Er würde sein Gesicht verlieren.

Die königliche Familie wäre beschämt. Ihr Ruf wäre ruiniert.

Natürlich könnte ihr Ruf längst zerstört sein, wenn die Dorfbewohner herausfanden, was sie tat. Rajiv hatte ihnen wahrscheinlich erzählt, dass sie Verwandte besuchte. Er würde niemals zugeben, dass eine königliche Prinzessin allein in einer Höhle bei einem Vampir war. Einem nackten Vampir.

Schritte näherten sich, aber sie hielt den Blick fest auf den Becher Nudeln gerichtet.

„Du hast aufgeräumt." Er blieb am Tisch stehen und griff nach der Flasche Blut, die er dort stehen gelassen hatte. „Das war nicht nötig."

„Es macht mir nichts aus." Aus ihrem Augenwinkel sah sie etwas Weißes und wagte einen Blick. Er hatte sich ein Handtuch um die Hüften geschlungen. Seine Haut sah noch feucht aus, und aus seinem schulterlangen nassen Haar tropfte das Wasser.

Er beendete seine Abendmahlzeit und ließ die leere Flasche dann in eine Plastikkiste zu ein paar weiteren Flaschen fallen. „Ich habe das Wasser aus der Wanne gelassen. Ich kann frisches für dich einlassen."

„Das schaffe ich schon", beharrte sie. „Ich will dir nicht zur Last fallen."

Er nahm sich noch ein Handtuch aus dem Regal und trocknete sich damit die Haare. Die Muskeln an seinem Rücken bewegten und spannten sich. „Du bist mir keine Last", sagte er leise.

Als er sich zu ihr umgedreht hatte, konzentrierte sie sich schnell auf ihr Essen, riss den Deckel ganz ab und rührte die Nudeln mit ihren Stäbchen um.

„Sind die fertig?" Er stellte sich neben sie und spähte in den Becher. „Ich glaube, die müssen noch etwas ziehen."

„Sie sind bestimmt gut." Sie warf einen Seitenblick auf sein Handtuch. Warum stand er so dicht bei ihr? „Ich mag sie fest."

Sie nahm ein paar Nudeln zwischen ihre Stäbchen und schob sie sich in den Mund.

„Gut?"

Sie nickte beim Essen.

Er beugte sich näher. „Keine schlaffen Nudeln für dich?"

Fast verschluckte sie sich und griff nach der Wasserflasche, um schnell etwas zu trinken.

Er lächelte. „Ich lasse dir die Badewanne ein."

Sie aß schweigend, während er mehrere Male den Eimer vom Bach zur Wanne trug. Nachdem er sich das dritte Mal vorgebeugt hatte, um den Eimer zu füllen, stellte sie sich vor, wie sein Handtuch sich löste und herunterfiel.

Oh Gott, was geschah da mit ihr? Er war doch ein Vampir.

Er ließ den Eimer auf das sandige Ufer fallen und stieß mit dem Fuß dagegen. „Brauchst du noch irgendetwas, ehe ich den Löffel abgebe?"

Sie schüttelte den Kopf und konzentrierte sich auf ihr Abendbrot. Oder versuchte es wenigstens. Als er scharf einatmete, weitete seine Brust sich auf eine Art, die sie kaum ignorieren konnte. „Stimmt etwas nicht?"

„Erste … Warnung." Er zuckte mit seinen mächtigen Schultern. „In ungefähr fünf Minuten bin ich tot."

Sie schluckte hart. Was sollte sie dazu sagen? Bis später? Schlaf schön? „Du kannst es spüren?"

„Ja." Er ging zum Fluss, um sich den Sand von den Füßen zu waschen. „Wir sehen uns bei Sonnenuntergang."

Sie wollte gerade antworten, als er verschwand. Sie sprang auf, entdeckte dann aber, wie er unter die Decke in sein Bett schlüpfte. Er warf sein Handtuch ans Fußende, lehnte sich dann zurück und zog sich die Decke bis an die Brust.

Anscheinend schlief er nackt. Er hob einen Arm, beugte den Ellenbogen und legte sich die Hand hinter den Kopf.

Er hatte ein schönes Profil, fand sie, als sie ihm dabei zusah, wie er an die Felsdecke hinaufstarrte. Und der Bizeps seines gehobenen Arms bot ebenfalls einen tollen Anblick. Seine Brust hob sich wieder deutlich sichtbar, und er schloss die Augen.

Sie trat vorsichtig näher. War er tot?

„Willst du zusehen, wie ich sterbe?“, fragte er leise.

Sie zuckte zusammen. „Tut es weh?“

Er öffnete die Augen und sah sie schief an. „Was glaubst du?“

„Ich … denke, es tut weh.“

Er nickte. „Man gewöhnt sich daran. Halb tot ist besser als ganz tot.“

„Du bist nicht halb tot. Wenn du lebendig bist, bist zu sehr lebendig.“

Einer seiner Mundwinkel bog sich nach oben. „Bist du eine *Pollyanna*?“

Das letzte Wort war auf Englisch gewesen, deswegen verstand sie es nicht. „Was soll das sein?“

„Ein unverbesserlicher Optimist. Jemand, der das Gute in allen Dingen sieht.“ Sein leises Lächeln verblasste. „Auch wenn es da nichts gibt.“

Meinte er sich selbst? Wusste er nicht, was für ein guter Mann er war? Seine Brust spannte sich plötzlich an, er senkte den Arm und verzog schmerzvoll das Gesicht.

Sie rannte zu ihm. „In dir ist Gutes. Das weiß ich.“

Er sah sie erstaunt an, atmete dann langsam aus und schloss flatternd die Augen.

Er war fort. Jias Magen zog sich zusammen. Sie hatte noch nie gesehen, wie ein Vampir in seinen Todesschlaf fiel. Es war dramatischer, als ihr bewusst gewesen war. Und so traurig, dass sie es wieder und wieder erleben mussten, solange sie lebten.

Sie berührte seinen Hals. Kein spürbarer Puls. Sein Haar strich ihr über die Finger, weich und noch feucht. Dunkle

Barthaare beschatteten seinen markanten Kiefer. Über seinem linken Wangenknochen befand sich eine kleine Narbe. Er musste sich verletzt haben, ehe er zum Vampir geworden war.

Sie drehte ihm die rechte Hand um und strich mit den Fingern über seine Tätowierung. Das chinesische Wort für Sklave, auch wenn sie sich Russell niemals als Sklaven von irgendwem vorstellen konnte. „Wie hast du das bekommen? Was ist mit dir passiert?"

Ihr Blick richtete sich auf sein schönes Gesicht, und sie war frustriert darüber, wie wenig sie über ihn wusste. „Warum lebst du alleine in einer Höhle? Warum bist du nicht in Amerika, bei deiner Familie? Was hat Han dir angetan, dass du ihn umbringen willst?" Sie seufzte. „Warum musst du ein Vampir sein?"

Natürlich antwortete er nicht. *Er kommt zurück*, tröstete sie sich. *Bei Sonnenuntergang wacht er auf.* Ihre Fragen beantwortete er vielleicht trotzdem nie.

Sonnenlicht drang durch das neue Loch in der Höhlendecke und erhellte den Küchenbereich. Schnell untersuchte sie Russells Gesicht und seine Arme. Keine Brandmale. Es wäre schrecklich, wenn das Loch, für das sie verantwortlich war, ihn verletzen würde. Aber sein Bett war sicher versteckt in einer dunklen Nische, die eine solide Decke aus Felsen hatte.

Zurück in der Küche, warf sie den Becher mit kalten Nudeln in den Müll und wischte den Tisch ab.

Einen ganzen Tag würde sie in Russells Höhle feststecken. Sie war noch zu aufgekratzt, um zu schlafen, also schlenderte sie herum und machte sich mit ihrem neuen Zuhause vertraut. Russell hatte einige saubere Kleidungsstücke und Handtücher in seinem Bücherregal verstaut. Im oberen Regal befanden sich ein CD-Spieler, ein Stapel CDs und einige Bücher.

Die meisten Bücher waren auf Englisch, aber sie entdeckte eines, das sie teilweise lesen konnte. *Chinesisch für Dummies.*

Der übersetzte Titel brachte sie zum Lächeln. Russell war kein Dummie. Die CDs waren ebenfalls zum Lernen von Chinesisch. Sie stellte ihn sich allein in seiner Höhle vor, wie er Nacht für Nacht lernte. Er sprach recht gut. Seine Betonung stimmte manchmal nicht ganz, aber das war irgendwie … niedlich. Und sexy. Er war der Typ Mann, dem das Lernen einer Fremdsprache nicht bei seiner Mission in die Quere kam.

Im unteren Regal fand sie eine mit Schnitzereien verzierte Holzkiste. Der Riegel sah alt und verrostet aus. Sie stellte die Kiste auf den Tisch und fuhr mit den Fingern über die Holzarbeit. Rosen und kleine Vögel waren auf primitive, aber sehr schöne Weise hineingeschnitzt. Handarbeit.

Sie spielte mit den Fingern am Verschluss. *Neugier ist der Katze Tod*, rügte sie sich selbst. Es war falsch, in Russells Sachen zu schnüffeln.

Aber würde er sich ihr jemals anvertrauen? Mister „Ich erkläre mich nicht“ würde niemals reden und ihr mehr von sich preisgeben. Schnüffeln war die einzige Alternative, die ihr blieb.

Sie schnaubte. Ihre Ausrede klang kläglich, aber was sollte es? Er war gerade tot und würde nie davon erfahren.

Der Kasten quietschte, als sie ihn öffnete. Darin befand sich nur ein zerknitterter, alter, schmutziger Lappen. Das Gesicht verziehend faltete sie das Öltuch auf. Darunter lagen zwei Pistolen. Alt, das sah sie, aber sie hatte keine Ahnung, wie alt. Revolver. Sie berührte einen glänzenden Lauf. Russell hatte sie sehr gut gepflegt. Die Waffen erinnerten sie an die alten Pistolen, die sie aus amerikanischen Cowboy-Filmen kannte.

Sie sah zu Russell hinüber. „Bist du ein *Cowboy*?“ Es war eines der wenigen englischen Wörter, die sie kannte. Sie und ihr Großvater hatten es geliebt, sich zusammen amerikanische Cowboy-Filme anzusehen.

Lächelnd stellte sie sich vor, wie Russell neben John Wayne auf einem Pferd ritt. Sie schloss die Kiste und stellte sie zurück ins Bücherregal.

Was sollte sie als Nächstes tun? Sie bemerkte die abgelegten Hosen auf dem Boden neben der Badewanne. Um ihre Dankbarkeit zu zeigen, würde sie seine Wäsche waschen. Sie sammelte seine schmutzige Kleidung und die Handtücher ein und warf sie alle in die Wanne, die er mit Wasser gefüllt hatte. Nachdem sie etwas Seife dazugegeben hatte, wirbelte sie sie herum.

„Ich kann meine genauso gut mitwaschen." Sie sah sich nach Russell um. Er würde es nie erfahren. Sie zog sich aus und warf ihre Sachen in die Wanne.

Zehn Minuten später hatte sie die Wäsche ausgespült und auf den Trockenständer gehängt. Sie öffnete den Hahn an der Wanne, um das Wasser abzulassen.

„Zeit für mein eigenes Bad." Sie nahm den Eimer und begann, die Wanne wieder zu befüllen. Das Flusswasser war kühl, also stellte sie ein paar Schüsseln davon in die Mikrowelle, um es zu erwärmen. Jedes Mal, wenn sie an Russells Bett vorbeikam, sah sie ihn an. Immer noch tot und völlig ahnungslos, dass sie vollkommen nackt an ihm vorbeiging. Aus Spaß fing sie an, sich jedes Mal, wenn sie an ihm vorbeikam, in Pose zu werfen.

Nach ihrem Bad zog sie sich einen sauberen Slip und ein Unterhemd an. Sie putzte sich die Zähne und stellte ihre Zahnbürste in den Blechbecher neben Russells. Dann starrte sie die zwei Zahnbürsten eine Weile an.

Sie atmete tief durch und nahm sich das Sat-Telefon, um ihren Cousin anzurufen.

„Jia!" Rajivs Stimme klang dumpf. „Alles in Ordnung?"

„Natürlich."

„Ich kann dich kaum hören."

„Es geht mir gut!"

„Aber du bist ..." Rajivs Stimme wurde leiser, kam dann aber wieder zurück, „... Russell."

„Er ist gerade tot. Ich könnte ebenso gut allein sein."

„Wo bist du?"

„In einer Höhle. Ich weiß nicht genau, wo."

„Ich schicke Rinzen und Tenzen ..." Rajivs Stimme knisterte. „Sobald sie dich gefunden haben ..."

„Das musst du nicht. Mir geht es gut."

„Das ist nicht richtig. Du bist ein Mitglied der königlichen Familie, verlobt ..." Wieder knisterte es in der Leitung. „Was du machst, ist vollkommen inakzeptabel, und das weißt du auch."

Ihr Gesicht wurde warm. „Ich weiß, dass du böse bist. Es tut mir leid."

„Deine einzige Rettung ist, dass zurzeit nur ich, Jin Long und deine Onkel wissen, was du treibst. Ich habe allen gesagt, dass Jin Long dich zum Dorf meines Bruders in Thailand teleportiert hat. Jin Long ist wirklich dorthin, um meinen Bruder zum Mitspielen zu überreden."

„Danke."

Rajiv schnaufte. „Bedank dich nicht bei mir. Es ist nicht so, als hätte ich es freiwillig getan. Wenn es nach mir ginge, wärest du hier zu Hause in Sicherheit, nicht in einer Höhle eingesperrt mit einem verrückten Vampir."

„Er ist nicht verrückt. Und ich komme nach Hause, sobald der Job erledigt ist."

Rajivs Stimme wurde leiser, dann wieder hörbar. „... Hause, ehe dein Verlobter ankommt. Ich habe die Frauen gebeten, schon mit deinem Hochzeitskleid anzufangen."

Sie zuckte zusammen. Wie konnte sie im Augenblick auch nur ans Heiraten denken? „Ich rufe morgen wieder an. Bis dann." Sie legte auf und steckte das Telefon wieder an die

Steckdose. Jetzt war nicht die richtige Zeit, sich um die Zukunft Gedanken zu machen. Sie hatte zuerst eine Mission zu erfüllen und nur noch zwölf Tage dafür Zeit. Jetzt brauchte sie erst einmal eine Pause.

Sie löschte alle Lampen aus. Gähnend nahm sie den Schlafsack von ihrem Rucksack. Wo sollte sie schlafen? In der Küche war es zu hell, jetzt, wo die Sonne genau durch das Loch schien. Sie schlenderte durch die Höhle. Der Boden neben der Badewanne, wo sie die Wäsche gewaschen hatte, war zu feucht. Und zu sandig, so nahe am Fluss.

Sie betrachtete das Bett. Russell belegte nur ungefähr die Hälfte, und er würde sich im Schlaf nicht rühren. Sie trat an die leere Seite und presste ihre Hand auf die improvisierte Matratze. Drei Lagen aus Schlafsäcken waren viel bequemer als ihr dünner Schlafsack auf dem harten Boden. Und es gab sogar ein zusätzliches Kissen.

Vorsichtig setzte sie sich aufs Bett. Keine Reaktion von Russell. Wie sollte er auch reagieren? Der Arme war tot. Sie rüttelte am Bett und beugte sich dann vor, um ihm ins Gesicht zu sehen.

Nichts. Sein Gesicht war entspannt, die schmalen Falten, die normalerweise auf seiner Stirn standen, fort. Sein Kiefer war nicht mehr angespannt vor Konzentration. Sein Mund nicht verärgert zusammengepresst, sondern weich. Er sah friedlich aus, fast … süß.

Ach herrje. Was dachte sie sich da? Er war ein Vampir.

Auf keinen Fall würde sie unter die Decke kriechen, solange er nackt war, also streckte sie sich darauf aus und benutzte ihren Schlafsack als Decke. Nur ein kleines Nickerchen, dann würde sie wieder aufstehen, und er musste nie erfahren, dass sie sich ein Bett geteilt hatten.

Sie drehte sich um und schmiegte ihr Gesicht ins Kissen. Es war wirklich ganz gemütlich in der Höhle des Vampirs.

Einige Zeit später hörte sie ein Geräusch, nahm es aber kaum wahr. Sie stöhnte und drehte sich auf den Rücken.

Als zwei Hände sie an den Schultern packten, wachte sie mit einem Ruck auf. Es war dunkel in der Höhle. Hatte sie bis nach Sonnenuntergang geschlafen?

Oh Gott, nein! Russel war wach! Sie versuchte aufzustehen, aber er hielt sie fest.

Es war schwierig, seinen Körper in der Dunkelheit auszumachen, aber nicht seine Augen. Sie glühten rot. Sein Griff schloss sich fester um sie, und seine Fangzähne schossen hervor.

Ein Knurren drang tief aus seiner Kehle. „Du solltest nie mit einem Vampir schlafen."

10. Kapitel

Er jagte ihr Angst ein.

Verdammt, er jagte sich ja auch selber Angst ein. In den drei Jahren, seit er zum Vampir geworden war, hatte er es geschafft, nie einen Menschen zu beißen. Zu danken hatte er dafür größtenteils Zoltan, der immer einen Vorrat an synthetischem Blut bereithielt, zu dem er sich jederzeit teleportieren konnte. Aber in diesen drei Jahren war er auch nie mit einer Frau in seinem Bett aufgewacht, besonders nicht mit einer so wunderschönen Frau wie Jia.

Schon bei seinem ersten Atemzug hatte er ihren Geruch wahrgenommen. Frau, Sex und Nahrung, alles in einem sinnlichen Körper, der warm und zum Nehmen bereit vor ihm lag. Sofort waren seine Augen rot geworden. Und er wurde hart.

Blut strömte durch ihren Körper, vollmundig duftend und berauschend. Der zusätzliche Duft nach Wertigerin weckte den Jäger in ihm. Seine Fangzähne schossen hervor, und ihn überkam der Drang nach Angriff und Eroberung.

Seine Finger gruben sich in ihre Schultern, während er um Kontrolle rang. Sie würde blaue Flecken davon zurückbehalten, aber das war besser als ein zerfetzter Hals.

„Russell", hauchte sie. „Es tut mir leid."

Ihr tat es leid? Er war hier das Monster. Knurrend schob er sich von ihr und taumelte aus dem Bett. Er stolperte im Dunkeln zur Kühlbox. Nachdem er eine halbe Flasche kalt getrunken hatte, stillte das Blut seinen Hunger, und die Kälte beruhigte das wilde Biest in ihm. Leider zeigte seine Härte keine Anzeichen davon, sich wieder zu beruhigen.

„Russell, ist alles in Ordnung?“, kam ihre leise Stimme aus dem Bett.

Gott, er begehrte sie so sehr. Er wollte sie in die Arme nehmen und sie lieben. Sie war so mutig und klug. Süß und schön. Sie verteidigte ihn, glaubte an ihn, vertraute ihm. Jedenfalls hatte sie das, bis er ihr so schreckliche Angst eingeflößt hatte. „Entschuldige, dass ich die Kontrolle verloren habe.“

„Du hast die Kontrolle nicht verloren. Du hast aufgehört …“

„Ich habe dir Angst gemacht.“

„Ich hätte mich nicht zu dir ins Bett legen dürfen. Ich wollte nur ein kurzes Nickerchen machen, aber …“

„Es ist nicht deine Schuld, dass ich bin, wie ich bin.“ Er stellte die Flasche hin und trat ans Bücherregal, wo er seine saubere Kleidung aufbewahrte.

„Dass es deine Schuld sein soll, bezweifle ich aber auch. Du hast nicht darum gebeten, ein Vampir zu werden, oder?“

„Nein.“ Verteidigte sie ihn immer noch, obwohl er so kurz davor gewesen war, sie zu beißen?

„War Han es, der dich verwandelt hat?“

Er ignorierte die Frage und zog ein Paar Unterhosen an. „Ich gehe ungefähr zehn Minuten an die Oberfläche, damit du etwas Privatsphäre hast.“ Er zündete eine Lampe an und sah über die Schulter zu seinem Bett, darauf bedacht, die Beule in seiner Unterhose nicht zu zeigen.

Sie stand neben dem Bett, trug nur ihren Slip und ein zart aussehendes Top, das lange Haar hing ihr wild und offen über die Schultern. Seine Fäuste ballten sich bei dem Gedanken daran, die schwarze Seide ihres Haares zu streicheln oder die weiße Seide, die sich straff über ihren Brüsten spannte. Sein Blick wurde wieder rot, und er wendete sich blinzelnd ab.

„Ich bin bald wieder da. Dann machen wir uns an die Arbeit.“ Er nahm seine Flasche Blut vom Tisch und teleportierte sich über die Erde.

Jia zog sich an, so schnell sie konnte, und warf sich dabei die ganze Zeit vor, dass sie nicht vor Russell aufgewacht war.

Jetzt fühlte er sich wie ein Monster, und sie fühlte sich schuldig, weil sie ihm diesen beschämten Blick ins Gesicht getrieben hatte. Ihr ganzes Leben lang hatten die Dorfbewohner ihr beigebracht, dass man damit rechnen musste, gekratzt zu werden, wenn man einen Tiger am Schwanz zog. Gleiches musste auch für einen Vampir gelten. Schlaf bei ihm, und du musst damit rechnen, gebissen zu werden.

Sie ging zurück zum Bett und erinnerte sich an den Schreck, als sie seine Fangzähne und die rot glühenden Augen gesehen hatte. Aber dann hatte sie gespürt, wie er zitterte, so als würde er um Kontrolle ringen, und sie hatte sich gefragt – wollte er sie einfach nur, weil sie bei ihm lag? Oder wollte er sie wirklich?

Er kam zurück, immer noch nur in Unterwäsche. Sie wendete sich ab, um nach der Wäsche auf dem Trockenständer zu sehen, während er sich anzog.

„Hier. Iss.“ Ohne sie anzusehen, platzierte er einen Müsliriegel und eine Flasche auf dem Tisch.

„Danke.“ Während sie aß, wanderte ihr Blick immer wieder zurück zu ihm. Er trug Hose, Socken und Schuhe und um die nackten Schultern nur ein Handtuch. Er hatte sich rasiert und das Gesicht gewaschen. Seine Hand hielt über dem Blechbecher inne, in dem ihre beiden Zahnbürsten steckten, dann putzte er sich ohne ein weiteres Wort die Zähne.

Er blieb ebenfalls stumm, als er sich fertig anzog und seine Waffen anlegte. Nicht ein einziges Mal sah er in ihre Richtung. Sie war verunsichert und fragte sich, ob er vorhatte, den Rest der Nacht so kalt und distanziert zu bleiben.

Als sie alle ihre Messer weggesteckt hatte, verkündete sie: „Ich bin so weit.“

„Dann los." Er griff nach ihren Schultern, hielt dann inne und legte ihr die Hände stattdessen um die Taille.

„Du denkst, ich habe blaue Flecken."

Sein Kiefer bewegte sich, aber er vermied es, sie anzusehen. „Ich weiß es. Halt dich fest."

Sobald sie ihm die Arme um den Hals geschlungen hatte, teleportierte er sie.

Fünf Stunden lang teleportierte er sie beide von einem Stützpunkt zum nächsten. Bei jedem Stützpunkt ließ er sie für genau zwei Minuten allein, damit sie nach Hans Fährte suchen konnte, ohne von seinem eigenen Duft abgelenkt zu werden. Keine Spur von Han. Das hätte frustrierend sein sollen, aber sie fand die unangenehme Spannung zwischen sich und Russell noch verstörender. Schließlich hatte sie genug.

Als er ihr die Hände um die Taille legte, um sie wieder zu teleportieren, stieß sie ihn von sich. „Woher willst du wissen, dass ich dich nicht beiße?"

Er blinzelte und sah sie endlich an. „Was?"

„Ich bin ein menschenfressender Tiger."

Er schnaubte verächtlich. „Hör auf, meine Zeit zu verschwenden. Wir haben zu arbeiten."

„Mach mich nicht wütend. Ich könnte dich zum Abendessen verspeisen."

Er sah sie schief an. „Du verschlingst Männer?"

„Das tun Tiger nun einmal."

„Du frisst keine Menschen. Die meiste Zeit bist du selbst ein Mensch. Das wäre Kannibalismus."

„Du glaubst also, wenn ich ein Tier bin, kann ich richtig und falsch unterscheiden?"

Er hielt inne, ehe er nickte. „Ja."

„Du vertraust darauf, dass ich dich nicht beiße?" Sie strich mit der Hand über seine Wange bis zu seinem Hals. „Selbst wenn ich völlig ausgehungert bin?"

„Hast du Hunger? Ich kann dich in die Bat-Höhle zurückbringen. Oder zu Zoltan nach Hause."

Sie schlug Russell gegen die Brust. „Siehst du? Selbst wenn ich dir körperliche Gewalt androhe, denkst du noch darüber nach, wie du dich um mich kümmern kannst."

Er starrte sie finster an. „Und?"

„Und ich vertraue dir, du Idiot. Ich weiß, dass du mir nichts tun würdest. Genau wie ich kannst du richtig und falsch unterscheiden, selbst wenn deine Fangzähne hervorstehen. Also hör mit dieser Reue-Nummer auf und lass uns wieder Freunde sein."

„Nennst du alle deine Freunde Idioten?"

Sie zuckte mit den Schultern. „Wenn es passt."

Er kniff die Augen zusammen. „Schön. Wir sind Freunde, Prinzessin."

„Nenn mich nicht Prinzessin."

Er lächelte neckend. „Beiß mich."

„Mache ich vielleicht, *Cowboy*." Als er erstarrte, fuhr sie fort. „Oh ja. Ich habe deine Cowboypistolen gefunden."

Er knirschte mit den Zähnen. „Du hast kein Recht, in meinen Sachen zu schnüffeln."

„Bist du wirklich ein Cowboy?"

„Ich erkläre mich nicht."

„Das ist schade, denn ich mag Cowboys wirklich gerne."

Er wurde reglos und sein Blick eindringlicher. „Wirklich?"

Ihre Haut fing an zu kribbeln. „Ja."

Er trat näher. „Und hast du wirklich … Hunger?"

Sie war sich nicht sicher, ob er noch von Essen sprach, aber sie nickte. „Ja."

„Wenn das so ist …" Er packte sie um die Taille und teleportierte sie.

„Bist du verrückt geworden?“, flüsterte Howard, als Russell sich den Inhalt des Kühlschranks in der Küche von Zoltans Schloss ansah.

„Rajiv ist stinksauer. Er hat gesagt, du hättest seine Cousine entführt und würdest dich weigern, sie zurückzubringen.“

„Du musst nicht flüstern“, sagte Russell zu dem riesigen Werbären. „Sie versteht kein Englisch.“ Er sah zum Küchentisch, wo Jia neben Howards Frau saß. „Aber deine Donuts scheinen ihr zu schmecken. Sie hat schon sechs Stück gegessen.“

„Was?“ Howard sah sich nach ihr um.

„Wie kommt es, dass du davon weißt?“, fragte Russell. „Haben die Angestellten von MacKay nichts Besseres zu tun, als wie alte Hühner zu tratschen?“

Howard schnaubte. „Es kommt nicht jeden Tag vor, dass ein Vampir eine Wertiger-Prinzessin entführt.“

„Sie ist nicht entführt worden.“ Russell nahm ein Paket Fleisch aus dem Kühlschrank. „Was ist das?“

„New York Strip Steaks.“ Howard sah ihn stirnrunzelnd an. „Elsa und ich werden sie zu Abend essen.“

Russel sah ihn schief an, während er das Paket auf die Anrichte legte. „Ihr braucht alle fünf?“

„Ich habe einen großen Appetit“, knurrte Howard. „Und Elsa isst für drei.“

„Drei?“

„Jepp.“ Howard strahlte stolz. „Zwillinge. Wir haben es vor etwa einer Woche erfahren.“ Er zwinkerte seiner Frau zu.

Verdammt, alle bekamen sie Kinder. „Gratuliere.“ Russell übersetzte die Neuigkeiten für Jia, die anfing zu strahlen und beiden auf Chinesisch gratulierte.

„Sie ist so süß“, sagte Elsa und tätschelte Jia den Arm. „Ich wünschte, ich könnte mich mit ihr unterhalten.“

„Ich auch“, murmelte Howard. „Dann könnten wir herausfinden, ob sie wirklich entführt worden ist.“

„Sieht sie in irgendeiner Weise verängstigt oder misshandelt aus?“ Russell zuckte innerlich zusammen, als er sich an die blauen Flecken erinnerte, die er an ihren Schultern hinterlassen hatte. „Sie ist nur ein wenig hungrig. In der Bat-Höhle gibt es nicht viel zu essen.“

Elsa keuchte auf. „Du zwingst sie, bei Fledermäusen zu leben?“

„Es gibt dort keine Fledermäuse“, wehrte sich Russell „Es ist eigentlich ganz nett ... für eine Höhle.“

Elsa stand auf. „Was hat sie bisher gegessen? Gibt es dort eine Kochmöglichkeit?“

Howard schnaubte. „Ich habe so eine Ahnung, dass er einen solarbetriebenen Stromgenerator und eine Mikrowelle hat.“

Russell zuckte mit den Schultern. „Sie braucht mehr als Instantnudeln und Chips.“

„Natürlich tut sie das.“ Elsa eilte an den Kühlschrank und scheuchte die beiden aus dem Weg. „Sie wird mit uns zu Abend essen. Es gibt die Steaks, und ich mache uns einen Salat.“ Sie wählte ein paar grüne Salate und Gemüse aus dem Kühlschrank aus und schichtete sie auf der Anrichte auf. „Und wir schieben drei Kartoffeln in die Mikrowelle. Die sind in der Speisekammer.“

„Ich hole sie.“ Russell schlenderte in die große begehbare Speisekammer.

Howard folgte ihm. „Dann wirst du sie wirklich nicht zurückbringen?“

„Sie will nicht zurück“, erklärte er Howard, während er die Regale nach Kartoffeln absuchte. „Sie will Rache, genau wie ich. Han hat ihren Bruder und ihre Eltern umgebracht, und sie hilft mir dabei, ihn zu finden. Es ist eine geschäftliche Partnerschaft, das ist alles.“

„Wirklich?"

Howards zweifelnder Tonfall sorgte bei Russell für Anspannung. „Ja. Wirklich. Du kannst Rajiv und Angus und mit wem du sonst noch so am Tratschen bist sagen, dass ich auf sie aufpasse. Mehr noch, ehe wir wieder gehen, hätte ich gerne ein zusätzliches Satellitentelefon und eine Antenne, die ich außerhalb der Höhle anbringen kann, damit wir besseren Empfang haben. Dann kann sie Rajiv jeden Tag anrufen und ihm versichern, dass es ihr gut geht."

Howard runzelte die Stirn. „Du zwingst sie zu nichts, was sie nicht tun will?"

„Nein, im Gegenteil. Ich helfe ihr dabei, genau das zu tun, was sie will."

Howard nickte. „Okay. Ich glaube dir." Er ging zur Tür hinaus, hielt inne und sah sich noch einmal um. „Du weißt aber schon, dass sie verlobt ist?"

„Ich weiß." Russell fand den Korb mit Kartoffeln und suchte die drei größten aus.

„Der Verlobte ist ein reicher Wertiger-Prinz", fuhr Howard fort. „Rajiv will, dass die Hochzeit stattfindet."

„Und?" Russell sah ihn verärgert an. „Glaubst du, ich würde ihr dabei im Weg stehen?"

„Ich weiß nicht. Du hast gerade eine rohe Kartoffel in zwei Teile zerquetscht."

Leise fluchend warf Russell die zerquetschte Kartoffel in den Mülleimer, der in seiner Nähe stand, und suchte eine neue aus.

„Du magst sie", stellte Howard leise fest.

Russell schüttelte den Kopf. „Nichts wird meiner Mission in die Quere kommen. Wenn Han tot ist, bringe ich sie zurück nach Tiger Town und verlasse China für immer."

„Berühmte letzte Worte." Als Russell ihn wieder wütend ansah, seufzte Howard nur und klopfte ihm auf den Rücken.

„Glaub es oder nicht, aber ich weiß genau, was du durchmachst. Ich habe einst auch nur für Rache gelebt.“ Sein Blick richtete sich auf seine Frau, die den grünen Salat in der Spüle wusch. „Ein Leben voller Hass ist wertlos verglichen mit einem Leben voll Liebe.“

11. Kapitel

Nachdem sie Han drei weitere Stunden lang gesucht hatten, näherte sich der Sonnenaufgang.

Russell teleportierte Jia zum letzten Stützpunkt, den sie in dieser Nacht auskundschaften wollten.

Während sie ihr Abendessen mit Howard und Elsa genossen hatte, war er dabei gewesen, mehr Vorräte in die Bat-Höhle zu schaffen und eine Antenne im Baum neben den Solarzellen zu installieren. Wenn Jia ihren Cousin jetzt wieder anrief, hatte sie vernünftigen Empfang.

„Da das unser letzter Halt ist, sollte ich …" Jia deutete auf ein dichtes Gebüsch.

„Klar. Ich bin dann in dem Baum da drüben." Russell zeigte auf einen hohen Baum und teleportierte sich in seine Krone, sodass er in das Lager sehen konnte.

Was er dort sah, überraschte ihn. Die Soldaten waren bewaffnet und rannten an ihre Positionen, ihre Offiziere bellten Befehle. Sie spähten über die Wehranlagen, als würden sie einen Angriff erwarten. Russell sah sich im ganzen Gebiet um, konnte aber nichts weiter entdecken als Jia, die aus dem Gebüsch kam. Was war geschehen, das diese Soldaten in Aufruhr versetzte?

Das Satellitentelefon in seiner Tasche fing an zu vibrieren, und er sah nach dem Anrufer. Rajiv. Der Grand Tiger wusste vielleicht, was los war, aber Russell würde den Köder mit Sicherheit nicht schlucken, solange Jia in der Nähe war.

Er teleportierte sich zu ihr hinab. „Irgendetwas hat die Soldaten aufgebracht. Sie halten sich derzeit noch hinter den

Mauern auf, hier draußen kannst du also wahrscheinlich noch ungestört schnüffeln. Trotzdem gefällt es mir nicht, dich allein zu lassen."

„Es dauert ja nur eine Minute", beruhigte sie ihn. „Ich komme schon klar." Als sein Telefon wieder summte, sah sie ihn fragend an. „Gehst du nicht ran?"

„Nicht hier." Er berührte sie an der Schulter. „Ich habe meine Nummer in dein Sat-Telefon eingespeichert, falls du mich anrufen musst. Geh nicht an dein Telefon, wenn es jemand anderes als ich ist. Howard könnte deine Nummer an J.L. weitergegeben haben oder an Rajiv. Sie glauben immer noch, ich hätte dich entführt, wenn du sie also nachts anrufst ..."

„Wird Jin Long versuchen, mich zu retten", beendete sie seinen Satz. „Ich weiß, wie sie sind. Geh schon, damit ich hier meiner Aufgabe nachgehen kann." Sie zog ein Messer aus ihrem Gürtel. „Ich kann auf mich selbst aufpassen."

Seine Mundwinkel bogen sich nach oben. „Ich weiß."

Sie lächelte zurück. „Du bist der Einzige, der das weiß. Alle anderen denken, ich wäre eine hilflose Prinzessin."

„Du bist eine Prinzessin."

Sie schlug nach ihm. „Geh weg, Cowboy. Du störst meine empfindliche Nase."

„Ich bin bald wieder da." Er teleportierte sich zu einem Gletscher im Himalaya. Der kalte Wind, der ihn dort oben sofort erfasste, warf ihn fast um. Eisregen stach wie Nadeln auf sein nacktes Gesicht und seine Hände ein. Er biss die Zähne zusammen und rief Rajiv an.

„Die Sonne geht bald auf", verkündete Rajiv. „Ich will, dass du Jia nach Hause teleportierst, damit sie den Tag hier verbringen kann."

„Und dann?", entgegnete Russell. „Lässt du sie morgen wieder mit mir gehen? Oder hast du vor, sie in ihr Zimmer ..."

J. L. tauchte neben ihm auf und keuchte entsetzt. „Ach du Scheiße!"

Russell grinste. „Ich wusste, dass du hier auftauchst."

J. L., nur mit einer Hose und einem T-Shirt bekleidet, schlang die Arme um sich und fing an zu zittern. „Was zur Hölle ist das hier? Die Antarktis? Wo ist Jia?"

„Irgendwo, wo es wärmer ist."

„Was ist los?", wollte Rajiv am Telefon wissen.

„Ich habe einen kleinen Ausflug gemacht, ehe ich dich angerufen habe", erklärte Russell. „Wir sind hoch oben im Himalaya."

„N…nicht lustig", sagte J. L. zähneklappernd.

„Du bist nicht bei Jia?", fragte Rajiv. „Wo ist sie?"

„Sie arbeitet", sagte Russell. „Am letzten Stützpunkt, den wir untersucht haben, waren die Soldaten in Aufruhr. Irgendeine Ahnung, warum?"

„Angus und Emma sind mit ein paar der Jungs zurück nach Tiger Town gekommen", sagte J. L., auf den Füßen wippend, um sich zu wärmen. „Wir haben heute Nacht einen Stützpunkt angegriffen und alle Soldaten gefangen genommen. Jetzt liegen dreißig in der Klinik und werden zurückverwandelt."

„Und Emma hat Winifred mitgebracht, die Kriegerin, die mit Drachen und Vögeln sprechen kann", fügte Rajiv hinzu. „Wir hoffen, dass Winifred und die Eule gemeinsam herausfinden können, wo der Drachenjunge gefangen gehalten wird. Und dann wissen wir auch, wo Han sich aufhält."

„Mit anderen Worten", brüllte J. L. durch den pfeifenden kalten Wind, „wir haben alles unter Kontrolle. Du musst Jia nicht länger in Gefahr bringen. Angus will, dass du sie zurückbringst."

Russell schnaubte. „Ich arbeite nicht für Angus. Und Jia auch nicht."

„Du hast kein Recht, sie in Gefahr zu bringen!", brüllte Rajiv ins Telefon.

„Ich lasse nicht zu, dass ihr etwas passiert!", brüllte Russell zurück. In der Kälte waren seine Finger so steif geworden, dass es wehtat. „Du hast mein Wort als Marine-Soldat. Ich passe auf sie auf."

„Wenn nicht, kannst du dich darauf gefasst machen, von einer ganzen Armee Wertiger gejagt zu werden!" Rajiv legte auf.

Russell seufzte. Sein Atem gefror in der Luft.

J. L. verzog das Gesicht. „Warum hilfst du dem armen Mädchen noch bei ihrem verzweifelten Rachefeldzug? Nur weil du genauso besessen bist, hast du nicht das Recht, sie in Gefahr zu bringen. Du bist echt verrückt."

„Ist es verrückt zu glauben, dass es ihr erlaubt sein sollte, etwas zu erreichen, was sie aus ganzer Seele will? Bin ich verrückt, wenn ich nicht daran glaube, sie für den Rest ihres Lebens ins Prinzessinnen-Gefängnis zu stecken? Sie hat das Recht, sie selbst zu sein und ihren eigenen Weg zu finden!"

J. L. riss die Augen auf. „Du siehst dich als ihren Helden?"

Russell zuckte zusammen. „Sie braucht keinen Helden. Sie ist stärker, klüger und mutiger, als euch allen klar ist. Wir haben eine geschäftliche Beziehung. Ich brauche ihre Hilfe so sehr wie sie meine."

J. L. atmete zischend ein, als ein weiterer Schauer seinen Körper durchzuckte. „Wir alle brauchen die Wertiger. Sie sind unsere besten Verbündeten. Wenn wir Han und Darafer nicht aufhalten, übernehmen sie mehr und mehr Gebiete und bringen weiter Menschen um. Das Bündnis mit Rajiv geht total den Bach runter, wenn Jia etwas passiert ..."

„Es wird ihr nichts passieren! Ich passe auf sie auf. Jetzt verschwinde, damit ich zu ihr zurückkehren und mein Versprechen halten kann."

J. L. fluchte und verschwand.

Russell teleportierte sich sofort zurück zu Jia.

Fünf Soldaten hatten sie im Halbkreis umstellt, während sie ihnen gegenüberstand, einen Baum in ihrem Rücken. Zwei hatten Pistolen auf sie gerichtet, die anderen drei ihre Schwerter. Russells erster Schreck verwandelte sich in Wut, erst auf die Soldaten, dann auf sich selbst. Er war es, der sie allein gelassen hatte.

Jia warf ihr Messer auf einen der Pistole tragenden Soldaten, der ihr am nächsten stand, warf sich dann auf den Boden und rollte sich ab. Kugeln, die für sie gemeint waren, zerfetzten die Baumrinde. Ihr Messer vergrub sich in der Brust des Schützen und brachte ihn zu Fall. In der Zwischenzeit riss Russell dem anderen Soldaten in Vampirgeschwindigkeit die Pistole aus der Hand und schlug nach ihm. Er wich einem Schwert aus, schlug den ersten Schwertkämpfer nieder und wirbelte dann herum, um dem zweiten einen Tritt gegen den Kopf zu verpassen. Alle drei Soldaten lagen in kürzester Zeit bewusstlos auf dem Boden.

Der letzte Soldat hatte sein Schwert über seinen Kopf erhoben und machte sich bereit, auf Jia hinabzuschlagen. Sie rollte sich auf ihn zu, zog ein weiteres Messer und vergrub es in seinem Bein. Er schrie auf und ließ sein Schwert fallen. Russell stürzte sich auf ihn und brach ihm das Genick.

Der Soldat fiel halb auf Jia und bespritzte sie mit Blut. Russell zerrte ihn von ihr, sie sprang auf und zog schwer atmend ein weiteres Messer.

„Alles in Ordnung?“, fragte Russell.

Sie sah sich wild um. „Ist es vorbei?“

„Ja. Bist du verletzt?“ Er untersuchte sie schnell, aber sie schien unbeschadet. Das Blut auf ihrer Kleidung war nicht von ihr.

Sie sah auf das Messer in ihrer Hand, verzog das Gesicht

und rammte es zurück in seine Hülle. „Ich musste wieder töten. Das hasse ich."

„Und das ist gut so."

Sie betrachtete stirnrunzelnd die zwei Leichen. „Warum?"

„Wenn dir das Töten Freude bereiten würde, wärest du ein ziemlich krankes Ekel." Er zog das Messer aus dem Soldaten, den sie getötet hatte. „Willst du das wiederhaben?"

Sie schlang die Arme um sich und schüttelte den Kopf.

Russell wischte das Messer ab und steckte es selber ein. Dann holte er auch das zweite, das im Bein des letzten Soldaten steckte, und das, das sie auf den Boden fallen gelassen hatte. Die Muster auf den Messern könnten nach Tiger Town zurückverfolgt werden, er wollte sie deshalb nicht zurücklassen. Schnell sah er sich noch einmal um, ob sie sonst etwas zurückgelassen hatten, anhand dessen man sie identifizieren konnte. Drei der Soldaten waren noch am Leben, also tauchte er in ihre Gedanken ein und löschte die Erinnerungen an die letzte halbe Stunde.

„Wir sollten gehen, ehe sie aufwachen." Er drehte sich zu Jia um und bemerkte, dass sie sichtbar zitterte. Was für ein Idiot er war, noch vor Minuten geprahlt zu haben, sie beschützen zu können.

Er nahm sie in die Arme, und ihr bebender Körper brachte ihn fast um. Das war alles seine Schuld. Er hatte gewusst, dass die Soldaten besonders achtsam sein würden.

Sie packte seinen Mantel. „Bring mich nach Hause."

Ihm wurde schwer ums Herz. „Nach Tiger Town?"

„Nein." Sie blinzelte überrascht. „Ich meinte … unser Zuhause. Die Höhle."

Er starrte sie einen Augenblick an, in dem seine Brust sich so heftig zusammenzog, dass ihm das Atmen schwerfiel. Dann zog er sie an sich und teleportierte sie davon.

Sie landeten im Dunkeln im Küchenbereich. Er trat zurück, weil er ein paar Lampen anzünden wollte, aber sie klammerte sich an seinem Mantel fest. Ein Schaudern lief ihr durch den Körper.

„Nicht …“ Sie lehnte sich an ihn, ihre Stirn an seine Brust. „Nur noch ein bisschen länger.“

Er legte die Arme um sie. Wie oft hatte er sie in den letzten Tagen gehalten und gedacht: *nur noch ein bisschen länger*?

Sie schmiegte ihre Wange an seine Brust. „Ich kann anscheinend nicht aufhören zu zittern.“

„Das passiert manchmal hinterher, aber du bist stark und mutig gewesen, als es darauf ankam.“ Er rieb ihr den Rücken und erinnerte sich daran, wie panisch er sich nach seinem ersten Gefecht in Vietnam gefühlt hatte. Wie schwer das Wissen auf ihm gelastet hatte, einen anderen Menschen getötet zu haben. Aber heute hatte er ohne Reue getötet, nichts als Wut empfunden, weil sie es gewagt hatten, Jia anzugreifen.

Was für ein kaltes, herzloses Monster doch aus ihm geworden war.

Sie schauderte wieder. „Ich war so in der Unterzahl. Ich dachte, ich müsse sterben.“

Die Schuld machte ihn fast wahnsinnig. „Ich hätte dich nicht allein lassen dürfen.“

„Ich habe dir gesagt, du sollst gehen.“

Er schüttelte den Kopf. „Ich habe einen Fehler gemacht. Ich lasse dich nie wieder allein.“

„Wie soll ich dann Han aufspüren, wenn …“

„Ist mir verdammt noch mal egal.“ Er hielt sie noch fester, die Hand an ihren Hinterkopf gelegt. „Ich lasse dich nicht allein.“

Plötzlich wurde ihm das volle Ausmaß dessen bewusst, was er gerade gesagt hatte. Irgendwie war Jia ihm in den letzten Tagen wichtiger geworden als seine Jagd nach Rache. „Ich habe allen versprochen, dich zu beschützen, und das werde ich.“

Sie sah zu ihm hoch und berührte dann seine Wange. „Ich kann dich kaum sehen."

„Ich weiß." Sie konnte nicht sehen, was für ein Monster er war. Irgendwie, wie durch ein Wunder, glaubte sie immer noch an ihn. Er nahm ihr Gesicht in beide Hände und wischte ihr die Tränen mit den Daumen fort.

Sie legte ihm die Handfläche an die Wange. „Danke, dass du zu meiner Rettung gekommen bist."

„Jederzeit." Er küsste sie auf die Stirn, streichelte ihr weiter die Wangen hinab. Dann bewegte sein Daumen sich langsam weiter zu ihrem Mund. Zärtlich rieb er mit der Spitze über ihre Lippen. Sie öffnete ihren Mund.

Eine Einladung. Er wurde hart, und sein Blick verfärbte sich rot.

Keuchend wich sie einen Schritt zurück. „Du musst hungrig sein."

„Nein, ich …"

„Natürlich hast du Hunger. Du hast bei dem Kampf viel Energie verbraucht." Sie tastete sich am Tisch entlang, bis sie die Kühlbox erreichte. „Lass mich dir eine Flasche bringen."

„Ich werde dich nicht beißen."

„Das weiß ich." Sie zog eine Flasche aus dem Eis. „Soll ich sie dir warm machen?"

„Ist schon gut." Er öffnete die Flasche und nahm einen tiefen Schluck kaltes Blut, um sein Begehren abzukühlen. „Ich zünde ein paar Lampen an." Er stellte die Flasche auf den Tisch und hatte bald zwei Lampen angezündet. Er blickte zerknirscht an sich hinab, weil die Beule in seiner Hose hartnäckig blieb. Er warf einen Blick zurück auf Jia, aber sie war ganz auf die Blutflecken in ihrer Tunika konzentriert.

„Was für eine Schweinerei. Ich sollte sie auswaschen, ehe das trocknet." Sie zog sich Stiefel und Socken aus und watete in den Fluss, wo sie sich die Tunika auszog.

Er nippte weiter an seinem Blut, während er sie beobachtete, immer noch in Rosa getaucht von seinen glühend roten Augen. Sie beugte sich vor und schrubbte heftig an ihrer Tunika herum. Kein Zweifel, dass sie mit den Flecken auch die mit dem Gefecht verbundene Angst auslöschen wollte, aber ihre Handlungen hatten auf ihn noch eine andere Wirkung. Ihre Bewegungen brachten ihre Brüste zum Hüpfen und spritzten genug Wasser auf, um das Hemd zu durchtränken, das sie trug. Ihre Brustspitzen wurden hart, als das kühle Flusswasser die Seide durchdrang.

Er wendete sich ab. Seine Härte und sein Blick würden nie wieder abklingen, solange er sie anstarrte. Er zog seinen Mantel aus und legte seine Waffen ab, dann nahm er eine zusätzliche Decke aus dem Bücherregal. Als er am Bett vorbeikam, schnappte er sich sein Kissen und ging dann zum hinteren Ende der Höhle.

„Ich schlafe hier", verkündete er und warf die Decke und das Kissen auf den Boden. „Du kannst das Bett haben."

„Das kann ich nicht machen." Sie trat ans Flussufer, um das Wasser aus ihrer Tunika zu wringen. „Das ist dein Bett."

Er sah sich nach ihr um und stöhnte auf. Ihre nasse Hose und ihr Hemd klebten an ihrem Körper, jede Erhebung und jede Kurve zeichneten sich ab. „Es ist egal, wo ich schlafe. Ich werde tot sein. Ich könnte auf einem Nagelbrett schlafen und es nicht merken."

„Na gut, wenn du darauf bestehst." Sie breitete ihre nasse Tunika auf dem Wäscheständer aus.

„Ich bestehe darauf." Er nahm sich ein sauberes Handtuch vom Ständer und legte es ihr um die Schultern.

„Was …" Sie sah an sich hinab und keuchte auf. „Oh mein Gott. Es … tut mir so leid." Ihre Wangen färbten sich rosa, während sie das Handtuch enger um sich zog.

„Geh wieder in die Küche, damit ich duschen kann. Und kein Spicken wie gestern Abend."

Sie schnaufte. „Ich habe nicht …“ Ihre Wangen färbten sich noch dunkler. „Von allen Albernheiten …“ Sie marschierte in die Küche und zog sich seinen Mantel an.

Glaubte sie, das würde es besser machen? Sie war in seinem Zuhause und trug seine Kleidung. Das war Folter.

Eine kalte Dusche war genau das, was er brauchte. In Vampirgeschwindigkeit füllte er die Badewanne und den Eimer, der darüber hing, dann zog er sich aus und duschte. Er sah ein paarmal zu Jia hinüber, aber sie ignorierte ihn standhaft – aß Chips und las in einem seiner Bücher.

Er war so nahe dran gewesen, sie zu küssen. Wenn seine rot glühenden Augen sie nicht erschreckt hätten, hätte er sie geküsst. Zur Hölle, er hätte vielleicht sogar noch mehr getan.

Sie ist verlobt, sagte er sich zum hundertsten Mal. Er hatte versprochen, sie zu beschützen. Das bedeutete, sie auch vor ihm selbst zu beschützen. Auf sie wartete ein Prinz. Er durfte ihre Chance auf eine glückliche Zukunft nicht ruinieren.

Er nahm sich ein sauberes Handtuch vom Ständer, um sich abzutrocknen, und zog dann die Unterwäsche an, die Jia in der Nacht zuvor gewaschen hatte. *Sie ist verlobt*, rief er sich wieder in Erinnerung. Er durfte sie nicht küssen. Er sollte nicht einmal an sie denken.

„Ignorier mich einfach.“ Er ging am Tisch vorbei. „Ich muss mir nur die Zähne putzen, ehe ich ins Bett gehe.“

Sie riss die Augen auf, als sie ihn in Unterwäsche erblickte, wendete sich dann aber schnell ab. „Kein Problem. Tu einfach so, als wäre ich nicht da.“

Sein Blick landete auf dem Blechbecher, in dem ihre zwei Zahnbürsten nebeneinanderstanden. *Wir tun beide nur so*, dachte er. Sie taten so, als wären sie nur Geschäftspartner. Taten so, als würden sie nicht mehr wollen. Wem machten sie etwas vor?

Regel Nummer eins konnten sie vergessen.

Er schlief.

Präziser gesagt war er tot, aber sie mochte sich Russell so nicht vorstellen.

Sie war in der Küche geblieben und hatte ihn ignoriert, doch mit jeder Sekunde, die die Sonne sich dem Horizont näherte, war sie sich seiner Präsenz schmerzhaft bewusst gewesen. Sein Atem war angestrengter geworden und von Schmerz durchzogen. Jedes Mal, wenn er ausatmete, fragte sie sich, ob es sein letzter Atemzug sein würde.

Und dann war er es. Stille.

Ihr zog sich das Herz in der Brust zusammen.

In der Höhle wurde es heller, je mehr Sonnenlicht durchs Dach filterte. Aber am gegenüberliegenden Ende, in der hintersten Ecke, war es dunkel und leise.

Sie löschte die Lampen aus und legte dann seinen Mantel ab. Ihre Wangen wurden warm, als sie sich daran erinnerte, wie durchsichtig ihr nasses Hemd gewesen war. Sie war so darauf versessen gewesen, die Blutflecken zu entfernen, dass sie nicht einmal daran gedacht hatte, wie viel sie in nasser Kleidung von sich preisgab.

Zu dem Zeitpunkt war ihr nichts anderes eingefallen, als sich seinen Mantel überzuziehen. Sie hatte nur zwei Garnituren Kleidung mitgebracht, und die sauberen Sachen lagen auf dem Wäscheständer neben der Duschecke. Sie hatte nicht dorthin gehen können, während er in der Wanne gewesen war.

Aber jetzt war er tot. Er konnte sie nicht mehr aufziehen und necken. Konnte sie nicht verrückt machen, indem er sie hielt und ihr das Gesicht streichelte.

„Russell." Sie trat zu ihm, um ihn sich genauer anzusehen. Sein Haar war noch feucht, die Spitzen wellten sich. Er sah so süß und friedlich aus, gar nicht wie der wilde Krieger, der drei Soldaten in drei Sekunden niedergemäht hatte.

Sie strich ihm das Haar aus der Stirn und dann mit der Hand sein Gesicht hinab. Mit einem Finger berührte sie die kleine Delle, wo ein Grübchen erschien, wenn er lächelte. Es war von stoppligen Barthaaren umgeben.

Sie berührte seine Lippen. Es war wieder geschehen. Sie hatte gewollt, dass er sie küsste.

Seufzend richtete sie sich auf. Die Anziehung wurde immer stärker, aber es konnte keine Liebe sein. Nicht zu einem Vampir. Sie reagierte nur auf seine Nähe. Und seine Männlichkeit. Und die Art, wie er an sie glaubte. Und sie beschützte. Wie er sie mit diesen hungrigen Augen ansah. Wie er seine Hände manchmal länger als nötig an ihrer Taille verweilen ließ, wenn er sich mit ihr teleportierte.

Sie schüttelte den Kopf. Am besten wäre es, gar nicht an ihn zu denken. Also verbrachte sie die nächste halbe Stunde damit, die Wäsche zu waschen und dann ein heißes Bad zu nehmen.

Ehe sie ins Bett ging, musste sie ihrem Cousin noch versichern, dass sie am Leben war und es ihr gut ging, also rief sie ihn an.

„Alles in Ordnung?", fragte Rajiv „Ich habe Jin Long geschickt, um dich zu holen, aber Russell hat ihn reingelegt …"

„Was meinst du?" Jia betrachtete Russell, während sie sich das Fiasko im Himalaya anhörte. Sie musste grinsen. Dahin war der Schelm also verschwunden. „Geht es Jin Long gut?"

„Ja. Er ist glücklich, jetzt, wo Winifred wieder da ist."

„Oh, das ist gut." Jia lächelte, als sie sich daran erinnerte, wie bezaubert Jin Long von der Kriegerin Winifred gewesen war.

„Sie ist mit Angus und Emma und ein paar anderen Angestellten von MacKay gekommen", fuhr Rajiv fort. „Tiger Town ist wieder voll mit Vampiren und Gestaltwandlern. Du solltest zurückkommen, um alle zu sehen."

Jia biss sich auf die Lippe. „Haben sie die Drachenbabys mitgebracht?"

„Ja, du glaubst nicht, wie die gewachsen sind."

„Und Freya?" Jia fragte nach Winifreds Schwester, die sich für Rajiv interessiert hatte. „Ist sie auch mitgekommen?"

„Sie ist in England geblieben. Anscheinend hat sie jetzt einen Job bei ihrem Bruder. Und einen neuen Freund."

„Das tut mir leid. Ich weiß, dass du sie gemocht hast."

„Ich war geschmeichelt, dass ich ihr gefallen habe, aber ich wusste immer, dass nicht mehr zwischen uns sein kann." Rajiv seufzte. „Ich sitze im gleichen Boot wie du, Jia. Ich muss eine Wertigerin heiraten. Und eine Prinzessin, höchstwahrscheinlich. Sie wird vor dem Ältestenrat bestehen müssen. Ich kann meine Familie und meine Stellung nicht entehren. Und du auch nicht."

Jia fühlte sich schuldig. Sie hatte es Rajiv übel genommen, sich in ihr Leben eingemischt zu haben, aber in Wirklichkeit war er genauso gefangen wie sie. „Was ist mit Liebe?"

„Es gibt keinen Grund, warum wir unsere gewählten Partner nicht lieben lernen sollten", beruhigte Rajiv sie. „Dein Prinz arbeitet hart daran. Er schickt jeden Tag ein Geschenk. Heute war es ein Porträt von ihm selbst. Die Hofdamen sind sich alle einig, dass er sehr gut aussieht. Wenn du ihm nur eine Chance geben würdest, weiß ich, ihr könntet glücklich werden."

Jia seufzte, wollte aber nicht darüber nachdenken. „Warum sind Angus und die anderen alle zurückgekommen?"

„Winifred kann mit geflügelten Kreaturen sprechen, wir hoffen, dass sie und die Eule gemeinsam herausfinden können, wo Xiao Fang gefangen gehalten wird. Und dann würden wir auch erfahren, wo Han sich aufhält."

„Verstehe." Jia fragte sich, wer Han wohl zuerst finden würde. Sie und Russell mussten es schaffen.

„Heute haben wir einen von Hans Stützpunkten angegriffen und alle Super-Soldaten gefangen genommen“, fuhr Rajiv fort. „Sie sind jetzt in der Klinik, damit wir sie zurückverwandeln können.“

„Das ist gut.“ Die Nachricht über den Angriff musste sich verbreitet haben, überlegte Jia. Das würde erklären, warum die Soldaten im letzten Lager so erpicht darauf gewesen waren, jeden umzubringen, der sich ihnen näherte.

„Angus will jede Nacht einen anderen Stützpunkt angreifen“, erklärte Rajiv. „Damit schwächt er Hans Armee und lockt ihn irgendwann aus seinem Versteck.“

Sie nickte. „Das ist ein guter Plan.“

„Ist es. Du solltest zurückkommen, damit du daran teilhaben kannst.“

Sie sah sich nach Russell um. „Ich glaube, unser Plan funktioniert auch gut.“

Rajiv stöhnte frustriert auf. „Ich mag nicht, dass du bei ihm wohnst. Es könnte etwas passieren …“

„Er tut sein Bestes, um mich zu beschützen.“

„Versprich mir, Jia, wenn du tödlich verwundet wirst, lässt du dich von ihm hierher zurückbringen.“

„Ich werde nicht sterben, Rajiv.“

„Da ist etwas … das dir Großvater, glaube ich, nie erzählt hat. Er war so versessen darauf, dass du unschuldig bleibst. Und wir haben natürlich immer angenommen, dass du niemals tödlich verwundet werden wirst, solange du in Tiger Town lebst. Hier wärest du immer in Sicherheit gewesen.“

Jia runzelte die Stirn. „Wovon redest du?“

„Wenn Werkatzen sterben und in ihr nächstes Leben treten, werden sie …“

„Mächtiger? Das wusste ich.“ Sich jederzeit verwandeln zu können war ein großer Vorteil.

Rajiv stöhnte erneut auf. „Da ist noch mehr. Wenn sie aufwachen, überkommt sie ein … ein … überwältigendes Bedürfnis … sich … zu paaren."

Sie blinzelte. „Paaren?"

„Ja."

„Das ist doch verrückt. Du bist bei deinem zweiten Leben, und du hast keine Partnerin."

„Na ja, ich … ist auch egal", stammelte Rajiv. „Das Bedürfnis ist so stark, dass man irgendjemanden findet … oder sich selbst darum kümmert."

Sie verzog das Gesicht. „Hast du das so gemacht?"

„Darüber rede ich nicht! Ich will dich nur warnen. Du wirst nach Hause kommen müssen."

Sie schnaubte verächtlich. „Ich habe hier keinen Partner. Außerdem wird es nicht passieren. Ich habe nicht vor zu sterben." Überwältigendes Bedürfnis, sich zu paaren? Wie lachhaft. Sie hatte noch nicht einmal einen Mann geküsst. Sie wüsste nicht, wie sich ein überwältigendes Paarungsbedürfnis anfühlte, wenn es sie in die Nase zwickte.

„Du solltest mit Russell nicht allein sein", beharrte Rajiv.

Ihr fiel die Kinnlade herunter. Deswegen machte Rajiv sich also solche Sorgen. Er befürchtete, sie und Russell würden …

Ihre Wangen fingen an zu brennen. „Zwischen uns ist nichts. Das ist eine reine Geschäftsbeziehung."

„Jin Long glaubt, er könnte Gefühle für dich haben", sagte Rajiv. „Du musst uns sofort anrufen, damit wir dich retten können, falls Russells Augen je anfangen, rot zu glühen."

Sie erstarrte. „Warum? Ich weiß, dass er mich nicht beißen wird."

„Rote Augen bedeuten nicht nur Hunger. Sie bedeuten auch Lust."

Ihr stockte der Atem. *Lust?*

„Das hast du doch noch nie gesehen?"

„Nein, noch nie." Sie legte sich die Hand auf den Mund. Was machte sie da? Sie hatte ihren Cousin noch nie so angelogen. „Ich sollte jetzt schlafen. Ich rufe morgen wieder an."

Sie legte auf und ging in der Höhle auf und ab. Schon bald führten ihre Schritte sie zu Russell.

Sie hatte bereits vermutet, dass er sie begehrte. Jetzt hatte sie den Beweis. Aber je mehr sie drüber nachdachte, desto mehr wurde ihr klar, dass er sich stets gut benommen hatte. Er hatte ihr sein Verlangen nie offenbart oder versucht, sie zu verführen. Tatsächlich hielt er sie sogar normalerweise auf Abstand.

Ihr eigenes Verhalten war es, das fragwürdig war. Denn auch wenn sie wusste, dass sie mit einem Vampir zusammenlebte, der sie begehrte, wollte sie nicht gehen.

12. Kapitel

Ich bleibe Gefangener des Mannes in der goldenen Maske.

Ich lasse den Kopf aus falscher Ergebenheit hängen, wenn er mich besucht, aber tief in meinem Drachenherzen verspüre ich Hoffnung. Auch wenn der heilige Berg von Beyul-La zerstört ist, sind die Kriegerinnen noch am Leben. Norjee lebt. Die anderen Drachen leben. Ich bin nicht allein.

Und bald werde ich frei sein.

Ein paar Tage sind vergangen, seit ich mit Königin Nimas Eule gesprochen habe. Ich glaube, in der Zwischenzeit muss die Eule das Dorf der Wertiger gefunden haben. Norjee und Winifred werden mit ihr kommunizieren können. Sie werden versuchen, meinen Aufenthaltsort ausfindig zu machen. Sie werden mich nicht aufgeben. Auch wenn sie sterblich sind, ist Winifred wie eine Schwester für mich. Norjee ist mein Bruder.

Ich habe versucht, die Vögel in der Umgebung zu rufen, aber ich bin mir nicht sicher, ob ich sie aus meinem unterirdischen Gefängnis erreichen kann. Ich muss über der Erde sein, wo sie mich sehen können und wissen, wo ich bin. Nur dann können sie verbreiten, wo ich mich aufhalte.

Heute habe ich die Papiere abgenommen, die ich an meine Wand geklebt hatte. Auf allen steht das gleiche Wort. *Zuhause.*

Beyul-La ist fort, aber solange meine Familie lebt, habe ich die Hoffnung, eines Tages wieder ein Zuhause zu haben. Diese Hoffnung ist es, die mich davon abhält, die Papiere zu zerstören. Als ich sie an die Wand geklebt habe, wollte ich

Master Han zeigen, was in meinem Herzen ist. Jetzt möchte ich meine wahren Gefühle verbergen.

Die Papiere stapele ich ordentlich unter meiner Pritsche, hinter Büchern versteckt, wo Master Han sie nicht finden wird. Wenn er meine Hoffnung erkennt, wird er mich für immer versteckt halten.

Ich blättere durch eines der Bücher, die Master Han mir gegeben hat, um mir beim Schreibenlernen zu helfen. Da meine Kehle keine Wörter bilden kann, will Han, dass ich gut Chinesisch schreiben lerne, damit wir kommunizieren können. Ich suche nach Wörtern, die ihm gefallen werden, und finde zwei.

Kapitulation. Unterwerfung.

Feuer lodert in meiner Brust. Ich kann mich niemals ergeben. Auch werde ich mich nie unterwerfen. Meine Hand weigert sich, diese Worte zu schreiben.

Ich finde ein anderes, das ich schreiben kann und das Han gefallen wird. Mit meinem schwarzen Stift kopiere ich es aufmerksam. Ich benutze ein Stück von dem Klebeband, das Wu Shen mir gegeben hat, um es an die Wand zu kleben.

Dankbarkeit.

Der Mann mit der goldenen Maske wird denken, dass ich dankbar bin für das Bett und das Essen, das ich bekommen habe. Er denkt vielleicht sogar, ich wäre dankbar dafür, dass er so tut, als würde ich ihm etwas bedeuten; dass er so tut, als wäre er mein Vater.

Aber in Wirklichkeit bin ich dankbar für seine Lügen, denn so weiß ich, dass ich ihm nicht vertrauen kann.

Als der Schlüssel sich im Türschloss dreht, atme ich tief durch. Ich habe mein Abendessen bereits bekommen, es muss Master Han sein, der mir seinen abendlichen Besuch abstattet.

Die Tür knarzt, und er tritt ein. Das Kerzenlicht von meinem Schreibtisch bringt seine goldene Maske zum Glänzen. Ich neige den Kopf zum Gruß.

Er wiederholt, was er jeden Abend sagt. „Wie geht es dir heute, mein Sohn? Hast du gut geschlafen? Hast du genug zu essen?“

Ich nicke und bringe mein leeres Tablett dem Wachmann an der Tür. Ich kann die Treppe am Ende des Ganges sehen. Es ist verlockend, einfach loszurennen, aber oben sind noch mehr Soldaten. Ich würde nicht weit kommen. Wenn nur endlich meine Flügel sprießen würden. Ich müsste es nur an die Oberfläche schaffen und könnte davonfliegen.

Hält mich Master Han deswegen unter der Erde gefangen?

„Du hast ein neues Wort gelernt.“ Er tritt dichter an die Wand und nickt anerkennend. „Dankbarkeit.“

Wütendes Feuer lodert in meinem Bauch. Soll ich dankbar dafür sein, dass ich gefangen bin? Ich könnte Feuer auf Han und alle seine Soldaten speien. Ich könnte ihnen höllische Schmerzen zuführen, bevor ich fliehe.

Meine Haut wird heiß vor Ekel. Ich habe schon einmal getötet. Manchmal wache ich schweißnass auf, wenn die Erinnerung in meine Träume dringt und meine Seele als die eines Mörders brandmarkt. Ich habe Feuer auf Lord Liao und seine Soldaten gespuckt, als sie versuchten, den Dämon Darafer aus der Hölle zurückzubringen.

Meine Handlungen haben nichts genützt. Darafer ist trotzdem gekommen. Er war es, der mich gefangen genommen und zu Han gebracht hat. Er prahlt damit, dass ich wieder töten werde, dass aber von jetzt an er und Han meine Opfer wählen würden. Ich würde dazu ausgebildet, mich zu unterwerfen, erzählt Darafer mir. Es ist nur eine Frage der Zeit, und über Zeit verfügt er absolut. Er kann sie sogar manipulieren.

Ich wende mich ab von der Tür und den Wachen davor. Ich werde nicht töten, um zu entkommen. Ich werde nie wieder töten. Denn wenn ich es täte, gehörte ich hierher, zu Han und Darafer. Ich wäre wie sie. Ich hätte mich dem Bösen ergeben.

Ich darf mich niemals ergeben. Und ich werde mich nicht unterwerfen.

„Ich habe gute Nachrichten für dich." Han tritt neben mich und klopft mir auf den Rücken. „Die letzten paar Nächte ist es ruhig gewesen, deshalb dachte ich, wir machen mit dem Bogenschießen weiter."

Dann werden wir uns über der Erde aufhalten? Ich nicke und schenke Master Han ein Lächeln.

Meine Laune bessert sich, als er mich die Treppe hinaufführt. Wir durchqueren die Wachstube. Die Soldaten springen auf und verbeugen sich tief, als Master Han an ihnen vorbeikommt. Es gibt nur ein paar Offiziere, die es wagen, zu seiner goldenen Maske aufzublicken.

Vier Wachen rennen die letzte Treppe hinauf und öffnen die schwer verriegelte Tür. Sie rennen nach draußen, dann kommt einer zurück und gibt Entwarnung.

Han wählt einen Langbogen und einen Köcher mit Pfeilen aus, dann reicht er sie einem Soldaten. Wir erklimmen die Treppe und erreichen eine kleine Höhle. Fünf Wachen warten an ihrem Eingang, und fünf weitere umgeben uns, als wir die Höhle verlassen.

Ich atme tief die frische Nachtluft ein. Der Mond über uns ist halb voll. Wenn er voll wird, werde ich mich dann zum ersten Mal verwandeln? Werden mir Flügel aus dem Rücken sprießen?

Ich sehe mich um, während meine Augen sich an die Dunkelheit gewöhnen. Wir sind in einer halb trockenen Region voller Hügel und riesiger Felsbrocken. Am Fuß des Hügels erstreckt sich eine Schotterstraße bis zum dunklen Horizont. Auf der anderen Seite der Straße ist eine Zielschiebe aufgebaut.

Während wir den Hügel hinabsteigen, schwärmen die Wachen aus, bis sie Han und mich ein kurzes Stück von der Zielscheibe entfernt in Kreisformation umringen.

„Erinnerst du dich an die richtige Haltung?“ Han reicht mir den Bogen.

Ich richte meine linke Schulter auf das Ziel und stelle meine Füße auseinander. Dann strecke ich den linken Arm gerade aus, die Hand um den Bogen gelegt.

„Sehr gut.“ Han reicht mir einen Pfeil.

Eine Sekunde überlege ich, Han die Pfeilspitze in die Brust zu rammen. Aber er trägt eine schwere schwarze Rüstung über seiner Brust. Und ich werde nicht noch einmal töten.

Ich lege den Pfeil an die Bogensehne, ziehe sie zurück und ziele. Der Pfeil fliegt und trifft den Rand der Zielscheibe.

„Nicht schlecht, mein Sohn!“ Han klopft mir auf den Rücken. „Mit etwas Übung wirst du besser werden.“ Er reicht mir einen weiteren Pfeil.

„Master.“ Ein Soldat kommt auf uns zu gerannt und verneigt sich. „Ein Laster ist auf dem Weg hierher.“

Die Wachen sammeln sich um uns und ziehen ihre Schwerter. Staub wirbelt auf der Straße auf, als der Lastwagen immer näher kommt. Er bremst vor uns, und zwei Männer steigen aus – der Fahrer und Wu Shen.

Han macht eine Geste, mit der er die Soldaten anhält, sich wieder zu zerstreuen. Sie weichen zurück, als Wu Shen auf uns zu gerannt kommt.

„Berichte“, sagt Han.

Wu Shen verneigt sich schnell und sagt: „Ich bringe schlechte Neuigkeiten. Stützpunkt drei hat heute Morgen versäumt, Bericht zu erstatten. Ich habe eine Einheit Soldaten dorthin mitgenommen, und er war leer.“

Han erstarrt. „Sie sind desertiert? Ich werde sie jagen und sie umbringen!“

Wu Shen schüttelt den Kopf. „Es gab Anzeichen einer Schlacht. Zwei tote Soldaten und Blutflecken auf dem Boden. Ich vermute, man hat die Überlebenden gefangen genommen.“

Han atmet zischend ein und ballt die Hände zu Fäusten. „Diese heimtückischen Bastarde! Wie können sie es wagen, mich anzugreifen!“

Ich weiche zurück. Ich habe Master Han während eines Wutanfalls schon töten sehen. Ich hoffe, er bringt Wu Shen nicht um. Der Offizier sieht mich immer freundlich an und fragt mich, ob ich etwas brauche. Sein Blick ist in letzter Zeit traurig gewesen. Ich habe die Wachen vor meiner Tür über ihn sprechen hören. Er hatte zwei Söhne, die Master Han gedient haben, und beide sind in Beyul-La gestorben.

„Ich habe außerdem Nachricht erhalten, dass ein weiterer Stützpunkt letzte Nacht angegriffen wurde“, fuhr Wu Shen fort. „Es hat ein Gemenge vor den Barrikaden gegeben, bei dem zwei Soldaten getötet worden sind.“

„Verdammt!“ Han wirbelt herum und schüttelt seine Fäuste in der Luft. „Warum müssen die mich so schikanieren?“

Ich weiche zurück. Alle beobachten Han, mit Sorge in ihren Gesichtern und Angst vor dem, was er tun wird. Niemand wird bemerken, wenn ich die Vögel rufe.

Ich schicke einen Notruf in alle Richtungen. Ein Falke ist der Erste, der antwortet. Dann ein Adlerpärchen. Ein Schwarm kleinerer Vögel kommt hinzu und beschreibt hoch über uns einen Kreis.

Ich bin ein Drache, sage ich zu ihnen. *Ich bin Xiao Fang. Merkt euch meinen Namen und meinen Aufenthaltsort. Verbreitet die Nachricht, so weit ihr fliegen könnt. Die Kriegerinnen von Beyul-La suchen nach mir. Sie werden euch verstehen.*

Ich höre die Vögel über uns zwitschern. Sie diskutieren, welche von ihnen in welche Richtung fliegen sollen.

„Wir sollten diese Bastarde umbringen!“, wütet Han weiter. „Wo verstecken sie sich?“

„Eure Vampir-Feinde haben sich mit den Wertigern zusammengeschlossen“, sagt ein Soldat leise.

„Dann findet dieses Wertiger-Dorf", befiehlt Han. „Versammelt die Truppen. Ich gebe euch drei Tage zur Vorbereitung. Wir greifen in der vierten Nacht an und zerstören ihr Dorf!"

Wu Shen atmet scharf ein. „Die Frauen und Kinder der Wertiger leben dort."

„Gut!", brüllt Han. „Das wird sie lehren, sich mit mir anzulegen!"

Angst kriecht über meine Haut. Ich will nicht, dass andere Wandler getötet werden. Und was, wenn die Kriegerinnen im Dorf der Wertiger leben? Was, wenn Norjee dort ist? Ich sehe in den Himmel hinauf. *Findet das Dorf der Wertiger! Warnt sie vor der kommenden Gefahr!*

Die Vögel beschreiben einen großen Kreis am Himmel, zwitschern und quäken.

Dann hören sie plötzlich auf. Keine Bewegung. Kein Geräusch.

Ich blinzele. Wie können sie mitten im Flug innehalten? Ich sehe mich wild um. Han ist erstarrt, die Fäuste in die Luft gehoben. Wu Shen hat aufgehört zu reden, sein Mund hängt mitten im Wort offen. Alle Soldaten sind reglos, in der Zeit eingefroren.

Ich schaudere. Mir ist nur ein Wesen bekannt, das die Zeit kontrollieren kann. Ich will wegrennen, aber meine Füße rühren sich nicht. Etwas hält mich auf. Meine Hände kann ich bewegen. Sie ballen sich zu Fäusten. Im Gegensatz zu den anderen bin ich noch bei Bewusstsein, ich weiß also, was kommen wird.

Ich sehe ihn in der Ferne, wie er lässig auf uns zu schlendert. Er ist gekleidet wie gewöhnlich, ganz in Schwarz mit einem langen schwarzen Mantel. Seine Augen glänzen auf unmenschliche Weise, das Grün leuchtet in der Dunkelheit.

Sosehr ich Master Han hasse, ich weiß, er ist schwach. Er erfreut sich daran, Angst und Schmerz zu verbreiten, weil er sich dadurch weniger schwach fühlt. Für ihn ist es wie ein Spiel, der Böse zu sein, und seine Opfer sind kleine Spielzeuge. Er spielt nur den Bösen.

Darafer hingegen verkörpert das Böse.

Der Dämon nähert sich mir und lächelt dabei schief. „Was machst du da, Drachenjunge?"

Ich senke den Kopf.

„Dachtest du, ich würde es nicht bemerken?" Er tritt näher. „Du meinst, ich kann nicht hören, wie du mit deinen Freunden redest?"

Ich hebe den Kopf. In mir wächst die Angst.

Darafer deutet gen Himmel. „Das hast du selbst zu verantworten." Mit einer Geste seiner Hand stürzen alle Vögel über uns vom Himmel. Einer nach dem anderen trifft mit einem dumpfen Aufprall auf den Boden, bis die Erde mit Tod bedeckt ist.

Ein krächzender Schmerzenslaut kommt aus meiner Kehle. Wie viele Vögel sind gestorben, weil ich mit ihnen gesprochen habe?

Darafer packt mich am Hemd und starrt zornig zu mir hinab. „Han kannst du vielleicht hereinlegen, aber merk dir eines, Drachenjunge. Mich wirst du nie hereinlegen." Er lässt mich mit einem Stoß wieder frei.

Meine Füße können sich noch immer nicht bewegen, daher falle ich zu Boden. Um mich herum liegen überall tote Vögel.

Wie soll ich mich jetzt noch einmal mit der Eule in Kontakt setzen? Wie kann ich die Kriegerinnen und Norjee wissen lassen, wo ich bin?

Darafer macht eine weitere Geste, und alle erwachen wieder zum Leben, als hätte die Zeit nie stillgestanden.

Wu Shen redet einfach weiter, verstummt aber nach ein paar Worten und sieht sich um. Er reißt die Augen auf, als er Darafer erblickt.

„Was sollen die ganzen toten Vögel auf einmal?", fragt ein Soldat und stößt mit dem Stiefel gegen einen.

Han erstarrt und dreht sich zu Darafer um. „Ist dir klar, dass gestern Nacht zwei unserer Stützpunkte angegriffen worden sind?"

Der Dämon zuckt mit den Schultern. „Du bist dafür verantwortlich, die Soldaten auszubilden. Ich erschaffe sie nur."

„Dann mach noch mehr!", brüllt Han. „Meine Armee war tausend Mann stark, jetzt sind es nur noch dreihundert!"

Der Dämon saust auf Han zu und packt ihn an der Kehle. Hans Wachen kommen auf die beiden zu, aber Darafer lässt sie alle mit nur einer Geste dreißig Meter rückwärts fliegen.

„Du hast mich sieben Monate lang in der Hölle schmoren lassen", knurrt Darafer. „Du dachtest, du könntest die Welt ohne mich erobern, nicht wahr? Du jämmerlicher Wurm. Während ich fort war, hast du mehr als die Hälfte deiner Armee verloren." Er stößt Han zurück.

Han stolpert, verbeugt sich dann aber rasch. „Als Euer ergebener Diener erbitte ich Eure Hilfe dabei, mehr Super-Soldaten zu erschaffen."

„Schon besser." Darafer verschränkt die Arme und sieht Han verächtlich an. „Denk daran, wer hier der Boss ist, und wir kommen gut miteinander aus."

„Ja, mein Lord." Han senkt ergeben sein Haupt.

„Ich habe noch mehr von dem Dämonen-Kraut angepflanzt", sagt Darafer. „Und ich produziere den Trank. Er sollte morgen Abend fertig sein. Trommle weitere Freiwillige zusammen, und ich mutiere sie."

„Danke, mein Lord." Han verneigt sich wieder. „Ich werde tun, was Ihr sagt."

„Tu das. Und bring den Drachenjungen unter die Erde, ehe er mit noch mehr Vögeln spricht." Darafer wendet sich von

Han ab und lächelt mich an. „Du wirst dich mir auch noch unterwerfen, Xiao Fang. Das ist nur eine Frage der Zeit."

Verzweiflung überkommt mich. Wenn ich meine Freunde nicht erreichen kann, wie sollen sie mich dann retten? Wenn ich die Wertiger nicht vor der drohenden Attacke warnen kann, werden sie und meine Freunde sterben?

„Ich behalte ein Auge auf dich", droht Darafer und verschwindet.

Feuer brennt in meinem Bauch, und heiße Tränen brennen in meinen Augen. Denn selbst wenn es mir gelingt, Master Han zu entkommen, wie kann ich hoffen, einem Dämon zu entfliehen?

Selbst als die Angst droht, mich zu überwältigen, klammere ich mich an eine Wahrheit, die in alle Ewigkeit beständig bleiben muss.

Ich bin ein Drache. Ich darf mich nie ergeben. Und ich werde mich nicht unterwerfen.

13. Kapitel

Als Jia erwachte, war es dunkel in der Höhle, bis auf eine Öllampe, die in der Küche brannte.

Sie setzte sich auf, entsetzt darüber, so lange geschlafen zu haben. Russell saß am Tisch und putzte leise seine Waffen.

Sie krabbelte aus dem Bett. „Du hättest mich wecken sollen."

„Du hast müde ausgesehen. Und letzte Nacht hat dir ganz schön zugesetzt." Er konzentrierte sich auf seine Arbeit, fast ohne sie anzusehen. „Eine Stunde Verzögerung ist nicht das Ende der Welt."

„Aber wir haben keine Zeit zu verlieren." Sie berichtete, was Rajiv ihr von Angus und seinen Angestellten erzählt hatte: Dass sie jede Nacht einen anderen Stützpunkt angreifen wollten, bis sie Han aus seinem Versteck gelockt hatten. „Wir müssen Han finden, ehe sie es tun."

„Ganz deiner Meinung." Russell stand auf. „Ich gehe kurz nach oben, damit du dich anziehen kannst."

Sie erleichterte sich schnell im Bach, zog sich dann an und flocht sich die Haare.

Russell teleportierte sich zurück in die Höhle und setzte in Vampirgeschwindigkeit seine Schusswaffen wieder zusammen, während sie einen Müsliriegel aß. Dann zog er seinen Mantel an und bewaffnete sich.

Sie trank etwas Wasser und räusperte sich. „Hast du noch meine Messer von gestern Nacht?"

„Ja." Er nahm sie aus der Manteltasche und legte sie vor ihr auf den Tisch. „Bist du sicher, dass du das machen willst?

Ich kann auch wieder alleine die Stützpunkte auskundschaften, wenn du eine Nacht Pause brauchst."

Seine Bemerkung bezüglich letzter Nacht kam ihr wieder in den Sinn. Hatte er sie deshalb so lange schlafen lassen? Wenn sie darüber nachdachte, hatte sie danach wirklich sehr erschüttert gewirkt.

„Mir geht es gut." Ihr fiel auf, dass er die Messer für sie gereinigt hatte. „Ich wusste von Anfang an, dass es gefährlich werden kann. Ich bin noch genauso entschlossen wie immer." Sie sah auf, und ihre Blicke trafen sich. „Wir sind Partner."

Was brauchte es, um diese Augen rot und glühend werden zu lassen? Sie schob den Gedanken beiseite und steckte schnell ihre Messer ein. „Wir sollten uns an die Arbeit machen."

„Gut." Er schwebte an die Decke, um seine Armbrust und den Köcher zu holen.

„Warum benutzt du Pfeile, obwohl du so viele Waffen hast?", fragte sie.

„Sie sind leise, sie künden nicht an, dass ich in der Nähe bin."

„Benutzt du deine Cowboypistolen manchmal?"

„Nein, das sind Antiquitäten." Er schwang sich die Armbrust und den Köcher über die Schulter. „Ich würde sie nie mit in die Schlacht nehmen."

„Warum hast du sie dann? Sonst hast du hier überhaupt nichts Unpraktisches."

Genervt streckte er ihr die Hand entgegen. „Ich erkläre mich nicht."

Seufzend ging sie zu ihm und legte ihm die Hände auf die Schultern. „Ich kenne dich jetzt seit fünf Tagen, aber ich kenne dich eigentlich kaum."

Er fasste sie um die Taille. „Dieses Wissen ist nicht nötig, um unsere Mission zu erfüllen."

Sie schnaubte. „Du weißt alles über mich. Du weißt, wie meine Familie ums Leben gekommen ist. Du weißt, was für ein Leben ich führe. Du weißt sogar von meiner Höhenangst."

„Ich weiß, dass du verlobt bist."

Sie schluckte heftig. „Ich habe nie offiziell eingewilligt."

Er schloss die Hände fester um ihre Taille. „Dein Cousin erwartet, dass du es durchziehst."

Sie runzelte die Stirn. „Wir reden jetzt nicht über mich. Du bist es, von dem ich nichts weiß."

„Ich erkläre mich nicht."

Sie schlug ihm gegen die Schulter. „Deine Sturheit ist zum Verzweifeln!"

Seine Mundwinkel bogen sich nach oben. „Und mehr musst du über mich nicht wissen." Er teleportierte sie gemeinsam davon.

Nachdem er sich das Lager einige Minuten angesehen hatte, verkündete er, dass dort nichts los sei.

„Ich kann nichts riechen." Sie sah ihn schief an. „Nichts außer dir."

„Ist es so schlimm? Ich dusche jede Nacht."

Sie schüttelte den Kopf. „Es ist überhaupt nicht schlimm."

Er sah sie zweifelnd an. „Ich rieche nicht wie ein Beutel voll Blut?"

„Ein bisschen schon, aber du riechst auch wie die Höhle und deine Seife." *Und herrlich männlich.* „Also, warum willst du Han umbringen?"

Er schnaufte. „Dachtest du, du schummelst mir die Frage mal eben unter?"

„Einen Versuch war es wert."

„Ich habe meine Gründe."

„Die da wären?"

„Ich erkläre mich nicht."

Sie verdrehte die Augen.

Er grinste und brachte sie zum nächsten Zeltlager. Es war wieder das Gleiche. Nichts war los.

„Also, warum hast du zwei Cowboypistolen?“, fragte sie.

Er sah sie ausdruckslos an „Willst du mich die ganze Nacht nerven?“

Sie zuckte mit den Schultern. „Vielleicht.“ Was sie wirklich fragen wollte, war: Warum wurden seine Augen rot? Begehrte er sie wirklich als Frau? Aber da sie das nicht wagte, löcherte sie ihn wegen anderer Dinge. „Bist du wirklich ein Cowboy? Kennst du John Wayne?“

„Der ist tot.“ Russell verzog das Gesicht. „Aber das bin ich ja auch.“

„Du bist nicht tot.“

„Untot“, murmelte er. „Was zur Hölle das auch heißen mag. Die halbe Zeit bin ich tot.“

„Du meinst, die halbe Zeit bist du lebendig.“

Seine Mundwinkel zuckten. „Wenn du meinst, Pollyanna.“

„Und warum hast du jetzt diese Cowboypistolen?“

Frustriert stöhnend nahm er sie in die Arme. „Wie bringe ich dich zum Schweigen?“

Küss mich. „Rede mit mir.“

„Ich erklä…“ Er verstummte, als sie ihm den Finger auf die Lippen legte. Seine Augen verdunkelten sich, und er griff nach ihrem Handgelenk, um ihre Hand wegzuziehen. „Du solltest dich von meinem Mund fernhalten. Ich habe Fangzähne, weißt du.“

„Ich lebe gern gefährlich.“

Seine Augen wurden rot. Er ließ sie abrupt los und wendete sich von ihr ab.

Sie hatte es geschafft! Nur indem sie seinen Mund berührte? Ihre Haut fing an zu kribbeln bei dem Gedanken, dass es so leicht war, eine Wirkung auf ihn zu haben. Aber wem machte sie etwas vor? Ihr ging es bei ihm genauso. Ihr Herzschlag verdoppelte sich, und in ihrem Bauch hatte sich ein seltsames, flattriges Gefühl breitgemacht.

Aber war es fair, ihn so zu quälen? „Es tut mir leid."

Er hielt ihr weiter den Rücken zugewandt. „Die Pistolen haben meinem Urgroßvater gehört, Johann Hankelburg. Sie sind Colt Single Action Army Revolver, die ihm 1873 zugeteilt wurden. Nach seinem Wehrdienst hat er sich in Colorado niedergelassen und eine kleine Ranch bewirtschaftet. ‚The Big H' hat er sie genannt, weil es sein Traum war, sie zu vergrößern. Und mit den Jahren ist die Ranch auch gewachsen."

„Dann kommst du aus einer langen Reihe Cowboys", sagte Jia.

Russell nickte. „Es ist Familientradition geworden, dass der älteste Sohn im Militär dient. Mein Großvater hat im Ersten Weltkrieg gedient, mein Vater im Zweiten. Die Pistolen wurden an jeden von ihnen weitergegeben. Ehe ich zu meinem ersten Einsatz in Vietnam aufgebrochen bin, hat mein Vater mich ans Grab meines Urgroßvaters mitgenommen, und wir haben die Pistolen dort am Grabstein vergraben. Er hat gesagt, ich müsse überleben, egal, was es koste, damit ich zurückkommen und sie mir holen könne."

„Und das bist du", sagte Jia leise.

Russell seufzte. „Ich bin untot zurückgekommen."

„Dann bist du seit dem Vietnamkrieg ein Vampir?" Das mussten ungefähr vierzig Jahre sein, überlegte Jia. Als Russell nicht antwortete, versuchte Jia es mit einer anderen Frage. „Warum hat dein Vater die Pistolen vergraben? Er hätte einfach warten können, bis du zurückkommst."

„Er hatte Lungenkrebs. Er war sich nicht sicher, wie lange er noch leben würde, und er hat sich Sorgen gemacht ..." Immer noch von ihr abgewandt, trat Russell von einem Fuß auf den anderen und fuhr sich mit der Hand durch die Haare.

„Mein jüngerer Bruder Markos hatte Schwierigkeiten. Drogen. Mein Dad hatte Angst, er könnte die Pistolen nehmen und sie verkaufen. Sie sind sehr wertvoll."

Jia trat näher. „Und dein Vater ist jetzt nicht mehr bei uns? Was ist mit deiner Mutter?"

Russell drehte sich um. Seine Augen waren nicht länger rot. „Ich habe nur noch die verdammten Pistolen." Er zuckte mit den Schultern, als wäre es ihm egal, aber die Tränen in seinen Augen taten ihr im Herzen weh.

Hatte er überhaupt keine Familie mehr? „Ist dein Bruder auch verstorben?"

„Markos hat am Ende die Kurve gekriegt. Er hat sich ein paar Jahre nach mir den Marines angeschlossen. Hatte sogar einen Einsatz in Vietnam." Russell atmete tief durch. „Er hat immer versucht, in meine Fußstapfen zu treten. Und das hat er wohl geschafft. Er wird als vermisst geführt, genau wie ich."

„Das tut mir leid." Dann war Russell ganz allein. Sie war versucht, ihm zu versichern, dass er nicht allein war, dass sie bei ihm sein würde, aber wie konnte sie ihm das versprechen?

„Hörst du jetzt auf, mich zu löchern?"

Sie lächelte. „Ich gönne dir eine kurze Pause."

„Zu gütig von dir." Er streckte ihr die Hand entgegen. „Gehen wir."

Sie ging zu ihm. „Es tut mir leid, wenn ich dich traurig gemacht habe."

„Hast du nicht. Ich plane. Ich überlege mir Strategien. Ich bin untot. Gefühle habe ich keine."

„Natürlich hast du die."

„Nicht, wenn es nach mir geht. Sie sind eine Ablenkung. Sie machen einen schwach."

„Das sehe ich anders!"

„Wie könnte es auch anders sein", murmelte er trocken und legte ihr die Hände um die Taille.

„Gefühle machen einen stärker." Sie griff nach seinen Schultern. „Ich hätte nie geschafft, was ich getan habe, wenn ich nicht diese Gefühle für meine Eltern und meinen Bruder hätte."

„Diese Gefühle haben dich in Gefahr gebracht. Sie könnten dich umbringen."

„Und du versuchst nicht wegen Gefühlen, Han umzubringen?" Sie stieß Russell gegen die Brust. „Du hast diese Pistolen nicht wegen Gefühlen die ganze Zeit aufbewahrt?"

Er schloss die Hände fester um sie, schwieg aber.

„Du hast deine Pistolen, ich habe die Armspangen meiner Mutter. Wir bewahren die einzigen Dinge auf, die uns von unserer Familie noch geblieben sind." In ihren Augen brannten Tränen. „Weil wir sie geliebt haben."

Er schloss kurz die Augen und atmete lang und bebend ein. „Gehen wir."

„Mehr hast du dazu nicht zu sagen?"

„Ich erkläre mich nicht." Er teleportierte sie beide weiter.

„Bleib unten." Russell hockte sich mit Jia hinter einen großen Felsbrocken.

Sie sah sich um. „Ich kann mich nicht erinnern, an diesem Stützpunkt schon einmal gewesen zu sein."

„Waren wir auch nicht. Hier gibt es kein gutes Versteck zum Spionieren." Er hatte sie zum nördlichsten Stützpunkt gebracht, nahe der Grenze zu Tibet. Es gab keine Bäume, hinter denen man sich verstecken konnte, nur trockenen, unfruchtbaren Boden mit einigen verstreuten Steinen und Felsbrocken.

Da man das Land nicht bewirtschaften konnte, gab es kaum Einwohner. Und da es keine Menschen zu kontrollieren gab, stattete Han dieser Außenstelle nur selten einen Besuch ab. Aber Russell war eingefallen, dass Han sich dort gerade deswegen ausgezeichnet verstecken konnte.

Um den Felsbrocken herumspähend entdeckte Russell einen Truck, der aus einem breiten Tor kam. Ein weiterer Truck folgte. Dann noch einer.

Wurde das Lager gerade geräumt? „Ich muss mir das näher ansehen." Er sah sich nach Jia um. „Kommst du hier zurecht?"

Sie nickte. „Pass auf dich auf."

Die Sorge in ihrem Blick war schwer zu ertragen. Sie brachte ihn um mit ihrem Gerede über Gefühle. Was erwartete sie von ihm? Sie war verlobt. Sobald ihre Mission erledigt war, würde sie ihren Prinzen heiraten und in weite Ferne ziehen. Er würde sie wahrscheinlich nie wiedersehen.

Und selbst wenn er ihr Herz gewinnen konnte, was hatte er ihr zu bieten? Eine Höhle, die ihm nicht gehörte. Er hatte sich das meiste darin geliehen oder gestohlen. Die Ranch in Colorado gab es nicht mehr, sie war schon vor Jahren verkauft worden, als er noch in einer Höhle in Thailand im Koma gelegen hatte. Er hatte kein Zuhause, in das er sie bringen konnte. Keine Familie. Er war ein mittelloser Vampir-Vagabund.

Er musste Jia gegenüber ehrenhaft sein. Ehre war so ziemlich das Einzige, das ihm noch geblieben war.

„Ich bin bald wieder da." Er teleportierte sich an eine dunkle, im Schatten liegende Stelle vor der Barrikade und schwebte dann hinauf, um darüber hinwegzusehen.

Die Soldaten waren tatsächlich dabei zu packen und aufzubrechen. Er entdeckte den Offizier Wu Shen, der sie beaufsichtigte. Wu Shen hatte ihnen schon einmal geholfen. Als Darafer damals Dougals Frau gefangen genommen hatte, hatte der Offizier sich nach Tiger Town geschlichen, um sie wissen zu lassen, wo sie sich befand. Damit hatte er sich dafür bedankt, dass sie einige Mitglieder seiner Familie gerettet hatten, die man gezwungen hatte, auf der Farm für Darafers

Dämonenkraut zu arbeiten. Darafer hatte sie in lebendige Zombies verwandelt.

Russell teleportierte sich ins Innere des Lagers, versteckt im Schatten zwischen zwei Gebäuden. Wu Shen wich zurück, als ein weiterer Transporter durch das Tor fuhr.

„Captain, Sir?“, rief Russell leise auf Chinesisch.

Wu Shen drehte sich um und kniff dann die Augen zusammen. Er bellte der Gruppe Soldaten in seiner Nähe noch einige Befehle zu, und als sie davoneilten, schlenderte er hinüber zu dem Schatten, in dem Russell sich verborgen hielt.

„Was machen Sie hier?“, flüsterte Wu Shen.

„Das wollte ich Sie gerade fragen“, sagte Russell.

Wu Shen schnaubte. „Sie sollten gehen, ehe ich meinen Männern befehle, Sie gefangen zu nehmen.“

„Ich würde mich einfach in Sicherheit teleportieren. Was ist hier los?“

Wu Shens Augen blitzten wütend auf. „Warum sollte ich Ihnen irgendetwas erzählen? Sie und Ihre Freunde haben meine Söhne in Beyul-La umgebracht.“

Russell erstarrte. „Sie hatten Söhne dort? In der Höhle?“

„Ja. Der Höhle, die Sie in die Luft gejagt haben.“

Russell zuckte zusammen. „Es stimmt, dass wir ihnen dort eine Falle gestellt haben. Aber der Plan war es, sie bewusstlos zu machen und die Höhle dann als Klinik zu benutzen, um sie zurückzuverwandeln. Wir hatten vor, sie zu retten.“

Wu Shen wurde blass. „Warum haben Sie das dann nicht getan?“

„Die gefangenen Soldaten haben Panik bekommen, ehe wir sie betäuben konnten. Sie haben versucht, sich mit Granaten frei zu sprengen, und so den Berg über sich selbst zum Einsturz gebracht.“

Wu Shens Miene wurde schmerzverzerrt. „Ist das die Wahrheit?“

„Ja. Wann immer es möglich ist, nehmen Angus und seine Männer Ihre Soldaten gefangen. Sie haben zwei Kliniken, wo sie die Mutationen rückgängig machen und die Soldaten wieder zurückverwandeln können. Das Ziel ist immer gewesen, Han umzubringen, nicht die Sterblichen, die er getäuscht hat, damit sie für ihn arbeiten."

Wu Shen seufzte. „Ich glaube Ihnen. Ich weiß schon seit einiger Zeit, dass Sie unsere Soldaten gefangen nehmen. Es gibt Anzeichen für ein Gemenge, aber niemals Leichen."

„Es tut mir leid um Ihre Söhne."

Wu Shen nickte. „Meine Jungen wurden mit dem Versprechen geködert, zu Supermenschen zu werden. Sie haben Han geglaubt, geglaubt, dass er ganz China und sogar die Welt erobern könne und sie dann wie Könige leben würden." Er schnaubte verächtlich. „Ich habe Han nie vertraut, aber ich habe meine Stellung in der chinesischen Armee aufgegeben, um hier Offizier zu werden und auf meine Jungen aufzupassen."

„Es tut mir leid." Russell zuckte innerlich zusammen bei der Erinnerung daran, wie viele von Hans Soldaten er umgebracht hatte mit der Entschuldigung, dass sie es sich selbst zuzuschreiben hatten. In den letzten paar Tagen hatte er gesehen, wie Jia auf das Töten reagierte, und es hatte ihm die Augen dafür geöffnet, wie kaltblütig er selbst geworden war.

Wu Shen wendete sich mit hängenden Schultern ab.

„Können Sie mir sagen, wo Han sich versteckt?"

Er schüttelte den Kopf.

„Dann sagen Sie mir, wo sie den Drachenjungen gefangen halten."

Stirnrunzelnd drehte Wu Shen sich wieder zu Russell um. „Ich wünschte, ich könnte Ihnen helfen, aber der Junge ist am gleichen Ort wie Han."

„Geht es ihm gut?"

„Es geht ihm nicht schlecht, aber er hat schreckliche Angst.“ Wu Shen verzog das Gesicht. „Darafer würde jedem Angst machen.“

„Sie wissen, dass Sie für ziemlich grausame Schurken arbeiten.“

„Wenn das alles ist …“

„Wir brauchen Ihre Hilfe.“

„Wenn man mich erwischt, werde ich getötet. Wenn ich versuche zu gehen, werde ich getötet. Ich bin ebenso gefangen, wie meine Jungen es in der Höhle waren.“

„Wenn wir Han umbringen, werden die Soldaten frei sein. Keiner muss dann mehr sterben.“

Wu Shen nickte langsam. „Meine Jungen haben Darafer ihre Seele verkauft, deswegen sind sie jetzt in der Hölle. Ich kann mich ihnen dort ebenso gut anschließen.“

„Was können Sie mir sagen?“

„Ich habe heute früh am Abend Befehl von Han erhalten. Soldaten von jedem Stützpunkt sollen nach Südosten ziehen, wo die Armee sich versammelt. Morgen werden neue Rekruten mutiert, um Hans Armee zu stärken. Man hat mir drei Nächte ab heute gegeben, um die Armee vorzubereiten und sie in Stellung zu bringen. In der vierten Nacht wird Han sich dorthin teleportieren, um den Angriff anzuführen.“

„Wo findet der Angriff statt?“, fragte Russell.

„Im Hauptdorf der Wertiger.“ Als Russell scharf einatmete, nickte Wu Shen. „Ich schlage vor, Sie evakuieren die Frauen und Kinder. Und machen sich für die Schlacht bereit.“

14. Kapitel

Als Russell und Jia gemeinsam ankamen, ging es auf dem Vorplatz von Tiger Town geschäftig zu.

Angus und ungefähr dreißig seiner Angestellten waren bereits dort. Die meisten der Wertiger drückten sich um sie herum und sahen ihnen neugierig zu. Sie quittierten Jias plötzliches Auftauchen mit Jubeln und Winken.

Russell sah sie neckend an. „Sie sind froh, ihre Prinzessin wiederzuhaben."

Rajiv kam auf sie zu gerannt und nahm Jia in die Arme. „Gott sei Dank bist du wieder da." Er nickte Russell zu. „Du hast das Richtige getan."

„Wir haben schlechte Nachrichten." Russell winkte Angus und seine Männer zu sich und redete auf Englisch weiter. „Ich habe gerade mit Wu Shen geredet. Hans Armee bereitet sich darauf vor, Tiger Town anzugreifen."

„Was?" Rajiv drehte sich zu Jia um und fragte auf Chinesisch: „Han kommt hierher?"

„Ja", bestätigte sie nickend. „Wir müssen Frauen und Kinder evakuieren."

Überall um sie herum war entsetztes Keuchen zu vernehmen, dann wurde ein Flüstern laut, als die Nachricht sich unter den Dorfbewohnern ausbreitete.

„Das ist das mieseste Timing", murmelte Rajiv. „Dein Verlobter soll in einer Woche hier sein."

„Können wir seinen Besuch nach hinten verschieben?"

Rajiv sah sich seufzend in Tiger Town um. „Wir warten ab, wie die Schlacht ausgeht."

„Wie lange, ehe sie ankommen?“, fragte Angus auf Englisch.

„Han wird den Angriff in vier Nächten anführen“, antwortete Russell. „Das ist nicht wie Beyul-La, mitten im Himalaya. Hier gibt es Straßen, und die haben Transporter, mit denen sie schneller unterwegs sind.“

Angus nickte. „Ich rufe Verstärkung zusammen. Ungefähr hundert von den Soldaten, die wir im letzten Jahr gerettet haben, haben uns ihre Hilfe versprochen.“ Er drehte sich zu J.L. und Dougal um. „Könnt ihr euch mit ihnen in Verbindung setzen?“

Dougal nickte. „Meine Frau hat alle ihre Namen und Dörfer verzeichnet.“

„Wenn wir uns die Dörfer aufteilen, können wir die meisten Soldaten noch heute Nacht erreichen“, sagte J. L., und die zwei Vampire rannten in die Klinik.

„Uns bleiben drei Nächte zur Vorbereitung“, sagte Russell. „Wu Shen sagt, sie mutieren morgen neue Rekruten.“

„Irgendeine Vorstellung, wie viele?“ Als Russell den Kopf schüttelte, fuhr Angus fort: „In den letzten sechs Monaten haben wir achtzig Soldaten gefangen genommen. Gestern Nacht kamen dreißig dazu. Wir nehmen an, Hans Armee ist ungefähr dreihundert Mann stark.“

Russell runzelte die Stirn. Selbst mit den hundert geretteten Soldaten würde es Angus nicht gelingen, mehr als zweihundert Mann zusammenzutrommeln. „Ihr solltet Hans Stützpunkte die nächsten drei Nächte weiter angreifen. Wir müssen seine Armee so weit wie möglich schwächen.“

„Richtig“, sagte Angus. „Wir fangen an, nachdem wir Frauen und Kinder evakuiert haben.“

Irgendetwas nagte noch an Russell. Es wollte ihm nicht einfallen. Etwas, das Wu Shen gesagt hatte.

Angus wendete sich an Rajiv. „Wie schnell könnt ihr die

Evakuierung koordinieren? Ich leihe dir zum Teleportieren so viele Vampire, wie ich kann."

„Ich kümmere mich darum." Rajiv sprang einige Stufen vor dem Palast hinauf und rief auf Chinesisch nach der Aufmerksamkeit der Dorfbewohner. Sie sammelten sich am Fuß der Treppe, um sich zu beschweren.

„Wir wollen hier nicht weg!", rief ein älterer Mann.

Rajiv hob die Hände, aber das Gemurre wurde nur noch lauter.

„Ihr könnt uns nicht aus unseren Häusern vertreiben!"

Jia rannte die Treppe hinauf, um an der Seite ihres Cousins zu sein. Als Russell ihr folgte, wurde er von wütenden Wertigern zur Seite gestoßen.

„Ihr habt alle die Nachricht gehört", verkündete Rajiv, „Hans Armee ist auf dem Weg hierher."

„Diese Vampire sind schuld!", rief eine alte Frau und starrte Russell wütend an. „Sie sind hergekommen, und jetzt sind wir in Schwierigkeiten."

Eine weitere Frau richtete den Finger auf ihn. „Warum war dieser Vampir mit unserer Prinzessin zusammen? Ich dachte, sie war beim Bruder Eurer Eminenz in Thailand."

Rajiv und Jia sahen sich besorgt an.

„Das war sie!", antwortete Russell. „Aber als ich gehört habe, dass Tiger Town in Gefahr ist, habe ich sie auf dem Weg hierher abgeholt. Ich wusste, dass sie hier bei euch sein will."

Jia warf ihm einen dankbaren Blick zu, ehe sie sich an die Menge wandte. „Ich werde alles tun, was ich kann, um zu helfen."

„Dann schickt die Vampire fort!", rief die ältere Frau. „Wenn sie gehen, lässt Master Han uns in Ruhe."

„Das stimmt nicht", widersprach Rajiv. „Han und seine Vampir-Lords haben uns schon viele Jahre geplagt, ehe wir die guten Vampire kennengelernt haben."

„So etwas wie einen guten Vampir gibt es nicht!“ Ein älterer Mann schüttelte wütend seine Faust.

„Mein Großvater, der Grand Tiger, hat drei seiner Söhne an Han und seine bösen Vampir-Lords verloren.“ Rajiv deutete auf seine Cousine neben sich. „Lady Jia und ich haben beide unsere Eltern an Vampire verloren. Wie viele von euch haben gelitten und Angehörige verloren wegen Master Han?“

Die Wertiger blieben verärgert und grollten vor sich hin.

„Seit wir den guten Vampiren begegnet sind, haben wir alle drei von Hans bösen Vampir-Lords vernichtet“, fuhr Rajiv fort. „Russell hier hat Lord Ming umgebracht. Mithilfe von Jin Long ist es Jia und mir gelungen, Lord Qing zu töten. Der gefangene Drachenwandler hat Lord Liao vernichtet. Han ist der Einzige, der noch übrig ist. Wir stehen so kurz davor, für immer von ihnen befreit zu sein! Habt nur noch ein bisschen mehr Geduld.“

„Aber wir müssen unsere Häuser verlassen“, quengelte eine Frau.

„Ja“, wendete Rajiv sich an sie. „So können wir euch und eure Kinder am besten beschützen.“

„Es sollte nicht länger als eine Woche dauern“, fügte Jia hinzu. „Die meisten von euch haben Verwandte in den anderen Kolonien. Verbringt ein paar Tage bei ihnen, bis es wieder sicher ist, hierher zurückzukehren. Seht es als Kurzurlaub an.“

„Ihr habt leicht reden!“, murmelte eine andere Frau. „Ihr kennt meine Schwiegermutter nicht.“

Alle kicherten.

Rajiv lächelte. „Ihr habt mein Wort. Han wird bald tot sein, und die Vampir-Gefahr, die unser Volk seit über vierzig Jahren plagt, hat dann ein Ende!“

Die Dorfbewohner jubelten.

„Alle Männer mit Kampferfahrung sollten bleiben, um unsere Stadt zu verteidigen", sagte Rajiv zu ihnen. „Der Rest von euch packt, was ihr für ein paar Tage braucht, und kommt dann zum Palast. Lady Jia und ich werden dabei behilflich sein, euch in Gruppen aufzuteilen, je nachdem, in welche Kolonie ihr möchtet. Dann bringen die guten Vampire euch dorthin."

Die Dorfbewohner eilten nach Hause, um zu packen.

Die Kriegerinnen, Neona und Winifred, rannten die Treppe hinauf. „Können wir helfen?"

„Ja, vielen Dank." Jia nahm die beiden mit in den Palast.

„Das hast du gut gemacht", sagte Russell zu Rajiv.

Er schnaubte. „Ich hatte nie damit gerechnet, der Grand Tiger zu werden." Seufzend ging er die Treppe hinauf. „Ich hoffe, ich enttäusche sie nicht."

„Das wirst du nicht." Russell folgte ihm. „Mir ist bisher nicht klar gewesen, wie wenig einige der Wertiger von den Vampiren halten."

„Ja, wir haben keine guten Erfahrungen gemacht, ehe ihr gekommen seid." Rajiv sah ihn peinlich berührt an. „Es tut mir leid, dass ich dir vorgeworfen habe, Jia entführt zu haben. Ich weiß, dass sie dich wahrscheinlich angefleht hat, sie mitzunehmen. Sie lebt schon so lange für die Rache. Ich habe es immer wieder hinausgezögert und gehofft, sie kommt von selbst darüber hinweg."

Russell nickte. „Sie ist sehr … entschlossen."

Rajiv schnaubte. „Meinst du stur? Wie dem auch sei, ich weiß zu schätzen, dass du auf sie aufpasst. Rinzen und Tenzen sind immer noch im Wald auf der Suche nach euch. Wenn ich sie anrufe, teleportierst du sie dann hierher zurück? Sie sind ausgezeichnete Krieger, ich brauche sie also hier."

„Das kann ich machen."

„Danke." Rajiv sah zur offenen Palasttür und senkte die

Stimme zu einem Flüstern. „Jia besteht vielleicht darauf, bei der Schlacht dabei zu sein, aber ich will sie nicht in Gefahr bringen. Hast du einen sicheren Ort, an den du sie bringen kannst?“

Russell nickte. „Ich kann …“

Ein heller Blitz am Himmel unterbrach sie.

„Was zum …“ Russell hob eine Hand, um das blendende Licht abzuschirmen.

Eine glühende Lichtkugel fiel vom Himmel, und es sah aus, als würde sie direkt auf den Vorplatz zuhalten. Die Menschen darauf liefen an den Rand, sahen zu und riefen aufgeregt durcheinander.

„Jia!“, brüllte Rajiv. „Komm, sieh dir das an!“

Jia, Neona und Winifred kamen aus dem Palast und starrten mit offenem Mund gen Himmel.

„Das habe ich schon einmal gesehen.“ Strahlend verschlang Jia die Hände ineinander. „Als Dougals Frau gefangen genommen worden war. Sie haben uns bei der Rettung geholfen.“

„Sie?“, fragte Russell.

Rajiv nickte lächelnd. „Sie können uns helfen.“

„Wer sind sie?“, fragten Neona und Winifred gleichzeitig.

Während Russell zusah, teilte sich das gleißende Licht plötzlich in sieben Feuerbälle, die auf den Vorplatz hinabschossen und dann nur ein kurzes Stück über dem Pflaster schwebten. Jeder Feuerball nahm die Gestalt eines Mannes an, der ein Schwert in den Himmel streckte. Sechs der lodernden Männer standen in einer Reihe, der siebte davor. Rauschend verloschen die Flammen und krochen die Körper der Männer hinauf, bis nur noch ihre Schwerter brannten.

Russell schüttelte den Kopf. Er traute seinen Augen kaum. Auf dem Vorplatz wurde leise über Engel getuschelt. Einige der Dorfbewohner fielen auf die Knie und verneigten sich.

Die besagten Männer trugen königsblaue Hosen und ärmellose Tuniken. Ihre Oberarme und Handgelenke waren von goldenen Reifen umschlossen. An ihrer Brust glänzte eine goldene Rüstung, und auf dem Kopf trug jeder von ihnen einen schmalen goldenen Reif.

Was zur Hölle? Russell fuhr sich mit der Hand durch die Haare. „Wer sind diese Typen? Legen die immer so einen Auftritt hin?"

Jia nickte. „Wenn sie deine Aufmerksamkeit wollen, tun sie das."

Gleichzeitig drehten die sieben Männer ihre Feuerschwerter um und richteten sie auf den Boden. Sie senkten die Arme, und als die Klingen auf den Boden trafen, verlosch das Feuer.

„Ich muss sie begrüßen." Rajiv rannte die Treppe hinab.

Russell und Jia folgten ihm, und Angus schloss sich ihnen am Fuß der Treppe an.

Die sechs Männer aus der Reihe steckten ihre Schwerter ein, während der vordere sprach. „Seid gegrüßt, gute Seelen. Ich bin Briathos, Kommandant der Epsilons, fünfte Einheit der Gotteskrieger."

„Ich heiße Euch willkommen." Rajiv verneigte sich.

„Wir freuen uns, Euch wiederzusehen", fügte Angus hinzu. „Ihr seid uns in der Vergangenheit eine große Hilfe gewesen."

„Was genau haben sie gemacht?", fragte Russell Jia leise.

„Sie haben Darafer zurück in die Hölle geschickt", flüsterte sie zurück.

Russell schnaubte. „Zu schade, dass sie ihn nicht dortbehalten haben."

Briathos drehte den Kopf zu Russell und sah ihn neugierig an.

Russell hob zum Gruß eine Hand. „Hey, Jungs. Ich nehme

an, ihr wisst, wo Han ist. Erzählt es mir, und ich werde ihn los. Dann könnt ihr Darafer wieder verbannen, und wir haben uns der ganzen Bösen innerhalb von einer Stunde entledigt. Tiger Town wird gerettet, und ihr könnt zurück in den Himmel, um … eure Harfen zu spielen. Alle sind zufrieden. Was sagt ihr?"

Briathos betrachtete ihn weiter eingehend, während die Epsilons hinter ihm vielsagende Blicke wechselten.

„Russell", flüsterte Rajiv, „so redet man nicht mit Engeln."

„Ich versuche immer noch zu glauben, dass sie echt sind." Je mehr Russell diese so genannten Engel ansah, desto detaillierter wirkten sie, aber irgendetwas an ihnen stimmte nicht. Ihre Umrisse schienen immer wieder zu verschwimmen, als wären sie gar nicht richtig da.

Briathos drehte sich zu Angus um. „Vor ungefähr zwei Stunden gab es einen Riss in eurer Erdenzeit. Wie immer müssen wir diesen Phänomenen nachgehen. Wir sind gekommen, um zu berichten, was wir herausgefunden haben. Der Dämon Darafer hat die Zeit angehalten und eine große Anzahl Vögel getötet, um dem Drachenwandler, Xiao Fang, Furcht einzuflößen. Wir werden Darafer weiterhin beobachten. Das ist alles." Er neigte den Kopf. „Wir wünschen euch einen guten Abend."

„Was?" Russell trat vor. „Das ist alles? Wollt ihr nichts unternehmen?"

Briathos hob eine Augenbraue.

„Warum schleppt ihr diese furchterregenden Waffen mit euch herum, wenn ihr sie nicht benutzt?"

Briathos seufzte. „Einen wie dich gibt es immer. Du erinnerst mich an Dougal Kincaid."

„Ich bin Russell."

„Ja, ich weiß. Erlaube mir zu erklären …"

„Du kennst mich?"

„Ja. In seiner endlosen Weisheit hat der Vater im Himmel seinen Kindern freien Willen geschenkt. Wegen dieses Erlasses ist es uns nicht gestattet, uns in den Lauf der irdischen Geschehnisse einzumischen …“

„Ja, das glaube ich gern!“, unterbrach Russell ihn. „Denn mir ist mit den Jahren ziemlich viel Mist passiert, und wo zur Hölle seid ihr da gewesen?“

Briathos sah ihn traurig an. „Wir dürfen uns nicht einmischen, wenn nicht der freie Wille eines Menschen so verletzt wird, dass man ihn zum Bösen zwingt.“

„Mein freier Wille ist verletzt worden, als Han mich für neununddreißig Jahre ins Koma versetzt hat. Mein freier Wille wurde verletzt, als ich zum Vampir geworden bin!“

„Ja“, stimmte Briathos ihm zu. „Aber bedenke, Russell Ryan Hankelburg. Du bist nicht böse geworden.“

Russell musste schlucken. Dieser Engel-Typ schien wirklich echt zu sein. „Was ist mit Xiao Fang? Er wird gefangen gehalten. Verletzt das nicht seinen freien Willen?“

„Der Junge ist weiterhin stark“, erwiderte Briathos. „Er ist nicht zum Bösen gezwungen worden. Wir überwachen die Situation, und sobald Darafer diese Linie überschreitet …“

„Warum müssen wir warten?“, brüllte Russell. „Sag mir, wo Han ist, und ich rette den Jungen.“

„Alles wird zu seiner Zeit offenbart werden. Halte dich bereit. Deine Zeit steht bevor.“

„Ich bin so weit! Ich bin seit zwei Jahren bereit, Han umzubringen! Dieser Bastard hat mir alles genommen!“

Briathos sah ihn traurig an. „Du hast immer noch mehr zu verlieren. Aber auch noch mehr zu gewinnen.“

„Was soll das heißen?“, verlangte Russell zu wissen, aber Briathos und sein Engelgefolge verschwanden. Mehr zu verlieren? Er sah zu Jia hinüber. Lieber Gott, nein. Er durfte nicht zulassen, dass ihr etwas geschah.

Sie trat näher zu ihm, ihr Gesicht blass. „Han hat dich für neununddreißig Jahre in ein Koma versetzt?“

Verdammt. Vor lauter Wut hatte er zu viel verraten.

„Jia.“ Rajiv winkte sie zu sich. „Wir müssen uns mit der Evakuierung beeilen.“

Sie berührte Russell am Arm. „Wir sprechen uns später, okay?“ Sie drehte sich um und begleitete ihren Cousin die Treppe zum Palast hinauf.

Russell sah ihr nach. Sein Magen schien sich dabei zu verknoten.

„Wird schon alles werden“, versicherte Angus ihm. „Wenn Han mit seiner Armee kommt, hast du deine Chance, dich zu rächen. Und wenn die Gotteskrieger Darafer zur Hölle schicken, wird hier niemand mehr übrig sein, der ihn zurückrufen will. Dann herrscht endlich Frieden.“

„Ich hoffe es.“ Russell ging die Stufen der Treppe hinauf. Irgendetwas störte ihn noch, etwas, das ihm entgangen war. Er ging in Gedanken noch einmal das Gespräch mit Wu Shen durch. Der Offizier hatte Hans Befehl schnell und präzise wiedergegeben. Was gab es da noch zu grübeln?

Mit einem Ruck kam Russell zum Stehen. Wu Shen hatte diese Befehle heute Nacht erhalten. Er konnte sich nicht teleportieren, also musste er in einem dieser Transporter gefahren sein, um Han zu treffen. Als Russell mit Wu Shen gesprochen hatte, war die Sonne erst vor ungefähr eineinhalb Stunden untergegangen.

Russell rannte in den Palast. Rajiv und die Frauen klebten gerade Schilder an die hölzernen Säulen, je ein Zeichen für die verschiedenen Wertiger-Kolonien. „Rajiv, hast du eine Landkarte?“

„In meinem Arbeitszimmer.“ Rajiv deutete auf den rechten Korridor. „Erste Tür.“

Russell lief in das Arbeitszimmer und entdeckte die große

Karte an der Wand, auf der alle Stützpunkte von Han verzeichnet waren. Er entdeckte den nördlichsten von ihnen, wo er früher am Abend noch gewesen war.

Mit einem Fahrzeug leicht zu erreichen, dachte er. Han versteckte sich in der Nähe dieses Lagers. Wahrscheinlich in einem Umkreis von achtzig Meilen.

„Jetzt habe ich dich, du Dreckschwein."

15. Kapitel

Zwei Monate lang habe ich geglaubt, es wäre möglich, Master Han zu entkommen.

Wenn der Mond voll ist, diesen Monat oder vielleicht im nächsten, werde ich mich zum ersten Mal in Drachengestalt verwandeln und meine Flügel erhalten. Irgendwie wird es mir gelingen, diesem unterirdischen Gefängnis zu entfliehen, und sobald ich den Himmel sehe, werde ich davonfliegen.

Aber letzte Nacht habe ich gesehen, wie Darafer all die Vögel in den Tod hat stürzen lassen. Was, wenn er mit mir das Gleiche tut? Ich weiß, dass Master Han gefährlich ist und ich ihn fürchten sollte. Aber ich fürchte den Dämon noch mehr.

Als Lord Liao und seine Wachen einen Kreis gebildet haben, um den Dämon aus der Hölle zu beschwören, habe ich Feuer auf sie gespien, um sie aufzuhalten. Die Flammen haben den Vampir-Lord und seine Wachen getötet, aber sie hatten überhaupt keine Wirkung auf Darafer. Ich kann mich nicht gegen ihn wehren.

Morgens höre ich die Soldaten murren. Sie warten, bis Master Han versteckt in seinem Todesschlaf liegt, ehe sie es wagen, sich zu beklagen. Sie haben den Befehl erhalten, alle toten Vögel auf einen Haufen zu schaffen, damit sie verbrannt werden können.

Ich trauere um die Vögel und frage mich, ob die Adler Junge hinterlassen haben. Sind die Jungadler in ihrem Nest, hungrig, und rufen nach Eltern, die nie zurückkehren werden?

Meine Hoffnung schwindet. Der einzige Trost, den ich finden kann, ist das Wissen, dass die anderen Drachen überlebt haben. Sie werden weiterleben. Die verbliebenen Eier werden schlüpfen. Königin Nima wird sie sicher und behütet aufziehen. Sie werden fliegen und Feuer spucken, fünfhundert Jahre lang.

Was mich angeht, halte ich mich an den Wahrheiten fest, die ich jeden Tag für mich selbst wiederhole. Ich bin ein Drache. Ich darf niemals aufgeben. Und ich werde mich nicht unterwerfen.

Ich dachte, diese Wahrheiten würden meine Freiheit bedeuten. Jetzt fürchte ich, sie werden mich das Leben kosten.

Mir wird Frühstück und Mittagessen gebracht, aber ich esse es nicht. Verzweifelt überlege ich, Feuer auf die Soldaten zu speien, um zu entkommen. Aber ich kann den Soldaten, die gut zu mir gewesen sind, nicht schaden.

Nach dem Mittagessen macht sich die Hälfte der Soldaten zum Aufbruch bereit. Ich höre, wie sie sich über die lange Fahrt zu Darafers geheimer Enklave beklagen, wo er das Dämonenkraut züchtet. Sie müssen dort sein, um Master Han während der Zeremonie zu bewachen. Heute verwandelt Darafer noch mehr Sterbliche in seine Super-Soldaten.

Ein Funke der Hoffnung entzündet sich in mir. Master Han und die Hälfte seiner Soldaten werden heute Nacht nicht anwesend sein. Auch Darafer ist mit der Zeremonie beschäftigt. Wenn ich hier Feuer lege, werden die verbliebenen Soldaten mit dem Löschen beschäftigt sein, und ich kann entkommen.

Ich gehe unruhig in meinem Zimmer auf und ab, den Sonnenuntergang erwartend. Abwartend, bis der Mann in der goldenen Maske aufbricht. Als mein Tablett mit Abendessen kommt, esse ich es. Ich brauche heute Nacht meine Kräfte.

Master Han klopft an meine Tür und tritt ein. „Wie geht es dir heute, mein Sohn? Hast du gut geschlafen? Hast du genug zu essen?"

Ich verneige mich, in der Hoffnung, diese Worte nie wieder hören zu müssen.

„Bist du bereit zum Aufbruch?“

Seine Frage lässt mich erstarren. Weiß er, dass ich meine Flucht plane?

Master Han streckt die Hand nach mir aus. „Komm. Ich will, dass du mit mir an der Zeremonie teilnimmst.“

Panik bricht in mir aus, ein Feuerfunke, der in meinem Magen glimmt, und ich weiche zurück.

Han behält die Arme ausgestreckt. „Du hast doch nicht gedacht, ich würde dich hier allein lassen, oder? Wir sind jetzt eine Familie. Wir gehen gemeinsam.“

Ich schüttele den Kopf und weiche noch einen Schritt zurück.

Seine ausgestreckte Hand ballt sich zur Fast. „Komm her.“

Heiße Tränen brennen mir in den Augen. Meine Füße verweigern ihren Dienst.

Blitzschnell stürzt Master Han auf mich zu und packt mich an den Armen. „Glaub nicht, dass du dich mir widersetzen kannst. Ich bin bisher gut zu dir gewesen. Das kann sich in Sekundenschnelle ändern.“

Der Funke in meinem Bauch verlischt, und ich senke den Kopf. Heute Nacht werde ich nicht entkommen.

„Guter Junge.“ Han klopft mir auf die Schulter.

Alles wird schwarz, als er mich davonteleportiert.

Sobald wir ankommen, sehe ich mich um. Der Mond ist halb voll. Der Himmel ist klar. Das Land ist grün. Ein Feld streckt sich vor uns aus, Reihe um Reihe von sorgsam gepflegten grünen Büschen. Zwischen den Pflanzreihen bewegen sich Arbeiter, die Schultern zusammengesunken, der Blick leblos. Wie ich sind auch sie hier gefangen von einer Macht, die stärker ist als sie selbst.

Ein dichter Wald umgibt das Feld. Ich bin versucht, zwischen die Bäume zu schlüpfen, aber Han lässt mich erst los, als seine Wachen uns eingekreist haben und uns zum anderen Ende des Feldes begleiten. Wu Shen wartet dort mit ungefähr dreißig Soldaten. Sie haben weitere menschliche Freiwillige mitgebracht, die verwandelt werden sollen.

Eine Bühne ist am Ende des Feldes errichtet. Wu Shens Soldaten bringen die Sterblichen in einer Reihe der Bühne zugewandt in Stellung, dann bilden sie selbst eine Reihe hinter den Sterblichen. Sie sind mit Schwertern bewaffnet, und ich fürchte, sie werden jeden Freiwilligen niederstrecken, der es wagt, seine Meinung zu ändern. Wu Shen befiehlt den Sterblichen, auf die Knie zu gehen.

Master Han lässt mich bei seinen Wachen zurück, während er die Sterblichen inspiziert. „Das ist alles?“, brüllt er. „Das sind weniger als fünfzig! Ich brauche mindestens einhundert!“

Wu Shen verneigt sich. „Vergebt mir, Master. Das ist alles, was wir so kurzfristig bekommen konnten.“

Han marschiert die Reihe der knienden Sterblichen ab und sieht sie verächtlich an. „Einige sind zu alt. Oder zu krank, um Soldat zu werden.“

„Deswegen haben sie sich freiwillig gemeldet“, sagt Wu Shen, der Han folgt. „Sie wollen den Trank, der ihnen Superkräfte verleiht, damit sie wieder gesund sein können.“

Han ballt seine Fäuste. „Sie sollten hier sein, weil es ihnen eine Ehre ist, mir zu dienen!“

Die Sterblichen verneigen sich, bis sie mit der Stirn den Boden berühren. Ich vermute, man hat sie gewarnt, Master Han nicht zu verärgern.

Mit einem ohrenbetäubenden Donnerschlag und einem hellen Blitz erscheint Darafer plötzlich auf der Bühne. Ich habe schon gesehen, wie Darafer leise und heimlich auftaucht, ich weiß, dass sein Schauspiel nur dazu dient, allen Angst einzuflößen. Und das tut es.

Die Arbeiter auf dem Feld rennen fort, um sich im Wald zu verstecken. Die sterblichen Freiwilligen beben vor Angst. Einige sehen sich heimlich nach den Soldaten hinter ihnen um. Die Soldaten legen die Hände an ihre Schwerter.

Wu Shen stellt sich neben mich. Er sieht Hans Wächter an, die immer noch nahe bei mir stehen, und fragt: „Siehst du die Zeremonie zum ersten Mal?"

Ich nicke.

Auf der Bühne winkt Darafer mit einer Hand, und mit einem weiteren Donnerschlag und einem grellen Blitz taucht ein schwarzer Kessel neben ihm auf.

Während des Donners beugt Wu Shen sich zu mir und flüstert: „Ich werde versuchen, dir zu helfen."

Ich sehe ihn überrascht an, aber er betrachtet Darafer, als wäre nichts geschehen. Ich folge seinem Beispiel und lasse mir nichts anmerken, auch wenn mein Herz heftig hämmert.

Master Han erklimmt die Bühne und verneigt sich vor Darafer. „Euer Diener, für immer."

Der Dämon grinst verzerrt. „Gemeinsam werden wir die Welt regieren." Er wendet sich um, damit er die Sterblichen betrachten kann. „Heute Nacht werdet ihr euch uns in unserem edlen Streben anschließen. Nicht länger sollt ihr einfache Sterbliche sein. Eure Kraft, Schnelligkeit und Gewandtheit wird Maße annehmen, die ihr euch niemals ausmalen konntet. Ihr werdet länger leben und in jeder Weise überlegen sein. Während ich der Gott unter den Menschen sein werde und Master Han der Imperator, werdet ihr die Könige. Seid ihr willens?"

Die Sterblichen bejahen dies. Sie sind willens.

Darafer hebt einen Arm, und in seiner Hand taucht plötzlich ein goldener Kelch auf. Er taucht ihn in den Kessel.

„Indem ihr meinen Trank kostet, werdet ihr verwandelt. Ihr werdet so stark, dass kein Sterblicher euch mehr besiegen kann. Im Tausch für dieses Geschenk erwarte ich nur zwei Dinge. Das erste: Ihr werdet Meiser Han und mir vollkommen gehorsam sein. Seid ihr willens?"

Die Sterblichen murmeln ihre Zustimmung.

„Ich sollte euch warnen, dass Ungehorsam schwer bestraft wird", sagt Darafer und richtet den Blick auf Wu Shen. „Nicht wahr, Offizier?"

Wu Shen erstarrt. Sein Gesicht wird blass. „Ja, mein Lord."

„Wie kommt es, dass die Vampire und Wandler von unserem bevorstehenden Angriff auf das Dorf der Wertiger wissen?", fragt Darafer.

Wu Shen weicht von mir zurück. „Sie haben unsere Stützpunkte angegriffen, um Master Han aus seinem Versteck zu locken. Wenn sie sich auf einen Gegenschlag vorbereiten, dann nur, weil sie glauben, ihre Strategie gehe auf."

„Ist das so?" Darafers Augen nehmen einen grünlichen Glanz an, und ich fürchte um Wu Shen.

Ich trete auf ihn zu, aber Wu Shen hebt die Hand, um mich aufzuhalten. Traurig blickend schüttelt er kaum merklich den Kopf.

„Dachtest du, ich erfahre es nicht?", brüllt Darafer. „Das geschieht mit jenen, die mich verraten!" Er schießt einen Lichtblitz auf Wu Shen, der sofort in Flammen aufgeht.

Ich stolpere zurück und schließe die Augen, um den Anblick auszublenden, aber ich kann immer noch Wu Shens Schmerzensschreie hören. Ich kann immer noch den Gestank des brennenden Fleisches riechen. Mein Magen rebelliert, und ich falle auf die Knie. Ich fange an zu röcheln und nach Luft zu ringen.

„Das bringt mich zu meiner zweiten Erwartung", sagt Darafer ruhig.

Ich öffne die Augen und sehe, dass die Sterblichen aufgebracht sind und miteinander tuscheln. Wu Shens Körper brennt nicht länger, aber er liegt schwarz und leblos da.

„Schweigt!“, brüllt Master Han, und die Sterblichen werden leise. Ihre Augen sind vor Angst weit aufgerissen.

Darafer hebt den Kelch hoch über sich. „Wenn ihr meinen Trank zu euch genommen habt, werdet ihr stark. Und eure Seelen gehören mir. Seid ihr willens?“

Die Sterblichen zögern.

Hinter ihnen ziehen die Soldaten ihre Schwerter.

„Ich bin willens!“, ruft einer und rennt auf die Bühne zu. „Ich werde Euch dienen, mein Lord.“

Die anderen stehen auf und gehen langsamer auf die Bühne zu.

Ich kann es nicht ertragen. Noch mehr Soldaten, die dem bösen Befehl von Han und Darafer gehorchen. Mehr Männer, die in die Hölle kommen werden, wenn sie sterben, ihre Seelen in alle Ewigkeit an den Dämon gebunden. Ich sehe Wu Shens toten Körper an, und in mir entflammt die Wut. Feuer brennt in meinem Bauch und rast meine Brust hinauf in meine Kehle.

Nie mehr! schreien die Gedanken in meinem Kopf. Selbst wenn es mich das Leben kostet, nie mehr!

Ich springe auf und renne wild auf das Feld voller Dämonenkraut zu. Feuer bricht mir aus der Kehle, und bald schon steht das ganze Feld in Flammen.

„Nein!“, brüllt Darafer und löscht mit nur einer Handbewegung die Flammen aus.

Aber es ist zu spät. Die Büsche sind schwarz und tot wie Wu Shen.

Sofort steht Darafer vor mir. Seine Augen glühen, seine Miene ist unerbittlich. Er schlägt mich so fest, dass ich zurückpralle und in einem verbrannten Busch lande.

„Bring ihn nicht um.“ Han eilt auf uns zu und reißt mich am Arm hoch. „Wir brauchen ihn. Wenn ein Dorf es wagt, sich gegen uns aufzulehnen, kann er es niederbrennen, wie er es mit diesem Feld getan hat. Er wird unsere Terrorwaffe.“

Sie erwarten, dass ich für sie töte. Ich versuche, mich loszumachen, aber Han gibt mir eine Ohrfeige und packt mich in einem eisenharten Griff.

„Dafür wirst du leiden“, knurrt er und teleportiert mich davon.

16. Kapitel

„Es sieht verlassen aus“, sagte Jia, als sie um den Felsbrocken herumspähte.

Russell hatte sie zurück zu dem Stützpunkt gebracht, wo er in der Nacht zuvor mit Wu Shen gesprochen hatte. „Glaubst du, hier versteckt Han sich irgendwo?“

„Ich bin mir sicher.“ Russell hockte neben ihr. „Ich sehe mir das Lager an. Du bleibst hier und schnüffelst, okay?“

Sie nickte, und er teleportierte sich in einen dunklen Schatten neben der hölzernen Barrikade, die um das Lager herum errichtet war. Er schwebte, um über die Wand zu spähen, und kletterte dann hinüber.

Jia schloss kurz die Augen, um sich auf ihren Geruchssinn zu konzentrieren. Keine Vampire oder Menschen in der Umgebung. Nur der Duft nach Russell in ihrer Nähe. Während sie auf seine Rückkehr wartete, wanderten ihre Gedanken zu Tiger Town und der bevorstehenden Schlacht.

In der letzten Nacht hatten sie vieles bewerkstelligt. Alle Frauen, Kinder und die Alten waren evakuiert. Nachdem die Vampire damit fertig waren, die Evakuierten zu teleportieren, hatten sie angefangen, Hans geheilte Exsoldaten einzusammeln, die ihre Hilfe angeboten hatten. Über hundert von ihnen befanden sich jetzt in Tiger Town. Nachdem man sie wieder zurückverwandelt hatte, waren sie keine Super-Soldaten mehr. Sie wussten, dass sie beim Kampf gegen Hans Armee im Nachteil waren, aber sie waren entschlossen, ihre Heimat ein für alle Mal von Han zu befreien.

In der Zwischenzeit wurden Vampire und Gestaltwandler

auf der ganzen Welt zusammengerufen. Sie würden in der Nacht ankommen. Angus MacKay hoffte auf eine Armee von zweihundert Mann.

Russell war in Tiger Town geblieben, um zu helfen, auch wenn Jia merkte, dass er es nicht abwarten konnte, wieder aufzubrechen. Kurz vor Sonnenaufgang hatte er sie zurück in die Bat-Höhle teleportiert und ihr seine Theorie erklärt.

Han versteckte sich irgendwo in der Nähe dieses Stützpunktes. Russell beharrte auf einem Umkreis von achtzig Meilen. Er und Jia hatten die Chance, die Schlacht von Tiger Town zu verhindern, ehe sie überhaupt stattfinden konnte, denn heute Nacht würden sie Han finden und ihn töten.

Nachdem er aus seinem Todesschlaf erwacht war, hatte Russell ihr den Plan schnell erklärt. Mit Handschuhen an den Händen, um sich nicht zu verbrennen, hatte er ihr eine schwere Silberkette überreicht. „Wenn wir Han finden, schlingst du diese Kette um ihn, damit er sich nicht teleportieren kann. Dann treibe ich dem Dreckskerl einen Pflock durchs Herz."

Zuerst hatte Jia widersprochen. Dreizehn Jahre lang hatte sie sich vorgestellt, wie sie selbst Han den Pflock ins Herz trieb. Warum sollte Russell die Ehre gebühren?

„Mir bedeutet es mehr", antwortete er.

„Mehr als mir der Verlust meiner Familie?"

„Ich erkläre mich nicht." Als sie die Hand hob, um nach ihm zu schlagen, fuhr er fort: „Wir töten ihn zusammen, die halbe Ehre gebührt also dir."

Sie schnaufte frustriert, während sie jetzt hinter dem Felsbrocken wartete. Warum wollte Russell so unbedingt Rache? Letzte Nacht hatte er vor Wut zugegeben, dass Han ihn für neununddreißig Jahre in ein Koma versetzt hatte. Aber sie hatte den Verdacht, dass an der Geschichte noch sehr viel mehr dran war als das.

Russell nahm neben ihr Gestalt an. „Der Stützpunkt ist vollkommen verlassen."

„Hat Wu Shen nicht etwas von einer Zeremonie gesagt, bei der heute Abend mehr Soldaten verwandelt werden sollen? Was, wenn Han dort ist?"

„Ich habe keine Ahnung, wo diese Zeremonie stattfindet. Ich weiß, dass Hans Versteck hier irgendwo ist. Wenn wir es gefunden haben, können wir warten, bis er zurückkommt."

Jia runzelte die Stirn. „Das kann Stunden dauern."

„Es kann Stunden dauern, ehe wir sein Versteck finden." Russell klopfte ihr auf die Schulter. „Keine Sorge. Sobald wir sein Versteck gefunden haben, haben wir ihn. Wenn er heute Nacht nicht dort auftaucht, dann bringen wir ihn morgen Nacht um."

Jia nickte. Ihr Herz klopfte wild. Dreizehn Jahre Planung und Training, und endlich war es so weit. Nicht nur würde sie ihre Rache bekommen, Han umzubringen würde auch den Angriff auf Tiger Town verhindern. Sie konnte ihre Freunde und ihre Familie dort retten. Aber warum war es Russell so wichtig?

„Wir teleportieren uns fünf Meilen weiter und beschreiben einen Kreis um den Stützpunkt. Bereit?" Er umfasste ihre Schultern.

„Warte. Ich ..." Sie atmete tief durch. „Wenn ich dir dabei helfen soll, jemanden umzubringen, habe ich es verdient zu erfahren, warum."

Russell sah sie ungeduldig an. „Du weißt, warum. Er hat deine Familie umgebracht."

„Ja, aber was hat er dir angetan?"

„Du verschwendest unsere Zeit."

„Er hat dich neununddreißig Jahre lang in ein Koma versetzt. Was ist sonst noch passiert?"

Russell biss die Zähne zusammen. „Ich erkläre mich nicht."

Sie schlug nach seiner Schulter, kurz bevor er sie teleportierte. Als sie ankamen, sahen sie sich um. Schmutz, Steine, ein paar ruppige, vertrocknete Bäume.

„Kannst du etwas riechen?“, fragte er.

Konnte sie nicht, aber das wollte sie ihm nicht sagen. „Ich streike, bis du mit mir redest.“

Er stöhnte auf. „Für so etwas haben wir keine Zeit. Wir haben ein großes Gelände abzusuchen.“

„Dann solltest du anfangen zu reden.“

Er sah sie verdrossen an. „Du machst mich wahnsinnig.“

„Ha! Du machst mich schon eine Woche lang wahnsinnig!“

„Du kennst mich erst seit einer Woche.“

„Genau.“

Er verschränkte die Arme und starrte sie weiter an.

Sie verschränkte ebenfalls die Arme und starrte zurück.

„Ich bringe dich zurück nach Tiger Town.“ Er streckte die Hand nach ihr aus. „Die Partnerschaft ist vorbei.“

„Nein!“ Sie sprang zurück. „Du brauchst mich, um Han zu finden. Komm schon. Erzähl mir, was er dir angetan hat.“

„Verdammt noch mal, Frau!“ Russell streckte wieder die Hand nach ihr aus. „Warum musst du das unbedingt wissen?“

Sie wich ihm aus. *Ich muss dich verstehen.* Sie sah ihn flehend an. „Bitte.“

Er ließ die Arme sinken und starrte sie ein paar Minuten an, ehe er resigniert aufstöhnte. „Du weißt, was er getan hat. Er hat mich neununddreißig Jahre lang in einem Vampirkoma liegen lassen.“

„Warum? Warum hat er dich so lange dort gelassen?“

Russell schnaubte. „Das will ich ihn seit der Sekunde fragen, in der ich aufgewacht bin.“ Ein schmerzerfüllter Ausdruck legte sich auf sein Gesicht. „Während ich wie ein hilfloser Fleischbrocken in der Höhle gelegen habe, sind alle, die mir etwas bedeutet haben, gestorben. Meine Eltern sind in dem Glauben gestorben, ihre beiden Söhne wären tot."

Jia schluckte heftig. „Das tut mir leid."

Seufzend wendete Russell sich von ihr ab. „Ich hatte Urlaub auf Phuket, als ich die Nachricht erhalten habe, dass mein Bruder vermisst wird. Ich hatte geplant, nach Saigon zu fahren, um zu sehen, was ich dort herausfinden kann, aber dann ist etwas passiert." Er schüttelte den Kopf. „Ich kann mich nicht erinnern. Ich weiß nur, dass ich in einer Höhle in Thailand wieder aufgewacht bin."

„Du weißt nicht, wie du dorthin gekommen bist?", fragte Jia.

„Nein. Aber wir wissen, dass es Hans Höhle war. Er hat darin Hunderte von Männern in ein Vampirkoma versetzt und sie in Lehm eingehüllt. Sie waren in einer riesigen Grotte aufgebahrt, wie bei einer Grabstätte aus Terrakotta-Kriegern. Ich war der einzige Überlebende. Aus irgendeinem Grund hat Han mich von den anderen abgesondert. Ich hatte eine kleine Höhle für mich."

Jia legte nachdenklich den Kopf schräg. „Er hat sich besondere Mühe mit dir gegeben. Er muss dich für etwas Besonderes gehalten haben."

Russell drehte sich fassungslos zu ihr um. „Wenn ich so besonders sein soll, warum hat er mich so lange dort liegen lassen? Während ich dort war, wurden meine Männer in Vietnam in einen Hinterhalt gelockt. Jeder einzelne niedergemetzelt! Wäre ich bei ihnen gewesen, ich hätte vielleicht ..."

„Dafür kannst du dir nicht die Schuld geben", unterbrach sie ihn.

„Ich hätte bei ihnen sein sollen!", brüllte er. „Und ich hätte nach Hause gehen sollen. Ich war so lange fort, dass meine Frau ..."

Jia keuchte überrascht auf. „Du bist verheiratet?"

„War ich. Sie hat mich für tot erklären lassen." Russell winkte ab. „Sie hat sieben Jahre gewartet, ehe sie wieder geheiratet hat. Das mache ich ihr nicht zum Vorwurf. Ich habe nach ihr gesehen, als ich endlich wieder in den Staaten war. Sie hat Kinder und Enkelkinder. Sie ist glücklich. Es ist besser, wenn sie weiter glaubt, ich wäre tot."

Jia zuckte zusammen. „Verstehe."

„Aber sie hatte eine Tochter." Russell standen Tränen in den Augen. „Unsere Tochter. Ich sollte Heimaturlaub bekommen, nachdem sie geboren worden war, aber ich habe es nicht geschafft. Sie ist ohne mich aufgewachsen und mit vierzig an Brustkrebs gestorben." Er ballte die Hände zu Fäusten. „Ich habe sie nie kennengelernt!"

Jia zog sich vor Mitgefühl die Brust zusammen, und sie presste sich eine Hand aufs Herz. „Oh Gott."

„Jetzt weißt du es." Er blinzelte seine Tränen fort. „Ich habe meine Tochter verloren. Meine Eltern. Meinen Bruder. Meine Männer. Meine Sterblichkeit. Selbst die verdammte Ranch ist fort. Ich habe wegen Han alles verloren."

„Es tut mir leid." Auch sie war kurz davor zu weinen, als sie auf Russell zurannte und ihm die Hände ans Gesicht legte. „Er hat nicht alles genommen. Du hast noch immer deine Ehre und deinen Mut. Du bist noch immer ein guter Mann."

Er schnaubte verächtlich. „Tötet ein guter Mann aus Rache?"

„Ein guter Mann will Gerechtigkeit." Sie schenkte ihm ein zaghaftes Lächeln. „Eine gute Frau ebenfalls."

Einer seiner Mundwinkel hob sich, und er nahm ihr Gesicht in beide Hände. „Jia, was machst du nur mit mir?"

„Ich versuche, eine gute Partnerin zu sein." Sie streichelte ihm die Schulter. „Wir sollten zurück an die Arbeit gehen."

Er betrachtete sie stumm einen Augenblick und küsste sie

dann auf die Stirn. „Du bist die beste Partnerin, die ein Mann sich wünschen kann."

Sie hatte mit Tränen der Rührung zu kämpfen, als er sie an die nächste Stelle teleportierte.

Zwei Stunden später fiel es Russell immer schwerer, sich auf seine Mission zu konzentrieren.

Jedes Mal, wenn er Jia zum Teleportieren in die Arme nahm, hielt er sie länger fest als nötig. Immer wenn sie die Augen schloss, um sich aufs Wittern zu konzentrieren, erwischte er sich dabei, wie er sie ansah und sich jede Kurve und Linie ihres Gesichts einprägte. Wenn sie Han in dieser Nacht töteten, bedeutete es das Ende ihrer Partnerschaft. Tiger Town war sicher, und sie würde nach Hause zurückkehren und sich auf die Ankunft ihres Verlobten in einer Woche vorbereiten.

War das sein Schicksal – immer alle zu verlieren, die ihm etwas bedeuteten?

Stirnrunzelnd öffnete sie die Augen und deutete nach Westen. „Da ist irgendetwas etwa drei Meilen in diese Richtung. Es riecht nach verbrannten Federn und Tod."

Tote Vögel? „Hat der Gotteskrieger nicht gesagt, Darafer hätte eine Menge Vögel umgebracht, um Xiao Fang Angst einzujagen?"

Jia nickte. „Wir müssen nahe dran sein."

Russell teleportierte sie nach Westen, bis auch er den Gestank des Todes riechen konnte. Das als Anhaltspunkt benutzend, teleportierte er sie zu einem Haufen verbrannter Vogelleichen. Sie reichten ihnen bis zur Taille.

„Ach du meine Güte." Jia bedeckte sich Nase und Mund. „Das müssen über hundert sein."

„Kannst du Han riechen?"

Sie schüttelte den Kopf. „Es ist schwer, hier etwas anderes als Tod zu riechen."

Russell sah sich um. Die Landschaft war hügeliger, aber immer noch trostlos. Große Felsformationen. Es gab eine Schotterstraße, die nach Osten führte, mit Reifenspuren darauf. Hinter dem Vogelhaufen entdeckte er etwas Großes, das mit einer Tarnplane zugedeckt war. Er eilte hinüber und entdeckte einen versteckten Armee-Truck.

Hans Versteck musste in der Nähe sein. Es lag unter der Erde, aber irgendwo musste es einen Eingang geben. Er sah unter dem Truck nach. Nichts als Dreck.

Er wollte sich kurz versichern, ob es Jia gut ging, und sah, dass sie ihm zuwinkte.

Sofort raste er zu ihr, und sie zeigte auf Fußspuren, die einen Hügel hinauf zu einer Felsformation führten. Er entdeckte etwas, das wie eine Höhle aussah.

„Halt dich bereit.“ Er zog sein Schwert. „Bleib hinter mir.“

Nickend zog sie ein Messer aus ihrem Gürtel.

Er näherte sich der Höhle geräuschlos von der Seite und hielt dann inne, den Rücken dem Felsbrocken am Eingang zugekehrt. Ein schneller Blick verriet ihm, dass sie den richtigen Ort gefunden hatten. In der Höhle befand sich eine kleine Struktur aus verrosteten Metallplatten. Über der Tür war eine Kamera installiert.

„Wir teleportieren uns kurz hinter die Tür“, flüsterte Russell. „Dann wissen sie nicht, dass wir kommen.“

Sie biss sich auf die Unterlippe. „Was, wenn Han nicht hier ist? Wenn er herausfindet, dass wir von seinem Versteck wissen, kommt er nicht zurück.“

„Wir müssen die Soldaten befragen, danach kann ich ihre Erinnerungen löschen.“ Er sah sie schief an. „Versuch, niemanden umzubringen.“

Sie schnaubte.

„Du könntest sie ohrfeigen. Darin bist du gut.“

Ihre Mundwinkel zuckten. „Danke.“

„Wofür?"

„Dass du mir ein wenig meiner Anspannung nimmst."

„Gehen wir." Er steckte sein Schwert weg, damit er sie halten konnte, und konzentrierte sich dann auf die Metalltür.

Sie tauchten direkt auf der anderen Seite wieder auf, vor einem halb umschlossenen Treppenpodest. Er spähte um die Mauer herum. Unter ihnen befand sich ein Wachraum. Ein Wächter saß an einem Schreibtisch, die Arme verschränkt auf der Tischplatte abgelegt, um seinen Kopf abzustützen, während er vor sich hin schnarchte. Die anderen vier Wächter saßen auf dem Boden um einen niedrigen Tisch und waren in ein Kartenspiel vertieft.

Russell zog ein Messer aus seiner Manteltasche und teleportierte sich hinunter zu den Kartenspielenden. Er schlug einen Wächter mit dem Messergriff bewusstlos, riss dann einen anderen hoch und hielt ihm das Messer an den Hals. „Keine Bewegung. Und kein Laut", warnte er die Wächter.

In der Zwischenzeit rannte Jia die Treppe hinab und richtete das Messer auf die übrigen Wachen. Das Ganze hatte nur Sekunden gedauert, und der Wächter am Schreibtisch schnarchte einfach weiter.

Der Wächter mit dem Messer am Hals atmete schwer, schwieg aber.

Einer der anderen Wächter hob sich ergebend die Hände. „Sind Sie wegen des Drachenjungen hier?"

„Xiao Fang ist hier?", fragte Jia. „Wo?"

„Drei Stockwerke weiter unten im Kerker", antwortete der Soldat. „Han hat das Kind in einen Käfig gesperrt."

Russell beäugte die Soldaten misstrauisch. „Warum sind Sie so hilfsbereit?"

Die Soldaten sahen sich müde an, dann sagte der zweite: „Han hat den Jungen geschlagen und gesagt, er ließe ihn eine

Woche hungern. Wir würden ihn selbst retten, wenn wir könnten."

„Warum haben Sie es nicht getan?", fragte Jia.

Der erste Soldat seufzte. „Wie können wir Han hintergehen? Er bringt uns um, und dann kommen unsere Seelen in die Hölle."

„Ja", murmelte der zweite Soldat. „Wenn man Han verärgert, nimmt er einen mit in seine privaten Räumlichkeiten und saugt einen leer."

Der erste Soldat nickte. „Wenn er uns nicht so umbringt, dann sterben wir am Ende in der Schlacht für ihn."

Russell sah sich schnell im Raum um. Es gab nur eine Tür. „Wo ist Han?"

„Er hatte Hunger, also hat er sich in ein Dorf in der Nähe teleportiert", sagte der erste Soldat. „Er bringt immer jeden um, von dem er trinkt, weil er dafür die Maske abnehmen muss."

„Ja", stimmte der zweite Soldat zu. „Niemandem ist es erlaubt, sein Gesicht zu erblicken und es zu überleben."

„Was stimmt nicht mit seinem Gesicht?", fragte Jia.

Die Soldaten zuckten mit den Schultern.

Russell fragte sich kurz, ob Han vernarbt oder verstümmelt worden war, ehe er sich in einen Vampir verwandelt hatte. „Wir nehmen den Jungen und warten darauf, dass Han zurückkehrt. Ich schlage vor, Sie nehmen den Truck draußen und verschwinden."

Der erste Soldat schnaubte. „Wo sollen wir hin, wo Darafer uns nicht finden kann? Wir sind verloren."

„Fahren Sie zum Dorf der Wertiger", schlug Jia vor. „Dort gibt es eine Ärztin, die Sie zurückverwandeln kann. Sie gehören Darafer dann nicht mehr."

„Wirklich?" Der zweite Soldat und seine Kameraden wechselten hoffnungsvolle Blicke.

„Wir brechen gleich auf." Der erste Soldat stand auf und

reichte Jia seinen Schlüsselring. „Damit Sie die Zelle des Jungen aufschließen können."

Russell ließ den Soldaten los, den er festgehalten hatte. Die Männer nahmen sich die Wagenschlüssel vom Tisch und halfen, den schlafenden und den bewusstlosen Wächter die Treppe hinauf und aus der Tür zu schaffen.

Jia sah Russell besorgt an. „Sollten wir ihnen trauen? Was, wenn es eine Falle ist?"

„Das finden wir bald heraus." Russell zog sein Schwert und öffnete leise die andere Tür. Sie führte zu einer weiteren Treppe. Es war niemand zu sehen. Daher eilte er die Treppe hinab, Jia dicht hinter ihm.

„Ich kann Han riechen", flüsterte sie. „Ich glaube, er lebt hier unten."

Sie bewegten sich leise einen Gang hinab, der mit Türen gesäumt war. Am Ende des Korridors blieb Jia vor einer schweren Tür stehen. „Das ist Hans Zimmer. Sein Geruch ist hier besonders stark."

Russell versuchte, die Tür zu öffnen, aber sie war verschweißt. „Er muss sich hinein und hinaus teleportieren."

Sie beugte sich vor und schnüffelte. „Er ist jetzt gerade nicht da."

„Dann lass uns den Jungen finden." Russell ging eine weitere schmale Treppe hinab.

Der dritte Stock unter der Erde war schwach von einer Neonröhre beleuchtet, die immer wieder flackerte. Die Luft war stickig und abgestanden, und auf dem Steinboden lag dicker Staub. Es war nicht viel Platz. Eine Wand war aus Stein, an ihr hatte man Fesseln befestigt. Wahrscheinlich, um Gefangene daran zu ketten und sie auszupeitschen. An der Wand und auf dem Boden waren Blutflecken.

An der gegenüberliegenden Wand befanden sich vier kleine Gefängniszellen. Sie waren dunkel, aber an der hinteren Wand der zweiten Zelle entdeckte er etwas Kleines, Zusammengekauertes.

„Xiao Fang?“ Er steckte sein Schwert ein und legte die Hände an die Gitterstäbe. Seine Haut fing an zu zischen, und er ließ schnell wieder los. Silber. Zusammenzuckend beugte er seine versengten Finger. Han hatte den Jungen in einen silbernen Käfig gesteckt, damit sich kein Vampir hineinteleportieren oder einbrechen konnte.

„Alles in Ordnung?“, fragte Jia.

„Ja.“ Er zog ein Paar dicke Handschuhe aus der Tasche. „Schließ die Tür auf.“

Jia versuchte einen Schlüssel nach dem anderen in dem schweren Vorhängeschloss. „Xiao Fang, bist du das? Wir sind gekommen, um dich zu retten.“

Während Russell sich die Handschuhe anzog, sah er, wie die zusammengekauerte Gestalt sich aufrichtete. Es war wirklich der Junge, der dort am Ende der Höhle stand. „Es ist alles gut. Wir bringen dich nach Tiger Town. Dort ist Neona. Und Winifred. Mit ihr kannst du reden, nicht?“

Der Junge trat vorsichtig weiter vor. Als er ins Licht kam, erschrak Russell beim Anblick der blauen Flecken im Gesicht des Kindes. An einem seiner Wangenknochen war ein langer Schnitt, und an seinen geschwollenen Lippen klebte Blut. Das arme Kind hatte wahrscheinlich Angst, ihnen zu vertrauen.

Jia entriegelte die Tür und stieß sie auf. Der Junge trat einen zögernden Schritt vor.

Sie lächelte ihn an. „Ich bin auch eine Wandlerin. Ein Wertiger. Ich unterrichte Kampfkunst, und einer meiner Schüler wollte dich eigentlich gerne selbst retten. Sein Name ist Norjee, und er sagt, du seist sein Bruder.“

Ein krächzendes Geräusch kam von Xiao Fang. Er rannte auf Jia zu und schlang die Arme um sie. Sie hielt ihn fest und sah mit Tränen in den Augen zu Russell hoch.

Russell ging das Herz auf. Er hatte nicht gewusst, dass er noch so viel Freude empfinden konnte. Er zerzauste dem Jungen die Haare. Hätte er den Jungen nur schon vor einer Woche gerettet, als er die Chance gehabt hatte. Aber er hatte sich stattdessen für Rache entschieden. Er hatte Hass vor Liebe gewählt. Nie wieder würde er diesen Fehler begehen.

„Wie rührend", verkündete eine gedämpfte Stimme vom oberen Ende der Treppe.

Russell wirbelte herum und zog sein Schwert. „Bleibt hinter mir", flüsterte er Jia und dem Jungen zu.

Han stand oben an der Treppe, in eine rote Seidenrobe gekleidet. Das Neonlicht spiegelte sich flackernd in seiner goldenen Maske und der goldenen Schwertscheide, die an seinem Gürtel hing. „Ich habe darauf gewartet, dass du mich findest, Russell."

„Du … kennst mich?" Russell runzelte die Stirn. Die Art, wie Han seinen Namen aussprach, hatte etwas Vertrautes an sich. Und die goldene Hülle war mindestens dreißig Zentimeter lang. Das musste ein riesiger Dolch sein.

Han lachte leise. „Natürlich kenne ich dich. Du trägst mein Zeichen. Ich habe dich auserwählt."

„Du hast mich neununddreißig Jahre lang in einer Höhle verrotten lassen."

Han winkte ab. „Du bist nicht verrottet. Die anderen Männer schon, aber bei dir habe ich genau aufgepasst." Er kam langsam die Treppe hinab. „Ich habe alle drei Monate nach dir gesehen. Ungefähr einmal im Jahr habe ich dir ein paar Tropfen von meinem Blut gegeben, damit du gesund bleibst."

„Gesund? Ich lag im Koma! Neununddreißig Jahre lang."

Han zuckte mit den Schultern. „Ein unbedeutender Zeitraum, wenn man ewig lebt. Aber ich war recht schockiert und betrübt, als ich entdecken musste, dass du verschwunden warst. Immerhin gehörst du mir."

„Niemals“, knurrte Russell und hob sein Schwert. „Ich töte dich heute Nacht.“

Han schnaubte. „Ich hätte dich so oft umbringen können. Hast du dich nie gefragt, warum nicht?“ Er blieb auf der untersten Stufe stehen. „Als wir dich und deine albernen Freunde gefangen genommen haben, habe ich dafür gesorgt, dass dir nichts geschieht. Selbst als du Lord Ming umgebracht hast, habe ich dich nicht aufgehalten.“

In Russells Magen breitete sich Unbehagen aus, aber er ignorierte es. Han spielte nur Psychospielchen mit ihm. „Du bist ein Dreckschwein. Du hast es verdient zu sterben.“

„Warum? Weil ich die Eier habe, die Welt an mich zu reißen? Du wirst die Welt mit mir regieren, Russell. Als mein Untergebener natürlich, aber trotzdem, es ist dein Schicksal, an meiner Seite zu sein.“

Der Mann hatte den Verstand verloren. Russell schloss eine behandschuhte Hand fester um sein Schwert. Wenn er Han jetzt angriff, würde dieses Schwein sich bloß teleportieren. Er musste ihn irgendwie in die Falle locken. Er konnte die Silberkette um Han schlingen, oder … ihm kam eine bessere Idee.

„Xiao Fang.“ Han deutete auf die Gefängniszelle. „Geh zurück in deinen Käfig, wo du hingehörst.“

Jia hielt den Jungen fest. „Das wird er nicht tun.“

Han ging auf sie zu, die Hand auf dem Griff seiner Waffe ruhend. „Du bist eine mutige Frau, das muss ich dir lassen.“ Er zog den Dolch mit einem leisen metallischen Scharren hervor. „Aber ich könnte mich innerhalb einer Sekunde hinter dich teleportieren und dir die Kehle aufschlitzen.“

Mit Tränen in den Augen löste Xiao Fang sich von Jia und schlich zurück in seine Zelle.

„Nein“, flüsterte Jia.

„Du hast Master Han gehört.“ Russell steckte sein Schwert weg und griff dann mit seinen behandschuhten Händen nach den Stäben der Zellentür, um sie für den Jungen zu öffnen. „Rein mit dir."

„Was?" Jia sah ihn fassungslos an.

Xiao Fang wich zurück, die Miene vor Verzweiflung verzerrt.

Han lachte in sich hinein. „Ausgezeichnet."

Mit einem kräftigen Ruck riss Russell die Gefängnistür ab und raste auf Han zu, rammte die silbernen Stäbe gegen ihn und drückte ihn gegen die Wand.

Han schrie auf und ließ seinen Dolch fallen. Seine Seidenrobe fing an zu rauchen, wo die Stäbe ihn berührten. Der Rauch legte sich um die Stäbe, während die Seide verbrannte und das Silber an Hans Haut anfing zu zischen.

„Du wirst sterben", knurrte Russell und presste die Gefängnistür noch fester gegen Han. „Du hast mein Leben zerstört. Wegen dir habe ich alle verloren, die ich geliebt habe."

„Nicht alle", zischte Han. „Hör auf, Russell."

Wie dieses Dreckschwein seinen Namen aussprach, machte ihn fuchsteufelswild. „Hör auf, so zu tun, als würdest du mich kennen!" Russell streckte die Hand aus und riss ihm die Maske ab.

Er erstarrte. Aller Atem wich ihm aus den Lungen, als er das vertraute Gesicht erblickte. Keine Verbrennungen oder Narben. Ein Gesicht, das seinem sehr ähnlich sah. Die Maske fiel ihm aus der Hand.

„Hey, Bro", sagte Markos auf Englisch. „Hast du mich vermisst?"

Russell stolperte zurück. Die Gefängnistür fiel scheppernd zu Boden.

„Ich habe dir doch gesagt, wir gehören zusammen." Markos sah auf seine verbrannte Haut hinab und zuckte zusammen. „Ich verstehe, warum du wütend gewesen bist. Dann sind wir jetzt quitt, okay?"

Russell schüttelte den Kopf. Er konnte nicht glauben, was er sah und hörte.

„Er ist kein Asiate?“, fragte Jia auf Chinesisch. „Russell, was ist los? Warum bringst du ihn nicht um?“

Amüsiert grinsend antwortete Markos ihr: „Erwartest du, dass er seinen eigenen Bruder umbringt?“

Jia keuchte entsetzt auf.

Russell sah sich nach ihr um. Ihr Gesicht war vor Schreck ganz weiß geworden.

Sie presste sich eine zitternde Hand auf die Brust. „Dein Bruder hat meine Familie getötet?“

Russell verknotete sich der Magen. Oh Gott, wie sollte sie ihm das je vergeben? Wie sollte sie ihn auch nur je wieder ansehen?

„Was soll das?“, fragte Markos, der Jia neugierig betrachtete. „Bedeutet sie dir etwas?“ Er kniff die Augen zusammen. „Ich hatte nicht erwartet, um dich konkurrieren zu müssen.“

Russell knirschte mit den Zähnen. „Lass sie in Ruhe.“

„Was sonst?“ Markos grinste, als er ein zweites Messer aus seinem Ärmel zog. „Kannst du deinen eigenen Bruder wirklich umbringen?“

Russell zog sein Schwert, zögerte aber, und diese Sekunde nutzte Markos, um sich hinter Jia zu teleportieren und ihr das Messer in die Brust zu rammen.

„Game over!“ Markos stieß sie zu Boden. „Ich gewinne. Und du gehörst mir.“

Brüllend stürzte Russell sich auf ihn, sein Schwert auf das Herz seines Bruders gerichtet.

Markos teleportierte sich davon.

Russell fiel vor Jia auf die Knie. Er ließ den Kopf in den Nacken fallen und schrie all seine Wut gen Himmel.

17. Kapitel

Russell presste die Hand auf Jias Wunde, aber das Blut quoll weiter heraus.

In ihm stieg Panik hoch. „Ich bringe dich nach Tiger Town. Neona kann …"

„Nein", flüsterte Jia, die Augen vor Schmerz fest geschlossen. „Du hast versprochen, dass du mich …"

„Ich kann dich nicht sterben lassen!"

Als sie die Augen öffnete, brachte ihn die Verzweiflung, die er darin sah, fast um. „Bring mich nach Hause. In die Höhle. Du hast es versprochen."

„Ich habe versprochen, dich zu beschützen, und ich habe versagt." Tränen ließen seine Sicht verschwimmen. „Mein Bruder hat deine Familie umgebracht. Er hat dich umgebracht! Wie kannst du es ertragen, mich noch anzusehen?"

Sie packte verzweifelt seinen Mantel. „Du hast mich noch nie enttäuscht. Halt dich an dein Versprechen. Bring mich …" Ihre Hand fiel schlaff zu Boden.

„Jia!" Er tastete nach ihrem Hals. Ihr Puls war noch da, aber schwach. Sie hatte das Bewusstsein verloren.

Der Junge hockte neben ihnen, sein Atem röchelnd, und Tränen liefen ihm das Gesicht hinab. Russell war sich nicht sicher, was für Schrecken dieser Junge überlebt hatte, aber er wusste, dass der Junge nicht allein sein sollte, selbst für die wenigen Sekunden, die es brauchen würde, um Jia in die Höhle zu teleportieren. Und er wagte es auch nicht, sie allein zu lassen. Was, wenn Han zurückkam und sie in Stücke hackte, wie er es mit ihrer Familie getan hatte?

Nicht Han, korrigierte er sich selbst. Markos. Sein kleiner Bruder war ein Massenmörder. Russell drehte sich der Magen um, und Galle stieg ihm die Kehle hoch.

Er musste schlucken und schob alle Gedanken an seinen Bruder beiseite. Dafür war jetzt keine Zeit. Jia brauchte ihn. Und auch Xiao Fang.

„Keine Sorge. Du bist jetzt in Sicherheit", versicherte er dem Kind, während er Jia vorsichtig hochhob. „Ich rufe Jin Long an, damit er dich abholt und dich zu Winifred bringt. Wir müssen an die Oberfläche, damit das Telefon funktioniert. Kannst du mir die Treppe hoch folgen?"

Der Junge nickte und sprang auf.

Russell ging die Treppe hinauf, vorsichtig darauf bedacht, mit Jia nirgendwo anzustoßen, und der Junge folgte ihm dicht auf den Fersen. Sie durchquerten den leeren Wachraum und erklommen die letzte Treppe. Bei ihrem überstürzten Aufbruch hatten die Wachen die Tür weit offen stehen lassen.

Als sie aus der Höhle traten, drehte der Junge sich nervös umsehend auf der Stelle, als würde er fürchten, dass Han oder Darafer noch auftauchen und seine Flucht vereiteln würden.

Nachdem er vorsichtig in die Knie gegangen war, zog Russell behutsam Jia in seinen Schoß, und es gelang ihm, seinen Mantel auszuziehen. Er legte den Mantel auf den Boden und dann Jia darauf. Sie stöhnte.

„Bleib stark", sagte er zu ihr, während er das Sat-Telefon aus seiner Manteltasche zog.

„Komm." Er bedeutete Xiao Fang, ihm zu folgen. Sie gingen um einen Felsbrocken, Jia noch halb in Sicht, während er die Nummer wählte. Jin Long antwortete nach dem zweiten Klingeln.

„Ich brauche dich sofort!", sagte Russel zu ihm. „Ich habe Xiao Fang bei mir. Beeil dich! Wir wart..."

J. L. tauchte neben ihnen auf und strahlte, als er den Drachenwandler sah. „Gott sei Dank! Komm. Ich bringe dich zu Winifred."

Xiao Fang keuchte auf, und noch mehr Tränen liefen ihm die Wangen hinab. Er überraschte Russell, indem er die Arme um ihn schlang und ihn umarmte. Dann sprang er J. L. an und klammerte sich an ihn.

J. L. streichelte dem Jungen den Rücken. „Wo ist Jia?"

Russell ballte die Hände zu Fäusten und verzog keine Miene. „In der Nähe."

„Ich rieche Blut." J. L. sah Russells blutbefleckte Kleidung mit zusammengekniffenen Augen an. „Hast du mit Han gekämpft?"

Russells Magen drohte sich zu leeren. Wenn der Drachenwandler Winifred alles erzählte, was geschehen war, würden bald alle wissen, wer Han wirklich war. Und sie würden auch wissen, dass er darin versagt hatte, Jia zu beschützen, obwohl er es versprochen hatte. „Han konnte entkommen. Geh jetzt, ehe er zurückkommt."

J. L. nickte und teleportierte sich gemeinsam mit Xiao Fang davon.

Russell rannte zurück zu Jia und nahm sie behutsam in die Arme. „Kleines, wir gehen jetzt nach Hause."

Er teleportierte sich in die Bat-Höhle und legte sie auf dem Bett ab. Während er dabei war, einen Stapel Handtücher zu holen, ließ er seinen Mantel auf den Boden fallen. Er war völlig blutverschmiert. Es brachte seine Fangzähne zum Schmerzen und zog ihm vor Hunger den Magen zusammen. Doch mit jedem Hungerkrampf überkam ihn gleichzeitig auch Übelkeit. All das Blut war eine ständige Erinnerung an seine Schuld. Er hatte darin versagt, Jia zu beschützen. Sie würde sterben, ermordet von seinem eigenen Bruder.

Er presste eines der Handtücher auf ihre Wunde. Sie stöhnte.

„Jia." Er strich ihr das Haar aus der Stirn und verfluchte sich dann dafür, eine Blutspur auf ihrem Gesicht hinterlassen zu haben.

Flatternd öffnete sie die Augen. „Russell?"

„Ja."

„Du hattest recht. Sterben tut weh."

„Es tut mir so leid. Ich habe versprochen, dich zu beschützen, und ich …"

„Nein." Sie streckte die Hand nach ihm aus, und er nahm sie in seine. „Du bist ein guter Mann."

„Ich habe versagt. Ich habe gezögert …"

„Deswegen bist du ein guter Mann. Ein böser Mann hätte nicht gezögert, seinen eigenen Bruder umzubringen."

Er zuckte zusammen. „Ich kann nicht glauben, dass er … ich könnte mich übergeben. Wie kannst du es ertragen, mich auch nur anzusehen …"

„Schh." Sie drückte ihm die Hand. „Du bist nicht dein Bruder. Du bist mein … mein Partner. Mein Cowboy."

Sein Telefon vibrierte. Er sah zu seinem Mantel hinüber, in dessen Tasche das Telefon lag. „Das ist wahrscheinlich Rajiv. Er wird in der Zwischenzeit erfahren haben, dass du niedergestochen worden bist. Wir sollten ihn wissen lassen …"

„Nein! Geh nicht dran." Jia hustete. Blut tropfte ihr dabei aus dem Mund.

Er ließ ihre Hand los, damit er ihr das Gesicht mit einem Handtuch abwischen konnte. „Sie werden außer sich vor Sorge sein."

„Geh nicht dran. Sie holen mich hier weg. Sie werden versuchen, mich zu retten."

„Das sollte ich auch tun."

„Du tust nur, worum ich dich gebeten habe. Danke." Sie biss sich auf die Lippe. „Da ist etwas, das ich dir sagen sollte. Wenn ich aufwache, bin ich vielleicht … merkwürdig."

„Was meinst du?“

„I…ich könnte …“ Sie zuckte zusammen. „Was auch immer ich tue, lass dich davon bitte nicht stören.“

Er schnaubte. „Es ist mir egal, was du machst, solange du wirklich zurückkommst.“

„Ich werde zurückkommen.“ Sie drückte ihm die Hand. „Und ich werde stärker sein. Besser als vorher.“

Tränen brannten ihm in den Augen. „Ich finde dich jetzt schon perfekt.“

Ihre Mundwinkel hoben sich zu einem kurzen Lächeln, ehe sie die Lippen wieder vor Schmerz zusammenpresste. „Mir ist kalt. Hältst du mich fest?“

„Ja.“ Er streckte sich neben ihr aus und schlang die Arme um sie. „Es tut mir so leid. Ich wünschte, ich könnte etwas gegen deinen Schmerz tun.“

„Rede mit mir.“ Ihr fiel das Atmen immer schwerer. „Erzähl mir, wie es ist, ein Cowboy zu sein.“

Er rieb das Kinn an ihren Haaren. „Es ist nicht so aufregend wie in den Filmen. Man arbeitet lange. Auch wenn das Wetter schlecht ist. Es gibt nie einen freien Tag.“

„Es … hat dir nicht gefallen?“

Er hielt einen Augenblick inne und erinnerte sich an die Tage, die er reitend neben seinem Vater verbracht hatte. Die Sonne schien. In der Ferne die schneebedeckten Berge. „Ich habe es geliebt.“

„Vielleicht … hast du eines Tages wieder eine Ranch.“

Er streichelte ihr die Wange mit dem Daumen. Wie sollte er? Er würde die Sonne nie wiedersehen. Auch seinen Vater nicht. Das lag alles in der Vergangenheit. Was die Zukunft anging, fiel es ihm immer schwerer, sie sich ohne Jia vorzustellen.

Drei Jahre lang, seit er als Untoter erwacht war, hatte er geglaubt, sein Herz wäre gestorben. Er hatte geglaubt, nichts anderes als Hass empfinden zu können. Er hatte keinen anderen Daseinszweck als seine Rache gekannt.

Aber irgendwie war es Jia gelungen, in nur einer Woche alles zu verändern. Jetzt wollte er ein Herz, damit er es ihr schenken konnte. Er wollte leben, um mit ihr zusammen zu sein. Er wollte Liebe statt Hass, Freude statt Rache.

Aber sie gehörte ihm nicht. Das würde sie nie. Ihre Zukunft war an der Seite eines Prinzen.

Seine eigene Zukunft kam ihm plötzlich trostlos vor, und Kummer und Verzweiflung drohten ihn zu überwältigen. Er musste vielleicht das gottlose Verbrechen begehen, seinen eigenen Bruder umzubringen. Und wenn, dann würde er die Ewigkeit nur mit Schuld als seinem ständigen Begleiter verbringen. Wenn Han tot und die Mission erfüllt war, würde Jia ihn verlassen. Wie sollte er ohne sie leben?

Sein Telefon fing wieder an zu brummen. Rajiv gab nicht auf. Der Arme musste mittlerweile wissen, dass seine Cousine im Sterben lag.

Jia erstarrte kaum merklich in seinen Armen und atmete dann langsam aus.

Er wartete, am Boden zerstört. Wartete, einen weiteren Atemzug zu hören, aber da war nichts.

„Jia." Er hielt sie weiter fest. Auch wenn sie fort war, konnte er sie nicht loslassen. Und jetzt, wo sie ihn nicht mehr hören konnte, würde er die Worte in seinem Herzen aussprechen. Er hatte es ihr schon früher sagen wollen, aber wie konnte er, wenn ihre Zukunft einem anderen gehörte?

„Jia, ich liebe dich."

Zehn Minuten später ging Russell unruhig in der Höhle auf und ab und wurde ständig nervöser, weil Jia immer noch tot war.

Er ignorierte seine Hungerkrämpfe, ignorierte die Bauchschmerzen wegen seines Bruders und entschied stattdessen, sich nur auf Jia zu konzentrieren. Wie lange würde es dauern, bis sie aufwachte? Er hatte keine Ahnung.

Er konnte sich vorstellen, dass es ihr nicht gefallen würde, in einer Blutlache aufzuwachen. Der Geruch setzte ihm auch zu, eine ständige Übelkeit erregende Erinnerung an sein Versagen, also entschloss er sich, etwas dagegen zu unternehmen. Nachdem er Wasser erwärmt hatte, benutzte er ein feuchtes Handtuch, um ihr das Gesicht abzuwaschen. Er zog ihr die blutgetränkte Tunika aus und warf sie auf den Boden.

Ihr seidenes Hemd war völlig durchweicht. Er hob den Saum gerade genug, um die Wunde an ihrem Rippenbogen säubern zu können. Sie heilte! Die Wunde hatte sich bereits geschlossen. Er strahlte angesichts dieses neuen Beweises, dass sie tatsächlich in ihr nächstes Leben übertrat.

Er zog ihr eines seiner sauberen T-Shirts über den Kopf und weit genug hinab, um ihre Brüste zu bedecken. Dann schnitt er das Hemd auf und ließ es auf ihre blutige Tunika fallen.

„Ich behalte meine Augen bei mir", sagte er zu ihr, während er ihre Arme in die Ärmel steckte. „Ich weiß, dass du mit einem anderen verlobt bist."

Sein extra großes T-Shirt reichte ihr bis knapp zu den Knien. Er griff unter sie, um ihr die blutigen Hosen und die Unterwäsche auszuziehen. Sie endeten ebenfalls auf dem wachsenden Haufen schmutziger Wäsche auf dem Boden. Er wusch ihr Arme und Beine und drehte sie dann so, dass er den obersten Schlafsack herausziehen konnte. Er war mit Blut befleckt, aber die Lagen darunter waren sauber geblieben.

„Na also. Jetzt fühlst du dich sicher besser." Er deckte sie mit einer weichen Decke zu.

Der nächste Hungerkrampf ließ ihn fast zusammenbrechen. Egal wie schlecht ihm war, er musste essen. Er stolperte an die Kühlbox, nahm eine Flasche heraus und stürzte die Hälfte herunter. Innerhalb von Sekunden wurde ihm übel.

Er rannte zum Fluss und erbrach sich, bis sein Magen wieder leer war.

Während die Strömung des Baches das Blut davontrug, blieb er im Wasser, vorgebeugt, die Hände auf seinen Knien abgestützt. Er rang nach Atem, war zu schwach, sich zu bewegen. Zu überwältigt, um noch zu funktionieren.

Sein Bruder war Master Han. Er versuchte, nicht darüber nachzudenken, aber die Wahrheit blieb und überschwemmte ihn mit einer Welle der Verzweiflung. Sein Bruder hatte Jia und ihre Familie getötet. Seit über vierzig Jahren trieb sein Bruder im südlichen China und den umliegenden Ländern sein Unwesen, terrorisierte und tötete Menschen.

„Markos." Er stolperte den Bach hinauf und spritzte sich frisches Wasser ins Gesicht. „Was ist mit dir passiert?"

Seine Gedanken rasten, suchten krampfhaft in Kindheitserinnerungen nach Anzeichen dafür, dass sein Bruder sich eines Tages in ein böses Monster verwandeln würde. Markos war nur zwei Jahre jünger als er und immer der Ruhigere und Belesenere gewesen. In der Schule hatte man ihn ein wenig getriezt, aber Russell hatte jeden, der ihn drangsaliert hatte, sofort bestraft. Bald schon hatten alle gewusst, dass es einem die Rache des älteren Bruders einbrachte, wenn man sich mit Markos anlegte.

Markos hatte versucht, sportlicher zu werden, so wie Russell, der Quarterback im Footballteam seiner Highschool gewesen war. Ihrem Dad hatte das sehr gefallen. Er hatte sich nie ein Spiel entgehen lassen.

Während seiner ersten Versuche beim Footballspiel hatte Markos sich schwer verletzt. Einige gebrochene Rippen und ein ernsthaft gestauchter Rücken waren die Folgen gewesen. Zwei Monate lang hatte er eine Rückenstütze tragen müssen. Und da er seine Aufgaben auf der Ranch nicht erledigen konnte, hatte Russells Arbeit sich verdoppelt. Hatte er sich zu viel beschwert? Hatte sein Bruder sich deswegen schlecht gefühlt?

Er schüttelte den Kopf. Er hatte immer den Verdacht gehabt, dass es an den Schmerzmitteln lag, die Markos damals nehmen musste, dass er Schwierigkeiten mit Drogen bekommen hatte. Aber Markos hatte sich wieder gefangen. Alle Kinder hatten irgendwelche Probleme beim Aufwachsen. Nicht jeder wurde zu einem bösen Vampir-Kriegsherrn. Was war Markos zugestoßen? Hatte der Vietnamkrieg ihn unwiederbringlich beschädigt? Oder hatte es ihn traumatisiert, zum Vampir zu werden? War er durch seine neue Stärke und seine Superkräfte verrückt geworden?

Und was sollte Russell deswegen unternehmen? Würde er seinen Bruder umbringen müssen? Wenn Markos mit seiner Armee Tiger Town angriff, würden mehr als genug andere versuchen, ihn umzubringen. Er könnte diese Aufgabe Angus oder einem seiner Angestellten überlassen. Aber was, wenn Markos einen von ihnen tötete? Was, wenn er Zoltan oder Howard umbrachte? Sie hatten beide Frauen, die Kinder erwarteten. Oder Markos brachte jemanden von Jias Freunden oder ihrer Familie um.

Russell stöhnte. Markos war sein Bruder. Er musste die Verantwortung übernehmen. Er musste seinen Bruder aufhalten, ehe der noch jemanden umbringen konnte.

Nachdem er diese Entscheidung getroffen hatte, schleppte Russell sich an den Tisch, wo er die halb leere Flasche Blut abgestellt hatte. Er wärmte sie in der Mikrowelle auf und versuchte dann, das Blut in langsamen Schlucken zu nippen. Er behielt es bei sich.

Er zog sich bis auf die Unterwäsche aus und benutzte dann Steine, um seine schmutzigen Sachen im Fluss zu verankern. Die Strömung würde das meiste Blut auswaschen. Er leerte die Taschen seines Mantels und verankerte auch ihn im Strom.

Dann sammelte er Jias blutige Sachen und den beschmutzten Schlafsack ein. Er konnte sie nicht hier oder über der Erde liegen lassen, wo ihr Geruch Raubtiere anlocken würde. Also teleportierte er sich in eine andere Höhle, Hunderte von Meilen entfernt.

Er ließ seine blutige Ladung fallen und sah sich dann um. Es war die Höhle, in der Wu Shen ihn zusammen mit J. L., Howard, Gregori und Abigail Tucker einst gefangen gehalten hatte. Hier war er Darafer und den drei Vampir-Lords begegnet. Und Master Han.

Han – kurz für Hankelburg? Russell erinnerte sich daran, wie die Vampir-Lords sie umbringen wollten. Master Han war erstarrt, als er Russell gesehen hatte. Vor Schock, seinen Bruder im gegnerischen Team zu entdecken? Han hatte rasch verkündet, dass Russell sein Zeichen trug. Er hatte seinen Bruder am Leben erhalten.

Russell seufzte. Er wusste nicht, wie er das Gleiche tun sollte. Höchstwahrscheinlich musste Markos sterben.

Nachdem er sich wieder nach Hause teleportiert hatte, duschte Russell und zog sich saubere Sachen an. Jia war immer noch tot. Er sah auf die Uhr an der Mikrowelle. Fünfundzwanzig Minuten waren vergangen.

Er wärmte sich noch mehr Blut auf und nahm kleine Schlucke. Seine Kraft kehrte langsam zurück. Aber was war mit Jia? Sie hatte so viel Blut verloren. Würde sie nicht schwach sein, wenn sie aufwachte? Sie könnte etwas Gutes zu essen gebrauchen.

„Ich bin gleich wieder da", sagte er zu ihr, nahm sich eine Tragetasche und teleportierte sich in die Küche von Zoltans Schloss.

Was ging schnell, war aber gesund? Er betrachtete den Inhalt des Kühlschranks und entdeckte einen Gefrierbeutel mit Schinkenscheiben. Er nahm ihn und zusätzlich ein Paket

Käse. Beides warf er in den Beutel und ging dann in die Speisekammer. Ein Laib Brot, eine Tüte Chips, Bananen und eine Dose gemischte Nüsse landeten ebenfalls in seiner Tasche.

„Russell, was machst du da?", ertönte Howards Stimme. Seine Schritte kamen schnell näher.

„Was ich immer mache. Stehlen." Er stopfte ein paar Pappteller in den Beutel, der damit voll war. „Bis dann."

„Warte!" Howard kam an der Tür zur Speisekammer zum Stehen. „Ich habe gerade den neuesten Bericht gehört. Rajiv ist außer sich. Was ist mit Jia passiert?"

„Es geht ihr gut. Ich muss jetzt zurück zu ihr."

Howard sah ihn besorgt an. „Stimmt es, was Xiao Fang den anderen erzählt hat? Han ist dein Bruder?"

Russell biss die Zähne zusammen. Die Wahrheit war heraus.

Howard verzog das Gesicht. „Heiliger Vater. Was hast …"

„Mach dir keine Gedanken. Ich kümmere mich um ihn."

„Hör zu, du bist nicht allein dabei. Wirst du …"

Russell teleportierte sich zurück in die Höhle. Das Letzte, was er jetzt wollte, war Mitgefühl. Er sah nach Jia. Immer noch tot.

Er breitete das Essen auf dem Tisch aus und hatte schon bald einen Teller mit vier Schinken-Käse-Sandwiches belegt. Gerade war er dabei, die Tüte mit den Chips zu öffnen, als er ein leises Keuchen hörte.

Jia war in ihrem zweiten Leben erwacht.

18. Kapitel

Jia atmete tief ein.

Ein berauschendes Glücksgefühl erfüllte sie. Sie war lebendig, aber so viel lebendiger als zuvor. Jeder Nerv schien vor erhöhter Empfindlichkeit zu kribbeln. Selbst die Luft, die sie atmete, war erfrischender als vorher.

Sie öffnete die Augen und konnte schärfer sehen. Trotz des trüben Lichts sah sie jeden Spalt und jeden Riss in der Felsendecke über sich. Hitze stieg in ihr auf und entzündete jeden Muskel mit neuer Kraft und Beweglichkeit. Ihr Herz klopfte ohrenbetäubend laut.

Der Tiger in ihr knurrte, begeistert von ihrer neuen Kraft. Die Hitze verstärkte sich. Sie loderte in ihrer Brust wie ein Feuer. Sie stieß die Decke von sich und setzte sich auf.

„Jia, du bist wieder da! Gott sei Dank."

Sie sah zur Seite. Russell kam auf sie zu. Er sah erleichtert und glücklich aus. Um ihn schien ein goldener Schein zu leuchten. Spielten ihr ihre Augen einen Streich? Egal, er sah schöner aus als jemals zuvor.

„Jia?"

Ihr schlug das Herz so heftig, dass seine Stimme sich meilenweit entfernt anhörte. Er fragte sie etwas, aber es fiel ihr schwer, sich zu konzentrieren, solange das Feuer ihr den Hals hinaufkroch. Schweiß sammelte sich zwischen ihren Brüsten, und sie rieb daran. Was hatte sie da an? Es sah aus wie eines von Russells T-Shirts.

„Jia!" Er hob die Stimme, als er näher trat. „Ist alles in Ordnung mit dir?"

War es das? War die Wunde verheilt? Sie zog das T-Shirt hoch, um nachzusehen.

„Herrje." Russell wirbelte herum, um ihr den Rücken zuzukehren. „Ich …" Er räusperte sich. „Ich habe dir ein paar Sandwiches gemacht, falls du Hunger hast. Wahrscheinlich solltest du etwas essen. Wieder zu Kräften kommen. Du hast einiges durchgemacht."

Seine Worte brachten sie zum Lächeln. Ihm war nicht klar, wie stark sie sich fühlte. Unter dem T-Shirt war sie nackt und einigermaßen sauber. Alles Blut war fort, er musste sie also gewaschen haben. Sie tastete an ihren Rippen entlang. Ihre Haut war intakt. Und sie kribbelte.

Sie erkannte dieses Gefühl. Ihre Haut brannte und juckte, als müsste sie ihrer menschlichen Hülle entkommen. Auch wenn der Mond nicht voll war, würde sie sich verwandeln. Von jetzt an konnte sie das tun, wann immer sie wollte.

Was für eine Freiheit und Macht! Strahlend zog sie sich das T-Shirt aus und warf es zur Seite. Es landete zu Russells Füßen.

Er sah es an, ihr den Rücken immer noch zugekehrt. „Willst du etwas Neues zum Anziehen? Es hängen noch saubere Sachen auf dem Trockenständer. Ich kann …"

Seine Stimme wurde leiser, als ihr Herz anfing, in ihren Ohren zu hämmern, und Feuer in ihrem Kopf explodierte. Sie ging auf alle viere, ihre Finger in der Decke vergrabend. Ein Schrei entkam ihrem Mund, als ihr Körper sich verwandelte.

„Was ist los?" Russell drehte sich wieder zu ihr um. „Ach du meine Güte!"

Ihre Knochen knackten auf der Suche nach ihrer neuen Form. Fell bildete sich auf ihrer Haut. Ihr Schädel weitete sich, ihre Zähne wurden länger. Und viel schärfer. Klauen schossen ihr aus den Fingern, als ihre Hände sich in Pranken verwandelten.

„Verdammt." Er wich zurück. „Mir war nicht klar, dass du …"

Sie warf den Kopf zurück und brüllte. Kraft durchflutete sie, angeheizt von ihrem inneren Feuer. Noch nie hatte sie sich so lebendig gefühlt.

„Okay." Er sah sie misstrauisch an. „Dann brauchst du gerade wohl nichts zum Anziehen. Wie wäre es mit Essen?"

Ihre Muskeln flehten danach, benutzt zu werden. Sie sprang elegant vom Bett und landete so, dass sie Russell mit den Vorderbeinen umwarf. Sie legte sich auf ihn und hielt ihn so am Boden fest.

Er verzog das Gesicht. „Das war beeindruckend."

Sie krümmte die Pranke, die auf seiner Brust ruhte, und als ihre Klauen hervortraten, schnitt sie damit sein Shirt ein Stück auf.

Er riss die Augen auf. „Schöne Klauen." Er hob die Hand, um ihr den Kopf zu tätscheln, aber als sie grinste, riss er die Hand zurück. „Schöne Zähne."

Sie knurrte tief in ihrer Kehle.

Er schluckte. „Übrigens, als ich von Essen geredet habe, habe ich nicht mich gemeint." Er deutete auf den Tisch. „Sandwich?"

Sie näherte sich seinem Gesicht.

Er erstarrte. „Jia? Du bist doch da drinnen, oder? Das sind deine Augen. Vorhin haben sie geglüht, aber jetzt sehen sie wieder normaler aus."

Sie stieß mit der Stirn gegen seine und wendete sich dann dem Tisch zu. Sich streckend legte sie ihre Vordertatzen auf dem Tisch ab und verschlang die Sandwiches.

Er rappelte sich auf. „Das war schnell. Ich mache dir noch mehr."

Die Hitze in ihr steigerte sich, bis es sich anfühlte, als müsste sie in Flammen aufgehen. Sie rannte zum Bach und tauchte bis zum Hals ins kühle Wasser.

Er lächelte. „Ich habe schon gehört, dass Tiger Wasser mögen." Er trat hinter den Tisch, um mehr Sandwiches zu belegen. „Eine Sekunde lang war ich wirklich besorgt. Ich dachte, ich müsste mich in Sicherheit teleportieren."

Selbst im Bach stand sie noch in Flammen. Ihre Haut kribbelte und signalisierte ihrem Körper, dass sie bereit war, sich wieder in ihre menschliche Gestalt zu verwandeln. Sie schloss die Augen und ließ es geschehen. Vielleicht würde das Feuer verlöschen, wenn sie wieder normal war.

Dieses Mal tat die Verwandlung nicht weh. Rauschend passten sich ihre Knochen wieder an, und ihr Fell ging zurück. Sie öffnete strahlend die Augen. Würde die Verwandlung ab jetzt immer so schnell und einfach sein?

„Das war fantastisch." Russell sah sie erstaunt an. „Wie fühlst du dich?"

Sie hockte immer noch bis zum Hals im Bach. „Ich fühle mich herrlich. So stark und …" Sie sog scharf die Luft ein, als ihr auf einmal bewusst wurde, wie das Wasser über ihre Haut strömte. Es fühlte sich so gut an. Als würden alle ihre Nervenenden gestreichelt. Das Brennen zog sich aus ihrem Kopf zurück und wanderte ihren Körper hinab.

„Die Sonne geht in ungefähr zwanzig Minuten auf. Ich habe genug Essen für den ganzen Tag hier." Er deutete auf den neuen Stapel Sandwiches, den er gerade gemacht hatte. „Hast du Hunger?"

„Eigentlich nicht." Sie erschauerte, als das rauschende Wasser ihr ein Kribbeln die Arme hinauf und den Rücken hinab schickte. Das Feuer brannte jetzt in ihrem Bauch, aber sie hatte trotzdem eine Gänsehaut. Wie konnte ihr gleichzeitig heiß und kalt sein?

Sie löste ihren Zopf und lehnte den Kopf zurück ins Wasser, um sich die Haare auszuwaschen. Als sie den Rücken nach hinten bog, kitzelte das Wasser an ihren Brüsten.

Keuchend richtete sie sich auf. Ihre Brustspitzen hatten sich zusammengezogen. Das Feuer in ihr wanderte zwischen ihre Beine und brannte dort mit plötzlichem Verlangen. Einer anderen Art von Hunger.

Sie presste die Schenkel zusammen in der Hoffnung, das Feuer zu löschen, aber die Flammen wurden nur noch heißer. Was geschah mit ihr? Sie verschränkte die Arme, umarmte sich selbst, aber das führte nur dazu, dass ihre Brüste sich schmerzlich nach Berührung sehnten.

„Stimmt etwas nicht?“, fragte er.

„Es … es geht mir gut.“ War es das, wovor Rajiv sie gewarnt hatte? Ein unkontrollierbares Verlangen, sich zu … ihr stockte der Atem, als sie zu Russel aufblickte. Gott steh ihr bei, sie wollte sich wirklich paaren.

Er legte den Kopf zur Seite und musterte sie. „Es kommt mir aber nicht so vor.“

Das Brennen zwischen ihren Beinen wurde immer stärker. Die Hitze unerträglich. Ihre Schenkel zusammenzupressen hatte sie nur noch empfindlicher gemacht. Noch verzweifelter. Ein Wimmern entkam ihren Lippen.

„Du siehst aus, als hättest du Schmerzen.“ Er nahm ein Handtuch und ging zu ihr. „Vielleicht solltest du dich hinlegen. Dich noch etwas ausruhen.“

Sie stand auf. Das Wasser reichte ihr bis zur Taille, und ihr langes Haar verbarg ihre Brüste. „Russell.“

„Komm raus.“ Er blieb am Flussufer stehen und streckte das Handtuch zwischen seinen Armen aus. „Ich werde nicht hinsehen.“

„Aber ich will, dass du hinsiehst.“ Ruckartig strich sie sich die Haare hinter die Schultern.

Er erstarrte, und seine Augen blitzten rot auf, ehe er den Kopf abwenden konnte.

Ein Siegesgefühl stieg in ihr auf. Er wollte sie. Und sie

brauchte ihn. Er würde wissen, wie er das Feuer in ihr löschen konnte. Aber sie musste sich beeilen. Wenn die Sonne aufging, würde er in seinen Todesschlaf fallen.

Sie schritt auf ihn zu und wollte aufschreien, als dabei ihre Schenkel aneinanderrieben. Sie musste sich paaren. Sie war sich nicht sicher, wie, aber Russell würde es wissen. Er würde ihr dabei helfen.

Sie riss ihm das Handtuch aus den Händen und warf es zur Seite.

„Was machst …?“ Er drehte sich zu ihr um. Sein Blick wanderte kurz über sie, und seine Augen nahmen ein noch dunkleres, intensiveres Rot an. „Jia …“

Sie legte ihm die Hände auf die Brust. „Russell.“

Er wich zurück. „Willst du ein … Sandwich?“

„Nein.“ Sie ging weiter auf ihn zu, und er wich zurück, bis er an den Tisch stieß. „Ich will dich.“

„Aber …“

„Ich brauche dich.“ Sie strich mit den Händen über sein T-Shirt, steckte dann die Finger in das Loch, das sie vorher gemacht hatte, und riss das Shirt entzwei.

„Du liebe Zeit! Du kannst doch nicht – ich habe nur eine begrenzte Anzahl T-Shirts, weißt du.“ Er atmete zischend ein, als sie seine nackte Brust liebkoste.

Seine Haut war so zart, so herrlich straff über seiner Brust und seinen Bauchmuskeln. Er war ein schöner Mann, und er würde sich mit ihr paaren. Wenn sie nur herausfand, wie genau das ging.

Ein Kuss. Küssten die Leute sich nicht normalerweise vor der Paarung? Sie packte ihn an den Schultern und stellte sich auf die Zehenspitzen, um ihren Mund fest auf seinen zu pressen.

Er wich zurück, aber sie beugte sich vor, schürzte die Lippen und presste sie noch fester auf seinen Mund. Als ihre Brüste seine nackte Brust berührten, stöhnte sie auf.

Er packte sie an den Oberarmen und schob sie zurück. „Was zur Hölle ist in dich gefahren?"

Der Kuss hatte ihr nicht viel gebracht. Aber das Gefühl von ihrer nackten Haut an seiner hatte ihr eindeutig gefallen. Offensichtlich mussten sie beide nackt sein. Sie löste seine Gürtelschnalle.

Er packte ihre Handgelenke. „Jia! Das geht nicht."

„Natürlich geht es." Sie bemühte sich, den Knopf an seinem Jeanssaum zu öffnen.

Er hob ihre Hände hoch, weg von seiner Hose. „Du bist verlobt."

„Ist mir egal." Sie machte ihre Hände los und zog seinen Reißverschluss hinab.

„Mir nicht! Ich bin nicht … Mist!" Er erstarrte, als sie seine Hose zusammen mit der Unterhose bis zu seinen Schenkeln herunterzerrte.

Sie keuchte auf, als sie seine Männlichkeit erblickte. Sie war groß und hart. Je länger sie hinsah, desto größer schien sie zu werden. Und desto heftiger wurde das Pochen und Brennen zwischen ihren Beinen. „Ich habe einen Mann noch nie so gesehen."

„Das will ich auch hoffen", murmelte er und griff nach dem Saum seiner Unterwäsche.

Ehe er sich wieder bedecken konnte, hatte sie die Hand um ihn gelegt. Seine Männlichkeit zuckte in ihrer Handfläche.

Er atmete noch einmal zischend ein. „Verdammt noch mal, Jia. Ich mache das nicht. Nicht, solange du verlobt bist."

Sie schubste ihn zum Bett, und er stolperte. Seine Hose fiel hinab bis zu seinen Knöcheln.

„Würdest du aufhören …" Er beugte sich vor, um noch einmal zu versuchen, seine Unterwäsche zu fassen, aber sie nutzte seine Stellung aus, legte die Hände an seinen Rumpf und gab ihm einen Stoß.

Er fiel ausgestreckt aufs Bett und ächzte, als seine Erektion die Oberfläche berührte. Rasch rollte er sich auf den Rücken, aber sie war ebenso schnell darin, seine Hose und Unterhose zu greifen und sie ihm ganz auszuziehen.

„Was zum …" Er fing an, sich aufzusetzen, fiel aber zurück, als sie seine Beine auf das Bett hob. „Jia …"

Sie sprang aufs Bett und setzte sich rittlings auf ihn. „Ich brauche dich. Und ich weiß, dass du mich willst. Deine Augen sind rot. Rajiv hat mich davor gewarnt, was das bedeutet."

Russell knirschte mit den Zähnen. „Natürlich sind sie rot. Ich sehe dich nackt. Aber das bedeutet nicht, dass wir …"

„Ich muss." Sie sah auf seine Männlichkeit hinab. Sie war aufgerichtet und zeigte direkt auf ihren Bauch. „Passt das wirklich in mich hinein? Es sieht so riesig aus."

Er schnaubte. „Hast du vergessen, was es heißt, mit einem anderen verlobt zu sein?"

Sie positionierte sich so, dass seine Erektion mit ihrem Unterleib gleichauf war. „Wie machen wir es?"

Er umfasste ihre Schultern, um sie zurückzuhalten. „Du bist noch Jungfrau, richtig? Warum machst du das?"

„Ich brauche …" Sie senkte die Hüften, bis die Spitze seiner Erektion sie berührte. Eine Explosion der Gefühle ging in ihrer Mitte hoch, die sie zum Erschauern brachte. Oh Gott, wenn sie sich nicht paarte, würde es sich anfühlen, als würde sie verbrennen. „Ich muss es tun! Hilf mir, bitte."

„Du kannst nicht …" Er packte ihre Hüften, um sie aufzuhalten. „Du wirst dir wehtun. Du kannst dich nicht einfach … aufs Schwert fallen lassen. Man muss bereit sein."

Sie sah sein sogenanntes Schwert zweifelnd an. „Ist das nicht bereit? Wie viel größer kannst du noch werden?"

„Ich rede von dir. Es gibt gewisse Schritte, denen man folgen muss, damit …"

„Was für Schritte?“

„Na ja … allgemein gesprochen sollte man mit Küssen anfangen.“

Sie verdrehte die Augen. „Haben wir doch schon. Was kommt als Nächstes?“

Er schnaubte verächtlich. „Das war doch kein Kuss.“

„Natürlich war es das.“

„Zwei Münder, die zusammenprallen, sind noch lange kein Kuss.“

„Nächster Schritt!“

Er sah sie stirnrunzelnd an. „Berühren.“

Sie fuhr mit den Händen über seine Brust. „Okay, fertig.“

„Ich müsste dich auch berühren.“

„Können wir nicht einfach anfangen?“ Sie nahm seine Männlichkeit in die Hand und positionierte sich wieder darüber.

„Warte!“

„Was jetzt?“

„Du musst erst … bereit sein.“ Er setzte sich auf und fuhr mit der Hand zwischen ihre Beine.

Sie erschaudere beim Gefühl seiner forschenden Finger. „Oh Gott, Russell, hilf mir.“ Sie packte seine Schultern und stöhnte, als sich Feuchtigkeit aus ihrem Inneren ergoss.

Er schloss kurz die Augen, die Miene verzogen, als wäre er wütend auf sich selbst. „Du bist bereit.“

Sie presste sich an ihn und schrie auf vor Erleichterung, als er sie an die richtige Stelle führte. Schauer durchfuhren ihren Körper, als sie spürte, wie er in sie eindrang, immer tiefer, bis er auf einen Widerstand stieß.

„War es das?“

Er biss die Zähne zusammen. „Wir sollten jetzt aufhören, damit du noch …“ Er keuchte auf, als sie sich fest auf ihn setzte. „Mist.“

Der kurze Schmerz entlockte ihr einen Schrei, aber dann sank sie weiter und weiter und nahm immer mehr von ihm in sich auf. Oh Gott, ja, das war genau, was sie brauchte. Sie umarmte ihn fest, sodass ihre Brüste sich an ihn pressten.

„Ich brenne, Russell. Kannst du es spüren?"

„Ja." Er fuhr mit den Händen über ihren Rücken.

Sie wiegte sich sanft vor und zurück. „Was mache ich jetzt?"

„Du machst das schon sehr gut."

Sie ließ die Hände an seinem Hals hinauf in seine Haare gleiten. „Ich bin so froh, dass du hier warst. Dass du es warst."

Er schloss die Hände fester um sie und rollte sie dann plötzlich auf den Rücken. Seine Männlichkeit glitt fast komplett aus ihr, aber dann tauchte er wieder in sie hinein und brachte sie damit zum Stöhnen.

Er streichelte ihre Brüste und nahm dann eine Spitze in den Mund. Sie bog den Rücken durch und stöhnte vor Wonne auf. Wieder und wieder stieß er in sie hinein. Härter und härter, bis sie nach Luft rang und in einem Meer aus Gefühlen versank, die stärker und stärker wurden.

Gerade als sie glaubte, ertrinken zu müssen, zersprangen die Gefühle. Sie schrie auf und hielt sich an ihm fest. Schreiend pumpte er in sie hinein und brach dann über ihr zusammen, sein Gewicht auf den Ellenbogen abstützend.

Seine Fangzähne schossen hervor. Stöhnend rollte er sich auf den Rücken.

Sie legte eine Hand auf ihre Brust und wartete darauf, dass ihr wild klopfendes Herz sich beruhigte. Sie presste die Schenkel zusammen. Das herrliche Pochen hielt immer noch an.

Sie hatte es getan. Sie hatte sich zum ersten Mal gepaart. Ein Lachen stieg ihr die Kehle hinauf. Das Feuer war verloschen, und sie fühlte sich nur noch stark und frei.

Russell stand vom Bett auf und ging zur Kühlbox. Ihr den

Rücken zugekehrt, stellte er eine Flasche Blut in die Mikrowelle und wartete darauf, dass sie warm wurde.

Sie drehte sich auf die Seite, um seinen Rücken und seinen Hintern zu bewundern. „Danke."

Er erstarrte, drehte sich aber nicht um, sagte kein Wort.

War er wütend auf sie? Sie setzte sich auf. „Ist alles in Ordnung?"

Er nahm die Flasche heraus und trank einen Schluck. „Die Sonne geht in ein paar Minuten auf. Wenn ich tot bin, solltest du deinen Cousin anrufen und ihm sagen, dass es dir gut geht. Xiao Fang hat ihm erzählt, dass du verwundet worden bist, ich bin mir sicher, er macht sich Sorgen."

Sie zuckte zusammen. Sie würde zugeben müssen, dass sie in ihr zweites Leben übergetreten war. Und Rajiv würde wissen wollen, ob sie sich gepaart hatte. Er würde nicht begeistert sein, dass die Wertiger-Prinzessin es mit einem Vampir getan hatte. Besonders, weil sie schon verlobt war.

Weigerte Russell sich deshalb, sie anzusehen? Fühlte er sich schuldig? Es war nicht seine Schuld. Sie war es, die sich ihm praktisch aufgezwungen hatte.

Sie keuchte auf. Oh Gott, sie hatte ihn gezwungen. Er hatte wieder und wieder versucht sie aufzuhalten, aber sie hatte nicht gehört. Sie war ganz in ihrem fieberhaften Wahn gefangen gewesen. „Russell, ich …"

„Ruh dich etwas aus." Er warf die leere Flasche in eine Plastikkiste. „Wir können reden, wenn ich aufwache." Er schritt ans andere Ende der Höhle, wo noch eine Decke und ein Kissen lagen.

Er wollte nicht das Bett mit ihr teilen? Ihr wurde das Herz schwer.

„Gute Nacht." Er streckte sich aus und schloss die Augen.

Ihr kamen die Tränen, als er aufhörte zu atmen. „Es tut mir so leid."

Er hatte jedes Recht, wütend auf sie zu sein. Er hatte versucht sie aufzuhalten. Er hatte sie daran erinnert, dass sie verlobt war. Und sie hatte seine Einwände alle ignoriert.

Rajiv würde ebenfalls wütend sein. Sie musste ihm erklären, dass es ihr egal war, wenn aus der Verlobung nichts wurde. Sie kannte diesen Wertiger-Prinzen nicht einmal. Wenn es nach ihr ginge, könnte er sich zum Teufel scheren.

Aber Russell ... sie ging zu ihm und zog seine Decke zurecht. Er war ihr wichtig. Er war der Einzige, der an sie geglaubt hatte, der Einzige, dem ihre Gedanken galten und der ihr Herz berührte. Es würde sie umbringen, wenn sie seine Freundschaft verlor. Oder seinen Respekt.

Eine Träne lief ihr die Wange hinab. „Bitte hasse mich nicht. Du bist mein ... mein Partner. Mein Cowboy. Ich brauche dich.“ Ihr wurde eines schmerzlich bewusst: Sie wollte von ihm geliebt werden.

Weil sie ihn liebte.

19. Kapitel

Als Russell am Abend aufwachte, sah er Jia neben sich schlafen, in eines seiner T-Shirts gehüllt.

Es gab Anzeichen, dass sie während des Tages fleißig gewesen war. Seine Kleidung und sein Mantel, die er im Fluss eingeweicht hatte, waren ausgewaschen und hingen auf dem Trockenständer. Alle Wäsche war erledigt und die Höhle aufgeräumt.

Er zündete eine Öllampe an und nahm dann eine Flasche Blut aus der Kühlbox. Während er an seinem Frühstück nippte, schlenderte er zurück ans Bett, um ihr beim Schlafen zuzusehen. Er war sich nicht sicher, was er von der letzten Nacht halten sollte. Es schien, als wäre sie von einem Verlangen getrieben gewesen, über das sie keine Kontrolle gehabt hatte. Hatte ihr Tod sie so sehr traumatisiert, dass sie sich lebendig fühlen musste, indem sie Sex hatte? Warum dieses plötzliche Bedürfnis, ihre Unschuld zu verlieren?

Wie in aller Welt sollte er sie jetzt wieder aufgeben? Er hatte versucht, ihr zu widerstehen. Er wusste es besser, als mit einer Frau zu schlafen, die verlobt war. Aber letztendlich hatte sein Verlangen die Schlacht gewonnen. Seine Liebe zu ihr war stärker als seine Ehre.

Er stürzte den Rest seines Frühstücks hinunter und ließ die leere Flasche dann in die Plastikkiste zu den anderen fallen. In ihm war ein primitiver Höhlenmensch, der von ihm verlangt hatte, sie zu nehmen und als seinen Besitz zu markieren, als wäre sie ein wertvoller Gegenstand. Und der gleiche Höhlenmensch wollte auch alle Konkurrenz vernichten.

Er atmete tief durch und zwang sich, den Höhlenmenschen zu unterdrücken. Jia war eine starke, unabhängige Frau, und er liebte das an ihr. Dass er es nicht ertragen konnte, sie aufzugeben, war sein Problem. Er konnte nichts anderes tun, als ehrlich zu ihr zu sein und sie davon zu überzeugen, dass ein Leben mit einem mittellosen Vampir besser war als ein Leben im Palast mit einem Wertiger-Prinzen.

Mist. Er war so was von erledigt.

Trotzdem war es das Beste, was ihm seit Jahren geschehen war, sich in sie zu verlieben. Er fühlte sich voller Hoffnung und lebendig statt tot und voller Hass. Aber er war sich nicht sicher, wie sie empfand. Letzte Nacht schien sie verzweifelt. Vor Lust auf ihn? Oder nur vor sexueller Begierde?

Er erhitzte etwas Wasser und nahm eine heiße Dusche. Jia aufzuwecken hatte keine Eile. Er hatte zu viel Angst vor dem, was sie sagen könnte. Außerdem hatte es keinen Sinn, in dieser Nacht wieder Jagd auf Han zu machen. Er würde sich bis morgen versteckt halten, wenn die Zeit gekommen war, seine Truppen in die Schlacht zu führen.

Während Russell sich abtrocknete und anzog, überlegte er sich, was er mit seinem Bruder machen sollte. Er musste mit Markos allein sein, um ihn zur Vernunft zu bringen. Sobald er also Markos am nächsten Abend entdeckte, wollte er sich hinter ihn teleportieren und ihn überraschend packen, damit er ihn entführen konnte.

Ohne Markos als ihren Anführer würden die Soldaten wahrscheinlich davor zurückschrecken, Tiger Town anzugreifen. Vielleicht desertierten sie sogar. So wie Russell die Soldaten am vorigen Abend kennengelernt hatte, war die Stimmung unter ihnen am Tiefpunkt. Sie wollten nicht länger für Han sterben und riskieren, in die Hölle zu kommen.

Sobald er und Markos allein waren, würden sie den Ausgang der Schlacht entscheiden. Es gab keinen Grund, irgendwen sonst in Gefahr zu bringen. Er seufzte. An diese letzte Konfrontation wollte er lieber nicht denken. Würde Markos sich ergeben und den Plan aufgeben, die Weltherrschaft zu erringen? Irgendwie musste Russell ihn vom Aufhören überzeugen. Wenn nicht, wäre er gezwungen, ihn zu töten.

Ihm zog sich das Herz in der Brust zusammen. *Gott steh mir bei. Erspare mir dieses Leid.* Hatte er nicht schon genug durchgemacht?

Im Bett fing es an zu rascheln. Jia wachte auf. Sie blinzelte ihn verschlafen an, und Furcht durchfuhr ihn. Sollte er auch sie verlieren?

„Ich gehe ein paar Minuten nach oben, damit du deine Privatsphäre hast." Er nahm sich ein Schwert und das Sat-Telefon und teleportierte sich dann nach oben, um sich umzusehen. Er traf nur auf ein paar Kleintiere, die davonrannten, sobald er sich näherte.

Er fragte sich, wie die Vorbereitungen in Tiger Town liefen, wagte es aber nicht, einen der Vampire anzurufen, weil sie sich zu ihm teleportieren und so den Ort seines Verstecks erfahren könnten. Also rief er Howard in Transsilvanien an.

„Rate, wer hier ist", sagte Howard. „Letzte Nacht hat Angus veranlasst, dass Neona, Norjee und Xiao Fang hierher teleportiert werden. Neona hat sich bereit erklärt, nicht an der Schlacht teilzunehmen, weil sie ein Kind erwartet."

„Das ist gut. Wie geht es Xiao Fang?"

„Er erholt sich gut", antwortete Howard. „Neona hat seine Verletzungen geheilt, und er redet viel mit Norjee. Er hat aber noch nicht viel über seine Gefangenschaft erzählt. Er fragt immer wieder, ob es Jia gut geht. Er sagt, sie ist niedergestochen worden."

„Sag ihm, dass es ihr gut geht. Die Wunde ist komplett verheilt."

„Das ist eine Erleichterung. Der arme Junge hat Angst davor, sich zu freuen. Er macht sich Sorgen, dass Darafer ihn findet."

Russell zuckte zusammen. Das wäre möglich. „Können wir Darafer irgendwie loswerden?"

„Umbringen können wir ihn nicht", knurrte Howard. „Soweit ich weiß, können nur der Himmlische Vater oder die Erzengel ihn zerstören. Die Gotteskrieger können ihn in die Hölle verbannen, aber es braucht dazu sieben von ihnen. Und sie können es nur tun, wenn er das Gebot des freien Willens bricht."

Russell seufzte. Selbst wenn er die Situation mit seinem Bruder löste, blieb Darafer ein Problem. „Was ist in Tiger Town los?"

„Angus hat eine Armee von zweihundert Mann zusammengetrommelt. Sobald die Sonne hier untergeht, soll Mikhail mich zu ihnen teleportieren."

„Gibt es schon Anzeichen von Hans Armee?", fragte Russell. „Muss ich ihr heute Nacht nachstellen?"

„Nein. Du kannst dich entspannen. Königin Nimas Eule beobachtet die Armee und lässt durch andere Vögel bei Winifred Bericht erstatten, Angus weiß also, wo die Armee sich aufhält. Er geht davon aus, dass sie morgen Nachmittag den Mekong erreicht. Wir nehmen an, dass sie erst angreift, wenn die Sonne untergegangen ist und Han auftaucht."

„Erzähl Angus, dass ich Han entführe, sobald ich ihn entdecke. Das sollte die Armee von einem Angriff abhalten."

Es folgte eine Pause, ehe Howard sagte: „Du solltest dich raushalten, Russell. Misch dich nicht ein. Er ist dein Bruder ..."

„Deswegen muss ich es tun. Ich kann nicht zulassen, dass er noch jemanden umbringt."

Howard stöhnte auf. „Das verstehe ich, aber ich will nicht, dass du etwas tust, was du später bereuen wirst. Du wirst für immer mit den Konsequenzen leben müssen."

„Ich weiß. Bis dann." Russell legte auf und stand reglos da. Verzweiflung drohte ihn zu übermannen. Musste er denn jeden verlieren, den er je geliebt hatte?

Schweren Herzens teleportierte er sich zurück in die Höhle.

Jia saß auf dem Bett, in ihre zweite Garnitur Kleidung gekleidet, und flocht sich die Haare. „Hi." Sie lächelte ihn an und wendete sich dann errötend ab.

Toll. Jetzt würde es auch noch peinlich werden. „Wie geht es dir? Du siehst ... wunderschön aus, aber das tust du immer."

Sie errötete noch tiefer. „Es geht mir gut."

„Hast du genug zu essen hier? Wenn die Sonne in Transsilvanien untergeht, kann ich dir sonst welche von Howards Donuts stehlen."

Bei seinen Worten musste sie noch mehr lächeln. „Es geht mir gut, wirklich. Es ist nur ... so peinlich."

„Du musst dich nicht schlecht fühlen." Sex mit ihm zu haben war ihr peinlich? Mist. Er steckte das Sat-Telefon zum Aufladen an die Steckdose. Wenn sie sich entschuldigte oder von einem Versehen sprach, konnte er für nichts garantieren.

„Ich bin zum ersten Mal gestorben und wieder zurückgekehrt." Sie glitt vom Bett und schlenderte an den Tisch. „Ich war mir nicht sicher, was genau geschehen würde. Ich hatte nicht erwartet, mich zu verwandeln."

„Keine große Sache." Er nahm sich noch eine Flasche Blut aus der Kühlbox und schraubte den Verschluss ab. Nicht, dass er hungrig wäre, aber er musste sich mit etwas beschäftigen, sonst machte er noch irgendwas kaputt. „Du bist ein Wertiger. Du verwandelst dich. Dafür musst du dich nicht entschuldigen." *Und außerdem liebe ich dich so, wie du bist.*

„Ich ... hoffe, ich habe dich nicht erschreckt."

Er zuckte mit den Schultern und nippte an seinem kalten Blut.

„Rajiv hat mich gewarnt, dass ich mich … seltsam benehmen könnte."

„Du meinst wie eine Sex-Göttin?"

Sie starrte ihn ungläubig an. „Nein! Ich meine, er hat gesagt, ich würde das überwältigende Bedürfnis verspüren, mich zu paaren, aber ich hatte mich noch nie gepaart, deshalb dachte ich nicht …"

„Du wusstest es?" Er stellte die Flasche heftig auf den Tisch. „Du wusstest, was passieren würde?"

„Es tut mir leid! Ich dachte nicht …"

„Nicht …" Er ballte die Hände zu Fäusten. „Entschuldige dich nicht."

„Ich habe nicht gedacht, dass irgendetwas passiert!" Sie trat auf ihn zu. „Ich bin mir sicher, es muss schockierend für dich gewesen sein, aber bei Werkatzen scheint das vollkommen normal zu sein. Sieh es als kulturelle Eigenheit an."

Wut stieg in ihm hoch. „Eine *kulturelle* Eigenheit?"

„Ja." Sie winkte nachlässig ab. „Das passiert einfach, wenn eine Werkatze in ihr nächstes Leben übertritt."

„Na Gott sei Dank hattest du einen geeigneten Schwanz parat!"

Keuchend wich sie zurück.

So ein Mist! Er knallte zwei Pistolen auf den Tisch neben seine Reinigungsmittel und setzte sich auf einen Hocker, um sich an die Arbeit zu machen.

„Russell?"

Er ignorierte sie, während er die erste Waffe auseinandernahm. Das war noch schlimmer, als er geglaubt hatte. Sie war einfach durch ein instinktives Paarungsbedürfnis angetrieben worden. Er war nur nützlich gewesen. Es hatte ihr persönlich überhaupt nichts bedeutet. Kein Wunder, dass es ihr peinlich war. Sie hatte ihn benutzt. Und jetzt hatte sie vor, mit dem Leben weiterzumachen, ihrem zweiten Leben, als wäre nichts geschehen.

„Russell?"

Er reinigte die Waffe in Vampirgeschwindigkeit. Morgen Abend würde er die Sache mit seinem Bruder beenden. Sie bekam die Rache, die sie wollte. Und dann war sie frei, um ihren Prinzen zu heiraten.

„Russell!"

Er sah hoch. Verdammt, sie sah ihn mit Tränen in den Augen an. Vielleicht nahm sie es doch persönlich. Er legte seine Werkzeuge hin. „Was ist los?"

„Ich …" Sie schloss schmerzerfüllt die Augen. „Ich habe einen Fehler gemacht."

Verdammt. Warum schnitt sie ihm nicht einfach das Herz heraus und warf es in den Mixer? „Ich dachte, unsere gemeinsame Nacht wäre eine kulturelle Eigenheit. Jetzt auf einmal ist sie ein Fehler."

Sie zuckte zusammen. „Denkst du das?"

Er sprang auf. „Ich weiß nicht, was zur Hölle ich denken soll!"

Sie biss sich auf die Lippe. „Ich habe einen Fehler gemacht, als ich so getan habe, als wäre letzte Nacht nicht wichtig gewesen. Ich habe sie verharmlost, weil ich versucht habe, meine Scham zu verbergen."

„Du schämst dich, weil du mit mir geschlafen hast?"

„Nein! Ich schäme mich, weil ich ein Verbrechen begangen habe." Sie drückte die Schultern durch. „Ich habe dich missbraucht. Du hast mehrmals versucht, mich aufzuhalten, aber ich habe deine Wünsche ignoriert. Ich habe dich gezwungen, dich mit mir zu paaren, und ich …"

„Gezwungen?"

„Ja. Ich weiß, es ist unverzeihlich, aber ich hoffe …"

„*Gezwungen?*" Er ging um den Tisch herum und baute sich vor ihr auf. „Du vergisst da eine ziemlich große Sache."

Ihr Blick senkte sich auf seinen Schritt. „Ich glaube nicht."

Er schnaubte. „Ich beziehe mich darauf, dass ich mich gestern Nacht zu jedem Zeitpunkt hätte davonteleportieren können. Ich bin geblieben, weil ich es wollte."

Sie blinzelte. „Aber du hast immer wieder versucht, mich aufzuhalten."

„Weil du verlobt bist. Nicht, weil ich dich nicht will." Er trat näher auf sie zu. „Hast du mich gezwungen, dir die Brüste zu küssen oder an ihren Spitzen zu saugen?"

Ihr fiel die Kinnlade herunter.

„Hast du mich gezwungen, dich auf den Rücken zu drehen, damit ich tiefer in dich eindringen kann? Hast du mich gezwungen, den heftigsten verdammten Höhepunkt meines Lebens zu haben?"

Sie starrte ihn mit großen Augen an. „Du ... du wolltest das?"

„Ja! Du kannst also aufhören, dich zu entschuldigen oder zu schämen. Ich habe genau das getan, was ich wollte. Das passiert, wenn ein Mann sich verliebt."

„Du meinst ..."

„Ja! Ich liebe dich."

Sie reagierte schockiert.

Er trat von einem Fuß auf den anderen. Jetzt, wo er ihr sein Herz geschenkt hatte, würde sie es in den Mixer werfen, indem sie ihn daran erinnerte, dass sie vorhatte, einen anderen zu heiraten.

Eine Träne lief ihr die Wange hinab, als sie näher an ihn herantrat. „Ich hatte solche Angst, dich missbraucht zu haben. Ich konnte den Gedanken nicht ertragen, dass du mich hasst."

„Niemals. Ich liebe dich."

Sie schenkte ihm ein zittriges Lächeln, während ihr die Tränen das Gesicht hinabliefen. „Das ist gut. Ich liebe dich nämlich auch."

Er erstarrte, und der Atem stockte ihm in der Brust. „Du …?"

„Letzte Nacht ist es mir endlich klar geworden, aber das Gefühl war schon lange da. Deswegen habe ich darauf bestanden, bei dir zu sein, wenn ich sterbe." Sie streckte die Hand aus, um seine Wange zu berühren. „Wenn ich einen Partner brauchte, solltest du es sein. Nur du konntest es sein."

Etwas Hartes, aber zugleich Zerbrechliches schien in seiner Brust in Stücke zu bersten, und er legte ihr die Hand in den Nacken, um sie an sich zu ziehen und sie zu küssen. Die plötzliche Bewegung überraschte sie, ihr Mund stand deshalb offen. Er nutzte die Gelegenheit, ließ seine Lippen mit ihren verschmelzen und drang mit der Zunge in ihren Mund ein.

Sie erstarrte, höchstwahrscheinlich immer noch überrascht. Er nahm ihren Kopf zwischen beide Hände, um ihren Mund verschlingen zu können. Gott, wie sehr er sie brauchte. Seine Brust zog sich zusammen. Erregung durchfuhr ihn.

Ihre Hände glitten seine Schultern entlang bis zu seinem Hals. Bald schon bewegte ihr Mund sich mit seinem, und ihre Zunge umspielte seine. Sie küssten sich, bis sie außer Atem waren und an den Lippen des anderen nach Luft rangen.

Er legte seine Stirn an ihre. „So küsst man richtig."

„Ich glaube, ich mag küssen doch."

Als er die Augen öffnete, waren ihre Wangen gerötet.

Sie grinste. „Ich liebe es, wenn deine Augen rot werden. Ich fühle mich dadurch so mächtig."

„Du bist mächtig. Du könntest mich mit einem einzigen Wort zerstören."

Sie vergrub die Finger in seinem Haar. „Welches Wort soll das sein?"

„Lebwohl."

Sie riss die Augen auf. „Dann lass uns das niemals sagen. Es würde mich auch zerstören."

Er zog sie an sich, um sie noch einmal zu küssen. Sie hielt ihn fest und erwiderte seinen Kuss. Ihr Körper presste sich an seinen, und er wurde hart. Nachdem er ihren Mund verschlungen hatte, bis sie ganz willen- und atemlos war, setzte er eine Spur aus Küssen von ihrer Wange bis zu ihrem Ohr.

Stöhnend neigte sie den Kopf.

Er nahm ihr Ohrläppchen in den Mund und flüsterte: „Ich will dich nackt, um dich überall küssen zu können."

„Oh." Sie bebte. „Na gut, wenn du darauf bestehst." Sie zog an seinem T-Shirt, aber er hatte es ausgezogen, ehe sie es zerreißen konnte.

„Warte." Sie nahm seine Hände, als er nach seinem Gürtel griff. „Ich will dich ausziehen."

„Na gut, wenn du darauf bestehst", wiederholte er ihre Worte. „Danach ziehe ich dich aus."

„Abgemacht." Grinsend öffnete sie seine Gürtelschnalle.

In Vampirgeschwindigkeit knotete er ihren Gürtel auf und zog ihr die Tunika aus. Dann löste er das Band im Saum ihrer Hosen und ließ sie auf den Boden fallen. Sie stand in Hemd und Slip da, ehe sie den Reißverschluss seiner Hose ganz öffnen konnte.

Sie sah ihn schief an. „Hast du es eilig?"

„Sobald du nackt bist, kann ich so langsam machen, wie du willst."

Ihre goldenen Augen glänzten. „Na gut, wenn du darauf bestehst."

„Das tue ich, Prinzessin."

„Cowboy." Sie zog seine Hose und Unterhose herunter, und seine geschwollene Männlichkeit sprang heraus. „Oh, hallo. An dich erinnere ich mich."

„Du willst mit ihm reden?“ Er zog sich Schuhe und Hosen aus.

Sie streichelte ihn mit den Fingern. „Vielleicht mehr als nur reden.“

„Na gut, wenn du darauf bestehst.“ Er hob sie hoch und trug sie zum Bett. Als er sie darauf abgesetzt hatte, zog er ihr das Hemd über den Kopf. Ihre Brüste kamen zum Vorschein, rund und fest und gekrönt von rosigen Spitzen.

„Letzte Nacht ging zu schnell“, murmelte er, während er ihre Brüste in die Hand nahm und ihr Gewicht in seinen Handflächen spürte. „Ich konnte dir nicht die Aufmerksamkeit schenken, die du verdient hast.“

Er strich mit den Daumen über ihre Brustspitzen, die sich zusammenzogen. „Sieh dir das an. Wie schön sie sind.“ Er beugte sich vor, um mit der Zunge über die zusammengezogene Haut zu fahren.

Sie erschauerte und ließ dann die Hände an seinen Armen bis zu seinen Schultern hinaufgleiten. „Ich liebe es, dich anzufassen. Du bist so schön.“

Er schnaubte. „Männer sind nicht schön.“

„Du schon.“ Sie strich über seine Brust hinab zu seinem Bauch. „So viele Muskeln.“

„So viele Kurven.“ Er ließ die Finger über die Rundungen ihrer Taille und Hüfte wandern.

„So weich, aber auch so herrlich hart.“ Sie schloss die Hand um seine Härte.

Er sog die Luft ein, als sie anfing, ihn vorsichtig zu streicheln und dann mit dem Daumen über die Spitze zu reiben. Stöhnend löste er ihre Hand von sich. „Das reicht.“

Sie runzelte die Stirn. „Aber ich fasse dich gerne an.“

„Ich explodiere gleich.“ Er küsste ihr die Hand. „Ich will eine Weile die Kontrolle haben. Ich werde dafür sorgen, dass du dich windest und vor Lust schreist.“

„Wirklich?“ Sie sah ihn zweifelnd an, dann zuckten ihre Mundwinkel. „Na gut, wenn du darauf bestehst.“ Sie lehnte sich auf dem Bett zurück und streckte die Arme aus. „In Ordnung, Cowboy. Mal sehen, was du kannst.“

Er stupste ihr gegen die Nase. „Dein Wunsch ist mir Befehl, Prinzessin.“

„Nenn mich nicht Prinzessin.“

Lächelnd hakte er die Finger in den Saum ihres Slips und zog ihn ihr aus.

Sie hob ihre Hüfte verlockend, als er ihr den Slip über den Po und ihre Beine hinabzog. Jetzt, wo sie nackt auf dem Bett ausgestreckt lag, war es an der Zeit, sie zu betrachten. Sie war schlank und muskulös gebaut, wie eine Athletin, aber mit all den sinnlichen Kurven einer wunderschönen Frau.

Ihre Brustspitzen zogen sich zusammen, und sie bewegte kaum merklich die Hüften. „Warum siehst du mich einfach nur an?“

„Mir gefällt, was ich sehe. Du bist schön. Und du windest dich jetzt schon.“

Sie schnaubte. „Weil du mich nervös machst. Wo bleibt die ganze Lust, die du mir versprochen hast?“

„Ich arbeite daran.“ Er streichelte ihr die Fußsohlen.

Sie zog sie weg. „Das kitzelt.“

„Ah.“ Er fuhr mit den Fingerspitzen über ihre Knöchel. „Kitzelt das auch, Prinzessin?“

„Ja.“ Sie trat nach ihm.

Er wanderte an ihren Waden hinauf und kitzelte ihre Kniekehlen. „Und das?“

„Ja.“ Sie hielt ihn auf, indem sie die Knie beugte, und keuchte, als er sie auseinanderschob.

Jetzt konnte er ihre rosigen Lippen betrachten und wurde dabei noch härter.

„Warum starrst du so?“

„Stört dich das?“ Er fuhr mit den Händen ihre Schenkel hinauf.

Ihre Beine fingen an zu beben, ihre Lippen feucht zu glänzen. Er atmete tief ein, um den Duft ihrer Erregung wahrzunehmen.

„Russell, mach etwas. Ich werde langsam verrückt.“

Lächelnd streckte er sich neben ihr aus. „Bist du bereit, dich vor Lust zu winden?“

„Ja!“

Er beschrieb eine Spur aus Küssen ihren Hals hinab und strich mit der Hand über ihren Bauch. Als er mit dem Mund ihre Brüste erreicht hatte, tauchten seine Finger in die schwarzen Locken, die ihren Hügel bedeckten.

Stöhnend wand sie ihre Hüften und presste sich gegen seine Hand. Er lächelte in sich hinein, genoss es, wie selbstbewusst und frei sie war. Er neckte ihre Brustspitze mit der Zunge und wurde mit einem weiteren Stöhnen belohnt.

„Russell“, hauchte sie und fuhr ihm mit den Händen durch die Haare.

Er nahm ihre Brustspitze in den Mund und saugte daran. Einige Male ganz fest, dann sah er zu ihr auf, um ihre Reaktion zu beobachten, als er die Hand zwischen ihre Beine gleiten ließ. Sie war herrlich feucht und bereit. Sie riss die Augen auf, als er an ihrer intimsten Stelle zupfte.

„Was … du liebe Zeit …“ Sie keuchte, als er anfing, sie sanft zu massieren.

Er küsste eine Spur ihren Bauch hinab, während er sie streichelte. Bald schon keuchte sie heftig und presste sich gegen ihn. Er vergrub die Nase in ihren schwarzen Locken und ließ dann die Finger zwischen ihre feuchten Lippen gleiten. Er drang mit einem Finger in sie ein, dann mit zweien. So heiß und feucht.

Stöhnend ließ sie die Hüften kreisen. Er legte sich zwischen ihre Beine und begann, sie mit seiner Zunge zu liebkosen. Sie schrie auf und zappelte mit den Beinen.

Wie wild sie war. Er packte ihren Po, um sie stillzuhalten, damit er mit der Zunge über ihre Lippen und dann dazwischen fahren konnte. Sie wurde immer erregter, immer feuchter. Ihr ganzer Körper bebte. Er packte sie fester und schloss den Mund um ihre Mitte. Ein paar neckende Bewegungen mit seiner Zunge reichten aus, und sie schrie auf. Sie bäumte sich auf, und er konnte die Wellen ihrer Erregung an seinem Gesicht spüren. Als er mit zwei Fingern in sie hineintauchte, schrie sie noch einmal auf. Sie zog sich um ihn zusammen, umschloss seine Finger und weckte in ihm schmerzliches Begehren.

Er konnte nicht länger warten. Er drang in sie ein.

Aufschreiend schlang sie Arme und Beine um ihn. Ihre Finger gruben sich in seine Schultern.

Der Höhlenmensch in ihm machte sich los, und er drang wieder und wieder hart in sie ein. „Du gehörst mir", knurrte er. „Mir."

Sein Höhepunkt traf ihn wie ein Schlag. Er kniff die Augen zusammen, sah aber auch in der Dunkelheit helle Blitze. Er verlor die Kontrolle, pumpte wild in sie hinein und brach dann nach Luft ringend neben ihr zusammen. Seine Fangzähne schossen hervor, aber er war zum Glück zu ausgelaugt, um etwas mit ihnen zu unternehmen.

Langsam wurde er sich ihres schweren Atems und ihres bebenden Körpers bewusst. Er zog sie dicht an sich und legte das Kinn auf ihrem Kopf ab. Seine Fangzähne zogen sich wieder ein.

„Russell", hauchte sie an seiner Brust. „Wird es immer so sein?"

„Ich weiß nicht. Gib mir ungefähr zehn Minuten, dann finden wir es heraus."

Sie schnaufte. „Wollen wir die ganze Nacht im Bett verbringen?“

„Wenn du darauf bestehst.“

Sie lachte und zog ihn fest an sich. „Ich bestehe darauf.“

„Dein Wunsch ist mir Befehl, Prinzessin.“

Sie rutschte zu ihm hoch, um ihm in die Augen sehen zu können. „Ich mache mir Sorgen um mein Zuhause und mein Volk. Han greift Tiger Town morgen an.“

„Ich weiß. Ich kümmere mich um ihn.“

„Was hast du vor?“

„Ihn entführen. Ihn irgendwohin bringen, wo wir … reden können.“

Sie runzelte die Stirn. „Was, wenn er sich einfach teleportiert?“

Russell seufzte. „Vielleicht muss ich ihn bewusstlos schlagen und mit Silber fesseln.“

„Ich helfe dir. Bring ihn in den Palast. Ich warte dort mit der Silberkette auf euch.“

„Du musst nicht …“

Sie legte ihm einen Finger auf den Mund, um ihn zum Schweigen zu bringen. „Ich werde für dich da sein. Wir sind Partner.“

„Lieber wäre mir, wenn du hierbleibst, wo es sicher ist.“

„Mach dir keine Sorgen um mich. Ich kann mich jetzt verwandeln, wann ich will. Außerdem haben wir eine Abmachung.“

„Haben wir?“

Sie nickte. „Dass wir uns nie Lebewohl sagen. Also musst du mich mitnehmen.“

Er strich ihr die Haare aus der Stirn. „Wenn dir irgendetwas zustößt, werde ich mir das nie verzeihen.“

„Was könnte schon passieren? Selbst wenn ich sterbe, komme ich wieder zurück. Und dann wäre ich noch stärker.“ Sie sah ihn eindringlich an. „Kämest du damit zurecht?“

Er lächelte. „Jawohl, Prinzessin."

Sie lächelte zurück. „Nenn mich nicht Prinzessin."

Er küsste sie auf die Nase.

Sie legte ihm eine Hand an die Wange. „Ich werde mit dir gehen, weil ich dich liebe."

„Ich weiß." Unbehagen machte sich in seinem Herzen breit. Egal was sie sagte, es würde gefährlich werden. „Ich liebe dich auch."

20. Kapitel

In der folgenden Nacht kamen Jia und Russell nach Sonnenuntergang in Tiger Town an.

Auf dem Vorplatz wimmelte es von Vampiren, Wandlern und Hans ehemaligen Soldaten, die auf den Beginn der Schlacht warteten. Angus stand oben an der Treppe, die zum Flussufer hinabführte. Von dort aus hatte er einen guten Blick auf den Mekong und Hans Armee, die sich auf der anderen Seite versammelt hatte.

„Howard sollte Angus von unserem Plan, Han zu entführen, erzählt haben“, sagte Russell zu Jia. „Ich frage kurz nach, ob Angus wirklich Bescheid weiß.“

Jia nickte. „Ich warte im Palast auf dich.“

„In Ordnung.“ Er drückte ihr die Hand, ehe er sich umdrehte und ging.

Sie sah ihm schweren Herzens nach. Dreizehn Jahre lang war es ihr Plan gewesen, Han zu vernichten, gespeist aus Hass und dem Bedürfnis, ihre Familie zu rächen. Aber jetzt, wo sie sich in Russell verliebt hatte, bestimmte Rache nicht länger ihr Leben. Jetzt wollte sie Han umbringen, um Russell den Schmerz zu ersparen, seinen eigenen Bruder umbringen zu müssen.

Es mochte ihm nicht gefallen, wenn sie sich einmischte, aber sie war gewillt, sich seiner Wut zu stellen, wenn sie ihn so vor Schaden bewahren konnte. Was sollte sie sonst tun, so sehr, wie sie ihn liebte?

Sie schlängelte sich durch die Menschenmenge und zog sich dann in ihrem Zimmer um. Sie wählte einen schlichten

Mantel, der nur mit einem Gürtel an der Taille geschlossen wurde. Statt ihrer Stiefel zog sie Schuhe an, aus denen sie leicht herausschlüpfen konnte. So konnte sie innerhalb von Sekunden ihre Kleidung abwerfen, wenn sie sich verwandeln musste. Sie schob sich ein Messer unter ihren Stoffgürtel und versteckte zwei weitere in den tiefen Taschen ihrer Trompetenärmel. Ebenfalls an den Stoffgürtel gebunden hatte sie einen Seidenbeutel, in dem sich die silberne Kette befand.

Wieder draußen, eilte sie über den gedrängten Vorplatz in Richtung Palast. Wenn Russell seinen Bruder in den Thronsaal teleportierte, würde sie die silberne Kette um Han schlingen, damit er nicht entkommen konnte.

Auf halbem Weg die Treppe zum Palast hinauf hörte sie, wie Rajiv ihren Namen rief. Sie drehte sich um und sah, wie er die Stufen hinaufsprang.

„Jia! Geht es dir gut?" Er blieb neben ihr stehen und sah sie von oben bis unten an.

Sie hatte ihn am Nachmittag angerufen, um ihm zu versichern, dass alles in Ordnung war, aber als er mehr wissen wollte, hatte sie das Thema gewechselt und über die bevorstehende Schlacht gesprochen. Die letzten zwei Nächte mit Russell kamen ihr zu kostbar und persönlich vor, um am Telefon darüber zu sprechen. Sie wollte ihre Zeit mit Russell wie einen Schatz beschützen, ohne irgendeine Störung von außen. „Mir geht es wunderbar. Du kannst aufhören, dir Sorgen zu machen."

„Aber du bist niedergestochen worden. Xiao Fang hat es uns erzählt."

„Die Wunde ist verheilt." Sie deutete auf den Palast. „Ich muss drinnen warten. Russell teleportiert Master Han in den Thronsaal. Ich soll ihm helfen ..."

„Du wirst wieder gegen Han kämpfen?" Rajiv sah entsetzt aus. „Er hat dich beim letzten Mal fast umgebracht."

„Ich bin jetzt stärker …"

„Er hat dich doch umgebracht, nicht wahr?" Rajiv packte sie am Arm und sah ihr fest in die Augen. „Ich kann mehr Macht in dir spüren. Du hast dein zweites Leben angetreten, oder nicht?"

„Ja."

„Verdammt noch mal!" Rajiv ließ sie los und wendete sich ab, um die Hände zu Fäusten zu ballen. „Russell hat gesagt, er würde dich beschützen. Ich sollte ihm eins überziehen …"

„Es ist nicht seine Schuld! Er stand unter Schock. Er hatte gerade herausgefunden, dass Han sein Bruder ist."

„Er hätte dich hierherbringen müssen! Leah hätte dich verarzten können, und Neona hätte dir den Schmerz genommen. Verdammt, Jia, warum hast du nicht getan, was man dir gesagt hat? Und wie konnte Russell dich einfach sterben lassen? Ich bringe ihn …"

„Er hat nur getan, worum ich ihn gebeten habe! Glaub mir, er wollte mich herbringen, aber ich war hartnäckig."

Rajiv atmete tief durch und senkte dann die Stimme. „Hast du dich mit ihm eingelassen?"

Sie reckte ihr Kinn. „Ja."

Rajiv stieß ein wütendes Heulen aus, so laut, dass die halbe Menschenmenge auf dem Vorplatz sich zu ihnen umdrehte.

„Darüber reden wir später", sagte sie leise.

„Hast du vergessen, dass dein Verlobter in einer Woche ankommt?", zischte Rajiv zwischen zusammengebissenen Zähnen.

„Wir können uns nach der Schlacht mit ihm in Verbindung …"

„Es ist zu spät. Er hat Korea bereits verlassen. Er und sein Gefolgte segeln gerade auf der königlichen Jacht Richtung Hongkong."

Jia stöhnte auf. „Na schön. Dann gebe ich ihm eben persönlich einen Korb."

Rajiv schnaufte verächtlich. „Du willst ihn abweisen?"

„Ja. Ich liebe Russell."

Rajiv sah sie fassungslos an. „Du gibst einen Wertiger-Prinzen auf für einen Vampir, der nichts hat?"

In ihr stieg Wut hoch. „Er hat Ehre und Mut. Und ich weigere mich, auf die alten Vorurteile unseres Volkes zu hören. Wie viele Vampire sind gerade hier, bereit, ihr Leben aufs Spiel zu setzen, um unsere Heimat zu beschützen?"

„Ich weiß ganz genau, dass es auch gute Vampire gibt. Sie sind wie eine Familie für mich. Aber viele von unseren Leuten, besonders in den äußeren Kolonien, haben keine Erfahrung mit den guten Vampiren. Für sie bedeuten Vampire Tod und Zerstörung, und sie werden es nicht verstehen. Ein Wertiger hat sich noch nie mit einem Vampir gepaart ..."

„Es gibt für alles ein erstes Mal", unterbrach Jia ihn. „Wenn du mich jetzt entschuldigst, ich muss zum Palast, um Russell zu helfen, seinen Bruder zu besiegen. Was meinst du, wie es ihm gerade geht?"

Sie drehte sich um und marschierte die Treppe hinauf. Als sie oben angekommen war, hörte sie, wie Rajiv nach Tenzen rief. Als sie die Tür öffnete, schlossen ihr Cousin und ihr Onkel sich ihr an.

Rajiv hielt ihr die Tür auf. „Wir lassen dich das nicht alleine durchmachen."

Ihr schwoll das Herz an. Rajiv war noch immer auf ihrer Seite. „Danke." Jetzt musste Master Han sich mit drei Tigern herumschlagen.

Mithilfe eines Fernglases beobachtete Russell Hans Armee am anderen Ufer des Flusses.

Er schätzte, es waren etwa zweihundert Soldaten, die meisten von ihnen zu Fuß, und einige berittene Offiziere. Keine Spur von Darafer, und bisher hatte er auch Markos nicht entdeckt.

„Du musst das wirklich nicht machen", murmelte Angus. „Wir sind zum Kampf bereit."

„Ich lasse nicht zu, dass wegen meines Bruders auch nur eine weitere Person stirbt."

„Du bist nicht allein bei der Sache. Ich könnte ein paar Männer im Thronsaal abstellen."

„Lass sie vor der Tür warten. Ich muss zuerst mit Markos reden. Wenn ich ihn überzeugen kann, sich zu ergeben ..." Russell verstummte zweifelnd.

Seufzend klopfte Angus ihm auf den Rücken. „Hast du ihn schon entdeckt?"

„Nein." Russell ließ das Fernglas sinken. Der Mond war zu drei Vierteln voll und stand hell am Nachthimmel. Er hatte erwartet, die goldene Maske seines Bruders glänzen zu sehen. „Wann ist die Armee angekommen?"

„Ungefähr zwei Stunden vor Sonnenuntergang", antwortete Angus. „Rajiv hatte das Kommando. Immer wenn sie sich dem Fluss näherten, hat er seinen Männern befohlen, auf sie zu schießen."

Russell sah sich nach den männlichen Wertigern um, die mit leichten Granatwerfern bewaffnet waren. Kein Wunder, dass Hans Armee blieb, wo sie war. Sobald die Soldaten versuchten, den Fluss zu überqueren, konnte man sie ganz einfach ausschalten.

Er entdeckte eine kleine Gruppe hinter der Armee, ganz in Schwarz gekleidet, sodass man sie in der Dunkelheit schlecht sehen konnte. Er richtete das Fernglas auf sie. Sie waren schwer bewaffnet, und die Gestalt in der Mitte trug eine schwarze Kevlar-Weste und eine Kapuze, die ihren Kopf fast ganz verdeckte.

Russells Herz schlug schneller, während er auf das verräterische goldene Glänzen wartete. *Sieh in diese Richtung, Markos. Lass mich deine Maske sehen.*

Der Mann hob den Kopf, um in den Nachthimmel zu sehen. Nichts als Schwarz war unter der Haube.

Eine schwarze Maske. Natürlich. Russells Brust zog sich vor Erleichterung und Furcht gleichermaßen zusammen. „Ich habe ihn gefunden."

„Wirklich?", fragte Angus. „Wo?"

„Die Gruppe ganz hinten, die ganz in Schwarz gekleidet ist. Han ist in der Mitte."

Angus kniff die Augen zusammen. „Ich hoffe, du hast recht. Ein Überraschungsangriff funktioniert nur beim ersten Mal."

„Ich weiß." Russell reichte Angus das Fernglas, während er sich auf Markos konzentrierte. Vorher hatte er Master Han immer durch die trübe Linse des Hasses betrachtet, aber jetzt, wo man ihm die Augen geöffnet hatte, sah er Dinge, die ihm vorher entgangen waren. Wie Han dastand, wie er mit den Händen gestikulierte, wie er den Kopf neigte. *Markos.*

Russell schloss kurz die Augen, versuchte, den Schmerz auszusperren, aber das funktionierte natürlich nicht. Es gab keine Hilfe. *Gott steh mir bei.* Er teleportierte sich hinter seinen Bruder, packte ihn, ehe irgendwer reagieren konnte, und brachte ihn in den Thronsaal des Palastes.

Jia und Rajiv hatten die Silberkette gespannt, jeder von ihnen hielt ein Ende fest, und sie stürzten sich sofort auf Han, um ihn in die Kette einzuwickeln. Er wehrte sich, aber Russell hielt ihn von hinten fest.

„Ich schlage dich bewusstlos, wenn ich muss", warnte Russell ihn.

„Russell?" Markos wurde ruhig. „Das Silber kannst du weglassen. Ich bleibe. Ich wollte sowieso mit dir reden."

Russell ließ seinen Bruder los, während Jia und Rajiv ihn ein zweites Mal in die Kette wickelten.

Markos ächzte, als das Silber sich durch die Seide seiner Ärmel brannte. Die Kevlar-Weste beschützte seine Brust. „Ich habe gesagt, dass ich bleibe. Vertraust du mir nicht?"

„Nein." Russell schob die Kapuze seines Bruders zurück, riss ihm die schwarze Maske ab und warf sie auf den Boden.

Auch wenn Russell dieses Mal gewusst hatte, was ihn erwartete, traf es ihn dennoch bis ins Mark, das Gesicht seines Bruders zu sehen. Markos' Augen und Haare waren immer dunkler gewesen als seine eigenen. Aber die Form seines Kiefers und seiner Nase waren fast identisch. Sie waren gleich groß und gleich gebaut. Sie waren im selben Haus bei denselben Eltern aufgewachsen. Warum also hatten sie sich so unterschiedlich entwickelt?

Russell suchte in Markos' Augen nach dem jüngeren Bruder, den er kannte.

Dieser sah ihn spöttisch an und richtete den Blick dann auf die Wertiger. Tenzen hatte sein Schwert gezogen. Rajiv reichte sein Ende der Kette an seine Cousine weiter und zog ebenfalls sein Schwert.

Grinsend richtete Markos seine Aufmerksamkeit auf Jia. „Du schon wieder. Sag mir, hat es wehgetan zu sterben?"

Sie zog die Kette fester, sodass sie an seinen Armen zischte.

Er zuckte zusammen und warf Russell einen verärgerten Blick zu. „Diese verdammten Katzen. Man bringt sie um, und sie kommen einfach zurück."

Jia kniff die Augen zusammen. „Als du meine Eltern und meinen Bruder getötet hast, haben sie das nicht getan."

„Ach?" Markos sah sie neugierig an. „Habe ich sie etwa in klitzekleine Stückchen gehackt?" Er zuckte mit den Schultern. „Schade, dass ich mich daran nicht erinnere. Es sind so viele gewesen, weißt du."

Fauchend zog sie ein Messer aus ihrem Gürtel. Rajiv näherte sich einen Schritt mit seinem Schwert.

„Halt dein verdammtes Maul", murmelte Russell, „ehe meine Freunde beschließen, dich umzubringen."

„Deine *Freunde*?" Markos schnaufte verächtlich und zeigte dann mit dem Kopf auf Jia. „Und die, ist das dein Schmusekätzchen? Bringst du sie zum Schnurren?"

Russell packte seinen Bruder am Hals. „Halt den Mund oder ich bringe dich selbst um."

„Bin ich deswegen hier?" Markos verzog spöttisch das Gesicht. „Sag nicht, mein edler Bruder ist zu einem niederen Henker geworden."

Russell ließ ihn mit einem Ruck los. „Ich habe dich hergebracht, um mit dir reden zu können."

„Toll!" Markos räusperte sich und sprach auf Englisch weiter. „Und, bist du über den Schock schon hinweg? Letztes Mal sah es aus, als würdest du gleich kotzen."

„Mir wird jedes Mal wieder schlecht, wenn ich daran denke, dass mein Bruder ein Massenmörder ist."

„Ach Gottchen, verstößt das gegen deine edlen Empfindungen? Komm drüber hinweg, Russell. Du bist auch Soldat gewesen. Wir waren Massenmörder von Berufs wegen. Wie viele Dörfer hast du vernichtet?"

Russell knirschte mit den Zähnen. „Das war im Krieg. Wie man danach damit umgeht, ist einem selbst überlassen. Was mich angeht, ich habe nichts getan, für das ich mich schämen muss. Ich habe für die Freiheit gekämpft. Und für mein Land."

„Das tue ich auch." Markos hob amüsiert die Mundwinkel. „Aber jetzt gehört dieses Land nicht irgendeiner korrupten Regierung in Washington. Dieses Land gehört mir!"

„So ein Quatsch! Es hat dir nie gehört. Du hast es gestohlen", entgegnete Russell wütend.

„Dem Sieger gehört die Beute." Markos' Miene wurde hart. „Du bist Offizier gewesen. Du hast nie gewusst, wie es ist, Infanterist zu sein und dich von einem idiotischen Offizier behandeln zu lassen, als wärest du entbehrliches Fleisch. Das konnte ich nicht länger ertragen! Jetzt habe ich das Kommando!"

„Und jetzt sind es deine Soldaten, die entbehrlich sind? Wie viele müssen noch für dich sterben, Markos?"

Er zuckte mit den Schultern. „Sie melden sich freiwillig. Sie wollen die übermenschlichen Kräfte, die sie bekommen, wenn sie mir dienen. Und sie wollen teilhaben an meiner Größe. Warum soll ich ihnen das vorenthalten?"

Seiner Größe? Russell stöhnte innerlich auf. Sein Bruder war mehr als ein Schwein. Er gehörte in die geschlossene Anstalt. Er litt unter Größenwahn und hatte kein Gewissen, was den Tod und das Leid anging, für die er verantwortlich war.

Markos grinste. „Ich werde die Welt erobern. Nicht schlecht für einen Farmersjungen aus Colorado, oder?"

„Meinst du, Dad wäre stolz auf dich?"

Markos' Lächeln verblasste. „Dieser Idiot. Hat immer so getan, als wärest du Mr. Perfect. Ha! Jetzt wirst du für mich arbeiten müssen."

„Du leidest an Wahnvorstellungen."

„Überhaupt nicht." Markos winkte ab. „Ich weiß genau, wie du bist. Du musstest immer der Anführer sein, der edle Beschützer. Und du hast von deinem hilflosen kleinen Bruder erwartet, dass er dir folgt."

„Ich habe getan, was von mir erwartet wurde. Ich war älter als du."

„Und ich damit verdammt dazu, niemals das Sagen zu haben?" Markos verzog herablassend das Gesicht. „Warum, glaubst du, habe ich dich so lange im Koma liegen lassen? Ich wusste, dass ich dich an meiner Seite haben wollte, aber ich konnte nicht riskieren, dass du die Führung übernimmst.

Ehe ich dich weckte, habe ich also dafür gesorgt, dass alles unter *meiner* Kontrolle steht. Jetzt bin *ich* derjenige mit mehr Erfahrung. *Ich* bin jetzt der Älteste."

Russell wich zurück, als hätte man ihn geschlagen. „Du … du hast mein Leben zerstört wegen ein bisschen pubertärer Rivalität unter Geschwistern?"

Markos zuckte nur mit den Schultern. „Wie fühlt es sich an, der Schwächling zu sein? Ist scheiße, oder?"

„Weißt du, was passiert ist, während ich im Koma lag?" Russell ballte die Hände fest zu Fäusten. „Unsere Eltern sind gestorben. Ich habe meine Frau verloren. Ich habe meine Tochter verloren! Sogar die Ranch ist weg!"

„Warum bedeuten dir jämmerliche Sterbliche noch etwas, wo wir doch ewig leben können? Und was sollen wir noch mit der Ranch, wenn wir die Welt regieren können?" Markos reagierte verächtlich. „Deswegen muss ich der Boss sein. Deine Fantasie reicht einfach nicht aus!" Er trat einen Schritt auf Russell zu, aber Jia riss ihn zurück. „Hör auf!", brüllte er Jia auf Chinesisch an.

„Lass sie in Ruhe", knurrte Russell.

Markos wechselte zu Englisch zurück. „Bedeutet sie dir wirklich so viel? Ich sorge dafür, dass sie am Leben bleibt. Genau, wie ich mich um dich gekümmert habe. Sobald mir klar wurde, wie mächtig und unsterblich ich war, wusste ich, dass mir etwas Großes bestimmt ist und dass ich es mit dir teilen muss. Ich habe angefangen, Pläne für dich zu machen. Ich habe die Technik des langfristigen Vampirkomas an Hunderten von Menschen getestet. Als ich erfahren habe, dass du in Phuket Urlaub hattest, habe ich gesucht, bis ich dich gefunden habe. Du hast dich so gefreut, mich zu sehen, dass es einfach war, dich zu überraschen."

Russell zog sich vor Ekel der Magen zusammen. „Du hättest mich verdammt noch mal in Ruhe lassen sollen."

„Nein! Wir gehören zusammen. Ich will dich an meiner Seite, wenn ich die Weltherrschaft übernehme."

Russell schüttelte den Kopf. „Deine Armee ist geschwächt. Sie wollen nicht mehr für dich kämpfen. Die Hälfte deiner Armee besteht aus Soldaten, die vor dir desertiert sind und dich umbringen wollen. Es ist vorbei, Markos."

Die Augen seines Bruders blitzten wütend auf. „Es ist nicht vorbei! Ich mache dich zu meiner rechten Hand. Und ich habe Darafer ..."

„Glaubst du wirklich, du kannst einem Dämon vertrauen? Er lässt dich wahrscheinlich die ganze Arbeit erledigen, damit er dich hinterher umbringen kann ..."

„Nein! Er braucht mich. Und ich brauche dich, Russell. Du hast Erfahrung mit meinen schlimmsten Feinden – diesen Gestaltwandlern und Vampiren. Du weißt, wie sie arbeiten. Mit deiner Hilfe können wir sie besiegen."

Russell sah zu Jia hinüber, die aufmerksam zusah, aber wahrscheinlich nicht viel von ihrem Englisch verstand. Rajiv allerdings verstand genau, und er schloss die Hand fest um den Griff seines Schwertes, als juckte es ihn danach, es zu benutzen. Neben ihm stand Tenzen ebenfalls mit seinem Schwert bereit.

„Das sind meine Freunde", sagte Russell. „Erwartest du, dass ich sie verrate?"

Markos schnaubte. „Verrätst du lieber deinen eigenen Bruder? Jetzt, wo du weißt, wer ich bin, musst du dich mir anschließen."

„Ich muss dich davon überzeugen, dass du aufhörst. Es ist vorbei, Markos."

„Hör auf, das zu sagen! Russell ..."

„Genug", erklang eine Stimme hinter einer großen Säule. Darafer trat hervor, wie üblich ganz in Schwarz gekleidet, die Hände in den Taschen seines langen schwarzen Mantels vergraben. „Deine Armee wird ungeduldig, Han. Wie wäre es, wenn ich diese Leute hier alle umbringe und dich zurückschaffe?"

Tenzen und Rajiv sprangen zurück, um Darafer und Han beide im Auge zu behalten. Rajiv behielt sein Schwert auf Markos gerichtet, während Tenzen mit seinem auf den Dämon zielte.

Russell wich zurück. Er legte die Hand an das Messer, das er sich in den Gürtel gesteckt hatte. Er sah zu Jia hinüber und zeigte mit dem Kopf in Richtung Tür. Nachdem Darafer erschienen war, hatte die Gefahr sich verzigfacht, und er wollte sie da rausschaffen.

Sie biss sich auf die Unterlippe und schüttelte dann den Kopf.

„Ich gehe nicht ohne meinen Bruder", sagte Markos zu dem Dämon.

Darafer seufzte. „Hast du ihm nicht zugehört? Er hat kein Interesse. Wahrscheinlich hat er sogar vor, dich umzubringen, wenn du dich nicht ergibst."

„Er ist mein Bruder!", brüllte Markos. „Er würde mich niemals umbringen."

Darafer lächelte langsam und richtete den Blick auf Russell. „Bist du dir da sicher?"

„Dann helft mir, Darafer", sagte Markos. „Sorgt dafür, dass er sich uns anschließt."

Der Dämon grinste nur höhnisch. „Das letzte Mal, als ich jemanden zu etwas gezwungen habe, bin ich wieder in der Hölle gelandet, und du hast keine Anstalten gemacht, mich zu befreien."

„Ein Fehler meinerseits, zugegeben." Markos neigte den Kopf. „Nur Ihr könnt weitere Super-Soldaten erschaffen. Aber erinnert Euch, wie Wu Shen uns hintergangen hat. Wir brauchen einen Stellvertreter, dem wir vertrauen können.

Wenn Ihr meinen Bruder beißt, tut er, was auch immer Ihr sagt. Er bringt sogar die Engel um, wenn sie auftauchen."

Darafer schüttelte den Kopf. „Er kann einen Engel ebenso wenig umbringen wie mich."

„Er könnte sie angreifen, und das würde sie so weit ablenken, dass wir fliehen können", beharrte Markos. „Ihr wisst, dass wir ihn brauchen. Er könnte uns Xiao Fang zurückbringen."

„Das stimmt natürlich. Der Drachenjunge vertraut ihm." Darafer sah Russell amüsiert an. „Was meinst du? Bist du bereit, dich deinem Bruder anzuschließen, oder müssen wir dich erst noch … ermuntern?" Seine Augen wurden schwarz.

Russell zog sein Messer. „Versuch es, du Dreckschwein." Er warf Rajiv einen Blick zu. „Schaff Jia hier raus, sofort!"

Rajiv rannte auf seine Cousine zu und riss ihr die Silberkette aus den Händen. „Lauf!"

Die Kette fiel und befreite Markos im gleichen Augenblick, als Darafer sich in einen großen schwarzen Wolf verwandelte.

Russell hob das Messer, als der Wolf sich ihm langsam näherte.

Tenzen riss sich die Tunika vom Leib und verwandelte sich in einen Tiger.

„Raus hier!" Rajiv schob Jia zur Tür und verwandelte sich dann selbst.

Sie zog sich den Mantel aus.

„Nein!", brüllte Russell, als sie sich verwandelte.

Alle drei Tiger pirschten sich an den Wolf heran. Knurrend schnappte Darafer nach einem von ihnen, der zurücksprang.

Markos grinste. „Jetzt wird es interessant."

Russell versuchte, im Auge zu behalten, welcher Tiger Jia war, aber die drei großen Katzen rannten um Darafer herum, um ihn zu isolieren. „Jia, hör auf! Mach das nicht."

„A, B, C, die Katze lief im Schnee", summte Markos.

„Wenn er einen von ihnen beißt, wird derjenige böse, wusstest du das?" Er lachte. „Wir könnten einen bösen Tiger auf unserer Seite haben. Wäre das nicht cool?"

Der Gedanke, dass Jia gebissen werden könnte, machte Russell wahnsinnig. Er sprang zwischen die Tiger und Darafer. „Du willst mich, du Schwein?"

Darafer knurrte und stürzte sich auf ihn.

Ein Tiger sprang ihn von hinten an und riss mit den Klauen eines seiner Hinterbeine auf. Darafer wirbelte Zähne fletschend herum.

„Nein!" Russell trieb dem Wolf sein Messer in die Schulter.

Darafer ließ daraufhin seinen Kiefer um Russells Arm zuschnappen.

„Ja!" Markos stieß seine Faust in die Luft.

Russell zuckte zusammen, als der Schmerz ihm den Arm hinaufschoss, gefolgt von einer Welle der Wut, die so stark war, dass es ihn umwarf.

Darafer nahm wieder Menschengestalt an, in Schwarz gekleidet und ohne die Spur einer Verletzung. „Jetzt gehörst du mir", zischte er Russell zu. „Bring um, wen du liebst. Benutz das Messer mit meinem Dämonenblut daran, damit es brennt wie die Hölle. Tu es!"

Russells Griff schloss sich um das blutbeschmierte Messer, während er wieder aufstand. Rot glühende Wut durchflutete ihn, und er konnte an nichts anderes mehr denken als an Mord. *Bring um, wen du liebst.*

Jia. Er sah die Tiger an. Welcher war sie? Die drei Tiger kauerten sich eng zusammen. Zweifellos war sie in der Mitte, und die zwei Männer versuchten, sie zu beschützen.

„Ja!" Markos grinste. „Bring sie um, Russell!"

Bring um, wen du liebst.

Aufbrüllend stürzte Russell sich in Vampirgeschwindigkeit vor und rammte seinem Bruder das Messer ins Herz.

Ein entsetzter Ausdruck legte sich auf Markos' Gesicht, ehe er zu einem Haufen Asche zerfiel.

Darafer lachte. „Na gut, das erspart es mir, ihn später umbringen zu müssen."

Russell fiel das Messer aus der Hand, als ihm klar wurde, was er getan hatte. Die Wut in ihm explodierte, er warf den Kopf zurück und brüllte gen Himmel. Einer der Tiger kam auf ihn zu.

Plötzlich barst ein gleißend helles Licht in den Thronsaal, und die sieben Gotteskrieger erschienen mit ihren flammenden Schwertern.

„Greif sie an!", brüllte Darafer in Russells Richtung, als die sieben Engel ihn einkreisten. „Erdolche sie, sofort!"

„Wegen Verstoßes gegen das Gebot des freien Willens wirst du zurück in die Hölle verbannt", verkündete Briathos.

Die sieben Gotteskrieger hoben ihre Feuerschwerter und fingen an zu singen.

„Verflucht sollt ihr sein!" Darafer durchbrach ihren Ring, aber sie kreisten ihn noch einmal ein. „Ich gehe nicht allein!" Gerade als seine Gestalt anfing zu verschwimmen, packte er einen der Tiger am Hinterbein. Mit einem lauten Rauschen verschwand er und der Tiger mit ihm.

„Nein!", brüllte Russell. Jetzt, wo Darafer verbannt war, war die Wirkung des Dämonenbisses auf ihn sofort aufgehoben. Alle Wut war verraucht, stattdessen erfüllte ihn jetzt bittere Angst.

Welchen Tiger hatte Darafer mit sich in die Hölle genommen?

Die zwei verbliebenen Tiger nahmen wieder Menschengestalt an. Ihre Gesichter waren vor Entsetzen verzerrt. Tenzen. Und dann Rajiv.

„Nein!" Russell ging in die Knie. Er schrie noch einmal aus tiefster Seele.

Jia war fort.

21. Kapitel

Die Türen des Palastes sprangen auf, und Connor, Dougal und Howard kamen hereingerannt.

„Wir haben Schreie gehört.“ Connor blieb wie angewurzelt stehen, als er die Gotteskrieger entdeckte.

Russell blieb auf den Boden gekauert. Seine Gedanken rasten. Er konnte einfach nicht akzeptieren, was gerade geschehen war. Sein Blick richtete sich auf den Aschehaufen, der einmal Markos gewesen war, und dann auf den Seidenmantel, den Jia sich vor ihrer Verwandlung ausgezogen hatte. Beide waren fort. Beide in der Hölle? Vor lauter Schmerz und Verzweiflung war er versucht, irgendetwas in Stücke zu reißen und zu schreien, bis ihm der Kopf platzte.

Markos hatte wahrscheinlich bekommen, was er verdiente, aber das machte es nicht einfacher, sich damit abzufinden. Russell hatte gewusst, dass er dazu gezwungen sein könnte, ihn zu töten, aber er hatte sich immer noch an die Hoffnung geklammert, seinen Bruder irgendwie retten zu können. Und Jia … sie hatte er auch nicht gerettet. Wenn er sich vorstellte, was sie gerade vielleicht durchmachen musste, fühlte es sich an, als müsste ihm das Herz explodieren. Er musste ihr helfen, aber wie konnte er, solange sie in der Hölle war?

„Was ist passiert?“, verlangte Howard zu wissen.

Rajiv fiel vor Jias abgelegtem Mantel auf die Knie und hob die Seide hoch. „Jia …“

Dougal sah sich um. „Ist sie verletzt? Wo ist sie?“

„Darafer hat sie in die Hölle gezerrt“, flüsterte Russell. Sein Blick fiel auf das Messer, an dem noch Dämonenblut klebte.

Würde ihn das in die Hölle bringen? Gott steh ihm bei, er verdiente es, dorthin zu kommen. Er hatte seinen Bruder umgebracht. Er hatte sie ins Unglück gestürzt.

Oder vielleicht auch nicht. Vielleicht konnte er ihr immer noch helfen. Er griff nach dem Messer.

Briathos trat das Messer quer durch den Raum. „Gute Seele, tot wirst du ihr keine Hilfe sein."

Russells Schmerz verwandelte sich in Wut. Brüllend sprang er auf. „Wie konntet ihr zulassen, dass Darafer sie mitnimmt?" Er packte Briathos' Tunika in seinen Fäusten und riss den Engel zu sich. „Wie konntet ihr so versagen? Ich dachte, Engel haben perfekt zu sein!"

Connor und Dougal zerrten Russell zurück, aber er stieß sie von sich.

Briathos sah ihn traurig an. „Wir sind nicht perfekt. Nur der Vater im Himmel kann das von sich behaupten."

„Darafer ist also verbannt?", fragte Dougal. „Was ist mit Han passiert?"

Russell sah den Aschehaufen an. Galle stieg ihm dabei in die Kehle. Er hielt sich die Hand vor den Mund und schluckte fest.

„Markos Hankelburg ist tot", berichtete Briathos leise. „Russell hat ihn getötet, als er unter Darafers Kontrolle stand. Wir sind gekommen, um den Dämon zurück in die Hölle zu bannen, aber während er verschwand, hat er Jia gepackt und mit sich gezerrt."

Dougal und Connor sahen den Aschehaufen an, dann Russell.

Howard streckte die Hand aus, um sie Russell auf die Schulter zu legen, aber Russell wich zurück. Wie konnte er Mitleid annehmen, wo er doch ein Mörder war?

„Ich erstatte Angus Bericht", sagte Connor auf dem Weg aus der Tür.

„Es tut mir so leid wegen Jia“, sagte Dougal auf Chinesisch zu den Wertigern.

„Wir haben sie nicht verloren“, beharrte Russell. „Wir holen sie zurück!“

Rajiv und Tenzen standen auf. Da ihre Hosen durchs Verwandeln in Fetzen gerissen worden waren, banden sie sich ihre abgelegten Tuniken um die Hüften, indem sie die langen Ärmel verknoteten.

„Lebt sie noch?“, fragte Rajiv an Briathos gerichtet.

Der Anführer der Gotteskrieger nickte. „Ja. Ich gebe euch bald mehr Informationen.“ Sein Gesicht wurde ausdruckslos, und sein Körper fing an zu schimmern wie ein Spiegelbild auf dem Wasser.

„Wann?“ Russell fuchtelte mit der Hand vor Briathos' Gesicht herum, aber es kam keine Antwort. „Hallo? Bist du noch da?“

„Er hat sich den Himmlischen Heerscharen angeschlossen“, erklärte einer der anderen Engel.

„Erzählt er ihnen, was passiert ist?“, fragte Howard.

Der Engel schüttelte den Kopf. „Sie wissen es bereits. Wir stehen ständig in Kommunikation miteinander. Der Rat der Erzengel hat eine Notfallbesprechung einberufen und Briathos gebeten, daran teilzunehmen.“

„Sie möchten sich für diese unglückselige Situation entschuldigen“, fügte ein zweiter Engel hinzu.

„Unglückselig?“ Russell knirschte mit den Zähnen. „Was geschieht mit Jia? Wird sie gefoltert?“

„Höchstwahrscheinlich wird sie gut behandelt werden“, antwortete der erste Engel. „Luzifer greift nur zu Folter, wenn er dadurch etwas zu gewinnen hat. In diesem Fall wäre das nichts als der Zorn des Heiligen Vaters.“

Der zweite Engel nickte. „Der Vater heißt es nicht gut, wenn Dämonen seine Kinder lebendig gegen ihren Willen entführen.“

Russell schnaubte. „Ist ja großherzig von Ihm!"

„Beruhige dich." Dougal berührte Russells Schulter.

„Jia ist in der Hölle!" Russell ballte seine Fäuste und wünschte sich, auf etwas einschlagen zu können. „Ich muss ihr helfen!"

Rajiv legte den Kopf zur Seite und betrachtete ihn eindringlich. „Du liebst sie."

„Ja, verdammt!" Russell brannten Tränen in den Augen. „Ich muss sie retten, aber ich weiß nicht, wie."

„Es wird schon werden." Dougal umfasste seine Schulter fester. „Glaub mir, ich weiß, was du durchmachst."

Russell atmete tief durch und blinzelte seine Tränen fort. Er hatte sich noch nie so verdammt hilflos gefühlt. „Sagt mir, was ich tun soll", flehte er die Engel an. „Kann ich ihren Platz einnehmen?" Immerhin würde er ohnehin in die Hölle kommen, nachdem er seinen Bruder umgebracht hatte.

„Die Erzengel haben ihre Besprechung begonnen", sagte der erste Engel. „Briathos erstattet gerade Bericht."

„Er ist im Himmel?" Howard sah den schimmernden Engel an. „Ich kann ihn hier sehen."

„Um in eure Welt eingreifen zu können, nehmen wir diese menschliche Gestalt an, die ihr vor euch seht", erklärte der erste Engel. „Aber es sind nur Projektionen ..."

„Genug!", brüllte Russell. „Wie retten wir Jia?"

„Der Erzengel Gabriel hat einen Entschluss über unser Vorgehen getroffen", verkündete der zweite Engel. „Erst wird eine Nachricht an Luzifer geschickt werden, in der wir die Rückgabe der lebendigen Sterblichen fordern."

„Und das wird funktionieren?", fragte Russell.

„Vielleicht", antwortete der zweite Engel. „Vielleicht aber auch nicht. Luzifer gefällt das Chaos, das seine Dämonen verursachen."

„Es ist nicht das erste Mal, dass so etwas vorkommt", fügte ein dritter Engel hinzu. „Wir hatten Probleme damit, den Dämon Rasputin zurück in die Hölle zu verbannen. Er hatte geplant, Mitglieder der russischen Zarenfamilie mit sich zu zerren."

„Aber wir konnten ihn aufhalten", fügte ein vierter Engel hinzu.

„Die Sterblichen haben immer wieder versucht, ihn aufzuhalten", mischte sich ein fünfter Engel ein. „Aber weil er ein Dämon war, konnten sie ihn nicht töten."

„Was ist mit Jia?", verlangte Russell zu wissen. „Was, wenn Luzifer sich weigert, sie zurückzugeben?"

Briathos nahm wieder Gestalt an. „Die Besprechung ist vertagt. Gabriel hat eine Nachricht an Luzifer geschickt. Wir erwarten zeitnah eine Antwort."

„Wie lange soll das sein?", fragte Russell. „Und was, wenn Luzifer Nein sagt?"

„Fürchtet euch nicht. Wir bereiten uns darauf vor", versicherte Briathos ihm. „Gabriel bittet den Vater im Himmel um Erlaubnis, in Luzifers Reich eindringen zu dürfen."

„Ihr wollt in der Hölle einfallen?", fragte Dougal. „Ist das erlaubt?"

„Es wird nicht oft getan", gab Briathos zu.

„Ich glaube, das letzte Mal war vor eintausend eurer Erdenjahre", fügte der zweite Engel hinzu.

„Wenn ihr geht, nehmt mich mit", sagte Russell.

Briathos zuckte zusammen. „Das ist nicht empfehlenswert. Wenn du in der Schlacht dort stirbst, bleibt deine Seele für immer in der Hölle gefangen."

Russell atmete tief durch. „Das Risiko gehe ich ein, wenn ich Jia damit retten kann."

„Ich auch", sagte Rajiv und übersetzte dann für Tenzen, der ebenfalls schwor, mit ihnen zu gehen.

„Wann erfahren wir es?“, fragte Russell.

„Alles wird zum richtigen Zeitpunkt offenbart werden“, antwortete Briathos.

Russell verzog das Gesicht. „Was zur Hölle soll das heißen?“

„Das hat mich auch stinksauer gemacht“, murmelte Dougal.

Briathos seufzte. „Das bedeutet, es ist schwer, euch eine genaue Zeit zu nennen. Unsere Zeit verläuft anders als die eure. Ein paar Stunden für uns sind Tage für euch. Es könnte eine Woche dauern.“

„Eine *Woche?*“ Russell ballte die Fäuste.

„Für euch“, sagte Briathos. „Die gute Nachricht ist, dass es auch für Jia nur ein paar Stunden sein werden. Wir kehren zurück, wenn wir etwas Neues wissen.“ Briathos und seine Einheit Gotteskrieger verschwanden.

Russell rammte seine Faust gegen eine Säule. Eine Woche warten würde ihn in den Wahnsinn treiben.

Zehn Minuten später saß Russell auf dem Boden des Palastes, gegen die Säule gelehnt, die er verdroschen hatte.

Rajiv setzte sich neben ihn. „Mach dir keine Vorwürfe. Es war meine Schuld. Ich hätte sie nach draußen bringen müssen.“

Russell schüttelte den Kopf. Ihm stiegen weitere Tränen in die Augen. „Ich habe ihr immer wieder versprochen, sie zu beschützen, aber was habe ich wirklich für sie getan? Erst habe ich versagt, als sie getötet wurde. Und jetzt hat man sie in die Hölle verschleppt.“

„Sie hat mir erzählt, dass ihr euch gepaart habt.“

Erinnerungen an ihre zwei gemeinsamen Nächte rauschten Russell durch den Kopf. Er fuhr sich mit einer blutverschmierten Hand durch die Haare. „Ich mache dir keine

Vorwürfe, wenn du wütend bist. Ich hätte es nicht tun sollen, aber bei Gott, ich liebe sie so sehr."

„Das habe ich mir gedacht", gab Rajiv zu. „Als Darafer sich in einen Wolf verwandelt hat, um dich zu beißen, hast du zuerst an ihre Sicherheit gedacht. Dann hast du dich von ihm beißen lassen, damit er sie nicht angreift ..."

„Hör auf", unterbrach Russell ihn. „Ich habe trotzdem versagt."

Rajiv seufzte. „Als Lord Qing meine Eltern umgebracht hat, sind mein Bruder und ich hierhergezogen, um bei unserem Großvater zu leben. Und dann ist Jia hergekommen, nachdem auch ihre Eltern ermordet wurden. Sie ist wie eine Schwester für mich. Wenn du in die Hölle gehst, um sie zu retten, komme ich mit."

Russell nickte und stand dann auf. „Irgendwie bekommen wir sie zurück."

Howard spähte durch die Tür. „Kommt, Jungs. Angus will euch sprechen."

Russell und Rajiv folgten Howard die Palasttreppe hinab auf den Vorplatz. Es war voll und laut, und ein paar Leute versuchten, mit Russell zu sprechen, aber er bemerkte es kaum. Angus stand oben an der Treppe, die zum Flussufer hinabführte. Hans Armee befand sich immer noch am anderen Ufer, aufgebracht und rastlos. Kein Zweifel, dass sie sich fragten, was aus ihrem Anführer geworden war.

Angus winkte Russell und Rajiv, damit sie sich zu ihm stellten. „Ich habe gehört, was passiert ist, Russell, und ich wollte dir nur sagen, wie leid es uns allen tut, dass du gezwungen warst ..."

„Mir geht es gut", murmelte Russell.

Angus sah ihn zweifelnd an. „Ich wollte euch außerdem warnen, dass gefeiert werden wird, sobald wir das Ende des Krieges verkünden. Es muss für euch beide grausam klingen.

Der Krieg mit Han ist vorbei und Tiger Town ist wieder sicher, aber der Preis dafür war für euch beide zu hoch."

Rajiv nickte. Seine Miene war hart vor Trauer.

„Ich würde dich bitten, auf Chinesisch zu übersetzen." Angus hob ein Megafon und schaltete es ein. „Achtung! An alle, die hier heute Abend versammelt sind, hört zu."

Auf beiden Seiten des Flusses verstummte das Stimmengewirr.

„Heute Nacht wird es keine Schlacht geben", fuhr Angus fort. „Master Han ist tot, und der Dämon Darafer zurück in die Hölle verbannt." Er reichte Rajiv das Megafon, der die Ankündigung auf Chinesisch wiederholte.

Hinter ihnen, auf dem Vorplatz, wurden Jubelschreie laut. Hans ehemalige Soldaten johlten und klatschten, während die Wertiger eine freudige Version ihres Tiger-Tanzes aufführten. Bald schon hallte ein Ruf durch ganz Tiger Town: *Han ist tot! Han ist tot!*

Russell ballte die Fäuste, so fest er konnte, und wieder standen ihm Tränen in den Augen. Das letzte Mitglied seiner Familie war durch seine Hand gestorben, und es war auch noch ein Grund zu feiern.

Hans Armee auf der anderen Seite des Flusses wurde immer lauter, als die Soldaten sich an den Gedanken gewöhnten, frei zu sein.

Angus nahm sein Megafon wieder zur Hand, und nachdem er ein paarmal die Sirene hatte aufheulen lassen, wurde es auf beiden Seiten des Flusses still. „Achtung, Soldaten auf der anderen Seite des Flusses. Wir wollen euch nicht schaden. Ihr könnt in Frieden nach Hause gehen. Wenn ihr möchtet, dass der Bann gebrochen wird, den Darafer über euch hält, können wir euch eine medizinische Behandlung anbieten, mit der ihr wieder normal werdet. Die ehemaligen Soldaten, die ihr hier seht, sind alle von dem Pakt mit Darafer befreit.

Wenn ihr ebenfalls frei sein wollt, legt die Waffen nieder und kommt zu uns."

Rajiv übersetzte die Ankündigung, und die Exsoldaten auf dem Vorplatz jubelten, als sie erwähnt wurden.

Russell beobachtete die Soldaten am anderen Flussufer, gespannt, was sie tun würden. Einige der Offiziere zu Pferd ritten davon. Eine Handvoll Fußsoldaten setzte sich in den Wald ab. Aber der Großteil der Armee warf die Waffen nieder und watete in den Fluss auf dem Weg nach Tiger Town.

„Gratuliere." Howard klopfte Rajiv auf den Rücken. „Deine Stadt ist wieder sicher. Und der Krieg ist vorbei."

„Er ist noch nicht vorbei", knurrte Russell. „Erst, wenn wir Jia wiederhaben."

„Du hast recht." Howard sah ihn besorgt an. „Wir holen sie zurück. Ich komme mit euch."

Russell schüttelte vehement den Kopf. „Du kannst nicht mit. Deine Frau ist schwanger. Das kannst du nicht riskieren."

„Wir werden alle mit euch kommen, Kumpel", sagte Angus leise.

Howard klopfte ihm auf die Schulter. „Siehst du, was ich dir die ganze Zeit gesagt habe? Du bist nicht allein, Russell. Das bist du nie gewesen."

Die Tränen, die schon die ganze Zeit in seinen Augen brannten, liefen Russell endlich das Gesicht hinab.

22. Kapitel

Nacht um Nacht verstrich, ohne ein Wort von den Gotteskriegern.

Russels Ungeduld wurde immer schwerer zu ertragen. Er konnte nichts anderes tun, als sich ständig in Erinnerung zu rufen, dass die Zeit im Himmel und in der Hölle unterschiedlich lief. Jias Gefangenschaft in der Hölle konnte nur eine Stunde dauern, aber selbst das kam ihm zu lang vor. Was, wenn sie leiden musste? Oder Angst hatte?

Jeden Tag vor Sonnenaufgang kehrte Russell in die Bat-Höhle zurück, um dort in seinen Todesschlaf zu fallen. Die anderen Vampire und Gestaltwandler waren in der Gegend geblieben, entweder in Tiger Town, in Zoltans Schloss in Transsilvanien oder in Kyos Herrenhaus in Tokyo. Alle lächelten ihn ständig an und versicherten ihm, dass es Jia gut ging, dass man sie retten würde, aber ihre aufgesetzte Fröhlichkeit trieb ihn in den Wahnsinn.

Und so flüchtete er, wann immer er konnte. Er fiel auf den Schlafsäcken und Kissen, an denen immer noch ihr Duft hing, in seinen Todesschlaf. Er nahm die Armspangen, die sie so sehr liebte, aus ihrem Rucksack und legte sie auf den Tisch, wo er sie sehen konnte. Sie leisteten ihm Gesellschaft, während er seine Waffen putzte und seine Mahlzeiten trank.

Die ersten vier Nächte war er beschäftigt. Die Exsoldaten in Tiger Town mussten nach Hause gebracht werden. Dann wurden alle Wertiger, die man evakuiert hatte, wieder zurückgebracht. Die Klinik war am Überlaufen, weil über hundert neue Super-Soldaten dort behandelt wurden, um sie wieder zurückzuverwandeln. Russell half den anderen Vampiren dabei, Zelte auf dem Vorplatz und am Flussufer zu errichten.

Dougals Frau Leah beaufsichtigte das Ärzteteam, und sie brauchten ständig Nachschub, also half Russell den anderen Vampiren dabei, Arzneimittel und Nahrungsvorräte heranzuschaffen. Er half sogar den Wertigern beim Kochen, da sie jeden Tag mehrere hundert Mahlzeiten zubereiten mussten.

In der fünften Nacht teleportierte er sich nach Tiger Town, aber es gab immer noch keine Neuigkeiten von den Gotteskriegern. Er half Rajiv dabei, die Säule im Palast zu reparieren und neu anzumalen, die er mit seinen Fäusten malträtiert hatte. Er besuchte Jias Zimmer in dem Glauben, er könnte Trost darin finden, zu sehen, wo sie gelebt und geschlafen hatte, aber das Zimmer war voller Geschenke von ihrem Verlobten, dem reichen Prinzen. Juwelen, bestickte Seidenroben und Schuhe, Porzellanvasen und Teegeschirr. Alles Dinge, die er sich nicht leisten konnte.

Er teleportierte sich zurück in die Bat-Höhle und ging dort auf und ab. Sie liebte ihn. Das musste er glauben. Und er musste glauben, dass er sie retten konnte. Das bedeutete, er musste sich auf eine Zukunft mit ihr vorbereiten. Würde sie bereit sein, einen Vampir zu heiraten? Er war die halbe Zeit tot, konnte also nur sein halbes Leben mit ihr teilen. Er lächelte in sich hinein, als er sich an Jias Tendenz erinnerte, alles positiv zu sehen, wie Pollyanna aus dem Kinderbuch. Sie würde darauf beharren, dass er nicht die halbe Zeit tot war, sondern lebendig. Und noch besser, er konnte so lange leben wie sie. Als Wertigerin konnte sie ungefähr fünfhundert Jahre alt werden.

Aber wie sollten sie leben? Er hatte keine Arbeit, kein Geld, nicht einmal ein richtiges Zuhause. Er konnte sich nicht vorstellen, sie mit zurück nach Colorado zu nehmen. Sein Leben dort war vorbei. Man hatte ihn dort sogar für tot erklärt. Und Jia würde es so weit weg von ihrem Volk elend gehen.

Nein, sie musste hier in China bleiben, wo sie Freunde hatte und eine Familie. Vielleicht würde Rajiv ihm etwas Land, das an Tiger Town grenzte, verkaufen?

Russell nahm eine von Jias Armspangen in die Hand und fuhr mit den Fingern über das gehämmerte Gold und die Jadeintarsien. Sie war eine Prinzessin. Er musste sich gut um sie kümmern.

Sein Blick wanderte in der Bat-Höhle umher. Die Mikrowelle und der solarbetriebene Generator hatten einen gewissen Wert, aber er konnte schlecht Dinge verkaufen, die ihm nicht gehörten. Er hatte immer vorgehabt, sie zurückzugeben, sobald seine Mission beendet war.

Wieder spürte er das mittlerweile vertraute Stechen in seiner Brust. Seine Mission war erfüllt. Er hatte Master Han gefunden. Und er hatte ihn getötet. Die Rache, nach der er sich so lange gesehnt hatte, hatte sich als zweischneidiges Schwert erwiesen. Er hatte seinem Bruder ins Herz gestochen, nur um sich selbst bis ins Mark zu verletzen. Er hatte sich in Jia verliebt, nur um sie gleich darauf zu verlieren.

Er schob die deprimierenden Gedanken beiseite und versuchte, sich auf eine glückliche Zukunft mit Jia zu konzentrieren. Wie sollte er sie finanzieren? Sein Blick fiel auf die Holzkiste im untersten Fach seines Bücherregals. Die Colt Single Action Army Pinch Frame Revolver, die sein Urgroßvater ihm vererbt hatte.

Sie waren auf 1873 datiert und somit wertvoll. Er stellte den Kasten auf den Tisch und schlug das Öltuch zurück, um sich die Pistolen anzusehen. Konnte er das Einzige aufgeben, was ihm von seiner Familie geblieben war?

Welche Familie, dachte er erbittert. Es war im Grunde eine Erleichterung, dass seine Eltern tot waren und nie erfahren mussten, dass aus ihrem jüngsten Sohn ein mordender Vampir-Kriegsherr geworden war. Oder dass ihr ältester Sohn ihn umgebracht hatte.

Zuhause gab es nicht mehr. Die Vergangenheit war vorbei. Er konnte niemals zurück. Besser die Pistolen verkaufen und damit eine Zukunft mit Jia finanzieren. Vielleicht war Zoltan interessiert an ihnen oder wusste, wo er sie verkaufen konnte.

Er steckte sich eine von Jias Armspangen in die Manteltasche, nahm die Kiste mit den Pistolen und teleportierte sich in die Waffenkammer von Zoltans Schloss. Es war dunkel dort, aber er kannte sich aus. Er stellte die Kiste auf den Tisch und ging dann die Wendeltreppe hinauf, um zu sehen, ob Zoltan zu Hause war.

Zu Russells Überraschung war die Tür von außen verriegelt. Ach ja, erinnerte er sich, es waren Gäste im Schloss. Zoltan hatte ein paar der Vampire und ihre Familien eingeladen, damit sie seine Frau, Neona, kennenlernen konnten. Er hatte sich wahrscheinlich überlegt, dass es am besten war, die Waffen wegzuschließen, wenn Kinder herumliefen.

Russell teleportierte sich in die Küche und entdeckte dort Shanna Draganesti mit einer weiteren Frau, die selbst gebackene Kekse auf einem großen Tablett verteilten.

Er erkannte Shanna sofort, weil er in seinem ersten Jahr als Vampir ein paarmal im Stadthaus der Draganestis in New York übernachtet hatte. Damals war er Angestellter in Angus' Firma gewesen, MacKay Security & Investigation, die meisten seiner Reisen waren deshalb geschäftlich gewesen, zum Beispiel, als sie in die Schlacht gezogen waren, um den bösen Casimir zu besiegen.

Aber seine erste Reise hatte kaum einen Monat nach seiner Verwandlung stattgefunden, als er herausfinden wollte, was aus seiner Familie geworden war. Nachdem er vom Tod seiner Tochter erfahren hatte, verbrachte er den Rest der Nacht in der Küche des Stadthauses und trank Blisky. Shanna und Roman hatten sich ihm angeschlossen, und er war ihnen immer dankbar gewesen für ihr Mitgefühl.

Die andere Frau in Zoltans Küche war wahrscheinlich die Ehefrau von einem der anderen Vampire, aber es gab jetzt so viele von ihnen, dass Russell sie sich nicht alle merken konnte.

„Russell!“ Shanna lächelte ihn an, während sie sich Ofenhandschuhe anzog. „Wie schön, dass du vorbeikommst.“

„Guten Abend.“ Er nickte der anderen Frau zu. „Ma'am.“

„Nenn mich Heather.“ Sie streckte ihm die Hand entgegen. „Ich bin die Frau von Jean-Luc.“

„Schön, dich kennenzulernen.“ Er schüttelte ihr die Hand. „Ist Zoltan zu Hause?“

„Er ist im Hof.“ Shanna zog zwei Pizzen aus dem Ofen. „Alle sind unten, wegen der Party.“

„Bitte sag, dass du auch kommst“, sagte Heather, während sie eine große Kühltasche mit Saftpäckchen, Bier und Blier in Flaschen befüllte.

Russell trat von einem Fuß auf den anderen. „Mir ist nicht so richtig nach Feiern zumute.“

Heather zuckte zusammen und sah Shanna an.

„Das mit deinem Bruder und Jia tut uns leid“, murmelte Shanna.

Russell zuckte mit den Schultern. „Ich kann verstehen, dass ihr feiern wollt. Die Bösen sind in der Hölle, wo sie hingehören. Der Krieg ist vorbei.“

„Stimmt, aber eigentlich erst richtig, wenn Jia wieder da ist“, sagte Heather. „Die Männer haben alle vor zu helfen.“

Russell musste schlucken. Sosehr er die Unterstützung der anderen zu schätzen wusste, er wollte nicht, dass sich die Männer mit Frauen und Kindern einem Risiko aussetzten. „Das ist nicht nötig.“

„Ist es sehr wohl." Shanna schnitt die Pizza in Stücke. „Wir sind eine Familie."

„Und alle werden dich sehen wollen", fügte Heather hinzu. „Heute ist eine bedeutende Nacht für mich und einige der anderen Frauen. Neona hat uns vom Wasser des Lebens angeboten. Heute Nacht nehme ich meinen ersten Schluck."

„Dann könnt ihr so lange wie eure Männer leben, ohne selbst zum Vampir zu werden?", fragte Russell.

Heather nickte. „Ich beginne den Prozess heute Nacht und mit mir Toni, Lara und Olivia. Unsere Männer sind erleichtert, uns nicht verwandeln zu müssen."

Das glaubte Russell gerne, denn dazu müssten sie ihren Frauen jeden letzten Tropfen Blut aussaugen.

Shanna seufzte. „Es war sehr schwer für Roman, dass er mich verwandeln musste."

Heather sah sie neugierig an. „Du könntest wieder sterblich werden, wenn du vom Wasser des Lebens trinkst."

Shanna runzelte die Stirn, während sie auf ein weiteres Tablett ein paar Tüten Kartoffelchips legte. „Darüber habe ich viel nachgedacht. Einerseits könnte ich die Tage wieder mit meinen Kindern verbringen. Aber andererseits würde es sich anfühlen, als lehnte ich das Leben als Vampir ab, als wäre es nicht gut genug. Das kann ich Roman nicht antun."

Heather nickte. „Es ist eine schwere Entscheidung."

Shanna lächelte. „Ich habe gelernt, mit meiner Situation glücklich zu sein. Wie schaffen wir das ganze Essen zur Party?" Sie hob zwei Tabletts mit Pizza an.

Heather deutete auf die Kühlbox voller Safttüten, Bier und Blier. „Könntest du die für uns tragen, Russell?" Sie selbst nahm das Tablett mit Chips und noch ein Tablett mit Keksen.

Russell stöhnte innerlich auf, während er die schwere Kühlbox die Treppe hinaufschleppte. Als sie in der großen Halle angekommen waren, sah er, dass die Vordertüren des

Schlosses offen standen. Das Geplapper von Erwachsenenstimmen und das fröhliche Kreischen von Kindern strömten vom Hof herein.

„Wir haben Essen mitgebracht!", verkündete Shanna, als sie durch die Tür ging, und wurde jubelnd begrüßt.

„Und wir haben einen Gast!" Heather sah sich nach Russell um, als er zögernd in der Tür stehenblieb. „Komm mit."

Er biss die Zähne zusammen. Überall Lächeln und glückliche Gesichter, wo er nichts anderes tun wollte, als Jia zu retten. Noch mehr Schulterklopfen und mitleidige Blicke. Wenn ein Grußkartenhersteller den Aufdruck „Unser tiefes Mitgefühl, dass du deinen Bruder umbringen musstest" herstellen würde, er hätte Dutzende davon.

Tief in seinem Innersten wusste er, dass das Mitgefühl dieser Leute ihn nicht wütend machen sollte. Er hasste einfach gerade jede Art von Mitleid. Er hasste es, sich hilflos zu fühlen, solange Jia in Gefahr war. Und am meisten hasste er das Warten.

Ihm wurde schlecht, als er Shanna und Heather die Stufen hinab auf den Hof folgte. Weiße Lichter hingen an den Zinnen und um den Steinbrunnen in der Mitte, um dem Hof einen feierlichen Anstrich zu verleihen. Ein paar Flutlichter sorgten dafür, dass die Kinder ungestört herumrennen konnten. Zwei lange Buffettische standen bereits halb voll mit Tabletts, auf denen sich das Essen häufte. Shanna und Heather stellten ihre Tabletts dazu und wurden von einer Horde lärmender Kinder eingekreist.

Am Rand standen ein Dutzend runder Gartentische mit Stühlen, sodass der Hof wie ein Freiluft-Restaurant wirkte. Ein volles Restaurant. Viele der Vampire und Wandler, die Russell in seinem ersten Arbeitsjahr bei Angus kennengelernt hatte, waren dort. Und sie alle lächelten ihm zu und winkten ihn zu sich.

Verdammter Mist. Er hasste es, dass diese Männer ihr Leben riskieren wollten. Alle ihre Frauen und Kinder waren dabei. Sie hatten zu viel zu verlieren.

Angus und Emma saßen an einem der Tische, jeder mit einem der Werdrachenbabys im Arm, die sie adoptiert hatten. Die Zwillinge waren erst ungefähr zwei Monate alt, aber da Drachenwandler doppelt so schnell alterten, sahen sie etwas älter aus. Jack und seine Frau Lara saßen mit ihrem Baby am gleichen Tisch. Ein Mädchen, nahm Russell wegen des rosa Kleidchens an.

Roman Draganesti ging zu den Buffettischen, um seiner Frau dabei zu helfen, Essen unter den Kindern zu verteilen. Er lächelte sie liebevoll an. „Die Familie wächst immer weiter."

Shanna erwiderte sein Lächeln. „Ich weiß. Ist das nicht wunderbar?" Sie winkte Russell und bedeutete ihm, die Kühlbox neben den Tischen abzustellen.

Er stellte sie hin und wurde sofort wie von einer Horde Heuschrecken von den Kindern umschwärmt, die sich die Saftpäckchen griffen. So viele Kinder. Er wich zurück. Würde er eines Tages mit Jia Kinder haben können? Er nahm an, ihre Kinder wären die ersten der Gruppe, die halb Vampir, halb Wertiger waren. Wahrscheinlich würden sie zum Beißen neigen. Und wenn sie nur halb so laut waren wie diese Kinder, dann konnten sie die Untoten wecken.

Plötzlich umarmte ihn eines der älteren Kinder.

„Xiao Fang." Russell bemerkte, dass der Drachenwandler viel besser aussah. Der Junge strahlte ihn an und rannte dann mit einem anderen Jungen weg. Das musste sein Freund Norjee sein.

Russell sah den zwei Jungen lächelnd beim Herumtoben zu. Das war eine Sache, auf die er stolz sein konnte – er hatte Xiao Fang gerettet.

Eines der älteren Kinder rannte auf den Steinbrunnen in der Mitte des Hofes zu. „Lasst uns weiterspielen!“ Es hielt sich die Augen zu und fing an zu zählen.

Die anderen Kinder kreischten und rannten auf der Suche nach Verstecken auf dem Hof herum.

Howard nahm zwei Flaschen aus der Kühlbox und reichte Russell ein Blier. „Setz dich. Genieß die Party.“

Russell schüttelte den Kopf. „Ich will nicht, dass ihr alle mit mir in die Hölle kommt.“

Howard nippte an seiner Flasche. „Findest du nicht, dass das unsere eigene Entscheidung ist?“

„Ihr habt Frauen und Kinder. Wie könnt ihr es da riskieren, in der Hölle zu sterben?“

Howard zuckte mit den Schultern. „Jeder von uns kann jederzeit sterben. Ich will gar nicht leichtfertig klingen, aber wir wissen, egal was passiert, die Kinder werden immer jemanden haben, der sie liebt und sich um sie kümmert. Wir sind alle eine Familie.“ Howard sah ihn eindringlich an. „Zu dieser Familie gehörst du auch.“

Russell schnaubte. „Beim Thema Familie bin ich eher eine Fehlbesetzung. Ich habe eben erst meinen Bruder umgebracht.“ Er schraubte das Blier auf und nahm einen langen Zug.

Howard schenkte ihm einen dieser mitfühlenden Blicke, die er so hasste, also wechselte Russell das Thema. „Wo kommen die ganzen Kinder her? Ich weiß nicht einmal, wer die alle sind.“

„Das liegt daran, dass du die letzten zwei Jahre wie ein Einsiedler gelebt hast.“ Howard deutete auf den blonden Jungen am Brunnen, der gerade bis siebenundvierzig gezählt hatte. „Das ist Romans Sohn, Constantine. Er ist sieben.“

Russell erinnerte sich daran, Tino vor über zwei Jahren begegnet zu sein. „Er ist ganz schön gewachsen.“

„Xiao Fang und Norjee kennst du." Howard deutete auf die zwei Jungen, die sich gegenüber von Tino hinter den Brunnen gehockt hatten.

Russell lächelte. Das war eine gute Strategie, der er sich als Kind selbst oft bedient hatte. Gar nicht erst verstecken, sondern sich so nahe am vereinbarten Zielpunkt aufhalten, dass man ankommen konnte, ehe man erwischt wurde.

Ein Mädchen kam zu Howard gerannt. „Hilf mir, Onkel Howard. Mom und Dad sind in der Küche, um Blardonnay zu holen."

Howard öffnete grinsend die Kühlbox. „Dahinter kannst du dich verstecken."

Sie kniete sich hin.

„Das ist Sofia, die Tochter von Roman und Shanna", erklärte Howard. „Wie alt bist du jetzt? Fünf?"

Sie nickte. „Passt auf, dass Tino mich nicht sieht."

Howard lachte und zeigte dann auf einen Flaggenmast. „Siehst du die zwei Kleinen dahinten, die glauben, sie würden sich tatsächlich verstecken?"

Russell konnte nicht anders, als über die zwei Kleinkinder zu lächeln, die sich hinter den Mast gesetzt hatten. Das kleine Mädchen hatte schwarze Locken und der Junge einen roten Haarschopf.

„Die zwei sind unzertrennlich", sagte Howard. „Ians kleines Mädchen und Robbys kleiner Junge. Sie werden beide im Herbst zwei. Oh, sie haben Gesellschaft." Howard lachte, als zwei weitere junge Kinder sich hinter den Mast hockten. „Das sind die Panterra-Zwillinge, Eric und Adriana. Sie sind gerade zwei geworden. Sie kennen sich alle aus der Dragon Nest Academy."

„Und die?" Russell deutete auf die Kapelle, wo ein älteres Mädchen sich mit zwei jüngeren versteckte.

„Die Echarpe-Kinder. Bethany ist jetzt ungefähr zehn, und

die Zwillinge sind vier. Und da drüber jagen Phineas und Brynley hinter ihren Zwillingen her. Ben und Gwen haben das Gehen hinter sich gelassen und rennen jetzt in Höchstgeschwindigkeit."

„Das kannst du dir alles merken?" Russell sah den Werbären schief an. „Du musst Kinder wirklich mögen."

Howard nickte und sah seine Frau glücklich an. Elsa saß an einem der Tische, mit Neona ins Gespräch vertieft. „Elsa hilft Neona dabei, hier im Schloss eine große Kinderstube einzurichten. Zoltan will, dass ich weiter die Leitung seiner Sicherheit übernehme, es sieht also aus, als würden wir unsere Zwillinge hier bekommen."

„Das ist gut." Russell entdeckte Connor am Eingang des Schlosses, wo er einem kleinen rothaarigen Jungen dabei half, die Treppe hinaufzukrabbeln. „Das ist dann wohl Connors Sohn."

„Jepp." Howard lachte, als der Junge sich am Kilt seines Vaters festklammerte. „Ich habe gehört, dass die Schotten sich beschweren, weil sie jetzt Unterwäsche unter den Kilts tragen müssen. Die Kleinen ziehen sie ihnen immer hoch. Das da ist Gabriel. Er ist eineinhalb."

Bei der Erwähnung des Namens Gabriel erstarrte Russell. Er hatte es satt, auf Neuigkeiten von den Engeln zu warten. Er wollte Jia jetzt sofort zurück. „Ich habe ein paar antike Pistolen mitgebracht. Ich ... ich würde sie gern verkaufen, falls einer von den anderen sich für so etwas interessiert."

Howard neigte nachdenklich den Kopf zur Seite. „Zoltan hat eine Sammlung in seiner Waffenkammer. Ich glaube, Jean-Luc sammelt auch, interessiert sich aber eher für Schwerter."

Gerade in dem Augenblick rief Tino: „Einhundert. Versteckt oder nicht, ich komme!" Er sah sich um und fing an zu grinsen, als er die vier Kleinkinder hinter dem Fahnenmast entdeckte.

In der Zwischenzeit berührten Norjee und Xiao Fang den Zielpunkt und lachten, als Tino sie wütend anfunkelte. Sofia kroch hinter der Kühlbox hervor und hinter den Tischen entlang.

Als Tino ihr den Rücken zugekehrt hatte, sprintete sie wie wild zum Brunnen. Er entdeckte sie und machte sich auf die Jagd, bis er sie endlich auf die Schulter tippte.

„Du bist!“, verkündete Tino und verzog das Gesicht, als seine Schwester ihm fest auf den Fuß trat.

Howard lachte in sich hinein. „Wo sind die Pistolen?“

„In der Waffenkammer.“

Howard nickte. „Ich hole die Schlüssel, wir treffen uns dann mit den beiden dort.“

Russell teleportierte sich in die Waffenkammer, schaltete das Licht an und trank sein Blier leer, während er auf die anderen wartete. Bald hörte er, wie das Schloss geöffnet wurde und Schritte die Treppe herabkamen.

Zoltan klopfte ihm auf den Rücken. „Schön, dich zu sehen.“

„*Bonsoir, mon ami.*“ Jean-Luc schüttelte ihm die Hand. „Wie ich höre, hast du ein paar antike Pistolen?“

„Ja.“ Russell nahm die Pistolen aus der Kiste und legte sie auf den Tisch. „Colt Single Action Army Pinch Frame Revolver. Mein Urgroßvater hat sie 1873 bekommen. Sie haben aufeinanderfolgende Seriennummern im zweistelligen Bereich.“

„*Formidable.*“ Jean-Luc nahm eine hoch, um sie sich näher anzusehen.

Zoltan sah sich die andere an. „Warum willst du dich von so etwas trennen?“

Russell zuckte mit den Schultern. „Sie gehören der Vergangenheit an. Ich bin gerade mehr an der Zukunft interessiert. Einer gemeinsamen mit Jia, hoffe ich.“

Howard nickte. „Wir holen sie zurück.“

„Ich gebe dir zweihunderttausend", sagte Jean-Luc.

„Zweihundertfünfzig", erhöhte Zoltan und lächelte, als Jean-Luc ihn verärgert ansah.

„Verkauft", sagte Russell schnell. Ihm gefiel der Gedanke, dass die Pistolen in Zoltans Schloss blieben, wo er sie sich jederzeit ansehen konnte, wenn er wollte. „Ich habe ein Konto bei deiner Bank hier im Dorf, darauf kannst du das Geld bitte einfach überweisen."

„Sicher. Kein Problem", antwortete Zoltan.

„Ich möchte gerne sofort etwas davon ausgeben." Russell nahm Jias Armspange aus der Tasche. „Ich möchte eine Halskette, die dazu passt."

„Beeindruckend." Jean-Luc nahm sein Handy aus der Tasche und fing an, Fotos zu machen. „Ich kenne einen Schmuckdesigner in Paris, der so etwas machen könnte. Ich schicke ihm die Fotos."

„Danke." Russell lächelte in sich hinein. Jetzt hatte er ein Hochzeitsgeschenk für Jia, das es mit denen eines Wertiger-Prinzen aufnehmen konnte. „Ich brauche auch Eheringe."

Howard lachte. „Du hast es ja eilig."

„Und du hast Glück." Zoltan grinste. „Ich bringe dich zum Juwelier im Dorf."

Zwei Stunden später kehrte Russell in die Bat-Höhle zurück. Er legte Jias Armspange auf den Tisch neben ihr Gegenstück und daneben die Schachtel mit den Eheringen. Jetzt musste er Rajiv nur noch ein Stück Land abkaufen. Es war kurz vor Sonnenaufgang, er musste also warten, bis die Nacht wieder hereingebrochen war, ehe er nach Tiger Town zurückkehrte.

Als Russell aufwachte, wurde ihm klar, dass sechs Nächte seit Jias Entführung vergangen waren. Vielleicht kamen Briathos und die Gotteskrieger in dieser Nacht endlich mit Nachrichten zurück. Er zog sich schnell an, stürzte etwas Blut herunter und teleportierte sich nach Tiger Town.

Auch wenn der Vorplatz voller Zelte stand, war es bedrückend still. Die Behandlung, mit der die DNA der Super-Soldaten zurückverwandelt wurde, funktionierte am besten, wenn sie bewusstlos waren.

Unten am Fluss standen die Wertiger in Gruppen zusammen und unterhielten sich leise, während sie bewundernd auf eine Reihe aus vier schwarzen SUVs zeigten.

„Hey, Russell." J.L. kam zu ihm, eine Flasche synthetisches Blut in der Hand. „Du bist schnell gekommen. Du hast wohl die Neuigkeiten gehört."

„Welche Neuigkeit? Ist Briathos zurückgekommen?"

J.L. schüttelte den Kopf und zeigte auf die SUVs. „Der Wertiger-Prinz und sein Gefolge sind vor ungefähr einer Stunde angekommen."

Russell stöhnte auf. Und Jia war nicht da, um dem kostbaren Prinzen zu sagen, dass er sich verziehen konnte. Er bezweifelte, dass Rajiv es tun würde. Soweit er wusste, wollte Rajiv noch immer, dass die Hochzeit stattfand. „Wo sind sie?"

„Im Palast." J.L. trank sein Blut aus. „Rajiv veranstaltet ihnen zu Ehren ein Bankett."

Russell schluckte seine Wut hinunter. Es schien so, als wäre der Prinz immer noch die erste Wahl für Jias Ehemann. „Dann sollten wir auch dorthin." Er marschierte auf die Treppe zu.

„Warte." J.L. ging ihm nach. „Das ist eine offizielle Wertiger-Angelegenheit. Ich glaube nicht, dass wir eingeladen sind."

Russell schnaubte. „Sehe ich anders." Er musste diesen Prinzen kennenlernen.

23. Kapitel

Sie hatten die Doppeltür zum Palast erreicht.

„Du musst ihn formell begrüßen“, warnte J. L. ihn. „Wenn du ihm nicht den gebührenden Respekt zollst, wird es als Beleidigung ausgelegt.“

Russell schnaubte verächtlich, während er einen der Türflügel aufstemmte. Es machte ihm nichts aus, Rajiv gegenüber höflich zu sein, aber bei dem Prinzen war es etwas anderes.

„Sprich erst, wenn man dich anspricht. Mach mir einfach alles nach“, flüsterte J. L, ehe sie leise den Thronsaal betraten.

Russell folgte ihm und versuchte dabei, nicht an das letzte Mal zu denken, als er diesen Raum gesehen hatte. Genau da drüben hatte er seinen Bruder umgebracht. Und dort war die Stelle, an der ihm klar wurde, dass Jia verschwunden war.

Es sah anders aus heute, hell erleuchtet von Kerzenlicht, überall funkelte es. Große Messingleuchter standen zwischen den rot gestrichenen Säulen, und zwei weitere flankierten den Thron, der auf dem Podest am anderen Ende des Raumes stand. Kerzenlicht spiegelte sich in den goldenen Tigern, mit denen der schmuckvoll geschnitzte Holzthron verziert war.

An den Wänden hingen rote Seidenbanner von der Decke, die mit goldenen Quasten abschlossen. Auf die Banner waren Tiger gestickt, die entweder lauerten oder sprangen. Auf dem Boden standen ein paar niedrige Tische in einer Reihe, um eine lange Bankettafel zu bilden. Ein Tafelläufer aus roter Seide mit goldenen Quasten lief über den ganzen Tisch, war aber unter dem vielen Essen kaum sichtbar. Es gab genug Teller mit Fleisch und Schüsseln voller Gemüse und Soßen, dass es ausgereicht hätte, die doppelte Anzahl der anwesenden Gäste zu verpflegen.

Rajiv, in eine violette Seidenrobe gekleidet, saß auf einem Bodenkissen am Kopf der Tafel. Sein langes schwarzes Haar war zu einem Knoten hoch auf seinem Kopf geschlungen, mit einem goldenen Ring umschlossen und einer langen Haarnadel in Form eines goldenen Tigers durchstochen. Zwölf Gäste saßen um den Tisch, sechs auf jeder Seite, alle mit verschränkten Beinen auf roten Seidenkissen.

Auf Rajivs rechter Seite saß ein junger Mann mit einer goldenen Krone auf dem Kopf und einem arroganten Grinsen im Gesicht. Das musste der Prinz sein. Russel kämpfte gegen den Drang, ihm die Arroganz aus dem Gesicht zu wischen, und zwar nicht mit einer Seidenserviette. Die anderen Leute auf der rechten Seite waren wohl sein Gefolge. Als Letzte in der Reihe saß eine Frau. Russel nahm an, je weiter am Tischende die Person saß, desto niedriger war ihr Rang. Hinter den sitzenden Gästen standen sechs Männer in schwarzen Seidenroben und sahen ihn und J. L. misstrauisch an.

Oh Mann. Wie viele Leibwächter brauchte so ein Prinz? Er musste ein echtes Weichei sein.

Links von Rajiv saßen Rinzen und Tenzen, seine Onkel, und vier weitere ältere Herren. Alle Gäste hatten mit dem Essen aufgehört und starrten die Eindringlinge an.

Russell spürte ein Zupfen an seinem Hosenbein und bemerkte, dass J. L. sich hingekniet hatte. Das war also die formelle Begrüßung? Innerlich aufstöhnend kniete er sich ebenfalls hin. Zu seiner Verwunderung platzierte J. L. danach seine Hände auf dem Steinboden und neigte sich vor, bis er mit der Stirn den Boden berührte.

Verdammt. Auf keinen Fall würde er sich vor Jias Verlobtem verneigen. Er sah Rajiv an, der angespannt wirkte, dessen Miene aber ausdruckslos blieb. Russell wurde klar, dass es sich nicht ändern ließ. Rajiv war so etwas wie sein zukünftiger Schwager, Russell durfte ihn also nicht vor seinen royalen Gästen beschämen. Zähneknirschend verneigte Russell sich ebenfalls.

„Ich heiße euch willkommen", sagte Rajiv.

„Eure Freundlichkeit kennt keine Grenzen, Euer Eminenz", sagte J. L. „Bitte vergebt uns unser ungehöriges Eindringen. Wir wünschen nur, unseren Respekt zu bekunden."

Russell verdrehte die Augen. Genug mit der Kriecherei. Er fing an aufzustehen, bemerkte aber, dass J. L. immer noch kniete, also tat er es ihm nach.

„Gestattet, dass ich euch meinen hochgeschätzten Gast vorstelle." Rajiv deutete nach rechts. „Das ist Prinz Kim Minam aus Südkorea. Euer Hoheit, diese Herren sind Wang Jin Long und Russell. Sie sind beide Amerikaner."

Der Prinz schniefte. Russell war versucht, ihm den Schnupfen auszukurieren, und zwar nicht mit einem Taschentuch.

Rajiv winkte die beiden Vampire heran. „Möchtet ihr euch uns anschließen?"

Der Prinz erstarrte und legte seine Essstäbchen mit einem lauten Knall hin. „Ihr habt vor, diese Tafel mit Vampiren zu teilen?"

Rajiv lächelte ihn tröstend an. „Keine Sorge. Das Essen werden sie nicht anrühren."

„Darum geht es nicht", knurrte der Prinz. „Sie sind hassenswerte, ekelerregende Geschöpfe."

Russell knirschte mit den Zähnen. Er war versucht, dem Prinzen den Mund auszuwaschen, und zwar nicht mit Seife.

Rajiv umklammerte seine Essstäbchen so fest, dass seine Fingerknöchel weiß wurden. „Das sind meine guten Freunde und meine Vertrauten. Vielleicht habt Ihr von unseren Schwierigkeiten gehört? Über vierzig Jahre lang wurde mein Volk von Master Han und seinen drei Vampir-Lords geplagt.

Viele meiner Leute wurden gejagt und niedergemetzelt, auch meine Eltern und die Eltern Eurer Verlobten."

Der Prinz zuckte mit den Schultern. „Wir haben die Schauergeschichten von Master Han und seinen drei Lords gehört, aber diese Art von abscheulichem Verhalten ist bei Vampiren wohl kaum überraschend."

Rajivs Lächeln wirkte gezwungen. „Dann überrascht es Euch vielleicht zu erfahren, dass es auch gute Vampire gibt. Jin Long hat mir geholfen, einen der Vampir-Lords, Lord Qing, umzubringen. Russell hat Lord Ming besiegt, und erst vor Kurzem hat er Master Han getötet. Mit dieser einen mutigen Tat hatte er Erfolg bei etwas, das meinem Volk seit vierzig Jahren nicht gelungen ist. Und indem er Han umgebracht hat, hat er auch seine Armee davon abgehalten, mein Dorf anzugreifen. Für mich und mein Volk sind diese Männer Helden."

Der Prinz sagte nichts und sah Russell und J.L. nur verächtlich an. Russell sah ihm herausfordernd in die Augen. *Was darf es zuerst sein, Prinz? Ein blaues Auge oder eine gebrochene Nase?*

Rajiv hob eine Hand, und eine Dienerin kam zu ihm. „Bitte bring zwei Becher und eine Flasche Blisky für unsere neuen Gäste."

Als das Dienstmädchen davoneilte, deutete Rajiv auf das Essen. „Bitte, genießt die Mahlzeit. Lasst mich Euch noch etwas einschenken." Er hob die Teekanne und füllte den Becher des Prinzen auf.

Die Wertiger fingen wieder an zu essen. Russell und J.L. rutschten ans Ende des Tisches, wo sie sich mit verschränkten Beinen hinsetzten. Russell sah sich alle genau an und merkte, wie Rajivs Blick immer wieder zu der jungen Frau im Gefolge des Prinzen wanderte. Sie war schweigend auf den Teller vor sich konzentriert.

Das Dienstmädchen stellte zwei Becher vor Russell und J. L. hin und füllte sie mit Blisky, der Mischung aus synthetischem Blut und Whiskey.

„Ich muss sagen, es enttäuscht mich maßlos, dass Lady Jia nicht hier ist“, grollte der Prinz. „Sie muss doch gewusst haben, dass wir bald ankommen werden.“

„Meine aufrichtige Entschuldigung“, murmelte Rajiv. „Es ließ sich nicht ändern.“

„Warum wollt Ihr mir nicht sagen, wo sie ist?“, verlangte der Prinz zu wissen. „Ich könnte sie von meinen Männern holen lassen.“

Rajiv lächelte. „Das Angebot weiß ich zu schätzen, aber es wird nicht nötig sein. Wir hoffen, sie bald wieder bei uns zu haben.“ Er wechselte einen Blick mit seinen Onkeln. Die anderen Männer auf seiner Seite der Tafel rutschten unruhig hin und her und stocherten in ihrem Essen. Offensichtlich wollte niemand dem Prinzen verraten, wo Jia wirklich war.

„Ein Toast auf Lady Jia.“ Russell hob sein Glas, und alle tranken. „Und, Rajiv, kannst du mir verraten, wer hier alle sind?“

Rajiv sah erleichtert über den Themenwechsel aus. „Meine Onkel kennst du ja bereits.“ Er deutete auf die vier älteren Herren. „Das sind hochverehrte Mitglieder meines Ältestenrates.“

„Ich habe mein Gefolge bereits vorgestellt, werde es aber noch einmal tun.“ Verärgert aussehend nickte der Prinz zu den Leuten auf seiner Seite der Tafel. „Der Außenminister meines Vaters, der Anführer unseres Ältestenrates, mein persönlicher Sekretär, der Leiter meiner Sicherheitsabteilung, und Lady Yi-soo.“

„Wenn ich mir die Frage erlauben darf, warum reist eine Edelfrau mit Euch?“ Rajivs Blick blieb noch einmal an der jungen Frau hängen.

Prinz Mi-nam winkte ab. „Ihr Titel ist nur ehrenhalber. In Wahrheit ist sie kaum mehr als eine Dienerin."

Lady Yi-soo behielt den Kopf geneigt, aber ihre Wangen färbten sich rosa.

Rajiv mahlte mit seinem Kiefer. „Dann bin ich noch neugieriger darauf, warum sie hier ist."

Der Prinz sah verächtlich zu ihr hinab. „Mein Vater hat darauf bestanden. Sie soll Lady Jia als Leibwächterin und Lehrerin zur Seite stehen. Lady Yi-soo ist begabt in der Kampfkunst und im Fechten. Und sie wird Lady Jia unsere Sprache und glorreichen Traditionen beibringen. Lady Jia wird doch wohl unserem königlichen Hofstaat keine Schande machen wollen?"

Rajiv knirschte mit den Zähnen. „Natürlich nicht."

Russell fragte sich, wie der Prinz aussehen würde, wenn man ihm die goldene Krone um den Hals wickelte.

J. L. räusperte sich. „Dann kann Lady Yi-soo uns verstehen? Sie spricht Chinesisch?"

„Natürlich", antwortete Prinz Mi-nam für sie. „Sie spricht mehrere Sprachen fließend. Es war ihr gestattet, mit den anderen königlichen Nachkommen die Schule zu besuchen."

„*Andere* königliche Nachkommen?", fragte Rajiv.

Der Prinz zuckte mit den Schultern. „Mein Vater hat über fünfzig Kinder gezeugt, aber die müssen Euch nicht kümmern. Ich bin der älteste eheliche Sohn und deshalb Erbe des Thrones. Die unehelichen Kinder erben nichts, Ihr müsst also nicht befürchten, dass Lady Yi-soo in irgendeiner Form eine Bedrohung für Eure Cousine darstellt. Als meine Frau wird Lady Jia die Grand Tigress und empfängt alle Ehre und allen Reichtum, der dieser Stellung gebührt."

Rajiv kniff die Augen zusammen.

Russell änderte etwas an seiner Fantasie. Statt dem Prinz die Krone um den Hals zu wickeln, stellte er sich vor, wie er sie dem Schwein in die Kehle stopfte.

„Soll das heißen, Lady Yi-soo ist eine uneheliche Tochter?“, fragte Rajiv leise und sah sie dabei an.

Sie legte ihre Essstäbchen beiseite, und ihre Wangen wurden noch dunkler.

Der Prinz schnaubte verächtlich. „Lohnt es wirklich, darüber zu reden? Wünscht Ihr, sie noch mehr zu beschämen? Glaubt mir, sie kennt ihren Platz bereits.“

Rajiv atmete zischend ein.

Russell knallte seinen Becher auf den Tisch. „Ist es eine Eurer glorreichen Traditionen, dass der Grand Tiger seiner Frau untreu ist?“

„Das Privatleben meines Vaters geht dich wohl kaum etwas an“, erwiderte der Prinz schnippisch.

In Rajivs goldenen Augen schimmerte Wut. „Es geht uns etwas an, wenn Ihr vorhabt, in seine Fußstapfen zu treten.“

Der Prinz sah ihn fassungslos an. „Eure Eminenz, sicherlich begreift Ihr die wahre Natur einer arrangierten Ehe. Meine Verlobung mit Lady Jia dient einzig dem Zweck, eine Allianz zwischen unseren zwei Reichen zu schaffen. Es ist eine politische Verbindung, sonst nichts. Wie mein Vater werde ich mich anderswo umsehen …“

Knurrend sprang Russell auf. „Du dreckiger …“

„Stopp“, zischte J. L. auf Englisch und packte Russell am Arm. „Lass Rajiv nur machen.“

Russell machte sich los. „Ich muss ihn vermöbeln.“

Der Prinz räusperte sich. „Ich spreche auch Englisch.“

„Dann versteht Folgendes“, verkündete Rajiv. „Ich werde nicht zulassen, dass meine Cousine eine Ehe ohne Treue eingeht. Sie hat Besseres verdient.“

Prinz Mi-nam schnaufte. „Kommt schon. Ihr seid ein Grand Tiger, genau wie ich es eines Tages sein werde. Uns ist es nicht gestattet, aus Liebe zu heiraten. Es ist nur natürlich, wenn wir …“

„Mir ist klar, dass ich gemäß meines Standes werde heiraten müssen", unterbrach Rajiv ihn, „aber ich werde alles in meiner Macht Stehende tun, damit aus meiner Ehe eine Verbindung wird, die auf Liebe beruht. Ich werde meine Frau mit Respekt und Ehre behandeln und ihr jeden Tag treu sein, sodass ich mir eines Tages ihre Liebe verdienen kann."

Der Prinz verdrehte die Augen. „Wir können Hunderte von Jahren leben. Wie soll man jahrhundertelang treu bleiben?"

„Wie kann man nicht treu sein, wenn Liebe zwei Menschen miteinander verbindet?", fragte Rajiv. „Mein Großvater war seiner Frau treu. Meine Eltern waren einander treu. Das ist *unsere* Tradition. Meine Cousine wird nicht weniger als das akzeptieren."

Prinz Mi-nam wirkte empört. Russell war bereit, dem Prinzen die Lichter auszublasen, aber er spürte auch Stolz darüber, wie gut Rajiv die Sache gehandhabt hatte. Offensichtlich hatten er und Rajiv die gleichen Vorstellungen von der Ehe. Und es sah so aus, als ginge es auch Lady Yi-soo so. Denn sie sah Rajiv mit tränenverhangenen Augen an.

Plötzlich erhellte ein Blitz den Raum, und als Russell sich umdrehte, sah er, wie Briathos neben der Tür Gestalt annahm.

„Was zur Hölle?" Prinz Mi-nam sprang auf und rannte hinter seine Leibwächter.

Wow, dieser Typ war wirklich ein Weichei, schoss es Russell durch den Kopf. „Nicht Hölle. Himmel." Er drehte sich zu dem Gotteskrieger um. „Gibt es Neuigkeiten? Wie geht es Jia?"

Briathos neigte den Kopf. „Seid gegrüßt, gute Seelen. Eine Stunde ist vergangen, seit …"

„Du meinst sechs Tage!", brüllte Russell.

„Ja." Briathos sah ihn belustigt an. „Uns ist bewusst, wie viel Zeit auf Erden verstrichen ist."

„Was ist passiert?“, wollte Russell wissen. „Hat Luzifer sie gehen lassen?“

„Luzifer?“, fragte Prinz Mi-nam.

„Das ist eine lange Geschichte“, knurrte Russell und fragte dann Briathos: „Und?“

Der Gotteskrieger schüttelte den Kopf. „Luzifer weigert sich, sie gehen zu lassen. Der Erzengel Gabriel ruft eine Armee von fünfhundert Gotteskriegern zusammen. Wir haben die Erlaubnis, in die Hölle zu marschieren.“

Russell nickte. „Ich komme mit.“

„*Hölle?*“, hakte Prinz Mi-nam nach, dieses Mal lauter.

Russell sah ihn ungeduldig an. „Ja, Hölle. Als ich Master Han umgebracht habe, sind die Gotteskrieger erschienen, um den Dämon Darafer zurück in die Hölle zu verbannen. Leider hat er Jia dabei mitgenommen.“

„Lady Jia ist in der Hölle?“, fragte der Prinz fassungslos. „Das ist unmöglich! Menschen werden nicht in die Hölle verschleppt.“

„Ach wirklich?“ Russell biss die Zähne zusammen. „Ich nehme dich mit. Du kannst helfen, sie zu retten.“

Der Prinz schnaubte verächtlich. „Mach dich nicht lächerlich. Ich bin mir nicht einmal sicher, ob ich diese hanebüchene Geschichte glauben soll.“

„Sie stimmt“, sagte Rajiv zu ihm. „Lady Jia ist von einem Dämon entführt und in die Hölle verschleppt worden.“

„Wir helfen bei ihrer Rettung“, sagte Tenzen und zeigte auch auf seinen Zwilling Rinzen.

„Ich ebenfalls“, schloss J. L. sich an.

Briathos sah sie traurig an. „Euer Mut ehrt euch, aber ich muss euch noch einmal vor der großen Gefahr warnen. Wenn ihr in der Hölle getötet werdet, lauft ihr Gefahr, dass eure Seele dort für immer gefangen bleibt.“

Russell nickte. „Verstehe. Ich gehe trotzdem.“

Rajiv kam die Tafel entlang zu ihnen und stellte sich neben Russell. „Ich werde mit euch gehen."

„Aber Euer Eminenz", widersprach einer von Rajivs Ältesten. „Ihr dürft nicht gehen. Es ist zu gefährlich."

Rajiv legte dem Ältesten die Hand auf die Schulter. „Ehe wir aufbrechen, wird Jin Long meinen Bruder hierherteleportieren. Wenn mir etwas zustößt, wird Raghu der neue Grand Tiger. Er und seine Frau haben gerade Zwillinge bekommen, für die Erbfolge ist also gesorgt."

Der Älteste nickte traurig. „Bitte seid vorsichtig, Euer Eminenz."

Russell sah sich nach dem Prinzen um, der blass geworden war. „Also, Euer Hoheit?"

Mi-nam schluckte. „Ich … ich könnte einige meiner Leibwächter mitschicken."

Die Leibwächter erstarrten entsetzt. Einer von ihnen fiel auf die Knie. „Euer Hoheit, bitte …"

„Ich gehe", unterbrach Lady Yi-soo ihn.

Rajiv keuchte auf „Mylady, nein …"

„Ja!" Der Prinz wedelte mit der Hand in ihre Richtung. „Sie kann gehen. Sie *sollte* gehen! Immerhin ist sie Lady Jias Leibwächterin." Er klatschte in die Hände, als wäre es so beschlossene Sache. „Lady Yi-soo repräsentiert unser Volk bei der Rettung von Lady Jia."

Was für ein Wurm. Russell funkelte den Prinzen voller Verachtung an. Er ließ sich von einer Frau auf dieser gefährlichen Mission vertreten?

„Mylady." Rajiv trat neben sie. „Es gibt keinen Grund für Euch, Euch in Gefahr zu bringen."

Sie stand auf. „Ich habe mein ganzes Leben eingesperrt in einem Flügel des Palastes verbracht. Ich möchte es tun. Ich muss."

Rajiv trat dichter an sie heran. „Dann kämpft an meiner

Seite. Ich werde mein Bestes tun, Euch zu beschützen. Ihr habt mein Wort."

Ihre Mundwinkel bogen sich nach oben. „Ich bin eine ausgezeichnete Kämpferin, Euer Eminenz. Vielleicht bin ich es, die Euch beschützt."

Lächelnd reichte er ihr die Hand. „Abgemacht. Auch wenn es mir lieber wäre, Euch an einen anderen Ort als die Hölle auszuführen."

Sie erwiderte sein Lächeln mit roten Wangen. „Nun ja, ich wollte immer auf Reisen gehen ..."

„Wann brechen wir auf?", fragte Russell den Gotteskrieger. „Welche Waffen sollen wir mitbringen?"

„Eure Waffen können gegen die Dämonen und die Einwohner der Hölle nichts ausrichten, denn dort sind alle bereits tot", antwortete Briathos. „Aber fürchtet euch nicht. Wir werden jeden von euch mit einem Feuerschwert ausstatten."

„Astrein", flüsterte J. L.

Briathos warf ihm einen schiefen Blick zu. „Der Feind wird ähnliche Waffen gegen euch richten."

J. L. zuckte zusammen. „Irgendeinen Nachteil gibt es immer, oder? Aber es könnte schlimmer sein." Er grinste, als Russell ihn zweifelnd ansah. „Wir könnten auf der falschen Seite stehen."

Russell schnaubte und fragte Briathos dann noch einmal: „Wann brechen wir auf?"

„Sammelt eure Männer zusammen. Wir treffen uns in drei eurer Erdenstunden hier auf dem Vorplatz. Von dort aus bringen wir euch ans Tor zur Hölle." Briathos' Gestalt begann zu verschwimmen und verschwand.

24. Kapitel

Drei Stunden später stand Russell auf dem Vorplatz von Tiger Town und hatte die Hand um den Griff seines neuen Schwertes geschlossen.

Die Klinge war mächtig, die Schneide schmal und scharf, aber insgesamt war das Schwert überraschend leicht. Perfekt ausbalanciert, wunderschön geschmiedet, aber das konnte man von einer Engelswaffe wohl auch erwarten.

Er betrachtete die Gravuren auf dem goldenen Schwertknauf und fragte sich, ob man dort kleingedruckt „Made in Heaven“ lesen konnte, aber die Schrift ergab keinen Sinn für ihn. Natürlich. Er schlug sich in Gedanken an die Stirn. Warum sollte die Schrift im Himmel einer der menschlichen Sprachen auch nur ähneln?

Die Klinge glänzte im Silberlicht des fast vollen Mondes. Da war es wieder. Er spürte ein leichtes Vibrieren in seiner Handfläche.

„Spürst du das?“, fragte er Angus, der neben ihm stand.

„Aye“, antwortete Angus und betrachtete den Griff seines Schwertes. „Das ist höchst sonderbar.“

„Die Schwerter schmieden eine mentale Verbindung zu jedem Einzelnen von euch“, erklärte Briathos. „Später, in der Schlacht, werden sie auf euch reagieren und in Flammen ausbrechen, wenn ihr es wünscht.“

„Astrein“, flüsterte J. L.

„Ihr werdet euch auf diese Schwerter zu eurem Schutz verlassen müssen“, fuhr Briathos fort. „Wenn wir erst in der Hölle sind, werdet ihr eure übernatürlichen Fähigkeiten verlieren. Wenn ihr dort verwundet werdet, lasst es mich sofort wissen. Die Wunde muss dann mit Weihwasser ausgespült werden."

Russell zuckte zusammen, als er sich auf dem Vorplatz umsah. Es standen immer noch Zelte dort, voll von Exsoldaten, die zurückverwandelt wurden. Alle, die sich freiwillig gemeldet hatten, in die Hölle zu ziehen, hatten sich auf den Stufen, die zum Palast führten, versammelt. Vampire wie Robby, Ian, Jack, Connor und Mikhail. Gestaltwandler wie Howard, Phil und Carlos. Halbe Gestaltwandler wie Phineas und die Sterblichen Austin und Zoltan. Selbst Vampire wie Roman und Jean-Luc, die nicht für MacKay S&I arbeiteten, waren gekommen. Sie alle waren verheiratet. Viele von ihnen hatten Kinder oder erwarteten sie. Die meisten hatten Abschied genommen, ehe sie sich nach Tiger Town teleportiert hatten.

Ein paar Frauen waren auch da, wie Leah und Abigail, die beide zu den Medizinern gehörten. Gerade waren sie dabei, ihre Ehemänner Dougal und Gregori zu umarmen. Rajiv stand dicht bei Lady Yi-soo, die beiden waren ins Gespräch vertieft. Andere Wertiger betrachteten ihre neuen Schwerter. Briathos und seine Einheit Gotteskrieger standen am Fuß der Treppe bei den Tiger-Statuen. Und laut Briathos würden alle, die sich freiwillig gemeldet hatten, mit Russell zu gehen, sich nicht mehr verwandeln, teleportieren oder andere kraft ihrer Gedanken kontrollieren können. Sie waren in noch größerer Gefahr, als er ursprünglich geglaubt hatte.

Er trat näher an Briathos heran. „Du hast gesagt, es würden fünfhundert Gotteskrieger kommen?" Als Briathos nickte, fuhr Russell fort: „Könntet ihr die Leute hier einkreisen, damit sie irgendwie beschützt sind?"

Briathos sah Russell eindringlich an. „Machst du dir Sorgen um sie?"

„Ja, sicher. Sie haben Frauen und Kinder und ..."

„Und?“, fragte Briathos.

Russell runzelte die Stirn. „Ich habe ein schlechtes Gewissen, dass sie mitkommen. Mir wäre es lieber, wenn sie hierbleiben würden.“

„Weil du immer alleine arbeitest?“

Russell zuckte zusammen. Woher wusste der Engel das?

Briathos sah ihn amüsiert an. „Du bist nie wirklich allein gewesen. Diesen Menschen bedeutest du etwas. Der Vater im Himmel liebt dich. Ist es so schwer, das zu akzeptieren?“

Russell brannten die Augen. „Ja, ist es. Was kann an mir auch nur annähernd liebenswert sein? Ich habe gerade erst meinen Bruder getötet! Wenn ich in der Hölle sterbe, dann bin ich genau da, wo ich hingehöre.“

Briathos’ Augen blitzten wütend auf. „Merke dir meine Worte, Sterblicher. Niemand gehört in die Hölle. Der Vater im Himmel hat dich nicht erschaffen, um zu versagen.“

Russell stockte der Atem. Der Engel hatte recht. Er durfte nicht versagen. Jia zählte auf ihn. „Ich werde Erfolg haben. Ich muss Jia befreien.“

„Du riskierst dein Leben aus Liebe zu Jia. Du bittest mich, diese Leute zu beschützen, weil sie dir wichtig sind. Darin liegt die Wahrheit, die du dich zu sehen weigerst. Du bist liebenswert, weil du reinen und selbstlosen Herzens liebst. Und wenn man dir Liebe schenkt, dann, weil du sie dir verdient hast.“

Russell blinzelte seine Tränen fort, während er den Blick über all die Menschen wandern ließ, die sich auf dem Vorplatz versammelt hatten. Sechs Nächte waren vergangen, seit Angus ihm gesagt hatte, dass sie ihn alle in die Hölle begleiten würden, aber es fiel ihm immer noch schwer, das zu glauben. Die ganze Zeit, in der er geglaubt hatte, allein zu sein, waren sie auf seiner Seite gewesen. Sie waren seine Freunde. Seine Familie. Er war gesegnet.

„Es gibt Neuigkeiten von den Himmlischen Heerscharen", murmelte Briathos und hob dann die Stimme, damit alle ihn hören konnten. „Gabriel und seine Armee sind am Tor zur Hölle eingetroffen. Es wird Zeit für uns aufzubrechen."

„Wie kommen wir …", setzte Russell an, doch dann wurde alles um ihn herum schwarz.

Plötzlich wurde er von allen Seiten von hochaufgelöster Farbenpracht bombardiert, die so blendend war, dass er blinzeln musste, um sich daran zu gewöhnen. Er stand mit den anderen in einem grünen Tal, hier und da betupft mit gelben und violetten Wildblumen. Auf beiden Seiten leuchteten schneebedeckte Berge in der hellen Sonne. Durch das Tal plätscherte ein Fluss, der wie Musik in seinen Ohren klang. Eine kühle Brise strich ihm über das Gesicht und füllte seine Lungen mit klarer Bergluft. Er spürte Freude in sich aufsteigen und den Drang, dem Bach weiter bis ans Ende des Tales zu folgen. Denn ohne Zweifel würde er ihn nach Hause führen. Er war wieder in Colorado.

„Moment mal." Er schüttelte den Kopf. „Das soll die Hölle sein?"

„Aye." Dougal sah sich lächelnd um. „Es sieht hier genauso aus wie auf der Isle of Skye."

„Du meinst wie in Colorado", sagte Russell.

Carlos beugte sich vor, als würde er etwas berühren. „Das ist mein Lieblingsstrand in Brasilien. Seht ihr nicht, wie die Wellen heranrollen?"

„Ihr seht jeder euer Zuhause?", fragte Briathos, und sie nickten. „Und ihr verspürt alle den Drang, in diese Richtung zu gehen?" Er zeigte auf das Ende des Tals.

„Ja", antwortete Russell. „Was befindet sich dort?"

„Das Tor zur Hölle. Es sieht hier schön aus, um euch anzulocken. Lasst euch nicht täuschen." Briathos machte eine Handbewegung, und die Landschaft fing an zu schimmern.

Die Berge verschwanden. Die Farben liefen ineinander und vermischten sich zu einem schlammigen Braun. Das weiche Gras unter Russells Füßen verdorrte und zerfiel zu Staub. Zurück blieb eine flache, öde Ebene unter einem trüben Himmel.

Es erinnerte Russell an eine alte Fotografie, auf der sogar Schwarz und Weiß zu verschwommenen Brauntönen verblasst waren. Es gab keine Sterne, keine Sonne, keine Vögel, keine Bäume. Selbst die Luft fühlte sich verbrannt und abgestanden an, und der leichte Gestank nach Schwefel drehte ihm den Magen um.

„Alles hier ist tot“, sagte Angus.

Briathos nickte. „Vor langer Zeit, vor Tausenden von Jahren gab es hier und da noch tote Bäume. Aber die Bewohner der Hölle haben angefangen sie zu zeichnen und für ihre karge Schönheit zu bewundern. Luzifer hat sie abbrennen lassen, denn hier ist nichts erlaubt, was einer traurigen Seele Trost spenden könnte.“

„Dann ist das also die Hölle?“, fragte Russell. „Kein Leben, keine Freude?“

„Korrekt. Aber da jeder Sterbliche sich von Geburt an nach Freude sehnt, werden die Bewohner schließlich verführt, sie dort zu finden, wo sie nicht existieren sollte, und traurigerweise wird das zu ihrer einzigen Quelle der Freude.“ Briathos legte die Stirn in tiefe Falten. „Es ist ihnen gestattet, einander zu foltern.“

Russell musste heftig schlucken. „Foltern sie Jia auch?“

„Luzifer behauptet, sie würde gut behandelt.“ Briathos seufzte. „Aber seinem Wort kann man nicht trauen. Kommt, hier entlang.“

Sie folgten Briathos und seiner Einheit aus sechs Gotteskriegern und erreichten bald einen Abhang, von dem aus sie auf eine flache Ebene blickten. Ein kurzes Stück entfernt befand sich eine ummauerte Stadt aus braunen und grauen

Hütten. In der Mitte erhob sich ein Palast, quadratisch und bedrohlich, ohne Fenster und ohne Zierde.

Unten am Abhang waren die fünfhundert Gotteskrieger versammelt, deren goldene Rüstungen und Schilde glänzten. Sie strahlten wie Sterne, die sich in einem schmutzig braunen Meer spiegelten. Vor ihnen reichte die graue Steinmauer, so weit Russell sehen konnte. Sie war dick und mit Zinnen versehen, wie die Mauer einer mittelalterlichen Burg, aber es waren keine Wachen zu sehen.

„Die Mauer ist unbemannt", sagte Russell. „Und das Tor steht weit offen."

Briathos nickte. „Es dient nicht dazu, jemanden auszusperren. Aber wenn du erst einmal eingetreten bist, wirst du sehen, dass das Tor verschlossen und gut bewacht ist."

„Man kommt also ganz einfach hinein ..."

„Aber fast unmöglich wieder heraus, es sei denn, man befindet sich in Begleitung eines Engels", sagte Briathos und drehte sich zu Russells Freunden um. „Das große Gebäude, das ihr dort in der Mitte seht, ist Luzifers Palast, wo Jia gefangen gehalten wird. Gabriels Armee wird euch einen Pfad die Hauptstraße hinauf freischlagen und dann einen Tunnel graben, durch den wir in den Palast kommen. Nachdem wir dort eingedrungen sind und Jia bei uns haben, werden wir uns Gabriels Armee wieder anschließen und so schnell es geht zum Tor zurückeilen. Lasst nicht zu, dass ihr von der Gruppe getrennt werdet, sonst bleibt ihr vielleicht für immer in der Hölle gefangen."

Als alle nickten, fuhr Briathos fort: „Wenn die Dämonen und die Toten uns angreifen, aktivieren sich eure Schwerter. Aber denkt daran, man kann niemanden töten, der bereits tot ist. Und als Sterbliche könnt ihr keinen Dämonen umbringen. Ein sauberer Stich ins Herz eures Feindes lässt ihn tot erscheinen, aber er wacht innerhalb einer Stunde wieder auf. Deswegen müssen wir so schnell wie möglich vorgehen."

„Verstanden“, sagte Russell. Wenn sie nicht schnell genug waren, kamen die Toten immer wieder zurück.

Sie folgten Briathos und seiner Einheit den Abhang hinab, um sich der Armee anzuschließen. Dort wurden sie von riesigen muskelbepackten Engeln eingekreist, die alle mehrfach bewaffnet waren und grimmig entschlossen dreinblickten.

Als Gabriel den Befehl erteilte, stürmten die Engel mit einem enormen Gebrüll und dem Schallen von Trompeten durch das Tor. Etwa eine Meile lang gab es kaum Widerstand. Tote Seelen säumten die Straßen, warfen mit Abfall und beschimpften sie. Aber als Gabriels Armee sich dem Palast näherte, erschien eine Horde Dämonen vor ihnen. Abstoßend hässlich und mit rot glühenden Augen schwangen sie Flammenschwerter und Ketten mit metallbeschlagenen Kugeln. Als die Kugeln auf sie hinabsegelten, standen auch sie in Flammen.

Die Gotteskrieger hoben ihre Schilde und marschierten weiter vor. Engel und Dämonen prallten aufeinander, ihre Flammenschwerter hieben durch die Luft und hinterließen Feuerspuren. Scheppern erfüllte die Luft, als flammende Metallkugeln auf Engelsschilde trafen.

Mit Blitzen und Schwefelwolken kamen weitere Dämonen hinzu, Hunderte von ihnen. Sie fingen an, die Armee der Engel einzukreisen. Als Gabriel es bis zu den Stufen des Palastes geschafft hatte, nahm seine Armee eine dünnere, längere Formation an. Russell und seine Freunde waren nicht mehr von allen Seiten umgeben und an einigen Stellen dem Feinde nah.

Russell hob sein Schwert, zum Kampf bereit. Die Klinge stand in Flammen. Nach den Dämonen stechend bahnte er sich seinen Weg die Palaststufen hinauf.

„Oh nein“, sagte Briathos neben ihm, und Russell folgte dem Blick des Engels. Dort auf den Stufen hatte er einen ausgezeichneten Ausblick auf die Hauptstraße, die vom Tor zum Palast führte.

Eine riesige Horde sterblicher Toter griff die Armee der Engel von hinten an und trieb sie auf den Palast zu. Das Tor zur Hölle war jetzt versperrt.

„Ich hatte schon das Gefühl, dass wir zu einfach reingekommen sind“, brüllte Russell, um den Lärm zu übertönen.

Briathos nickte. „Luzifer hat vor, uns hier in die Falle zu locken. Wenn es ihm gelingt, auch nur einen Gotteskrieger auf seine Seite zu ziehen, hält er das für einen großen Triumph. Kommt, wir müssen uns beeilen.“ Er rannte die restlichen Stufen hinauf, sich einen Pfad durch die Dämonen schneidend.

Russell und seine Freunde folgten und räumten sich mit ihren flammenden Schwertern den Weg zur Palasttür frei.

Briathos und Roman rissen die Tür auf, während Russell, Connor und Howard sich bereitstellten, um alles anzugreifen, was daraus hervorkommen mochte. Überraschenderweise passierte aber nichts.

Briathos sah sie bedeutsam an. „Es ist immer einfach einzutreten …“

„Aber schwer wieder herauszukommen“, beendete Russell seinen Satz. Selbst wenn es ihm gelang, Jia zu finden, war es fragwürdig, ob sie der Hölle entfliehen konnten, jetzt, wo die Tore verstellt waren.

„Meine Güte, hier ist es ja schlimmer als im Hotel California“, sagte J. L., aber als Russell und Briathos ihn nur fragend anstarrten, murmelte er: „Nicht so wichtig.“

Hinter ihnen gab es ein großes Aufbrüllen, und alle wirbelten herum.

„Was ist das?“, fragte Roman.

Eine weitere Horde sterblicher Toter griff von hinten an, aber statt sich auf die Engel zu stürzen, kämpften sie mit den Dämonen und den anderen toten Bewohnern der Hölle.

„Die Toten kämpfen gegeneinander?“, fragte Connor.

„Eine Rebellion!" Briathos' Miene erhellte sich aufgeregt. „Eine Splittergruppe der Hölle ist auf unserer Seite!"

Russell kniff die Augen zusammen, um zu sehen, wer ihr Anführer war. „Ich fasse es nicht! Das ist Wu Shen! Er führt die toten Soldaten von Master Han an."

„Ja!" J.L. stieß seine Faust in die Luft.

Rajiv grinste Lady Yi-soo an und schlug bei ihr ein.

„Hier entlang!" Briathos bedeutete ihnen, den Palast zu betreten. Er war karg und leer. Aus der Eingangshalle zweigten mehrere Korridore und Treppenfluchten ab. „Wir teilen uns in sieben Gruppen auf. Zu jeder Gruppe muss ein Gotteskrieger gehören, sonst riskiert ihr, euch im Labyrinth der Flure und Räume zu verlaufen. Sobald eine Gruppe Jia findet, wird der Gotteskrieger sich mit den anderen in Verbindung setzen, damit wir alle bei ihrer Rettung helfen können."

Die Vampire und Gestaltwandler teilten sich rasch auf, und jede Gruppe lief in eine andere Richtung davon. Briathos stürmte eine Treppe zu seiner Linken hinauf. Russell folgte ihm, und mit ihm Roman, Connor und Howard. Ihre Schritte hallten beklemmend durch den Palast und verliehen Russells Gedanken damit einen Takt.

Halt durch, Jia. Wir sind fast da.

Irgendetwas war los.

Jia merkte es an den leisen aufgeregten Stimmen der anderen, die mit ihr im Bankettsaal saßen, aber sie wagte es nicht, Fragen zu stellen. Seit ihrer Ankunft in der Hölle war es ihre Strategie gewesen, so wenig Aufmerksamkeit wie möglich auf sich zu lenken.

Als sie angekommen war, hatte sie gemerkt, dass sie von einem Thronsaal in den nächsten gekommen war. Da sie ihre Tigergestalt nicht mehr halten konnte, hatte sie sich zurückverwandeln müssen.

Darafer hatte sie vor einem Thron auf den Boden geworfen. „Herr, ich bringe Euch eine lebendige Geisel."

Als sie aufblickte, sah sie in ein wunderschönes Gesicht, dessen Augen so kalt und tot waren, dass es sie schauderte.

Luzifer sah sie ausdruckslos an, sprang dann von seinem Thron und schlug Darafer mit dem Handrücken so fest ins Gesicht, dass der Dämon zurückflog und gegen eine Steinmauer prallte. „Du hast versagt. Aus dem Königreich auf Erden, das du mir versprochen hast, ist nichts geworden."

Darafer warf sich vor ihm auf die Knie. „Vergebt mir, Herr. Die Gotteskrieger haben sich gegen mich verschworen ..."

Luzifer trat ihn. „Du hast dich von diesen Bastarden ein zweites Mal verbannen lassen!"

„Wir können es ihnen heimzahlen! Sie werden kommen, um das Mädchen zu retten. Und sie werden diese elenden Vampire und Gestaltwandler mitbringen. Wir können sie hier in die Falle locken. Sie foltern."

Luzifer richtete sich auf, schloss die Augen und atmete tief ein, als würde er einen süßen Duft riechen. „Ich werde dir vergeben, wenn Gabriel bei ihnen ist. Seit Jahrtausenden wünsche ich mir, ihn leiden zu lassen."

Darafer rappelte sich auf. „Wir ziehen ihn auf unsere Seite! Wir machen sie alle zu Bösen!"

Luzifer sah Jia zweifelnd an. „Ich verstehe nicht, warum sie die da retten sollten, aber wir werden sehen." Er winkte zwei Wachen heran. „Bringt sie in eine Zelle, bis ich nach ihr rufe."

Als man Jia fortführte, wünschte sie sich fast, Russell und Rajiv würden sich nicht um sie kümmern. Sie konnte den Gedanken nicht ertragen, dass sie ihretwegen in der Hölle gefangen sein könnten.

Ehe man sie in einen kleinen Raum sperrte, warf ein Diener ihr einen roten Mantel hin. Sie zog ihn an und ging dann unruhig auf und ab. Die Zeit schien sich dahinzuschleppen, aber sie wusste, dass es nicht lange dauerte, ehe die Tür wieder geöffnet wurde. Der Diener und die Wachen führten sie einen Korridor nach dem anderen hinab und dann eine Treppe hinauf.

Sie betraten einen großen Saal, der auf zwei Seiten große Fenster hatte, die auf einen Innenhof hinausführten. Zwei Banketttische erstreckten sich über die ganze Länge des Raumes, und an den langen Seiten saßen links und rechts Gäste. Sie hatten es sich auf Sofas im römischen Stil bequem gemacht.

Am hinteren Ende des Saales hatte Luzifer einen Tisch für sich, wo er sich ausgestreckt hatte und in seinem Essen stocherte, während er den anderen zusah. Jia erkannte Darafer, der auf der ersten Chaiselongue zu Luzifers Rechten saß. Die anderen Gäste waren ihr unbekannt, bis auf Master Han, der auf der letzten Chaiselongue zu Luzifers Linken saß. Er sah sie ernst an und senkte dann stirnrunzelnd den Blick auf den Teller mit Fleisch und Früchten, der vor ihm stand.

Luzifer und Darafer waren in scharlachrote Roben gekleidet. Ihre perfekten Gesichter und Körper strömten Lebendigkeit und Macht aus. Aber die anderen Gäste, auch Han, sahen anders aus. Ihre Haut und ihre Kleider waren trüb, sepiafarben, als wären sie nur Fotonegative ihres früheren Selbst. Jia zuckte innerlich zusammen. Sie waren die toten Einwohner der Hölle.

Man führte sie an den vierten Tisch am Fußende der langen Banketttafeln und wies sie an, sich dort zwischen ein paar leere Chaiselongues zu setzen. Jetzt saß sie also im Bankettsaal und versuchte, nicht aufzufallen, obwohl sie einen leuchtend roten Mantel trug und ihre Haut gesund strahlte.

Ein Zischen lenkte ihre Aufmerksamkeit auf den Boden. Du lieber Gott, Schlangen! Sie zog die Beine auf die Chaiselongue und nahm das Messer von ihrem Besteck zur Hand. Während ihr donnernder Herzschlag sich beruhigte, bemerkte sie die gedämpften, aufgeregten Stimmen der anderen Gäste.

„Invasion", flüsterte jemand. „Falle", sagte ein anderer.

Ihre Nerven waren angespannt. Waren die Gotteskrieger ihretwegen gekommen? Waren Russell und Rajiv bei ihnen?

Ein Diener kam in den Bankettsaal gelaufen und flüsterte Darafer etwas zu, das ihn zufrieden grinsen ließ.

Luzifer starrte den Dämon finster an. „Wenn du versagst, wirst du leiden."

„Der Plan funktioniert, Herr", beharrte Darafer. „Gabriel ist in Euren Mauern, zum Greifen nah. Wir haben die Gotteskrieger umzingelt. Sie können nicht mehr fliehen!"

Diese Ankündigung rief unter den Gästen noch mehr aufgeregtes Flüstern wach.

„Gabriel hat auch diese elenden Vampire und Gestaltwandler mitgebracht", fuhr Darafer fort. „Einige von ihnen sind die Mörder von Gästen an eben dieser Tafel. Bald werden wir sie alle gefangen haben!"

Die Gäste kicherten und stießen mit ihren Weinkelchen an.

Bedeutete das, auch Russell war unter den Eindringlingen? Jia sah zu Master Han hinüber. Er trank nicht mit den anderen.

Ein weiterer Diener platzte in den Festsaal. „Meister, die Eindringlinge haben den Palast betreten!"

Luzifer winkte, und alle Schlangen verwandelten sich in Dämonen, bewaffnet mit tückisch aussehenden Schwertern. Jia krümmte sich innerlich. Es mussten mindestens fünfzig sein.

„Bringt das Mädchen her", befahl Luzifer, und zwei Diener schleiften sie an den Tischen entlang. Sie kamen an mehreren Dutzend Dämonen vorbei, die sie mit rot glühenden Augen anglotzten, ehe man sie auf das Podest warf. Mit wild klopfendem Herzen stand sie wieder auf. Sie konnte jetzt die

Doppeltür sehen, durch die der Saal betreten wurde. Beide Flügel waren geschlossen, konnten aber jederzeit aufspringen, und Russell könnte in ihnen erscheinen.

„Lasst sie kommen." Luzifer nahm einen scharfen Dolch vom Tisch und schlitzte sich den Arm auf, sodass Blut über die Klinge quoll und sie rot einfärbte. Er stach den Dolch in einen Pfirsich, der zu einem schwarzen Klumpen zusammenschrumpfte. „Wir werden sehen, wie ihnen Dämonenblut bekommt."

25. Kapitel

„Ich kann sie drinnen hören“, flüsterte Briathos, als er vor einer großen Flügeltür stehen blieb.

„Dann los.“ Russell griff nach einer Türklinke, Roman nach der anderen. Connor und Howard hoben ihre Schwerter, bereit, den Saal zu stürmen.

„Augenblick.“ Briathos neigte den Kopf kurz zur Seite und konzentrierte sich. „In Ordnung, ich habe die anderen verständigt. Sie kommen bald. Wir sollten warten …“

Russell stieß die Tür auf und rannte hinein, seine Freunde ihm dicht auf den Fersen. Sie blieben abrupt stehen, als mehrere Dutzend bewaffnete Dämonen sie anzischten.

Howard zuckte zusammen. „Wir hätten wohl doch warten sollen.“

„Ungeduldige Sterbliche“, murmelte Briathos, während er sein Flammenschwert ausstreckte, um die Dämonen in Schach zu halten.

Russell entdeckte Jia sofort. Erleichterung durchflutete ihn. Auch wenn sie von Dämonen umzingelt war, sah es so aus, als ginge es ihr gut. Sie fing sofort an zu strahlen, und ihre Augen leuchteten auf, aber dann blickte sie nervös auf den Mann am Kopf der Tafel. Das musste Luzifer sein. Und da war auch Darafer, neben ihm auf der ersten Couch. Ein paar andere Gäste erkannte er ebenfalls – Casimir, Corky und Rhett Bleddyn – aber Russells Blick wanderte sofort zu der letzten Couch auf der linken Seite, wo eine menschliche Gestalt mit tief gebeugtem Kopf am Tisch kauerte.

„Markos“, flüsterte Russell, und der leblose Schatten, der seinem Bruder ähnelte, hob den Kopf.

Russell stockte der Atem. Er hatte erwartet, Wut oder Hass im Blick seines Bruders zu sehen, nicht Scham und Verzweiflung.

„Markos“, wiederholte er und trat auf ihn zu.

Sein Bruder hob die Hand, um ihn aufzuhalten, sah sich schnell nach den bewaffneten Dämonen um und dann wieder Russell an.

Eine Warnung? Russell zog sich die Brust zusammen. Machte Markos sich Sorgen um seine Sicherheit? *Verdammt.* Eine Welle der Verzweiflung drohte ihn zu überwältigen. Er hatte so sehr eine Verbindung zu seinem Bruder finden wollen, solange er noch am Leben war. Jetzt schien es so weit zu sein, aber es war verdammt noch mal zu spät.

„Ach, ein Familientreffen“, murmelte Luzifer. „Wie niedlich.“ Er deutete auf die leeren Sofas entlang der Tafel am Fußende. „Setz dich. Leiste deinem Bruder Gesellschaft. Das ist das Mindeste, was du tun kannst, nachdem du ihn ermordet hast, findest du nicht, Russell?“

Galle stieg Russell die Kehle hoch. Der Teufel kannte seinen Namen. Und er kannte sein Verbrechen.

„Lass Jia, die Wertigerin, gehen“, verlangte Briathos, während er Russell zurückzog. „Gib sie uns, und wir machen uns wieder auf den Weg.“

„Warum die Eile, Briathos?“ Luzifer kniff die Augen zusammen. „Setz dich. Gesellt euch zu uns.“

Briathos knirschte mit den Zähnen. „Ich werde niemals mit dir an einem Tisch sitzen. Überlass uns die Gefangene.“

Luzifer schnaubte. „Was für ein Benehmen. Man sollte doch wirklich meinen, dass Engel bessere Manieren hätten. Siehst du nicht, dass ich Gäste habe? Sie haben auf euch gewartet.“ Er deutete auf die sieben Gäste. „Was meinst du, Casimir? Ist es nicht prächtig, Connor wiederzusehen? Immerhin ist das der Bastard, der dir den Kopf abgeschlagen hat."

Casimir starrte Connor wütend an. „Dafür werde ich ihn leiden lassen."

Connor grinste verächtlich. „Kannst du gerne versuchen. Wie schön für dich, dass du deinen Kopf wiedergefunden hast. Sicher, dass er nicht falsch rum aufgeschraubt ist?"

Fluchend sprang Casimir auf. „Du Dummkopf glaubst, mich verspotten zu können? Du und deine Freunde sind hier in der Hölle gefangen. Wir werden euch foltern, bis ihr nach dem Tode fleht!"

Ein weiterer Gast stand auf. „Roman Draganesti, wenn wir uns dieses Mal duellieren, werde ich dich töten."

Roman seufzte. „Ivan Petrovsky. Es stimmt zwar, dass ich dich in einem Duell besiegt habe, aber umgebracht habe ich dich nicht. Du wurdest von den zwei Frauen dort erstochen."

Ivan starrte zwei der anderen Gäste an. „Katya, Galina, ich habe es nicht vergessen. Ihr werdet noch bezahlen."

Katya hob ihr Messer. „Versuch es doch, du Arschloch. Ich bringe dich noch einmal um."

„Mit Vergnügen", setzte Galina hinzu und hob ebenfalls ihr Messer.

„Hallo, Howard." Rhett Bleddyn grinste den Werbären hinterhältig an, während er die Schärfe seines Messers prüfte. „Willkommen in der Hölle."

Howard starrte finster zurück. „Wie ich sehe, fühlst du dich hier ganz wie zu Hause."

„Sollte er auch", knurrte Corky und sah Rhett wütend an. „Dieses Schwein hat mit mir geschlafen und mich dann umgebracht!"

Casimir erstarrte und sah Corky fassungslos an. „Du hast mit diesem ekelhaften Werwolf geschlafen? Du bist *meine* Geliebte gewesen!"

„Du warst tot.“ Corky zuckte mit den Schultern. „Und sehr gut im Bett warst du auch nicht. Dein schiefer Arm war völlig nutzlos.“

Casimir schnaufte. „Den habe ich mir im großen Vampir-Krieg gebrochen, und so ist er in meinem Todesschlaf wieder geheilt.“

Rhett lachte höhnisch. „Du hättest ihn dir wieder brechen sollen. Komm, ich mache das für dich.“

„Mach dir keine Mühe“, zischte Corky. „Er sieht lieber wie ein Freak aus.“

„Schlampe!“ Casimir warf ein Messer nach Corky, aber ehe es sie erreichen konnte, hatte sie schon ihres nach Rhett geworfen.

Aufschreiend zog Corky sich das Messer aus der Brust und stach damit auf Casimir ein. „Bastard!“

„Verdammte Huren!“ Ivan schleuderte Messer auf Katya und Galina, und im gleichen Augenblick schlugen sie ebenfalls zu.

Innerhalb von Sekunden waren sechs Gäste am Tisch tot.

„Was zur Hölle?“, murmelte Russell.

Seufzend ließ Luzifer den Kopf sinken und kniff sich in die Nasenwurzel. „Es ist heutzutage so schwer, intelligente Mitarbeiter zu finden.“

Howard schnaubte. „Jeder, der ein bisschen Hirn hat, kommt nicht auf die Idee, sich auf die Seite der Bösen zu stellen. Ihr seid alle ein Haufen Verlierer!“

Die Dämonen zischten und schwangen ihre Schwerter.

„Kein sehr guter Augenblick, sie zu beleidigen, Howard“, murmelte Roman.

„Aye.“ Connor hob sein Schwert. „Die Biester sind in der Überzahl.“

„Nicht mehr lange.“ Briathos sah sich nach den Doppeltüren um, die im gleichen Augenblick aufsprangen.

Der Rest von Briathos' Einheit und alle anderen Vampire und Gestaltwandler stürmten in den Saal.

„Habt ihr sie gefunden?", fragte Angus.

„Jia!" Rajiv entdeckte sie und winkte.

Sie trat auf sie zu, aber die Dämonen rissen sie zurück.

„Es gibt keinen Grund, miteinander zu kämpfen", sagte Briathos. „Überlasst uns Jia, und wir gehen wieder."

Luzifer widersprach: „Nein. Ihr seid alle hier gefangen." Er stand auf und verzog den Mund zu einem schiefen Lächeln. „Ihr könnt Widerstand leisten, dann foltern wir euch und bringen euch immer und immer wieder um. Oder ihr könnt euch ergeben und euch mir anschließen. Eure Wahl. Aber auf keinen Fall werdet ihr wieder gehen."

„Und da irrst du dich, du Dreckschwein", sagte Russell. „Wir gehen wieder. Wu Shen führt eine Armee aus Hans Soldaten gegen dich. Selbst die toten Seelen in der Hölle greifen dich jetzt an."

Markos' Augen leuchteten auf.

Luzifer blinzelte und drehte sich zu Darafer um. „Wie war das? Eine Rebellion in meinem Reich?"

Darafer schüttelte den Kopf. „Das kann nicht stimmen. Diese Soldaten gehören mir. Sie haben mir ihre Seelen verkauft!"

„Genau", verspottete Russell ihn. „Du hast ein paar superstarke Menschen geschaffen und sie hier in die Hölle gebracht, wo sie gegen deinen Herrn den Aufstand üben können."

Als Luzifer dieses Mal Darafer ansah, wurden seine Augen schwarz. „Du hast die Seelen für dich selbst genommen? Du hast mich betrogen?"

„Nein! Er lügt!" Darafer nahm sich ein Messer vom Tisch und fauchte Russell an. „Glaubst du, du kannst mich hinters Licht führen? Ich bringe dich um!" Er stürzte sich auf Russell, aber Markos warf sich zwischen ihn und das Messer des Dämons.

„Nicht!“, brüllte Russell und packte seinen Bruder, der aufkeuchend erstarrte, die Hände in Russells Hemd vergraben.

Darafer riss sein Messer heraus, aber ehe er Russell noch einmal angreifen konnte, rammte Briathos die Kante seines Schwertes gegen den Hals des Dämons.

„Lass die Waffe fallen“, befahl Briathos. „Und weiche zurück.“

Als Markos zu Boden ging, fiel auch Russell auf die Knie, seinen Bruder in den Armen haltend. „Markos. Das hättest du nicht tun sollen.“

„Ich musste.“ Sein Bruder verzog das Gesicht vor Schmerz. „Du bist noch am Leben. Ich bin schon tot. Es ist egal, was mit mir …“

„Sag das nicht! Mir bist du nicht egal.“ Russell brannten Tränen in den Augen, als er das Gesicht seines Bruders berührte. „Es tut mir so leid, Markos. Ich hatte nie vor, dich umzubringen. Egal, was du getan hast, ich liebe dich trotzdem. Ich wollte dich retten.“

„Ich weiß.“ Markos rang mühsam nach Atem. „Meine Schuld. Ich habe … Darafer gebeten, dich zu beißen. Das war falsch.“

„Ich hätte dich irgendwie retten müssen.“ Russell zog sich das Herz schmerzhaft zusammen. „Ich werde dich retten! Ich bringe dich hier raus!“

„Zu spät … für mich.“ Markos schloss flatternd seine Augen. „Werde glücklich.“ Er wurde in Russells Armen schlaff.

„Nein!“ Russell hielt ihn fest, sein Gesicht von Tränen überströmt.

„Wenn du ihn so sehr liebst, warum bleibst du dann nicht hier?“ Luzifer lächelte spöttisch. „In einer Stunde ist er wieder da, weißt du.“

„Herr, lasst sie uns alle umbringen“, flehte Darafer.

Briathos behielt sein Schwert an die Kehle des Dämons gepresst. „Lasst Jia frei, und wir verschwinden.“

„Und wo wollt ihr hin? Das Tor ist versperrt“, sagte Luzifer.

„Wieder falsch, Schweinebacke.“ Russell stand auf. „Wu Shen und seine Armee erobern gerade das Tor.“

Luzifer ballte die Hände zu Fäusten und wendete sich an den Dämon an seiner Seite. „Sieh nach.“ Nachdem der Dämon verschwunden war, zog Luzifer einen langen Dolch aus einem schwarzen Pfirsich. „Ich denke, dass du lügst, Russell. Diese Waffe ist mit meinem Blut überzogen. Wenn ich Beweise für eure Lügen habe, benutze ich es an dir zuerst.“

Der Dämon tauchte wieder auf und fiel auf die Knie. „Meister. Unsere Armee ist umzingelt von Gotteskriegern und Rebellen. Das Tor steht offen, und tote Seelen versuchen zu fliehen!“

Luzifers Gesicht lief vor Wut rot an. „Mein eigenes Volk hintergeht mich?“ Er starrte Darafer wütend an. „Eine Invasion in meinem Königreich. Eine Rebellion meines Volkes. Und jetzt versuchen sie zu fliehen!“

„Herr, bitte!“, flehte Darafer.

Briathos wich zurück, als Luzifer sich auf den Dämon stürzte und ihm den blutbeschmierten Dolch ins Herz rammte.

Darafer schrie auf und brach zusammen. Er wand sich noch einige Sekunden, ehe er zu Staub zerfiel.

Russell wurde klar, dass der Dämon wirklich tot war. Er hatte gedacht, nur der Vater im Himmel oder ein Erzengel könnten den Dämon umbringen, aber andererseits war auch Luzifer angeblich einst einer der Erzengel gewesen.

Luzifer atmete schwer und funkelte Briathos mit zusammengebissenen Zähnen wütend an. „Das ist mein Reich. Verschwindet. Nehmt das Mädchen und geht!“

Jia rannte zu ihnen. „Russell!"

Er nahm sie in die Arme und zog sie fest an sich. „Jia. Gott sei Dank."

Luzifer zischte. „Ich bin es, dem du danken solltest. Jetzt verschwindet hier!"

„Mein Bruder …", fing Russell an, aber Luzifers Augen wurden schwarz.

„Er gehört mir." Luzifer drehte sich zu den Dämonen um. „Sobald sie verschwunden sind, schließt die Tore. Beeilt euch!"

Nach einem letzten Blick auf seinen Bruder nahm Russell Jias Hand in seine und wendete sich der Tür zu.

„Hier entlang!" Briathos und die Gotteskrieger übernahmen die Führung, als sie alle zu den Palasttüren rannten.

Draußen hatten Gabriel und seine Gotteskrieger die Dämonen-Armee in Schach gehalten, während Wu Shens Armee das offene Tor bewachte.

Russell blieb nur lange genug stehen, um sich kurz um Jia zu kümmern. „Ist alles in Ordnung? Ich habe mir solche Sorgen um dich gemacht. Diese Schweine haben dir nicht wehgetan?"

„Mir geht es prima!" Mit Tränen in den Augen umarmte sie ihn und drehte sich dann um, um auch Rajiv in die Arme zu nehmen.

„Das ist Lady Yi-soo", stellte Rajiv die Frau neben sich vor und nahm dabei ihre Hand. „Gehen wir!" Sie rannten zum Tor.

„Wer ist sie?", fragte Jia.

„Lange Geschichte." Russell nahm sie an der Hand. „Lass uns nach Hause gehen."

Russell und Jia eilten zum Tor. Während er stehengeblieben war, um nachzusehen, ob es ihr gut ging, hatten die anderen Vampire und Gestaltwandler sie überholt und waren bereits hindurchgegangen. Gerade als Rajiv, Russell und die zwei Frauen näher kamen, sprangen Hans drei Vampir-Lords ihnen in den Weg, um sie aufzuhalten.

„Du hast es gewagt, mich zu töten!", wurde Rajiv von Lord Qing angebrüllt, der sein Messer nach ihm schwang. „Ich werde Rache nehmen."

Rajiv sprang zurück, daraufhin stürzte Lord Qing sich auf Jia. Sie duckte sich, als ihr sein Schwert über den Kopf hinwegsauste. Russell sprang vor sie, um sie zu verteidigen, aber Lord Liao griff ihn an, und er war gezwungen, gegen ihn zu kämpfen.

In der Zwischenzeit hatte sich der dritte Vampir, Lord Ming, mit seinem Schwert auf Rajiv gestürzt.

Russell stach nach Liao und drehte sich dann um, damit er Jia helfen konnte, die unbewaffnet war und immer noch von Lord Qing angegriffen wurde. Sie schrie auf, als Lord Qing sich auf sie stürzte. Ehe Russell sie erreichen konnte, hatte Lady Yi-soo ihr Schwert durch Lord Qing getrieben.

„Jia!" Russell nahm sie in seine Arme.

Rajiv erledigte Lord Ming und rannte dann zu seiner Cousine. „Jia, geht es dir gut?"

„Ja." Sie lächelte Lady Yi-soo an. „Deine Freundin hat mich gerettet."

Lady Yi-soo neigte ihren Kopf. „Es ist mir eine Ehre."

Russell wurde klar, dass alle seine Freunde bereits durch das Tor gelaufen waren. „Beeilung, gehen wir!" Er nahm Jia an der Hand und rannte los.

Rajiv und Lady Yi-soo folgten dicht hinter ihnen. Die Nachhut bildeten die Gotteskrieger, und dann hielt Gabriel das Tor auf, damit auch Wu Shen und seine Armee fliehen konnten.

„Sind sie jetzt frei?", fragte Russell. „Was wird mit ihnen geschehen?"

„Wu Shen und seine Soldaten bleiben hier vor den Toren, bis der Vater im Himmel über ihr Schicksal entschieden hat“, antwortete Briathos. „Aber da sie von einem Dämon in die Falle gelockt wurden und sich dann gegen Luzifer aufgelehnt haben, denke ich, der Vater wird Gnade walten lassen.“

Laut knallend fiel das Tor hinter ihnen ins Schloss.

„Jetzt seid ihr sicher“, verkündete Gabriel. Geräuschvoll verschwanden die Feuerschwerter aus den Händen von Russell und seinen Freunden.

Lady Yi-soo sah Rajiv an und keuchte auf. „Du blutest.“

Rajiv betrachtete stirnrunzelnd den Schnitt an seinem Arm.

„Wenn du erlaubst.“ Briathos schnitt ihm den Ärmel ab und schüttete eine kleine Flasche Weihwasser in die Wunde. „Das wird die Überreste des Bösen wegwaschen, sodass es normal verheilen kann.“

Rajiv zuckte zusammen. „Das brennt. Wenn wir zu Hause sind, verwandele ich mich, und dann ist alles wieder gut.“

„Aber es blutet noch.“ Lady Yi-soo band den Gürtel von ihrer Robe los und wickelte die Seide fest um seine Wunde. Als sie das Band verknotete, fiel ihre Robe ein Stück weit auf. „Ist das besser?“

Rajiv neigte den Kopf, bis er ihre weiße Seidenunterwäsche sehen konnte. „Ja, ich fühle mich schon viel besser.“

Russell schmunzelte, und er und Jia lächelten sich an. Er zog sie in seine Arme. „Ich dachte, ich hätte dich verloren.“

Sie schlang ihm die Arme um den Hals. „Ich dachte, ich wäre für immer hier gefangen. Ich wollte, dass du mich suchen kommst, aber ich hatte auch Angst, dass du es tust, und …“

„Nichts kann mich von dir fernhalten.“ Russell nahm ihr Gesicht in beide Hände. „Nicht einmal die Hölle.“

Sie lächelte, trotz der Tränen in ihren Augen. „Das ist mein Cowboy.“

„Alles für meine Prinzessin." Er wischte ihr eine Träne ab, die ihr die Wange hinabgelaufen war.

Sie umarmte ihn fest. „Ich liebe dich."

„Ich liebe dich auch."

Nach einem Augenblick nickte sie in Richtung ihres Cousins. „Ich bin gerade mal eine Stunde weg, und Rajiv hat eine neue Freundin?"

Russell schnaubte. „Erstens bist du eine Woche weg gewesen. Ich bin fast verrückt geworden."

Sie blinzelte. „Eine Woche?"

„Sechs Nächte. Und Lady Yi-soo ist mit dem Gefolge der Koreaner gekommen. Dein Verlobter wartet in Tiger Town auf dich."

Jia riss die Augen auf. „Oje."

„Es wird Zeit zurückzukehren", verkündete Briathos, und um sie herum wurde alles schwarz.

26. Kapitel

Jia glaubte, ihr müsste das Herz vor Freude zerspringen, als sie sich in Tiger Town umsah.

Sie war zu Hause. Russell war bei ihr. Alle Vampire und Gestaltwandler waren in Sicherheit und riefen strahlend ihre Frauen an.

„Die Zelte sind weg“, sagte Russell, als er sich auf dem Vorplatz umsah.

„Welche Zelte?“

„Hier waren Zelte voller ehemaliger Soldaten, die zurückverwandelt wurden“, erklärte Russell.

„Die Soldaten sind wahrscheinlich auf dem Weg nach Hause“, sagte Briathos. „Während wir fort waren, ist eine weitere Woche vergangen.“

Jia fiel die Kinnlade herunter. Sie war zwei Wochen weg gewesen? Sie sah zum Mond hinauf. Er war abnehmend. Sie hatte den Vollmond verpasst.

Leah und Abigail kamen auf den Vorplatz gerannt und quietschten, als sie ihre Männer entdeckten. Wertiger-Familien umarmten ihre Männer, die in die Hölle gezogen waren, um Jia zurückzubringen.

Sie lief zu ihnen, um sich zu bedanken, aber selbst diese wenigen Minuten der Trennung von Russell waren ihr zu lang. Sie eilte zurück zu ihm und warf ihm die Arme um den Hals. „Habe ich dir in letzter Zeit schon gesagt, wie sehr ich dich liebe?“

Er umarmte sie fest. „Ich lasse dich nie wieder gehen. Diese Woche war zu viel. Ich bin fast verrückt geworden.“

„Das hast du schon gesagt.“ Sie küsste ihn auf die Wange.

Neben ihnen zog Rajiv sich die Schuhe aus. „Ich verwandle mich jetzt, damit die Wunde heilt." Er zog sich das Hemd aus und reichte es Lady Yi-soo. „Du möchtest dich vielleicht umdrehen. Andererseits kannst du auch gerne zusehen."

Sie schnaubte. „Ich bin auch ein Wertiger. Ich habe seit ich ein Kind war Leuten beim Ausziehen zugesehen."

Er lächelte langsam, während er sich die Hose aufknöpfte. „Warum wirst du dann rot?"

Sie errötete noch mehr, als sie ihm den Rücken zukehrte. Innerhalb von Sekunden hatte Rajiv Tigergestalt angenommen. Er umrundete sie und setzte sich vor sie hin. Der Gürtel, den sie ihm um den Arm gebunden hatte, rutschte an seinem Vorderbein hinab, das schon vollständig verheilt war.

Sie kniete sich vor ihn, um ihren Gürtel aufzuheben. Obwohl er blutgetränkt war, band sie ihn sich wieder um die Taille. „Ich werde ihn aufbewahren als Andenken an das große Abenteuer, das wir gemeinsam erlebt haben."

Rajiv stieß seinen Kopf an ihren, und sie umarmte ihn lachend.

Jia lächelte die beiden an und warf Russell dann einen schiefen Blick zu. „Hast du jemals gedacht, dass du dich in eine Tigerin verliebst?"

Er grinste. „Nein. Hast du gedacht, dass du dich in einen Vampir verlieben würdest?"

Lachend lehnte sie den Kopf an Russells Brust. „Du bist so mutig gewesen, als du Luzifer die Stirn geboten hast."

„Ich war verzweifelt. Hatte ich erwähnt, dass du sechs Tage lang weg warst?"

„Ja, und du wärst fast verrückt geworden." Sie küsste ihn wieder auf die Wange. „Ist das besser?"

„Es ist ein Anfang." Er küsste sie richtig.

„Entschuldige mal", sagte eine männliche Stimme laut, „ist das meine Verlobte, die du da küsst?"

Auf dem Vorplatz wurde es ganz still.

Russell schloss die Arme fester um Jia und flüsterte: „Kann ich ihn in die Antarktis teleportieren und dalassen?“

„Damit muss ich selbst fertigwerden.“ Sie löste sich von ihm und drehte sich zu der Stimme um.

Der Prinz stand am oberen Ende der Treppe, nahe des Palasts. Er sah besser aus, als Jia erwartet hatte, fast hübsch mit seinen perfekten Zügen und seinen prächtigen Roben. Vielleicht wäre sie früher von ihm beeindruckt gewesen. Aber dann war ihr ein ruppiger Cowboy-Vampir begegnet, mit zerrissenen Jeans und ausgeprägten Bauchmuskeln, der in einer Höhle lebte, und ihre Vorstellung vom perfekten Mann hatte sich drastisch verändert.

Sie wollte einen Helden, der sich nicht zu fein war, sich die Hände schmutzig zu machen und sogar Gewalt anzuwenden, wenn es sein musste. Einen Mann, der mutig genug war, die Hölle zu überfallen, um sie zu retten. Einen Mann, der ihre Stärken bewunderte, sie so akzeptierte, wie sie war, und ihre Wünsche berücksichtigte. Einen Mann, der niemals aufgab, egal, wie viel Leid es ihn kostete.

Sie wollte Russell.

„Guten Abend.“ Der Prinz musterte sie. „Ich bin Kim Minam.“

„Ich bin Jia.“ Sie verneigte sich. „Ich heiße Euch willkommen.“

Der Prinz neigte seinen Kopf. „Es freut mich, dass Ihr endlich zurückgekehrt seid. Euch scheint es … gut zu gehen.“

Rajiv verwandelte sich zurück in einen Menschen und zog sich schnell seine Hose an. „Eure Schwester ist ebenfalls gesund zurückgekehrt, falls Euch das interessieren sollte.“

Mi-nam presste die Lippen zusammen, als er Lady Yi-soo einen verärgerten Blick zuwarf. „Halbschwester.“

„Für uns ist sie königlich.“ Rajiv nahm ihr sein Hemd ab

und zog es sich wieder an. „Sie hat uns geholfen, meine Cousine zu retten, während Ihr Euch entschieden habt, hierzubleiben."

Mi-nam winkte ab. „Da Lady Jia wohlbehalten zurückgekehrt ist, sehe ich keinen Sinn darin, weiter in der Vergangenheit zu schwelgen."

„Ich schon", sagte Jia. „Immerhin hätte ich für immer in der Hölle gefangen sein können, gäbe es nicht diese mutigen Menschen, die mich gerettet haben." Sie verneigte sich vor den Vampiren und Gestaltwandlern. „Ich schulde euch unschätzbare Dankbarkeit. Ich versichere euch, dass eure selbstlose, mutige Tat niemals vergessen werden wird."

Der Prinz nickte wohlwollend. „Ihr wisst, wie man Dankbarkeit zeigt. Das ist löblich."

Sollte das ein Kompliment sein? Jia kniff die Augen zusammen.

„Wie dem auch sei", fuhr Mi-nam fort. „Anderen Männern in der Öffentlichkeit Eure Zuneigung zu bekunden, ist vollkommen unschicklich. Morgen brechen wir nach Hongkong auf, die Reise über das Meer wird zehn Tage dauern. In dieser Zeit wird Lady Yi-soo Euch in angemessen damenhaftem Benehmen unterweisen, damit Ihr weder Euch noch mich bei Hofe blamiert."

Jia knirschte mit den Zähnen. Der Prinz würde gleich eine ordentliche Blamage erleben. „Euer Hoheit, es tut mir leid, Euch informieren zu müssen, dass ich nicht mit Euch gehen werde ..."

„Natürlich werdet Ihr! Ich habe eine Woche gewartet, und ich verbringe keinen Tag länger an diesem ... primitiven Ort." Der Prinz sah sich naserümpfend in Tiger Town um.

Beleidige ruhig mein Zuhause, dachte Jia. Das machte es ihr noch einfacher, ihm einen Korb zu geben. „Ich werde nicht mit Euch gehen ..."

„Wirst du doch!“, brüllte Mi-nam, atmete dann aber tief durch, um sich zu beruhigen. „Mir ist klar, meine Liebe, dass Ihr gerade ein traumatisches Erlebnis durchmachen musstet. Zweifellos sehnt Ihr Euch nach der Nähe von Familie und Freunden. Aber als meine Verlobte gehört Ihr jetzt zu *meiner* Familie. Und Ihr werdet tun, was ich sage.“

Jia ballte die Hände zu Fäusten. „Wie ich gerade sagte, ich werde nicht mit Euch kommen, weil unsere Verlobung ein Ende hat. Ich werde Euch nicht heiraten …“

„Ihr habt nicht die Macht, diese Entscheidung zu treffen!“ Der Prinz stürmte die Treppe hinab auf sie zu. „Glaubt Ihr, mich zurückweisen zu können? Ist Euch klar, wie großherzig es von mir ist, Euch noch zu akzeptieren, nachdem Ihr durch einen Aufenthalt in der Hölle beschmutzt seid?“

Jia keuchte auf.

„Okay“, murmelte Russell neben ihr. „Jetzt muss ich ihn wirklich vermöbeln.“

„Du wirst dich hinten anstellen müssen“, knurrte Jia.

„Euer Eminenz.“ Der Prinz ignorierte sie beide und sprach Rajiv an. „Ihr müsst Eure Cousine im Zaum halten. Ich werde so großmütig sein, ihr Benehmen zu übersehen, nachdem sie gerade dieses schwere Trauma durchgemacht hat, aber …“

„Eigentlich hat Jia recht“, unterbrach Rajiv ihn. „Sie wird Euch nicht heiraten.“

Mi-nam erstarrte und lief rot an. „Das … das kann nicht Euer Ernst sein. Diese Verlobung zu lösen wird die Beziehung zwischen unseren Königreichen irreparabel schädigen. Meinen Vater wird es schrecklich wütend machen, wenn Ihr es wagt, mich derart zu beleidigen!“

„Es ist eine etwas unglückliche Situation“, räumte Rajiv ein. „Aber ich hätte einen Vorschlag, der Euren Vater vielleicht beschwichtigen kann. Wenn er so freundlich wäre, mich zu akzeptieren, würde ich gerne um die Hand von Lady Yi-soo anhalten."

Yi-soo erstarrte und wurde vor Schreck ganz bleich.

Mi-nam keuchte auf. „Sie ist keine Prinzessin!"

„Sie ist die Tochter des Grand Tiger, und sie hat einen wahrhaft edlen Charakter bewiesen. Für mich und mein Volk ist sie eine Prinzessin." Rajiv kniete sich vor sie. „Ich weiß, es ist sehr plötzlich, aber ich weiß auch tief in meinem Herzen, dass du die Richtige für mich bist. Willst du mich heiraten, Yi-soo?"

Sie presste sich die Hand auf die Brust. „Ich ... ich denke, mein Vater wird einverstanden sein. In Wirklichkeit liebt er mich sehr."

Rajiv lächelte. „Das überrascht mich nicht. Aber was ist mit dir? Nimmst du mich?"

Tränen stiegen ihr in die Augen, und sie nickte. „Ja." Sie fiel vor ihm auf die Knie. „Ja. Aus ganzem Herzen."

Rajiv nahm ihre Hände in seine und küsste sie.

Jia nahm Russells Hand und strahlte ihn an. Alles schien einfach perfekt zu laufen.

„Weist du mich deshalb zurück?", fauchte Mi-nam. „Du könntest einen Prinzen haben, willst aber lieber einen Vampir?" Er schnaubte verächtlich. „Ich sollte wohl erleichtert sein, dass aus der Verlobung nichts wird. Ich hätte es gehasst, Kinder zu bekommen, die deinen Mangel an Intelligenz geerbt hätten."

„Das geht zu weit", sagte Russell leise und trat auf den Prinzen zu. „Entschuldige dich, oder ich teleportiere dich in Stücken nach Hause."

„Du wagst es, mich zu bedrohen?" Mi-nam machte eine Handbewegung und wurde sofort von seinen Leibwächtern umringt.

„Euer Hoheit." Jia zog Russell zurück. „Es stimmt, dass

ich diesen Mann liebe. Aber selbst wenn ich ihm nie begegnet wäre, würde ich Euch nicht heiraten wollen. Ich möchte damit weder Euch noch Euer Volk beleidigen. Ich weiß nur, dass ich nicht dazu gemacht bin, die Grand Tigress Eures Landes zu werden."

Mi-nam nickte zustimmend. „Welch wahre Worte."

„Gerne gebe ich Euch all die herrlichen Geschenke zurück, die Ihr geschickt habt."

Mi-nam neigte den Kopf. „Das weiß ich zu schätzen."

„Ehrlich gesagt, die rote und goldene Seide ist schon zu einem Kleid geschneidert worden", sagte Rajiv. „Vielleicht gestattet Ihr, dass Eure Schwester es zu unserer Hochzeit trägt?"

Der Prinz knirschte mit den Zähnen. „Halbschwester. Und mein Vater muss der Hochzeit noch zustimmen."

Rajiv nickte und drehte sich zu J. L. um. „Kannst du mich noch heute Nacht nach Korea teleportieren, damit ich die Erlaubnis einholen kann?"

„Klar doch." J. L. grinste. „Da du es so eilig hast."

„Das habe ich." Rajiv zwinkerte Lady Yi-soo zu und hob dann seine Stimme. „Ich sage, das verlangt nach einer Feier! Prinzessin Jia ist gerettet, wir sind aus der Hölle zurückgekehrt, und Prinzessin Yi-soo hat sich bereit erklärt, mich zu heiraten!"

Alle fingen an zu jubeln. Jia half den anderen Wertigern dabei, Tische aufzustellen und alles Essen aufzutragen, das sie finden konnten. Bald schon waren die Tische beladen mit Platten voller geräuchertem Fisch und Schweinefleisch, Schüsseln mit Reis und Körben voll mit Obst. Krüge mit Tiger Juice wurden geöffnet, dazu Flaschen voll Blier und Blisky. Russell half den anderen Vampiren dabei, ihre Frauen und Kinder nach Tiger Town zu teleportieren. Die Wertiger fingen an, ihre Trommeln zu schlagen, und bald war der

Vorplatz voll von lachenden Menschen, die den Tiger-Tanz aufführten. Nach ein paar Kelchen Tiger Juice schloss sich selbst der Prinz dem Spaß an.

Rajiv verschwand für ein paar Minuten und kehrte dann frisch gebadet und in seine schönsten Roben gekleidet zurück. J. L. rief die Nummer an, die Lady Yi-soo ihm gegeben hatte, und teleportierte Rajiv in den koreanischen Palast. Zehn Minuten später kehrten sie mit Neuigkeiten zurück. Der Grand Tiger von Korea hatte ihnen seinen Segen gegeben.

Wieder hallte Jubel durch Tiger Town, gefolgt von noch mehr Trinken und Tanzen.

Nach ein paar Stunden hatte Jia genug. Mit Russell zu tanzen und zu trinken machte Spaß, aber sie wollte auch Zeit allein mit ihm verbringen.

„Ich gehe ins Badehaus“, flüsterte sie ihm ins Ohr. „Komm in ungefähr zwanzig Minuten nach.“

Seine Augen leuchteten auf. „Abgemacht.“

Zehn Minuten später lag Jia in dem riesigen, in den Boden eingelassenen Becken im Badehaus.

Ehe sie in die Wanne gestiegen war, hatte sie sich in der Dusche abgeschrubbt, um den Schwefelgeruch der Hölle loszuwerden, der noch an ihr geklebt hatte. Sie hatte saubere Kleidung aus ihrem Zimmer mitgebracht und den Mantel, den man ihr in der Hölle gegeben hatte, in den Brennofen des Badehauses geworfen.

Jetzt entspannte sie sich im heißen Wasser und ließ alle Angst und Sorge der letzten Tage vom aufsteigenden Dampf in Luft auflösen. Durch die dünnen Wände hörte sie, wie die Trommeln auf dem Vorplatz immer noch geschlagen wurden. Die Party war noch in vollem Gange. Sie schloss die Augen und lauschte dem fernen Klang von Gelächter.

Sie war zu Hause. Sie wurde geliebt. Das Leben war schön.

Die Tür öffnete sich langsam, und sie schreckte keuchend auf.

Russell lächelte sie an, schloss die Tür dann hinter sich und legte den Riegel vor. „So. Jetzt kann uns niemand stören."

Lächelnd ließ Jia sich zurücksinken, bis das Wasser ihr bis ans Kinn reichte. „Sind schon zwanzig Minuten vergangen?"

„Nein, aber ich konnte nicht mehr ... verdammt, ist das eine riesige Wanne. Wie viele Leute erwartest du?"

„Nur dich."

„Dann ist ja gut." Er zog sich sein Oberteil aus und schlüpfte gleichzeitig aus den Schuhen. „Wie gesagt, ich konnte nicht mehr warten. Ich habe dich vermisst."

„Ich habe dich auch vermisst." Es war herrlich, ihm beim Ausziehen zuzusehen. Sie mochte besonders das Spiel seiner Muskeln.

„Hatte ich erwähnt, dass du sechs Tage lang fort warst?" Er ließ seine Hose fallen.

„Du wärst fast verrückt geworden", murmelte sie, abgelenkt von der Beule in seiner Unterhose.

„Genau. Ich kann mich dem Teufel stellen, wenn ich es muss, aber ich kann mir nicht mehr vorstellen, ohne dich zu leben." Er riss sich auch die Unterwäsche vom Leib.

Jia biss sich auf die Unterlippe, als sie einen Blick auf seine Erregung erhaschte, ehe er sich in die Wanne stürzte. Sie setzte sich auf, damit nicht auf einmal ein Tsunami über ihrem Kopf zusammenschlug.

Er streckte die Hand nach ihr aus und blinzelte verwirrt, als sie ihm auf einmal ein Stück Seife und einen Waschlappen in die Hand drückte. „Was ist das?"

„Man nennt das ein Bad nehmen, Cowboy. Wasch dich. Und dreh dich um, damit ich dir den Rücken schrubben kann."

„Dann kann ich dich aber nicht sehen", murmelte er, drehte sich aber um und fing an, sich einzuseifen.

„Du kannst mich spüren." Sie seifte sich die Hände ein und fuhr damit über die gemeißelten Konturen seines Rückens. „Weißt du, dass du sehr schön bist?"

Er schnaubte. „Klaust du mir jetzt den Text?"

„Es stimmt." Sie beugte sich vor, bis ihre Brüste gegen seinen Rücken strichen, und küsste seinen Nacken.

„Okay." Er warf die Seife quer durch den Raum. „Ich bin sauber genug." Er drehte sich um und packte sie. „Habe ich dir schon gesagt, wie sehr ich dich vermisst habe?"

„Ja."

Er fuhr ihr mit dem Finger über die Lippen. „Ich bin mir nicht sicher, ob du das volle Ausmaß meines Leidens begreifst."

„Oh. Armes Baby."

„Ich dachte, ich würde dein schönes Gesicht nie wiedersehen." Er setzte Küsse auf ihre Wangen und Nase.

„Ich dachte, ich würde diese Lippen nie wieder küssen." Er drückte seinen Mund auf ihren und drang mit der Zunge in sie ein.

Stöhnend umspielte sie seine Zunge mit ihrer.

Er vergrub die Nase an ihrem Hals. „Miau."

Sie grinste. „Was sollte das?"

„Ich habe beschlossen, die Tigersprache zu lernen. Hast du mich verstanden?"

„Hmm." Sie fuhr ihm mit den Händen durch das nasse Haar. „Ich glaube, du hast gesagt, wie sehr du mich vermisst hast. Und dass du fast verrückt geworden wärst."

„Genau. Siehst du, wie schnell ich deine Sprache lerne?" Er neckte ihr Ohr mit seiner Zunge und flüsterte: „Grrr."

Sie kicherte.

„Hast du das verstanden?"

„Ich glaube schon." Sie fuhr mit der Hand seinen Bauch hinab, bis sie gegen seine Härte stieß. „Ah, ich hatte recht."

Er stöhnte, als sie die Hand um ihn schloss. „Meine Güte, verstehen wir uns gut."

„Mmm." Sie streichelte ihn sanft.

„Ich muss dir etwas zeigen."

„Ich habe es schon gefunden."

Er schnaubte. „Nicht hier."

Alles wurde schwarz, und dann fand sie sich an einem dunklen Ort wieder. Dunkel, aber vertraut. Die Bat-Höhle.

Sie lächelte, als er sie auf dem Bett absetzte. „Jetzt fühlt es sich wirklich an, als wäre ich zu Hause."

Er streckte sich neben ihr aus und legte seine Hand auf ihre Brust. „Ich liebe dich, Jia."

Sie schlang die Arme um ihn. „Dann liebe mich."

„Als müsstest du mir das extra sagen."

Sie schlug nach ihm, keuchte dann aber auf vor Lust, als er ihre Brustspitze in den Mund saugte. Begehren durchflutete sie, und ihre Mitte verzehrte sich schmerzhaft nach ihm.

Als er zwischen ihre Beine griff, stöhnte sie auf und presste sich gegen seine Hand. „Nimm mich."

„Geduld." Er streichelte sie schneller und fester, bis sie sich unter ihm wand. „Hatte ich dir gesagt, wie sehr ich dich vermisst habe?"

„Ja!" Die Spannung in ihr baute sich auf, bis sie glaubte, schreien zu müssen. „Du … du wärst fast … *verrückt geworden*!" Der Höhepunkt brach heftig über sie herein.

Während sie noch die Nachwellen ihres Höhepunktes auskostete, legte er sich zwischen ihre Beine und drang in sie ein.

„Du gehörst mir, Jia." Er bewegte sich in ihr. „Meine Prinzessin. Meine Tigerin. Meine Liebste." Aufschreiend erreichte er den Höhepunkt und löste in ihr einen weiteren aus.

Sie lagen zusammen in der Dunkelheit, während ihr Herzschlag und ihr Atem sich langsam beruhigten.

„Ich wollte dir etwas zeigen.“ Er stand vom Bett auf, und kurz darauf erhellte eine Öllampe die Höhle.

Sie setzte sich im Bett auf und bemerkte ihre Armspangen auf dem Tisch. Er musste sie aus ihrem Rucksack genommen haben. „Du hast meine Spangen herausgenommen.“

„Ja.“ Er berührte eine von ihnen. „Sie haben mich an dich erinnert. Ich habe sogar mit ihnen geredet, als wärest du hier.“ Er nahm eine kleine Schachtel und brachte sie zurück ans Bett. „Das ist für dich. Na ja, für uns.“

Sie öffnete die Schachtel und fand drei Ringe darin. Zwei schlichte goldene und einen Goldring, in den kleine Diamanten eingelassen waren und der von einem großen Stein gekrönt wurde. Sie starrte ihn ungläubig an.

„Wenn sie dir nicht gefallen, kann ich sie zurückbringen. Dich selbst aussuchen lassen.“

„Sie … sind wunderschön.“ Sie mussten ihn ein Vermögen gekostet haben. Sie fragte sich kurz, wie er sich so etwas leisten konnte, aber dann kniete er sich neben das Bett.

„Willst du mich heiraten?“

Ein paar Sekunden lang überlegte sie, ob sie ihm sagen sollte, dass sie keine schönen Dinge brauchte, sondern nur ihn. Sie klappte die Schachtel zu.

Er wurde blass.

Oh nein, jetzt machte sie ihm Angst. „Steckst du mir den Ring an?“

Er strahlte über das ganze Gesicht. „Natürlich.“ Er öffnete die Schachtel und zog den Verlobungsring heraus. „Dann sagst du Ja?“

„Natürlich.“ Ihr Herz schlug wie wild, als er ihr den Ring an die linke Hand steckte. Sie würde heiraten. Russell.

Er setzte sich neben sie auf das Bett. „Nachdem du ins Badehaus gegangen bist, habe ich mit Rajiv geredet. Er war einverstanden, mir ein Stück Land östlich von Tiger Town zu verkaufen. Wir können dort ein Haus bauen, dann bist du nie weit von deiner Familie und deinen Freunden entfernt."

Sie konnte kaum sprechen vor Rührung. „Du willst nicht zurück nach Hause in die Staaten?"

Er schüttelte den Kopf. „Die Ranch dort gibt es nicht mehr. Mein Zuhause ist von jetzt an bei dir."

Tränen stiegen ihr in die Augen. „Habe ich dir schon gesagt, wie sehr ich dich liebe?"

Er lächelte. „Wie bald können wir heiraten?"

„Sehr bald." Sie fragte sich, warum er Land von Rajiv gekauft hatte. Offensichtlich wollte er in der Nähe von Tiger Town leben, aber nicht darin. Er musste immer noch davon träumen, seine eigene Ranch zu bewirtschaften.

Sie biss sich auf die Unterlippe. Irgendwie würde es ihr gelingen, ihm diesen Traum zu erfüllen. Es würde ihr Hochzeitsgeschenk an ihn werden. Sie brauchte nur ein paar Tage, um alles in die Wege zu leiten. „Lass uns in einer Woche heiraten."

Epilog

Eine Woche später …

Er trug ein Kleid zu seiner eigenen Hochzeit.

Es gab nicht viel, was Russell für Jia nicht tun würde. Immerhin war er für sie zur Hölle und zurück gegangen. Er war mehr als bereit, ihr in ein paar Minuten seine ewige Liebe und Ergebenheit zu schwören. Aber das ging ihm fast zu weit.

Traditionelle Zeremonienrobe für den Bräutigam hatte sie es genannt, aber für ihn sah es wie ein verdammtes Kleid aus. Goldene Seide mit schwarzen Bordüren, die offiziellen Farben der Tiger, hatte sie gesagt. Die Robe reichte ihm bis zu den Knöcheln und wurde mit einer schwarzen Schärpe zusammengehalten, auf die goldene Tiger gestickt waren. Und als wäre das nicht schlimm genug, trug er auch noch einen albernen Hut auf dem Kopf, der wie ein schwarzes Miniatur-Ufo aussah. Mit Perlen.

Sein einziger Trost war, dass seine drei Trauzeugen, Rajiv, Zoltan und Howard, ebenfalls Kleider tragen mussten. Tatsächlich war es das Anziehen des blöden Kleides schon wert, nur um Howard knurren und maulen zu hören. Und die Perlen, die ihm vor dem Gesicht hingen, waren nicht so schlimm, weil sie seine Sicht so weit beschränkten, dass er nicht merkte, wie die anderen Männer sich über ihn amüsierten.

Er stand mit seinen drei unglückseligen kleidtragenden Opfern oben an der Treppe, die zum Palast führte. Die große Treppenflucht war es, auf der er Jia heiraten würde, weil sie von dort aus von allen auf dem Vorplatz gesehen werden konnten. Wertiger aus ganz China, dem nördlichen Myanmar und Thailand waren angereist, um zu sehen, wie Prinzessin Jia einen Vampir heiratete, etwas, das in ihrer Kultur vorher noch nie vorgekommen war. Sie standen dicht gedrängt auf dem Vorplatz neben all seinen Freunden, den Vampiren und Gestaltwandlern.

Jia hatte sich auch an einen weiteren Hochzeitsbrauch der Wertiger gehalten. Jedes junge Mädchen im Dorf und alle Töchter seiner Freunde, die alt genug waren, um alleine zu gehen, waren zum Blumenmädchen erklärt worden. Heather Echarpe hatte ihnen chinesisch anmutende Kleider in allen Farben des Regenbogens entworfen. Bethany Echarpe und Sofia Draganesti hatten das Kommando übernommen, wie kleine Generäle über ihre Truppen. Jedes Mädchen war mit einem Korb voll Blütenmunition bewaffnet.

Ein Gong erklang, mit dem die Zeremonie eingeleitet wurde, und die Horde junger Mädchen wurde von der Leine gelassen. Sie kamen angerauscht wie ein Monsun aus flatternden Elfen und ließen Hände voll bunter Blüten auf alle hinabregnen. Bald waren der Vorplatz und die Gäste mit Blumen bedeckt, und alle grinsten darüber, wie ernst die Mädchen ihre Aufgabe erfüllten.

Nachdem den Mädchen die Blumen ausgegangen waren, setzten sie sich auf die Stufen, die zum Palast führten, sodass dabei ein Pfad in der Mitte frei blieb. Ein weiterer Gong erklang zum Zeichen, dass jetzt die Jungen übernehmen durften. Russell hatte eine weitere Tradition der Wertiger übernommen, die es verlangte, dass drei Jungen ihnen die Ringe brachten, außerdem einen zeremoniellen Dolch und eine goldene Schärpe. Xiao Fang ging in der Mitte, ein rotes Kissen mit den Ringen in Händen, während an seinen Seiten Norjee und Tino den Dolch und die Schärpe trugen. Sie erklommen die Stufen und stellten sich neben Zoltan und Howard.

Ein weiterer Gongschlag ertönte, und die drei Brautjungfern erschienen. Neona und Leah kamen den Gang hinab, gefolgt von Lady Yi-soo. Als auch sie die Treppe erklommen hatten, setzten die Trommeln ein.

Russells Puls fing an, im Takt mit den Trommeln zu schlagen. Da war sie. Jia. Eine Mischung aus Liebe, Stolz und Freude erfüllte sein Herz. Und jetzt konnte er auch sehen, warum er ein blödes Kleid anhatte. Ihr Kleid passte zu seinem. Selbst ihr Hut passte zu seinem. Er war jetzt Teil der Familie der Wertiger. Hier war sein Zuhause. Und seine neue Familie.

Sie war am oberen Ende der Treppe angekommen, und er nahm sie an den Händen. Später würde er sich nicht mehr genau an alles erinnern können, was er gesagt hatte, auch wenn Jia ihm versicherte, dass er sein Gelöbnis richtig aufgesagt hatte. An einer Stelle benutzte der Priester der Wertiger den Zeremoniendolch, um ihnen in die Handfläche der rechten Hand zu schneiden, und band dann, während sie sich an den Händen hielten und ihr Blut sich vermischte, die goldene Schärpe um ihre ineinandergelegten Hände.

Aber Russell konnte sich nicht an Schmerz erinnern. Er erinnerte sich nur an Jias Lächeln und ihre wunderschönen Tigeraugen, in denen Freudentränen glänzten.

Nach der Zeremonie stellten die Wertiger Tische auf dem Vorplatz auf und brachten Platten voller Essen und Fässer voller Tiger Juice. Für die Vampire unter den Gästen gab es Flaschen mit Bubbly Blood, einer Mischung aus synthetischem Blut und Champagner. Und für die Kinder gab es einen Früchtepunsch und Kekse.

Als Grand Tiger hieß Rajiv alle Gäste willkommen und lud sie ein, in einem Monat an seiner Hochzeit mit Lady Yi-soo teilzunehmen. Als Yi-soo darum bat, dass auch die Blumenmädchen noch einmal ihren Auftritt wiederholten, jubelten die stolzen Eltern.

Roman Draganesti trat zu Rajiv auf die Treppe, die den Vorplatz überblickte, und bat darum, ebenfalls einige Worte sagen zu dürfen. Mit einem Glas Bubbly Blood in der Hand betrachtete er die Menge, und alle verstummten.

„Ich bin weit über fünfhundert Jahre alt", verkündete Roman, „aber ich möchte euch allen heute hier sagen, dass ich in den letzten acht Jahren mehr Glück gefunden habe, als ich mir je hätte vorstellen können. Wenn man bedenkt, dass alles angefangen hat, weil ich etwas gebissen habe, was ich nicht hätte beißen sollen ..."

In der Menge fingen ein paar Männer an zu lachen, und Frauen stöhnten auf.

„Was hat er gebissen?", fragte Russell Howard flüsternd.

Howard schnaubte. „Frag nicht."

Roman lächelte. „Ich freue mich, euch berichten zu können, dass alle VANNAs fachgerecht entsorgt wurden."

Die Frauen jubelten.

„Die Nacht, in der ich einen Fangzahn verloren habe, hätte eine Katastrophe sein sollen, aber es war die glücklichste Nacht meines Lebens, denn dadurch habe ich meine geliebte Frau kennengelernt, meine Shanna." Roman lächelte, als er auf seine Frau zeigte. „Seitdem wurde ich mit zwei prächtigen Kindern gesegnet. Und in den acht Jahren, die seither vergangen sind, habe ich gesehen, wie mehr und mehr meiner Freunde sich verliebt haben, wie sie geheiratet und Kinder bekommen haben."

Auf dem Vorplatz wurde applaudiert.

„Mein Leben ist so viel wertvoller geworden, seit ich euch alle kenne. Und mein Herz ist so voller Freude, dass ich ein paar Worte an unser frisch verheiratetes Paar richten wollte." Roman drehte sich zu ihnen um. „Wir mögen eine zusammengewürfelte Gruppe aus verschiedenen Gattungen sein, aber wir sind eine Familie. Ich danke Gott, dass wir einander gefunden haben und dass wir gemeinsam alle Widrigkeiten überstanden haben. Gemeinsam sind wir stärker und wahrhaft gesegnet. Lasst uns alle unser Glas heben und auf unser neuestes Paar trinken, auf Russell und Jia. Willkommen in der Familie."

Alle jubelten und tranken aus ihren Gläsern.

Nachdem sie eine Stunde lang gefeiert hatten, teleportierte Russell sich zurück in die Bat-Höhle, um sein Hochzeitsgeschenk für Jia zu holen. Zurück in Tiger Town, fand er sie an ihrem Tisch und übergab es ihr. „Das ist für dich."

Sie öffnete es und keuchte auf. Sofort sammelten sich einige Frauen um sie, um sich das Geschenk anzusehen.

„Sie ist herrlich." Jia nahm die Halskette aus Gold und Jade aus ihrer Schachtel.

Auf dem Vorplatz wurden weibliche Ooohs und Aaahs laut.

Russell nahm Jia den schwarzen perlenbesetzten Hut ab und legte ihr die lange Kette um den Hals. „Jean-Luc hat mir dabei geholfen, einen Schmuckdesigner in Paris zu finden. Ich wollte, dass sie zu den Armspangen deiner Mutter passt." Er sah auf ihre Handgelenke hinab, aber sie waren nackt. Merkwürdig. Er war sich sicher gewesen, dass sie die Spangen bei ihrer Hochzeit tragen würde.

Jia berührte die Kette. „Die werde ich immer schätzen. Danke." Sie deutete auf ihre Onkel. „Ich habe auch ein Hochzeitsgeschenk für dich."

Rinzen und Tenzen stellten mehrere Schachteln auf den Tisch.

„Ich hatte nichts erwartet." Russell öffnete die erste Schachtel und lachte, als er einen Stetson darin entdeckte. „Das ist schon besser." Er nahm das perlenbestickte Ufo ab und setzte sich stattdessen den braunen Cowboyhut auf den Kopf. „Wo hast du den her?"

Jia lächelte. „Ich habe Jin Long zum Einkaufen nach Texas geschickt."

Russell öffnete die nächsten zwei Schachteln und entdeckte darin Cowboystiefel und einen ledernen Nietengürtel mit Waffenhalftern.

„Jetzt kannst du deine Pistolen tragen wie ein echter Cowboy", sagte Jia.

Russell zuckte innerlich zusammen.

„Und es gibt noch mehr!", verkündete Jia strahlend. „Auf dem Land, das du erworben hast, habe ich meine Onkel einen Stall bauen lassen. Du bist jetzt der Besitzer von einem Pferd und drei Kühen!"

Alle freuten sich mit ihm, aber Russell starrte Jia nur erstaunt an. Sie stattete ihn als Rancher aus. Sie hatte seinen Plan vorausgesehen. „Woher wusstest du das?"

Sie sah ihn schief an. „Wie sollte ich das nicht wissen? Du bist ein Cowboy."

Er nahm sie in die Arme. „Danke." Sein Blick wanderte auf die Geschenke auf dem Tisch. All das, und dazu ein Pferd und ein paar Kühe? „Jia, wie konntest du dir das alles leisten?"

Schulterzuckend griff sie nach seinem neuen Ledergürtel. „Hier. Probier ihn an."

Er betrachtete die leeren Halfter bestürzt. „Ich muss dir etwas sagen. Ich … habe die Pistolen nicht mehr. Ich habe sie verkauft, um die Ringe kaufen zu können und deine Kette und das Land, und ich habe noch genug übrig, um ein kleines Haus zu bauen."

Jia starrte ihn überrascht an. „Du hast sie verkauft? Aber sie sind alles, was dir noch von deiner Familie geblieben ist."

„Du bist jetzt meine Familie." Sein Blick fiel auf ihre nackten Handgelenke. „Wo sind deine Armspangen?"

Sie zuckte zusammen. „Ich habe sie verkauft, um deine Geschenke und die Tiere für die Farm kaufen zu können."

„Jia! Das war alles, was du noch von deiner Mutter hattest!“

Sie seufzte. „Ich wollte dabei helfen, deinen Traum wahr werden zu lassen.“

„Wo hast du sie verkauft? Ich hole sie dir zurück.“

„Du hast deine Pistolen auch aufgegeben.“

Er winkte ab. „Das ist schon gut. Ich habe sie an Zoltan verkauft. Ich weiß genau, wo sie sind, und kann sie mir ansehen, wann ich will.“

Sie reckte das Kinn. „Genau wie ich mit meinen Armspangen. Ich habe sie an unsere Freunde verkauft, also kann ich sie mir ansehen, wann ich will.“

„Aber du kannst sie nicht tragen! Ich hole sie zurück.“ Russell sah sich in der Menge um und eilte dann zu Angus und Emma, die ihn vor ein paar Tagen wieder eingestellt hatten. Sie hielten jeder eines der Drachenbabys.

„Gratuliere!“ Emma lächelte ihn an.

„Danke.“ Russell trat dichter an Angus heran. „Gäbe es eine Möglichkeit, dass ich meinen nächsten Gehaltsscheck etwas früher bekommen könnte?“

„Och, witzig, dass du fragst.“ Angus reichte sein Baby an Shanna Draganesti weiter und zog dann einen Umschlag aus seinem Sporran. „Das hier wollte ich dir noch geben.“

Russell öffnete den Umschlag und erstarrte, als er den Betrag auf dem Scheck las. Es war fast eine Viertelmillion. „Was zur Hölle?“

„Das ist dein Gehalt für die letzten zwei Jahre“, erklärte Angus. „Du hast nie offiziell gekündigt, also habe ich dich immer als Angestellten von MacKay S&I angesehen. Die ganze Zeit gearbeitet hast du ja wirklich.“

„Aber …“ Russell sah noch einmal auf den Scheck, um ganz sicher zu sein. „Das ist mehr als das Gehalt von zwei Jahren.“

„Aye." Angus nickte. „So wie ich das sehe, hast du dir nie einen Tag frei genommen, also jede Menge Überstunden gesammelt. Und du hast dir einen Bonus verdient, weil du viel mehr getan hast, als die Pflicht verlangt hätte. Ohne dich hätten wir die bösen Vampir-Lords nicht besiegt und auch nicht Master …" Er zuckte zusammen.

„Meinen Bruder", murmelte Russell. „Du musst mich nicht dafür bezahlen, dass ich meinen Bruder umgebracht …"

„Kumpel." Angus drückte ihm die Schulter. „Du hast hart gearbeitet. Das Geld hast du dir verdient. Nimm es."

Russell atmete tief ein und wieder aus. „In Ordnung."

„Und du arbeitest noch immer für mich." Angus sah ihn eindringlich an. „Von jetzt an erwarte ich regelmäßige Berichterstattung."

„Jawohl, Sir." Russell salutierte.

Angus grinste und schlug ihm auf den Rücken. „Fort mit dir, mein Lieber. Deine Braut wartet."

„Eigentlich wollte ich gerade herausfinden, wer Jias Armspangen gekauft hat, damit ich sie zurückkaufen kann", sagte Russell.

Shanna lachte. „Dabei kann ich dir helfen." Sie gab das Drachenbaby an Angus zurück und zog eine Geschenkschachtel aus ihrer großen Handtasche. „Das ist euer Hochzeitsgeschenk von Roman und mir."

Russell öffnete sie und entdeckte darin Jias Armspangen. „Ihr … gebt sie zurück?"

„Ich hatte nie vor, sie zu behalten. Sie gehören Jia."

Dann waren es Roman und Shanna gewesen, die ihm das Startkapital für seine Ranch verschafft hatten. „Danke. Ich weiß nicht, wie ich je so gute Freunde finden konnte."

Shanna umarmte ihn. „Genieß dein Leben mit Jia."

„Das werde ich." Er eilte zurück zu seiner Braut und legte ihr die Armspangen an. Ihr standen Tränen in den Augen, und in ihm stieg eine Woge der Freude auf, weil er wusste, dass er genau das Richtige getan hatte.

„Wie hast du sie so schnell zurückbekommen?", fragte Jia.

„Shanna hat sie uns zur Hochzeit geschenkt."

Jia blinzelte sich einige Tränen fort. „Wir sind mit unseren Freunden wirklich gesegnet."

„Ich weiß." Er wischte ihr eine Träne ab, die ihr das Gesicht hinabrollte. „Und ich bin gesegnet, weil ich dich gefunden habe. Wir werden ein gutes Leben zusammen führen. Auch wenn ich dir nicht versprechen kann, dass ich immer deiner Meinung sein werde."

Sie lächelte. „Das bedeutet nur, dass du dich manchmal irren wirst."

Er schnaubte amüsiert. „Aber ich glaube, dass wir lange und glücklich miteinander leben werden. Und ich werde dich immer lieben."

„Das ist mein Cowboy."

Er zog sie fest an sich. „Meine Prinzessin."

– ENDE –

Danksagung

Als Roman Draganesti in „Wie angelt man sich einen Vampir“ seinen Fangzahn verloren hat, hatte ich keine Ahnung, dass sich mir damit eine Welt eröffnete, die sechzehn Bücher umspannen würde. Meine tief empfundene Dankbarkeit geht an die Leser von Love at Stake, die die Serie zu einem so großen Erfolg gemacht haben. Danke für eure Nachrichten und E-Mails, die mich ermutigt haben. Ihr habt mir die Freude am Schreiben erhalten.

Mit dem Ende von Russells Geschichte schließe ich die Serie ab, vielleicht nur vorläufig, da ich immer noch ein paar Pläne habe. Aber im Augenblick locken mich andere Ideen, Ideen, die verlangen, zum Leben erweckt zu werden. Ich hoffe, ihr schließt euch mir auf neuen Abenteuern an!

Ich möchte auch meiner Agentin Michelle Grajkowski von Three Seas danken, die mir immer mit Unterstützung und Ermutigung zur Seite gestanden hat. Vielen Dank an alle bei HarperCollins/Avon Books – meine Lektorin, Erika Tsang, die seit dem ersten Buch an meiner Seite ist; ihre Assistentin Chelsey; die Publicity-Experten Jessie, Caro und Pam; und der Artdirector Tom, der für mich die herrlichsten Cover entworfen hat.

Meine Kritik-Partner, M. J., Sandy und Vicky, sind ebenfalls seit dem ersten Buch bei mir. Ich weiß nicht, wie ich das Schreiben von sechzehn Büchern ohne sie überlebt hätte! Mit den Jahren sind sie zu meinen besten Freunden geworden, und ich bin ewig dankbar für ihre Treue, ihre Freundlichkeit und ihr Mitgefühl.

Ich bin auch dankbar für meine Kinder und meinen Ehemann. Sie haben immer an mich geglaubt, selbst wenn ich an mir selbst gezweifelt habe. Sie sind meine Felsen, mein Schutz, meine Freude und mein Frieden. Und schlussendlich darf ich, weil ich über die Liebe schreibe, nicht vergessen, dem Quell unserer Liebe zu danken, unserem Vater im Himmel. Bei meinen Versuchen, Freude und Hoffnung zu verbreiten und dabei den Wert der Liebe zu stärken, habe ich mich wahrhaft gesegnet gefühlt. Danke euch allen, dass ihr mir erlaubt habt, ein Teil eures Lebens zu sein.

Deutsche Erstveröffentlichung

Kerrelyn Sparks
Fluch und Vorurteil

Was die Nacht verspricht:

ISBN: 978-3-95649-579-3
9,99 € (D)

In der Nähe von Howard Barr fühlt sich Elsa zart und zerbrechlich. Kein Wunder, denn Howard ist ein Bär von einem Mann – im wahrsten Sinne des Wortes. Vor ihren Augen verwandelt er sich, und Elsa wird plötzlich mit der Existenz von Gestaltwandlern und Vampiren konfrontiert. Statt jedoch die Beine in die Hand zu nehmen und davonzulaufen, trifft sie sich weiterhin mit dem attraktiven Gestaltwandler, der eine wilde Sehnsucht in ihr weckt. Erst als sie von dem tödlichen Fluch erfährt, der auf ihrer Liebe liegen soll, ist Elsa verunsichert und geht auf Distanz. Dummerweise ist Howard aber einfach viel zu sexy, um ihm auf Dauer zu widerstehen ...

Deutsche Erstveröffentlichung

Kerrelyn Sparks
Vampirzähmen leicht gemacht

Vampire? Gibt's nicht. Davon ist Dr. Leah Chin überzeugt. Bis auf der Party von Romatech Industries plötzlich ein umwerfend attraktiver Untoter in einem Kilt vor ihr steht. Dougal Kincaid und seine Artgenossen brauchen dringend ihre Hilfe als Wissenschaftlerin. Aber wie soll sie Wesen trauen, die überhaupt nicht existieren dürften - selbst wenn einer von ihnen ihr sonst so vernünftiges Herz völlig aus dem Takt bringt?

ISBN: 978-3-95649-648-6
9,99 € (D)